Título original: *Give Me Tonight*

Traducción: Victoria Morera

1.ª edición: noviembre 2008

© 1989 by Lisa Kleypas
© Ediciones B, S. A., 2008
  para el sello Zeta Bolsillo
  Bailén, 84 - 08009 Barcelona (España)
  www.edicionesb.com

Printed in Spain
ISBN: 978-84-9872-133-1
Depósito legal: B. 40.930-2008

Impreso por LIBERDÚPLEX, S.L.U.
Ctra. BV 2249 Km 7,4 Polígono Torrentfondo
08791 - Sant Llorenç d'Hortons (Barcelona)

DAME ESTA NOCHE

LISA KLEYPAS

*Dedicado con amor a Patsy Kluck,
LaVonne Hampton y Billie Jones*

Perdido, ayer, en algún lugar entre el amanecer y el anochecer. Dos horas doradas de sesenta minutos diamantinos. No se ofrece recompensa, pues se han ido para siempre.

HORACE MANN

1

El sueño siempre era el mismo, aunque cada vez resultaba más vívido. Ella era consciente de todos los detalles, incluso cuando estaba despierta. Lo insólito de las imágenes siempre la alarmaba. No era habitual en Addie sentir cosas como aquélla. No, ella era una joven práctica y sensata, nada propensa a vivir las aventuras temerarias que sus amigas querían que viviera. ¿Qué pensarían si supieran el sueño que la acosaba tantas y tantas noches? Nunca se lo contaría a nadie. Se trataba de un momento de locura, demasiado íntimo para confiárselo a nadie.

Durante el sueño, su cuerpo estaba relajado. De una forma gradual, le parecía que se despertaba, pues se daba cuenta de que había alguien más en la habitación, alguien que rodeaba la cama con pasos silenciosos. Ella mantenía los ojos cerrados, pero su corazón empezaba a latir deprisa y con fuerza. A continuación no se oía ningún movimiento, sólo el silencio. Ella contenía el aliento mientras esperaba percibir el tacto de una mano, un sonido, un susurro. El colchón se hundía ligeramente bajo el peso del cuerpo de un hombre; un amante fantasma, sin rostro y sin nombre, que se inclinaba sobre ella para poseerla como nadie lo había hecho antes. Ella intentaba apartarse, pero él se lo impedía y la presionaba de nuevo contra las almohadas. Un embriagador olor masculino inundaba sus fosas nasales, unos brazos fuertes y musculosos la abrazaban, el peso del cuerpo del hombre la inmovilizaba y su calor la colmaba.

Las manos del desconocido recorrían su piel, daban vueltas por sus pechos, se deslizaban entre sus muslos y ella se retorcía y ardía de placer. Addie le suplicaba que se detuviera, pero él se reía con suavidad y seguía atormentándola. Sus labios calientes recorrían su cuello, sus pechos, su estómago. Entonces un deseo ciego se apoderaba de ella. Addie rodeaba al desconocido con los brazos y tiraba de él, deseándolo con desesperación y, sin intercambiar ninguna palabra, él le hacía el amor y su cuerpo la embestía como un oleaje lento y demoledor.

Entonces el sueño cambiaba. De repente, Addie se encontraba en el porche delantero de su casa, el cielo se veía profundo por la densa oscuridad de lo avanzado de la noche y en la calle había alguien que la miraba con fijeza. Se trataba de un hombre viejo cuyo rostro permanecía oculto entre las sombras. Ella no sabía quién era ni qué quería, pero él la conocía. Incluso sabía su nombre.

—*Adeline. Adeline, ¿dónde estabas?*

Ella se quedaba paralizada por el miedo. Quería que se fuera, pero tenía un nudo en la garganta y no podía hablar. En aquel momento Addie siempre se despertaba, sudorosa y sin aliento. El sueño resultaba tan vívido que parecía real. Y siempre era igual. Addie no tenía esta pesadilla a menudo, aunque a veces el miedo a tenerla era suficiente para que no se atreviera a dormirse.

Addie se sentó con lentitud, se secó la frente con el borde de la sábana y deslizó las piernas a un lado de la cama. La cabeza le daba vueltas. Aunque no había hecho ruido, debía de haber despertado a Leah, quien tenía el sueño ligero.

—¿Addie? —Le llegó la voz de Leah desde la habitación contigua—. Tengo que tomar la medicina.

—Enseguida voy. —Addie se levantó e inspiró profundamente.

Se sentía como si hubiera corrido una larga distancia. Después de administrarle la medicina a Leah y de que el dolor que ésta sentía empezara a remitir, Addie se sentó en el borde de la cama de su tía y la contempló con una expresión de inquietud en el rostro.

—Tía Leah, ¿alguna vez has soñado con personas a las que no conoces y con cosas que nunca has hecho pero que, de alguna forma, te resultan familiares?

—La verdad es que no. Yo sólo sueño con cosas que conozco. —Leah bostezó con amplitud—. Claro que yo no tengo la imaginación que tú tienes, Addie.

—Pero, ¿y si te parece que el sueño te está sucediendo de verdad...?

—Hablemos de esto por la mañana. Ahora estoy cansada, cariño.

Addie asintió a desgana con la cabeza, sonrió levemente y regresó a su dormitorio. Sabía que, por la mañana, no hablarían sobre su sueño.

Addie entró en el dormitorio y dejó el bolso mientras tarareaba la canción que transmitían por la radio, *I'd Be Lost Without You*. Su llegada siempre constituía un gran alivio para Leah, quien estaba confinada en la cama de una forma permanente y hacía cinco años que no se valía por sí misma. Aparte de la radio y la mujer que habían contratado para que le hiciera compañía de una forma ocasional, Addie era su único contacto con el mundo exterior.

Formaban una extraña pareja, una tía soltera y su sobrina de veinte años. Y había pocas similitudes entre ellas. Leah era de una época en la que se mimaba a las mujeres, en la que se las protegía y no se les contaba nada acerca de la relación íntima que había entre una mujer y su marido. Por otro lado, Addie era una joven moderna que sabía conducir coches y llevaba a casa un cheque mensual. A diferencia del modelo femenino de la generación de Leah, nadie la había protegido de la adversidad ni del conocimiento. Addie sabía lo que era trabajar y, como sus amigas, también había aprendido a no esperar nada del futuro.

A las mujeres de su generación les habían enseñado que sólo importaba el aquí y el ahora.

Esperar, ahorrar y confiar en que vendrían tiempos mejores resultaba ingenuo. No creer en nada constituía la única forma de librarse de la desilusión. Experimentaron el sexo y la sofisticación en grandes dosis, hasta que la novedad de su comportamiento escandaloso se fue diluyendo y se convirtió en algo habitual. Las mujeres de la generación de Addie fumaban en público tanto como querían y se pasaban petacas de bebidas alcohólicas por debajo de la mesa; levantaban alto las piernas cuando bailaban el charlestón y utilizaban un lenguaje soez que habría ruborizado a cualquier hombre de épocas anteriores. Ser joven y frívola resultaba divertido, así como ir al cine, escuchar jazz, conducir sus resplandecientes Fords negros y flirtear y tontear con sus novios hasta bien pasada la medianoche.

Se trataba de una generación endurecida, pero a Leah le consolaba saber que su sobrina era menos dura que el resto de sus amigas. Addie tenía sentido de la responsabilidad y una compasión innata hacia los demás. Aunque no siempre había sido así. De niña, Addie había sido terca, egoísta, intratable e irrespetuosa con la autoridad que Leah representaba. Sin embargo, la vida no había sido fácil para ella y le había enseñado unas lecciones amargas que habían aplacado su orgullo y suavizado su carácter y que habían transformado su terquedad en una gran fortaleza interna. En aquel momento, muchas personas se beneficiaban constantemente de su entereza: los pacientes a los que atendía en el hospital, las amigas que le pedían ayuda y, sobre todo, la misma Leah. Leah la necesitaba más que ninguna otra persona.

La canción de la radio cambió a *Blue Skies* y Addie cantó con el coro.

—Estás desafinando —comentó Leah mientras se incorporaba en la cama.

Addie se inclinó pausadamente hacia ella y estampó un beso sonoro en su frente.

—Siempre desafino.

—¿Cómo va todo por la ciudad?

—Como siempre —respondió Addie con naturalidad mientras se encogía de hombros—. No hay trabajo. La gente se reúne en las esquinas sin otra cosa que hacer más que estar de cháchara. Esta tarde, la cola de la oficina de empleo llegaba hasta la barbería.

Leah chasqueó la lengua.

—¡Santo cielo!

—Hoy no tengo nada interesante que contarte. No hay ningún cotilleo nuevo. No ha pasado nada. La única novedad es que un hombre raro y mayor merodea por la ciudad. —Addie se dirigió a la mesita de noche, cogió una cucharilla y tamborileó con ella en la palma de su mano mientras hablaba—. Lo vi delante de la tienda del boticario cuando salí de recoger tu medicina. Parece uno de esos viejos conductores de ganado de barba espesa, pelo largo y rostro curtido.

Una sonrisa cansada cruzó el rostro de Leah. Estaba más pálida que de costumbre y extrañamente apática. Durante los últimos meses su pelo blanco había perdido su brillo y la viveza de sus ojos oscuros casi había desaparecido dejando a su paso una mezcla de paz y resignación.

—Muchos vaqueros de antes merodean hoy en día por todas partes, no hay nada extraño en esto.

—Sí, pero él estaba frente a la tienda como si estuviera esperando a que yo saliera. Me miró de una forma muy intensa. Y no dejó de hacerlo hasta que llegué al final de la calle. Experimenté una sensación muy extraña, como un escalofrío interior. ¡Y debía de tener entre setenta y ochenta años!

Leah se rió entre dientes.

—A los hombres de edad les gusta mirar a las chicas guapas, cariño. Ya lo sabes.

—Pero la forma en que me miraba me puso los pelos de punta.

Addie realizó una mueca y cogió un botellín de cristal verde del amplio surtido de medicamentos que había en la cómoda, los cuales no podían detener el inexorable crecimiento del cáncer en el cuerpo de Leah, aunque aliviaban su dolor. El doctor Haskin había dicho que podía tomar una dosis siempre que la necesitara. En aquel momento, Leah tomaba una cucharada de jarabe opiáceo cada hora. Addie acercó con cuidado la cuchara a los labios de Leah y utilizó un pañuelo para secar una gota que había resbalado hasta su barbilla.

—Toma, antes de un minuto te sentirás mejor.

—Ya me siento mejor. —Leah le cogió la mano—. Deberías salir con tus amigas en lugar de mimarme todo el tiempo.

—Prefiero tu compañía a la de ellas.

Addie sonrió y sus ojos castaño oscuro chispearon con malicia. Era una joven encantadora, aunque su rostro no era de una belleza espectacular. Tenía los pómulos algo hundidos y la mandíbula demasiado pronunciada, pero, en general, daba la impresión de ser una joven muy bella. Su encanto resultaba difícil de describir, su luminosa calidez resplandecía a través de su piel y el color castaño de sus ojos y de su pelo era intenso y profundo. Las mujeres celosas podrían destacar algunos defectos en su aspecto, pero la mayoría de los hombres la consideraban perfecta.

Addie dejó la cuchara en la mesita de noche y contempló el montón de novelas que estaban apiladas sobre ésta acerca de doncellas indefensas, hazañas audaces y villanos vencidos por héroes osados.

—¿Otra vez leyendo esas dichosas novelas? —preguntó Addie, y chasqueó la lengua—. ¿Te comportarás algún día?

La suave burla de Addie divirtió a Leah, quien siempre se había enorgullecido de ser una mujer valerosa. Hasta que el cáncer le sobrevino, había sido la mujer más activa e independiente de Sunrise. La idea del matrimonio, o cualquier otra que implicara una restricción de su libertad, nunca la habían seducido, aunque admitía que cuando Addie se trasladó a vivir con ella, constituyó para ella una bendición.

Después de la muerte inesperada de su hermana y su cuñado, Leah se quedó con la hija de ambos y una herencia meramente simbólica. Criar a una niña de tres años constituyó una responsabilidad que cambió su vida y la convirtió en algo mucho más rico de lo que ella había creído posible. En aquel momento, a los sesenta años, a Leah se la veía feliz en su estado de soltería. Addie era la única familia que necesitaba.

Aunque Addie era la hija de Sarah y Jason Peck y vivió los tres primeros años de su vida en Carolina del Norte, no recordaba otra figura paterna que no fuera Leah y ningún otro hogar que no fuera aquella pequeña ciudad del centro de Tejas. Addie era tejana hasta la médula de los huesos. Había heredado el habla perezosa de los tejanos, su pronunciación monótona y alargada de las palabras, su necesidad de aire libre, su temperamento apasionado y su acentuado sentido del honor. También había heredado la fortaleza y el empuje de los Warner, quienes habían alcanzado su esplendor y posterior decadencia mucho antes de que ella naciera.

Los Warner habían fundado el pueblo de Sunrise cerca del camino que recorría aquellas tierras y que, con el tiempo, fue reemplazado por una larga línea de ferrocarril. Antiguamente, el ganado de Tejas pastaba a lo largo de aquella ruta. Se trataba de una raza fuerte y resistente de bueyes de cuernos largos, cabeza rectangular y con unos ojos que destellaban con el ardor y la malicia de los toros bravos mexicanos de los que descendían. Dos veces al año, los vaqueros conducían las manadas de cuernos largos hacia el norte, recorriendo largas rutas hasta los estados de Kansas, Missouri o Montana.

Para el acarreo de las manadas se precisaban hombres duros, los cuales no podían permitirse el lujo de tener una familia; hombres que estaban dispuestos a vivir en la montura durante semanas, respirar polvo y cocinar en una hoguera que encendían con las boñigas secas de los búfalos y los restos vegetales que quedaban tras el paso de las manadas. Sin embargo, a pesar de las dificultades, había libertad en la vida que habían elegido, y para ellos constituía un reto irresistible domar al ganado y la tierra por la que pasaban. Con frecuencia, Leah entretenía a Addie contándole historias acerca de Russell Warner, su bisabuelo, quien había sido el propietario de uno de los ranchos más extensos de Tejas.

Pero la época de los poderosos ganaderos y sus imponentes ranchos había terminado. El pastoreo ya no era libre y de horizontes abiertos, pues el territorio estaba vallado con cercas de alambre de espino. En aquel momento los rancheros sólo poseían pequeños pedazos de tierra en Tejas. Los vaqueros, quienes constituían la vida y el espíritu del viejo sistema, se habían desplazado al Oeste o se habían convertido en colonos y, algunos, incluso en ladrones de ganado. La vasta y tosca extensión que antes fue el rancho Sunrise, ahora estaba ocupada por torres de perforación petrolífera, vallas metálicas y trabajadores del petróleo. Addie sentía lástima por los viejos vaqueros que, de una forma ocasional, pasaban por la ciudad, taciturnos y resignados ante el hecho de que la única forma de vida a la que podían pertenecer les había sido arrebatada. Hombres ya mayores y sin un lugar en el que descansar.

—¿Ves este botellín? —Addie sostuvo en alto el botellín de cristal verde y lo hizo girar a la luz del sol—. El hombre del que te hablaba tenía los ojos de este mismo color. De un verde puro, nada turbio. Nunca había visto nada igual.

Leah volvió la cabeza sobre la almohada y miró a Addie con un interés repentino.

—¿Quién es? ¿Alguien ha mencionado su nombre?

—Bueno, sí. Todo el mundo murmuraba cosas acerca de él. Creo que alguien comentó que se llamaba Hunter.

—Hunter... —Leah se llevó las manos a las mejillas—. ¿Ben Hunter?

—Creo que sí.

Leah pareció aterrorizada.

—¡Ben Hunter! Después de tanto tiempo. ¡Cincuenta años! Me pregunto por qué habrá regresado y para qué.

—¿Vivía aquí? ¿Lo conocías?

—No me extraña que te observara. No me extraña. Eres la viva imagen de mi tía Adeline. Ha debido de creer que ella había regresado de la tumba. —Pálida y alterada, Leah alargó el brazo hacia la mesita de noche para coger los polvos para el dolor de cabeza y Addie se apresuró en servirle un vaso de agua para ayudarla a tragarlos—. Ben Hunter convertido en un anciano... —murmuró Leah—. Un anciano. Y la familia Warner disgregada y dispersa. ¿Quién lo habría imaginado en aquellos tiempos?

—Toma, bebe. —Addie colocó el vaso de agua en una de las manos de Leah y se sentó a su lado mientras tamborileaba con sus dedos de una forma inconsciente. Leah se tragó los polvos con unos sorbos de agua y se aferró al vaso con manos temblorosas—. Santo cielo, ¿por qué estás tan alterada? —la regañó Addie sin saber qué decir—. ¿Qué te hizo ese tal Ben Hunter? ¿Cómo lo conociste?

—¡Tengo tantos recuerdos! ¡Que Dios se apiade! Nunca creí que Ben viviera tanto tiempo. Es él, Addie, el que mató a tu bisabuelo Russell.

Addie se quedó boquiabierta.

—¿El que...?

—El hombre que destruyó a nuestra familia y al rancho Sunrise y que asesinó al abuelo Warner.

—¿Es un asesino y se pasea por ahí tan libre como un pájaro? ¿Por qué no lo encerraron en una prisión? ¿Por qué no lo colgaron por el asesinato de Russell?

—Era muy escurridizo. Huyó de la ciudad cuando los demás empezaron a darse cuenta de que había sido él. Y, si el hombre que has visto hoy es, en verdad, Ben Hunter, entonces nunca lo cogieron.

—Apostaría algo que era él. Parece el tipo de hombre que es capaz de cometer un asesinato.

—¿Sigue siendo guapo?

—Bueno…, supongo que sí…, para un hombre mayor. Quizás una mujer de edad se sentiría atraída por él. ¿Por qué lo preguntas? ¿Era guapo cuando era joven?

—El hombre más atractivo de todo Tejas. Y no es una leyenda. Era algo fuera de lo común, y, aunque se rumoreaba que se había apoderado de terneros sin marcar y que incluso había robado ganado, le caía bien a todo el mundo. Cuando quería, resultaba encantador, y era astuto como un zorro. Además, sabía leer y escribir tan bien que, en opinión de algunos, se había licenciado en una famosa universidad del Este.

—¿Y era sólo un peón del rancho?

—Bueno, en realidad, era algo más. Russell lo nombró capataz al cabo de una o dos semanas de su llegada. Aunque, nada más llegar él, las cosas empezaron a ir mal.

—¿Qué tipo de cosas? ¿Surgieron problemas con el ganado?

—Mucho peor. La primavera siguiente a su aparición en el rancho, mi tía Adeline, por quien te pusieron tu nombre, desapareció. Sólo tenía veinte años. Un día, Ben la llevó a ella y a su hermano Cade a la ciudad y, a la hora de volver, no la encontraron. Fue como si se hubiera desvanecido en el aire. La buscaron día y noche durante semanas, pero no encontraron ni rastro de ella. En aquel momento, nadie culpó a Ben, pero, más tarde, la gente empezó a sospechar que él había tenido algo que ver con su desaparición. La verdad es que no se tenían mucho aprecio.

—Esto no prueba que él le hiciera algo.

—Así es, pero era el sospechoso más probable. Y, aquel otoño, justo después del recuento del ganado, encontraron al abuelo Warner muerto en su cama. Estrangulado.

Aunque Addie había oído aquella parte de la historia antes, realizó una mueca de disgusto.

—¡Qué horror! Pero ¿cómo puedes estar segura de que fue Ben Hunter quien cometió el asesinato?

—La cuerda que utilizaron para estrangular a Russell

pertenecía a la guitarra de Ben. Él era el único que tenía una guitarra en todo el rancho. ¡Tocaba de maravilla! Por la noche, su música flotaba por el aire hasta la casa. —Leah sufrió un ligero estremecimiento—. Entonces yo sólo era una niña y, mientras escuchaba aquella música tumbada en la cama, pensaba que así debía de ser la música de los ángeles. ¡Ah, y también encontraron otra cosa! Un botón de la camisa de Ben, allí, junto al cadáver.

—A mí me parece que era culpable.

—Todo el mundo creía que lo era. Además, no tenía ninguna coartada. Pero él huyó a toda prisa del pueblo y, desde entonces, nadie lo había visto ni había sabido nada de él. Si hubiera regresado antes, lo habrían detenido de inmediato, pero ahora debe de creer que, al ser tan viejo, nadie querrá colgarlo.

—Yo no estoy tan segura, pues por aquí la gente tiene mucha memoria. Creo que, al regresar, se ha buscado muchos problemas. Me pregunto si de verdad se trata de Ben Hunter. ¿Crees que se ha arrepentido de haber matado a Russell?

Leah sacudió la cabeza en actitud dubitativa.

—No lo sé.

—Me pregunto por qué lo hizo —comentó Addie.

—Él es el único que lo sabe. La mayoría de la gente cree que le pagaron para que lo asesinara. El abuelo Warner tenía muchos enemigos. O quizá tuvo algo que ver con... algo relacionado con un testamento. Nunca lo entendí del todo. —Leah de repente se sintió exhausta y se apoyó en la almohada. Addie apretó con fuerza su delicada mano, la cual se había vuelto fláccida—. No te acerques nunca a él —pidió Leah con voz entrecortada—. Nunca. Prométemelo.

—Te lo prometo.

—¡Oh, Addie, te pareces tanto a ella! Tengo miedo de lo que sucedería si él se acercara a ti.

—No sucederá nada —contestó Addie sin comprender por qué los ojos de Leah brillaban con tanto ardor—. ¿Qué podría hacerme? Es él quien tendría que tener miedo, no nosotras. Espero que alguien le cuente a la policía que está aquí. No importa lo viejo que sea, la justicia es la justicia, y él debería pagar por lo que hizo.

—Sólo mantente alejada de él, por favor.

—Tranquila. No me acercaré a él, no te preocupes.

Addie esperó hasta que Leah cayó en un agitado sueño. Después se levantó, miró a través de la ventana y recordó el rostro curtido y del color del tabaco de aquel hombre y sus llamativos ojos verdes. ¿Acaso la había mirado con tanta fijeza porque ella se parecía a Adeline Warner? Addie se preguntó hasta qué punto se parecían. Nunca había visto una fotografía de Adeline y sólo sabía de su parecido por lo que le había contado Leah. No existía ninguna fotografía, ningún recuerdo, nada que probara que Adeline Warner había existido, salvo su nombre en el árbol genealógico de la familia.

Desaparecida. ¿Cómo podía alguien esfumarse sin dejar rastro? Siempre que había oído hablar de Adeline, el misterio de su desaparición la había fascinado, pero aquélla era la primera vez que oía que Ben Hunter podía tener algo que ver con su desaparición. Incapaz de contener su curiosidad, Addie insistió sobre aquella cuestión cuando le llevó a Leah la bandeja de la cena por la noche.

—¿Hasta qué punto me parezco a Adeline?

—Siempre he opinado que eres la viva imagen de ella.

—No, no me refiero al aspecto, sino a cómo era. ¿En ocasiones actúo o hablo como ella? ¿Me gustan las mismas cosas que a ella?

—Qué preguntas tan extrañas, Addie. ¿Qué importancia tiene si te pareces o no a ella en esos aspectos?

Addie se estiró a los pies de la cama y sonrió perezosamente.

—En realidad, no lo sé, sólo es curiosidad.

—Supongo que podría contarte algunas cosas. En realidad, eres muy distinta a Adeline Warner, cariño. Había en ella algo salvaje, excitante, que no encajaba bien con una chica de su edad. Todo el mundo la mimaba. —Leah se interrumpió y su mirada se volvió suave y distante—. Adeline era suave como la seda cuando se salía con la suya, lo cual ocurría con bastante frecuencia, pero algunas cosas en ella me inquietaban. Yo me sentía fascinada por la tía Adeline y creía que era la mujer más guapa del mundo, incluso más que mi madre. Pero era una intrigante y las personas no parecían importarle tanto como el dinero.

—¿Les caía bien a los demás?

—¡Cielo santo, sí! Todos los Warner la adoraban. Era la favorita del abuelo, a pesar de que Cade era su único hijo. Y todos los hombres del condado acababan enamorándose de ella. Los hombres se volvían locos por ella. El viejo Johnson, cuando era joven, perdió la cabeza por ella y nunca se rehízo tras su desaparición. Ella lo había hechizado, como a todos los demás.

—Definitivamente no era como yo —declaró Addie con resignación, y se rió entre dientes—. ¡Si me pareciera a Mary Pickford, ningún hombre podría resistirse a mí!

—Eres tú quien no se concede una oportunidad, cariño. Los únicos hombres que ves son los pacientes del hospital. Veteranos de guerra. Hombres lisiados y cansados. No es bueno que dediques todo tu tiempo libre a curarlos y cuidarlos. Deberías salir con jóvenes de tu edad y acudir a fiestas y a bailes, en lugar de esconderte aquí, conmigo.

—¿Esconderme? —repitió Addie indignada—. Yo no me escondo de nada. Me gusta pasar el tiempo contigo.

—Pero, de vez en cuando, podrías pedirle a una de las vecinas que se quede conmigo durante unas horas. No tienes por qué estar aquí todo el tiempo.

—Hablas como si pasar el rato contigo constituyera una carga terrible, pero tú eres la única familia que tengo y te lo debo todo.

—Desearía que no hablaras así. —Leah dirigió su atención a la bandeja de la cena y lo saló todo con generosidad—. Desearía estar segura de que te he educado bien. No quiero que acabes siendo una vieja solterona, Addie. Deberías casarte y tener hijos.

—Si éste es el deseo de Dios, me enviará al hombre adecuado.

—Sí, pero tú estarás tan ocupada cuidándome que se lo quedará otra chica.

Addie se echó a reír.

—Una cosa es segura, tía Leah, si me caso, no será con nadie que ya conozca. Ninguno de los hombres de Sunrise me gustaría como esposo. Y el único nuevo es Ben Hunter.

—No bromees acerca de él. Me preocupa. Aunque no me hubieras contado que está aquí, sabría que algo anda mal. Es como si una sombra hubiera cubierto la ciudad.

—¿No te parece extraño? Yo también siento algo distinto en el aire, como si algún suceso estuviera esperando para ocurrir. Ahora que Ben Hunter ha regresado, ¿no sería curioso que Adeline también apareciera? ¿Cincuenta años después de su desaparición?

—Ella nunca regresará —afirmó Leah con un convencimiento absoluto.

—¿Por qué no? ¿Crees que él la mató?

Leah permaneció en silencio durante un largo rato y su mirada se volvió distante.

—He pensado en esta posibilidad durante años. Creo que el hecho de que desapareciera de aquella manera me preocupó a mí más que a ninguna otra persona, salvo a su padre. Nunca dejé de preguntarme qué sucedió el día que desapareció. Esta pregunta me ha perseguido durante toda la vida. Creo que le ocurrió algo extraño. No creo que la asesinaran, ni que la secuestraran, ni que huyera, como la mayoría de la gente cree. Las personas no desaparecen así, sin que quede ninguna pista acerca de lo que les ha sucedido.

—Entonces, ¿no crees que Ben Hunter la matara?

—No creo que él sepa lo que le sucedió.

Addie sintió que un escalofrío recorría su espalda.

—Es como una historia de fantasmas.

—Siempre quise hablar con alguien acerca de esta cuestión, con uno de los marcadores de reses del rancho, un hombre que se llamaba Diaz. Se trataba de un mexicano supersticioso que tenía sus propias ideas acerca de todo lo que ocurría. A todo el mundo le encantaba escuchar sus historias. Él hablaba durante horas acerca de las estrellas, encantamientos, fantasmas y sobre cualquier otra cosa imaginable. A veces, predecía el futuro y, con frecuencia, acertaba.

Addie realizó una mueca.

—¿Y cómo lo hacía, tenía una bola de cristal o algo parecido?

—No lo sé. Diaz era raro. Conseguía que las cosas más extrañas parecieran naturales y, como creía en ellas, casi lograba que tú también creyeras en ellas. Pero abandonó el rancho para siempre antes de que yo pudiera reunir el suficiente valor para preguntarle qué opinaba acerca de la desaparición de la tía Adeline.

—Lástima —declaró Addie de una forma pensativa—. Habría sido interesante saber qué opinaba.

—Desde luego.

El viernes, Addie salió con Bernie Coleman para ver la nueva película de la que todo el mundo hablaba. El señor Turner, el propietario de la sala de cine, había instalado el equipo sonoro el año anterior y toda la ciudad acudía a ver con entusiasmo los últimos estrenos. *La Coqueta* era la primera película hablada de Mary Pickford y a Addie no sólo le encantó su forma de actuar, sino también su nuevo corte de pelo, por encima de la mandíbula.

—Creo que me cortaré el pelo y me haré tirabuzones —reflexionó Addie mientras Bernie la acompañaba a casa.

Él se rió y se inclinó hacia ella simulando que examinaba su cabello liso y castaño.

—¿Tú con tirabuzones? ¡Imposible!

Addie le sonrió y arrugó la nariz.

—Podría hacerme la permanente.

—Cariño, comparada contigo, Mary Pickford no es tan guapa.

—Eres un encanto —respondió ella, y se rió mientras deslizaba una mano en la de él.

Por fuera, Bernie parecía mordaz y sofisticado. Intentaba dar la impresión de que todo le aburría y de que el mundo lo hastiaba, pero Addie hacía tiempo que había descubierto en él un lado amable. Por mucho que lo ocultara ante los demás, de vez en cuando, Addie percibía en él signos de ternura, pues era el tipo de hombre que no soportaba ver a un animal herido o a un niño infeliz. Debido a su familia adinerada, su pelo rubio y su aspecto atractivo, las jóvenes lo consideraban un buen partido, pero Addie no estaba interesada en él desde el punto de vista romántico. Ésta era quizá la razón de que él se sintiera tan atraído por ella. Por lo visto, los hombres siempre querían lo que no podían tener.

Cuando llegaron a la casa de Addie, situada al final de la calle, Bernie le apretó la mano con más fuerza y en lugar de acompañarla a la puerta principal, la condujo a las sombras que se extendían más allá del halo de luz de la iluminación del porche.

—¿Qué haces, Bernie? —preguntó Addie entre risas—. La hierba está húmeda y mis zapatos...

—Calla durante un minuto, guapa. —Bernie apoyó un dedo en los labios de Addie—. Quiero estar a solas contigo unos segundos.

Addie le mordió el dedo de una forma juguetona.

—Podríamos entrar en casa. Leah está arriba y es probable que esté dormida.

—No, cuando estás en la casa no eres la misma. En cuanto cruzas la puerta, te conviertes en otra chica.

—¿Ah, sí?

Addie lo observó de una forma inquisitiva y más que sorprendida.

—Sí, te pones seria y aburrida y a mí me gusta cuando eres divertida y atolondrada. Deberías estar así todo el tiempo.

—No puedo ser divertida y atolondrada siempre —respondió Addie con una sonrisa pícara—. De vez en cuando, tengo que trabajar y preocuparme. Forma parte de ser un adulto.

—Eres la única chica que habla así.

Addie se acercó a él, le rodeó el cuello con los brazos y rozó la suave mejilla de Bernie con sus labios.

—Por eso te gusto, listillo, porque soy una novedad para ti.

—Por esto me gustas —repitió él mientras inclinaba la cabeza y la besaba.

El contacto de su boca en la de ella resultaba agradable. Para Addie, sus besos eran signos de amistad, pruebas ocasionales de afecto. Para Bernie, constituían promesas de futuros momentos mejores.

Hacía tiempo que Bernie se había dado cuenta de que Addie no tenía la intención de permitirle ir más allá de los besos, pero esta percepción no le impedía seguir intentándolo. En su mente, había dos tipos de mujeres, las que respetaba y las que no respetaba. En cierto sentido, le gustaba que Addie fuera de aquella manera. Pero si algún día le permitía ir tan lejos como él quería, su sueño de convertirla en el tipo de mujer que él no respetaba se haría realidad.

—Addie —declaró con voz grave mientras la abrazaba con más fuerza—, ¿cuándo me dirás que sí? ¿Cuándo empezarás a vivir? ¿Por qué tú y yo no...?

—Porque no —respondió ella con un suspiro compungido—. Sólo por eso. Quizá sea una tonta romántica, pero creo que, para tener una relación más íntima, deberíamos sentir algo más de lo que sentimos el uno por el otro.

—¡Las cosas podrían ir tan bien entre nosotros! Yo nunca te haría daño. —Su voz se convirtió en un susurro mientras la besaba con suavidad en los labios—. Quiero hacerte una mujer. Sé que todavía no has confiado en nadie lo suficiente, pero sería bueno para ti y para mí, bueno y natural. Addie...

Ella se rió y se deshizo de su abrazo.

—Bernie, para. No estoy preparada para esto, ni contigo ni con nadie. Yo... —Addie miró a su alrededor, rió con nerviosismo y bajó la voz—. No puedo creer que estemos manteniendo esta conversación en el jardín de mi casa. Apostaría algo a que todos los vecinos nos están escuchando.

Pero Bernie no compartía su buen humor y la miró con solemnidad.

—Lo único que yo sé es que algo no va bien cuando una chica se niega a vivir como tú lo haces.

Aquella acusación hirió a Addie.

—Yo no me niego a vivir —protestó ella más desconcertada que enfadada—. Bernie, ¿qué ocurre? Hace apenas un minuto nos estábamos divirtiendo...

—¿Te estás reservando para el matrimonio? —preguntó él de una forma directa—. ¿Por esto no quieres hacer el amor conmigo?

—No quiero casarme con nadie. Y no quiero ser la..., ya sabes, de nadie. No me siento así respecto a ti. Me gustas, Bernie, pero creo que tiene que haber algo más entre dos personas para hacer el amor y esto no significa que me niegue a vivir.

—Sí que lo significa. —El rostro de Bernie reflejaba su frustración—. Las únicas personas que te preocupan en el mundo sois tú y tu tía, y los demás podemos irnos al infierno.

—¡Esto no es cierto!

—Addie, tú no conectas con la gente —continuó Bernie de una forma implacable—. Vives en tu mundo privado y sólo dejas entrar a Leah. Pero cuando ella ya no esté, no tendrás a nadie. Nos has dejado a todos afuera. Ni das ni recibirás.

—¡Para! —De repente, lo que Bernie le había dicho le resultó insoportable y Addie sintió odio hacia él. Aunque tuviera razón—. No quiero oír nada más y no quiero volver a verte.

—Si esto es todo lo que obtendré de ti, el sentimiento es mutuo, guapa.

Addie se separó de él y subió las escaleras del porche a toda prisa y con los ojos húmedos.

Por la mañana, lo único que le contó a Leah acerca de la cita con Bernie fue que habían terminado. Leah reaccionó con sensibilidad y no le preguntó nada, pues pareció comprender lo que había ocurrido sin que Addie se lo contara.

Durante los días siguientes, Addie no tuvo tiempo de pensar en Bernie, pues estuvo muy ocupada cuidando a Leah. Resultaba evidente que le estaba llegando la hora final a gran velocidad. No podrían retrasar el desenlace durante mucho más tiempo, ni con los medicamentos ni con las oraciones, ni siquiera con la voluntad de vivir de Leah. Día a día, Leah se sentía más débil y se interesaba menos por lo que ocurría a su alrededor. Aunque el doctor Haskin había advertido a Addie que esto sucedería, el miedo, la impotencia y la frustración la empujaron a llamarlo.

Lo único que hizo el anciano doctor fue sentarse en la cama de Leah y hablarle con dulzura. Su presencia hizo desaparecer, de una forma temporal, la confusión y el desánimo de Leah. La débil sonrisa de Leah levantó el ánimo de Addie, por lo que todavía le resultó más difícil soportar lo que el doctor Haskin le comunicó cuando salió de la habitación:

—No le queda mucho tiempo, Addie.

—Pero... aguantará un poco más, ¿no? Parece que tiene mejor aspecto...

—Ha aceptado lo que va a suceder —explicó él con su voz amable. Su rostro moreno y arrugado como una cáscara de nuez reflejaba compasión. El doctor bajó la mirada hacia Addie y un mechón de pelo plateado cayó sobre su frente—. Será mejor que tú hagas lo mismo. Ayúdala a aceptarlo con tranquilidad, no te resistas.

—¿Que no me resista? No... Pero ¿qué dice? ¿No tiene nada que pueda ayudarla? Algún medicamento más potente o...

—No te voy a dar una lección y no puedo añadir nada que tú ya no sepas. Lo único que puedo decirte es que sucederá pronto y que deberías prepararte para el final.

Anonadada, Addie se dio la vuelta e intentó contener el sentimiento de ahogo que le atenazaba la garganta. Sentía pánico, un pánico primitivo que no podía calmarse con palabras amables. Addie percibió la delicada mano del doctor en su hombro y oyó sus palabras como si procedieran de muy lejos.

—Todos tenemos nuestro propio tiempo para vivir en esta tierra, pequeña. Algunos disponen de más tiempo que otros, pero todos sabemos cuándo se acerca nuestro fin. Leah ha tenido la mejor vida que podía tener, Dios bien lo sabe. No tiene nada que temer y tú no puedes hacer más que seguir su ejemplo. Te queda el resto de tu tiempo por vivir.

Addie intentó explicarle la terrible sospecha que acechaba en su corazón.

—No sin ella. Tengo miedo de que...

—¿De que muera?

—S... sí. Bueno, no tengo miedo por lo que pueda pasarle a ella, pues sé que va a un lugar mejor en el que el dolor no existe, pero, sin ella, no tengo ninguna razón para seguir aquí.

—Esto es una tontería. Una auténtica tontería. Tú eres una parte importante de Sunrise. Perteneces a este lugar tanto como todos los demás.

—Sí —susurró ella, pero se tragó las ardientes palabras que pugnaban por salir de su garganta: «Yo no lo siento así. No siento que pertenezca a este lugar.»

Pero no podía expresarlo en voz alta.

Addie inclinó la cabeza y lloró con suavidad mientras el doctor Haskin le daba una palmadita en el hombro y se alejaba.

Aquella noche, Addie no pudo dormir. Quizá debido al repiqueteo de la lluvia y al rugido de los truenos o a la persistente preocupación que sentía por Leah, la cuestión es que apenas consiguió cerrar los ojos. Cada pocos minutos, se levantaba e iba a comprobar cómo se encontraba su tía. En una de estas ocasiones, Addie notó que Leah se movía de un modo casi imperceptible y que sus dedos se ponían en tensión. Addie contempló los pálidos dedos que apretujaban el cubrecama y apoyó la mano encima de la de Leah con la intención de tranquilizarla. ¡Estaba tan fría! Tenía la piel fría.

De una forma mecánica, estiró el cubrecama y lo arrebujó por debajo de los hombros de Leah. Mientras regresaba a su dormitorio, Addie sintió un escalofrío. Se sentía extraña aquella noche, un poco mareada, el corazón le latía con fuerza y hasta su alma temblaba con una emoción desconocida. Addie rezó con fervor, con palabras sencillas, como las de una niña: «Por favor, bendice a Leah. Por favor, que no sienta dolor. Ayúdame a ser valiente y a saber qué tengo que hacer.»

Después de unos minutos de permanecer arrodillada junto a la cama y con las manos entrelazadas, Addie se dio cuenta de que tenía el lado derecho de la cabeza apoyado en el colchón. Casi se había dormido. Le daría otra ojeada a Leah y se acostaría. Addie se levantó medio tambaleándose y fue, una vez más, al dormitorio de su tía. Se detuvo junto a la cama. Leah estaba completamente inmóvil. La tensión de sus dedos había desaparecido.

—¿Leah, estás bien?

Addie tocó la mano de su tía. Estaba fláccida y blanca como la cera. Addie ya había visto antes aquel aspecto, en el hospital. Su mente sabía lo que significaba, pero su corazón se negaba a admitirlo. Necesitaba a Leah. Leah era su familia, su responsabilidad, su consuelo. Con una reticencia absoluta, Addie rodeó la fláccida muñeca de su tía con los dedos para buscar su pulso. No percibió ningún latido, nada. Estaba muerta.

—¡Oh, no! ¡Oh, no!

Se alejó de la cama con lentitud. No podía creer que su tía se hubiera ido de verdad. El golpe fue más duro de lo que había imaginado. El vacío que experimentó al saber que nunca más volvería a hablar con Leah y que no podría acudir a ella en busca de consuelo, fue peor que el mismo dolor.

Las paredes de la habitación parecieron convertirse en las de una tumba. Addie, presa del pánico, bajó las escaleras a toda prisa e intentó abrir la puerta principal mientras contenía los sollozos que pugnaban por salir de su pecho, pero la puerta no se abrió. A continuación, cogió con fuerza el pomo y volvió a intentarlo. En esta ocasión, la puerta se abrió y Addie salió al exterior.

Se apoyó en una de las columnas del porche y una cortina de lluvia fría la empapó haciendo que su bata se pegara con pesadez a su cuerpo. La casa estaba asentada en uno de los extremos de Sunrise. Addie contempló la ciudad que se extendía frente a ella, el contorno de los edificios, los automóviles, el brillo del húmedo asfalto y las diminutas y distantes figuras de las parejas que cruzaban la calle. Después se reclinó en la áspera columna de madera mientras sentía el frescor de la lluvia en su rostro.

—¡Leah! —exclamó con los ojos empañados de lágrimas—. ¡Oh, Leah!

Poco a poco, Addie se dio cuenta de que había alguien cerca y de que esa persona la observaba. Ya había sentido aquella mirada penetrante antes y reconoció el escalofrío que le hacía sentir. Addie abrió los ojos y lo miró: el viejo Ben Hunter. Ben estaba en la calle, a unos tres metros de distancia, con el pelo gris pegado a la cabeza y chorreando agua. A causa de la impresión, Addie ni siquiera se preguntó cómo había llegado hasta allí.

—Adeline. Adeline, ¿dónde estabas?

Addie se estremeció. «El sueño», pensó. Se abrazó a la columna para no perder el equilibrio y contempló al anciano mientras el viento azotaba su rostro. Sentía el sabor amargo del dolor en la boca y el salado de las lágrimas en los labios.

—No tenías por qué regresar —declaró con voz temblorosa—. No queda ningún Warner. ¿Qué quieres?

Él pareció confundido a causa del enfado que reflejaba la voz de Addie.

—Asesino —murmuró ella—. Espero que sufrieras por lo que les hiciste a los Warner. Si hubiera vivido cincuenta años atrás, te habría hecho pagar por el daño que les ocasionaste.

Él intentó hablar, pero de su boca no salió ninguna palabra. De repente, Addie supo lo que él quería decir, percibió el pensamiento de aquel hombre como si fuera el suyo propio y su rostro empalideció de miedo.

Tú estabas allí, Adeline. Estabas allí.

Paralizada, Addie se agarró con fuerza a la columna e intentó rezar una oración. Percibió que, a lo lejos, varias personas corrían de un edificio a otro bajo la tormenta. Se trataba de sombras oscuras y borrosas, de modo que no pudo discernir cuántas había. Se sentía desorientada. El suelo se inclinó y se acercó a ella y Addie oyó su propio grito mientras se desplomaba. El sonido retumbó en la oscuridad, una oscuridad tenue que la envolvió como una marea inexorable. No experimentó miedo ni dolor, sólo confusión. Notó que el mundo se alejaba de ella y la dejaba en un vacío oscuro. Unos pensamientos que no comprendía atravesaron su mente, pensamientos que no eran de ella.

¿Qué he dejado atrás?

Yo no morí... Leah...

Adeline, ¿dónde estabas?

—Adeline, ¿dónde estabas? —preguntó la voz de un muchacho a través de la oscuridad despertándola con brusquedad—. Te hemos estado buscando por todas partes. ¡Estoy harto! Se supone que tenías que reunirte con nosotros hace dos horas delante del almacén y en lugar de acudir allí vas y desapareces. ¡Tienes suerte de que te haya encontrado yo en lugar de Ben! Él está que se sube por las paredes, te lo digo en serio.

Addie levantó su fláccida mano hasta sus cejas y abrió los ojos. Un pequeño grupo de personas se apelotonaba a su alrededor y la intensa luz del sol le taladraba el cerebro. Las sienes le palpitaban con fuerza y tenía el peor dolor de cabeza que había experimentado nunca. Además, el monólogo impaciente del muchacho no ayudaba en absoluto a mejorar su estado. Deseó que alguien lo hiciera callar.

—¿Qué ha ocurrido? —masculló Addie.

—Te has desmayado justo delante de la tabaquería —declaró el muchacho con indignación.

—Yo... me siento mareada. Tengo calor...

—No utilices el sol como excusa. ¡Típico de las chicas, desmayarse cuando tienen problemas! Así los demás sienten lástima por ellas. No finjas conmigo. Reconozco un desmayo auténtico cuando lo veo y el tuyo es una mala imitación.

Addie abrió mucho los ojos y lanzó al muchacho una mirada iracunda.

—Eres el chico más maleducado que he conocido nunca. Debería contárselo a tus padres. ¿Dónde está tu madre?

—Mi madre también es la tuya y está en casa, cabeza de chorlito.

El muchacho, que debía tener unos trece o catorce años, la cogió del brazo con una fuerza inusitada e intentó ponerla en pie.

—¿Quién te crees que eres? —exclamó Addie, mientras se resistía a los intentos del muchacho por incorporarla y se preguntaba por qué las personas que los miraban boquiabiertas no hacían nada para impedir el acoso del muchacho.

—Tu hermano Cade, ¿te acuerdas? —contestó él con sarcasmo, y tiró del brazo de Addie hasta que ella se incorporó.

Addie lo miró sobresaltada. ¡Qué idea tan absurda! ¿Se trataba de una broma o estaba loco? Aquel muchacho era un completo desconocido para ella, aunque su aspecto le resultaba extrañamente familiar. Addie, sorprendida, llegó a la conclusión de que lo había visto antes. El muchacho era más alto que ella, de extremidades robustas, y despedía la típica energía incontenible de un adolescente. Cade, si era así como se llamaba, era guapo, de pelo castaño y resplandeciente y vivos ojos marrones. El contorno de su cara, la curvatura de su boca, la forma de su cabeza... le resultaban familiares.

—Te... te pareces a mí —balbuceó ella, y él resopló.

—Sí, ésa es mi mala suerte. Venga, vamos. Tenemos que irnos.

—Pero... Leah... —empezó Addie y, a pesar de su desconcierto, los ojos le escocieron al recordar su dolor—. ¡Leah...!

—¿De qué estás hablando? Leah está en casa. ¿Por qué lloras? —La voz del muchacho se suavizó de inmediato—. Adeline, no llores. Yo me encargaré de Ben, si es esto lo que te preocupa. Tiene toda la razón del mundo para estar enfadado, pero no permitiré que te grite.

Mientras oía sus palabras sólo a medias, Addie se volvió, contempló el final de la calle y se preguntó cómo había llegado al centro de la ciudad desde el porche delantero de su casa. Entonces su corazón pareció detenerse y el dolor por la muerte de Leah se vio amortiguado por una gran impresión. Su casa no estaba. La casa en la que Leah la había criado había desaparecido y, en su lugar, sólo había un espacio vacío.

—¿Qué ha ocurrido?

Addie se llevó las manos al pecho para calmar los violentos latidos de su corazón. ¡Una pesadilla! ¡Se encontraba en medio de una pesadilla! Addie dio una ojeada rápida a su entorno en busca de cosas que le resultaran familiares, pero sólo encontró rastros ocasionales del Sunrise que ella conocía. Incluso el aire olía distinto. La calle asfaltada ahora era de tierra y había muchos baches y miles de huellas de herraduras de caballo. Los coches habían desaparecido y sólo había caballos y carros alineados a lo largo de las aceras de tablones de madera.

Las sencillas tiendas de la ciudad también habían desaparecido y..., ¿por qué no había otra cosa más que tabernas? ¡Tabernas! ¿Qué había pasado con la Prohibición? ¿Había decidido todo el mundo ignorar la ley? Tampoco había rótulos eléctricos, ni sala de cine, ni barbería..., ni cables telefónicos. Sunrise no era más que toscos letreros pintados con colores chillones y tiendas destartaladas... y la gente... ¡Santo cielo, la gente! Parecía que estuvieran todos en una fiesta de disfraces.

Las pocas mujeres que veía llevaban el pelo recogido en voluminosos peinados y vestían engorrosos trajes de cuello alto y apretado. Había vaqueros por todas partes, vestidos con sombreros vaqueros de fieltro o de copa y ala plana, sucios pañuelos atados al cuello, pesadas capas estilo poncho, espuelas con ruedecita rotatoria y botas de punta afilada y con tacón. La mayoría también llevaba barbas y bigotes espesos y pistolas con funda y cartucheras para la munición.

Media docena de ellos rodeaban a Addie y a Cade mientras sostenían, de una forma respetuosa, los sombreros en las manos y contemplaban a Addie con fascinación, respeto y hasta con cierta intimidación. La extrañeza de la escena asustó a Addie. O había perdido la razón o todos se habían puesto de acuerdo para gastarle una broma.

«Que me despierte pronto, por favor, que me despierte pronto. Me enfrentaré a cualquier cosa con tal de que no sea esto. Permíteme despertarme para que sepa que no me he vuelto loca.»

—¿Por qué miras a tu alrededor de esta manera? —preguntó Cade mientras la cogía por el codo y la hacía bajar de la acera a la calle.

Cade tuvo que abrirse paso entre los vaqueros, quienes murmuraban expresiones de preocupación, hasta que Cade explicó con impaciencia:

—Se encuentra bien. En realidad no se ha desmayado. Está bien.

Anonadada, Addie le permitió que la condujera calle abajo.

—Tenemos que encontrar a Ben —declaró Cade con un suspiro—. Te ha estado buscando por este extremo del pueblo. Dios mío, a estas alturas debe de estar como loco.

—Cade... —Addie sólo había oído hablar de un Cade en su vida, y éste era el tío de Leah, pero el tío de Leah era un hombre de edad, un abogado respetable que vivía hacia el noreste. Sin duda, no tenía ninguna conexión con aquel muchacho insolente. Addie pronunció el nombre que tenía en la punta de la lengua, pues decidió que, al fin y al cabo, no tenía nada que perder—. ¿Cade Warner?

—Sí, ¿Adeline Warner?

«¡No! ¡No! Yo soy Addie Peck. Adeline Warner era mi tía abuela, y desapareció hace cincuenta años. ¡Sí, seguro que estoy soñando!»

Pero ¿Ben Hunter también era un sueño? ¿Y también lo era la muerte de Leah?

—¿Adónde vamos? —consiguió preguntar.

Addie contuvo una risita de consternación al darse cuenta de que también ella iba vestida con la recatada ropa que vestían las demás mujeres. Llevaba puesto un ajustado vestido rosa que se le clavaba en la cintura y resultaba difícil caminar con aquellas faldas tan pesadas.

—En cuanto encontremos a Ben, regresaremos a casa. ¿Por qué llegas dos horas tarde? ¿Has estado coqueteando otra vez? No me importa que hagas el tonto, pero no vuelvas a hacerlo a costa de mi tiempo. Hoy tenía muchas cosas que hacer.

—No estaba coqueteando.

—Entonces, ¿qué estabas haciendo?

—No lo sé. No sé qué está pasando.

A Addie se le quebró la voz. Cade la observó con atención y entonces se dio cuenta de lo pálida que estaba.

—¿Te encuentras bien, Adeline? —Ella no tuvo tiempo de contestar, pues justo entonces llegaron junto a una tartana de hierro y madera con asientos de mimbre que era más elegante que el resto de los vehículos que había en la calle. Cade la ayudó a subir—. Espera aquí mientras voy a buscar a Ben —le indicó Cade. El asiento de mimbre crujió bajo el peso de Addie, quien se agarró al lateral del vehículo, inclinó la cabeza hacia delante e inhaló hondo—. Estaré de vuelta enseguida —declaró Cade.

Cade se marchó y Addie luchó para contener las náuseas que crecían en su interior. Había bastantes posibilidades de que perdiera la batalla.

«Sea o no una pesadilla, estoy a punto de vomitar. —Addie miró a su alrededor y le pareció que todo el mundo la estaba mirando—. No, no puedo vomitar. No puedo dejarme llevar por la situación.»

Con un gran esfuerzo de voluntad, Addie consiguió reprimir las náuseas que empezaban a subir desde su estómago.

—¡Aquí está!

Addie oyó la intencionadamente animosa voz de Cade y levantó la cabeza para mirarlo. Su corazón dejó de latir cuando vio la oscura figura que subía al carro y cogía las riendas con una mano. Addie no podía moverse, así que permaneció inmóvil en el asiento mientras el hombre se volvía y clavaba en ella unos ojos verdes y fríos.

«¡Oh, Dios mío, es él! —pensó Addie aterrada—. ¡Pero no puede ser, se supone que es un hombre mayor!»

—¿Te lo has pasado bien? —preguntó él con voz grave y, por lo visto, sin esperar una respuesta.

El miedo atenazó la garganta de Addie. Él siguió lanzándole su dura mirada mientras el ala de su sombrero ensombrecía parte de su rostro y ella se quedó helada al darse cuenta de que, efectivamente, se trataba de Ben Hunter. Ben Hunter unas décadas atrás. Ella había visto aquellos mismos ojos verdes en el rostro de un anciano de pelo gris y largo y de figura nervuda. Sin embargo, aquel hombre tenía el pelo moreno y corto, unas cejas negras como el carbón y unos hombros anchos y corpulentos que ponían en tensión las costuras de su camisa de algodón. Era joven, de facciones duras e iba bien afeitado.

«¡Asesino!»

—Creo que se encuentra mal —declaró Cade mientras se sentaba en el asiento trasero, al lado de Addie.

—Estupendo.

Ben se volvió hacia delante, sacudió las riendas y la tartana se puso en marcha con una sacudida. Addie se aferró al asiento mientras miraba a Ben con las pupilas dilatadas y apenas se dio cuenta de que salían del pueblo. Se produjo un tenso silencio y el shock que Addie sufría creció con cada rotación de las ruedas de la tartana.

Las preguntas cruzaban su mente demasiado deprisa para que ella pudiera catalogarlas. Addie contempló los campos por los que pasaban. Se trataba de una tierra tosca, joven y salvaje. Las casas que supuestamente tenían que ocupar aquellos campos habían desaparecido. Sunrise era un pequeño asentamiento en medio de kilómetros interminables de praderas que se extendían sin límites hacia el oeste y que susurraban quedamente al paso de las ruedas de la tartana y las herraduras del caballo.

¿Dónde estaban los edificios, las calles, los automóviles, la gente? Addie estrechó con tensión sus temblorosas manos y se preguntó qué le estaba sucediendo. De repente, Cade la cogió de la mano. Addie se sobresaltó, pero relajó su mano en la de él y sintió que él se la apretaba con calidez.

Addie levantó la mirada y se encontró con los ojos vivos y marrones de Cade, que eran del mismo color que los de ella. Había afecto en su mirada, como si ella fuera su hermana de verdad. ¿Cómo podía mirarla de aquella forma? Si ni siquiera la conocía.

—Cabeza de chorlito —susurró Cade, y sonrió antes de darle un codazo en las costillas.

Ella ni siquiera parpadeó y continuó mirándolo con fijeza. Ben debió de oír a Cade, porque se volvió y miró a Addie de una forma que envió un escalofrío por su espalda.

—Ya sé que no te importa, pero tenía planeado estar de regreso en el rancho hace ya mucho rato.

La voz de Ben sonó tensa y exasperada.

—Lo siento —susurró Addie con la boca seca.

—Creo que buscarte durante dos horas me da derecho a saber qué demonios estabas haciendo.

—Yo..., no lo sé.

—No lo sabes —repitió él, y explotó—: ¡Claro que no lo sabes! ¡No sé cómo he podido creer que lo sabías!

—Ben, no se encuentra bien —protestó Cade sin soltar la mano de Addie.

Aunque sólo era un muchacho, su presencia constituía un gran alivio para Addie.

—No te preocupes —le dijo Addie a Cade esforzándose por mantener la voz firme—. Su opinión no me importa.

—¡Típico! —soltó Ben mientras volvía su atención al camino—. No te importa la opinión de nadie. De hecho, podría enumerar con los dedos de una mano las cosas que te importan: los bailes, los vestidos, los hombres... A mí me es igual, porque lo que decidas hacer con tu tiempo no tiene ninguna importancia para mí. Pero cuando interfieres en el funcionamiento del rancho, infringes mis horarios y nos haces ir retrasados a todos los demás, me parece intolerable. ¿Alguna vez se te ha ocurrido pensar que tus armarios llenos de ropa y todas tus extravagancias dependen de la cantidad de trabajo que se realiza en el rancho?

—Ben —intervino Cade—, ya sabes que nadie te entiende cuando utilizas esas palabras tan raras...

—He entendido todo lo que ha dicho —lo interrumpió Addie mientras el terror que sentía disminuía. Tanto si estaba viviendo un sueño como si no, Ben Hunter sólo era un hombre, un hombre malvado y cobarde que había asesinado brutalmente a su bisabuelo. Addie le lanzó una mirada cargada de odio—. Y también entiendo que no tienes ningún derecho a sermonearme acerca de nada. No después de lo que has hecho.

—¿De qué estás hablando?

La penetrante mirada de Ben la hizo callar de inmediato. Su valiente acusación se desvaneció en el aire y Addie, intimidada, guardó silencio durante varios minutos.

Cuando se acercaban al límite de las tierras de los Warner, uno de los vigilantes del perímetro del rancho se acercó cabalgando hasta ellos y Ben intercambió con él un saludo con la cabeza. A pesar del bigote, el jinete parecía tener sólo unos cuantos años más que Cade y también parecía aburrido a causa de su tarea, la cual consistía en perseguir a las reses extraviadas y mantener a las de los vecinos lejos de la propiedad de los Warner. Tarde o temprano, todos los vaqueros del rancho tenían que realizar, por turnos, esta tarea.

—¿Cómo va todo? —preguntó Ben mientras inclinaba su sombrero hacia atrás y lanzaba al muchacho una mirada inquisitiva.

—Bastante bien. Hoy hemos marcado a un ternero. Uno que se nos escapó durante el recuento.

—¿Era nuestro?

El muchacho se encogió de hombros.

—Lo más probable es que se escapara del Double Bar, pero el otoño pasado ellos se quedaron con uno de los nuestros. —El muchacho miró a Addie y se tocó el ala del sombrero en actitud respetuosa—. Señorita Adeline...

Cuando el vaquero se alejó, Addie contempló a Cade con los ojos muy abiertos.

—¡Pero..., poner la marca del rancho Sunrise al ternero de otra persona es robar!

—Vamos, Addie, marcar un ternero sin marca es juego limpio. Además, ya lo has oído, el otoño pasado ellos nos quitaron uno de los nuestros. Ahora estamos en paz.

—Esto no está bien... —insistió ella.

Ben intervino con voz lacónica.

—Al menos esto enseñará a los del Double Bar a mantener sus terneros lejos de nuestros pastos.

—No me extraña que tú tengas estos principios —contestó ella con frialdad—, pero enseñarle a un muchacho de la edad de Cade que robar está bien, es un acto criminal.

De repente, Ben sonrió y miró a Addie por encima del hombro con un brillo malicioso en los ojos.

—¿Y cómo crees que empezó tu padre en el negocio de la ganadería, Adeline?

—¿Mi padre? —repitió ella mientras, confusa, se ruborizaba.

«Pero si yo no tengo un padre.»

—Sí, tu padre. Él empezó trabajando para otro ranchero y reunió su primer rebaño con reses extraviadas. Pregúntaselo cuando quieras. Lo admitirá sin titubear.

Cade no se inmutó al oír aquella información. Por lo visto, ya la había oído antes. ¿Qué tipo de hombres eran? ¿Qué tipo de moralidad tenían? Addie apartó la mirada a un lado sorprendida por la facilidad con que Ben había acallado sus protestas. Por lo visto, la conocía el tiempo suficiente para haber desarrollado una patente animadversión hacia ella y se sentía cómodo burlándose de ella. En su mirada no había ningún respeto, sólo frialdad.

La tartana avanzó a lo largo de un riachuelo y recorrieron varios kilómetros antes de que ningún edificio apareciera a la vista. El edificio principal era una casa de tres pisos que dominaba el rancho Sunrise desde el centro de la propiedad. Se trataba de una construcción elegante, con cortinas flotantes de encaje blanco y un porche amplio. A la derecha había un corral y un barracón de gran tamaño y a la izquierda, un número considerable de cobertizos y otras construcciones. El rancho constituía en sí mismo un pueblo pequeño. El escenario estaba poblado de peones y caballos, y también había un perro juguetón. El sonido, poco melodioso, de los canturreos de los peones y el ruido de los hachazos en la madera se mezclaba con los gritos y los sonidos que acompañaban a la doma de un potro en el corral.

La tartana se detuvo frente al edificio principal y Addie permaneció inmóvil y atónita. ¿Y ahora qué? ¿Qué se suponía que tenía que hacer? Cade bajó de un salto de la tartana y esperó junto al vehículo para ayudar a Addie.

—Vamos, sal —la apremió mientras le sonreía para darle ánimos—. Ya sabes que papá no estará enfadado mucho tiempo. Contigo, no. Date prisa, tengo cosas que hacer.

—Quédate conmigo —pidió ella nada más bajar de la tartana y mientras se agarraba al brazo de Cade.

El único rostro amigable que había visto hasta entonces era el de Cade y prefería tenerlo cerca a quedarse sola, pero Cade apartó el brazo y se dirigió al corral.

—Ben te acompañará adentro —declaró mientras volvía la cabeza hacia ella—. De todas formas, creo que es exactamente lo que pensaba hacer.

—Sin lugar a dudas —declaró la voz áspera de Ben detrás de Addie y antes de que ella pudiera escapar, una mano de acero la cogió por el brazo—. Vamos a hablar con tu padre, señorita Adeline.

Al sentir el contacto de su mano, Addie se estremeció. La encontraba repulsiva, pero él la empujó con facilidad escaleras arriba y a través del porche. Addie percibió su considerable fuerza mientras él ignoraba sus intentos por soltarse. Ben abrió la puerta principal sin llamar y, antes de hacer entrar a Addie en una habitación que debía de ser la biblioteca, ella vislumbró unas paredes de madera de nogal y unas alfombras mullidas. En la habitación se percibía una mezcla de olores masculinos: olor a cuero y a grasa, a madera y a puro.

—¿Russ? —preguntó Ben. El hombre que había en la biblioteca se volvió hacia ellos y Ben soltó el brazo de Addie—. Supuse que estarías aquí.

—Llegas tarde —contestó Russell Warner.

Parecía una versión adulta de Cade, aunque su pelo castaño estaba salpicado de canas y tenía un bigote espeso y bien recortado. Russell Warner era un hombre robusto, de aspecto saludable y cuidado. Algunos hombres sobrellevaban la autoridad con desenvoltura, como si no notaran el peso del mando en sus hombros. Y Russell era uno de esos hombres. Él había nacido para dirigir a otros hombres. Miró a Addie con cariño y sus ojos brillaron.

—Diría que mi niña ha estado haciendo perder el tiempo a alguien otra vez.

Addie sintió un doloroso latido en el pecho mientras lo miraba.

«Éste es mi bisabuelo, y él cree que yo soy su hija. Todos creen que soy Adeline Warner.»

Addie no oyó ni una palabra de la conversación que mantuvieron los dos hombres, sólo se quedó de pie y en silencio, agotada debido a la tensión emocional y harta de aquella pesadilla. Lo único que quería era que aquello terminara. Entonces se dio cuenta de que Russell le estaba hablando.

—Adeline —declaró él con severidad—, esta vez has ido demasiado lejos. Esto es grave, cariño, y ya va siendo hora de que te expliques. Cade y Ben creían que te había pasado algo. ¿Qué estabas haciendo para retrasarte tanto?

Ella lo contempló sin abrir la boca y sacudió la cabeza. ¿Debía inventarse una excusa y seguirles el juego?

Una voz nueva, una voz femenina, intervino en la conversación:

—¿Qué ocurre, Russ?

Addie se dio la vuelta y vio que una mujer esbelta y de edad próxima a los cincuenta años estaba junto a la puerta.

Addie había visto fotografías de ella con anterioridad y supo que se trataba de May Warner, la esposa de Russell. Tenía los ojos azules, el rostro ovalado y unas facciones dulces. Su pelo era rubio y liso y lo llevaba recogido sobre la nuca, en un moño intrincado y cubierto por un gorrito de encaje que estaba rematado, a un lado, con un ramillete de flores.

La mujer deslizó un brazo por los hombros de Addie, quien percibió la dulce fragancia a vainilla que despedía, así como el olor a almidón fresco de su ropa de lino. El vuelo de sus amplias faldas rozó el vestido de Addie cuando apretó, con cariño, sus hombros.

—¿Por qué está todo el mundo tan terriblemente serio? —preguntó May, y su mirada risueña suavizó la severidad de Russell.

La expresión de Ben no cambió.

—Esperamos que Adeline nos explique por qué ha llegado dos horas tarde —respondió Russell mucho más relajado que antes—. Nos está costando mucho tiempo y preocupaciones, May, y tiene que aprender que hay un tiempo para la diversión y otro para el trabajo. Ahora quiero saber qué estaba haciendo mientras Ben y Cade la buscaban.

Tres pares de ojos se posaron en el rostro de Addie. Ella oyó el tictac de un reloj cercano en el silencio de la habitación y se sintió como un animal acorralado.

—No lo sé —respondió con voz temblorosa—. No puedo contároslo porque no lo sé. Lo último que recuerdo es que estaba con Leah. —Intentó continuar, pero su voz se quebró. Aquella situación era excesiva y ella estaba demasiado cansada para afrontarla durante más tiempo—. Leah...

La tensión de su interior se desató y Addie se tapó los ojos con las manos y rompió a llorar.

De una forma vaga, fue consciente de que Ben salía, enojado, de la habitación y de que Russell le prometía, con ansiedad, dulces y dinero para sus gastos a fin de que dejara de llorar. Pero, por encima de todo, fue consciente de las tranquilizadoras caricias de May.

—Lo siento —se disculpó Addie con voz ahogada mientras se secaba la nariz con el volante de encaje de la manga y cogía el pañuelo que le tendían—. Lo siento. No sé lo que ha ocurrido. ¿Qué he hecho? ¿Entendéis algo de lo que ha ocurrido?

—Está alterada. Necesita descansar —declaró May, y Addie se aferró con gratitud a su ofrecimiento.

—Sí, necesito estar sola. No puedo pensar...

—Todo está bien, cariño. Mamá está aquí. Ven arriba conmigo.

Addie accedió a su amable propuesta y la siguió en dirección a la puerta con la cabeza baja. Por el camino, vio un calendario encima de un pequeño escritorio.

—¡Espera! —exclamó con voz entrecortada cuando vio los números negros impresos en el papel de color marfil—. Espera.

Tenía miedo de mirar, pero tenía que hacerlo. Aunque estuviera en un sueño, tenía que averiguarlo. El año. ¿En qué año estaban?

May se detuvo junto a la puerta y Russell lo hizo detrás de Addie, ambos totalmente confundidos por su extraño comportamiento. Addie se acercó al escritorio, arrancó la primera hoja del calendario y la sostuvo en sus manos, las cuales temblaban con tanta intensidad que apenas podía leer la fecha.

1880.

Durante unos instantes, la habitación dio vueltas a su alrededor.

—¿Es correcta la fecha? —preguntó con voz ronca mientras tendía la hoja a May.

May cogió la hoja y leyó la fecha con mucho interés, con lo que pretendía hacer reír a Addie, pero ésta sólo esperó con las manos firmemente apretadas.

—No, no es correcta, cariño —declaró May por fin—. Es de hace dos días. —May se acercó al calendario, arrancó otra hoja, la arrugó junto a la primera y las dejó caer en una papelera que había cerca del escritorio—. Ya está, volvemos a estar al día —declaró satisfecha.

—Mil ochocientos ochenta...

Addie respiró hondo. «Cincuenta años atrás. Es imposible. No puedo haber retrocedido cincuenta años.»

—La última vez que lo comprobé estábamos en ese año —declaró May en tono alegre—. Vamos arriba, Adeline. No tienes ni idea de lo cansada que te ves. Nunca te había visto así.

1880. ¡Oh, sí, aquello era un sueño! No podía ser otra cosa. Addie siguió a May en silencio hasta un dormitorio. Tenía unas cortinas con fleco y las paredes estaban forradas con un papel de flores muy recargado. También había una cama con una estructura metálica, un edredón bordado y unos almohadones mullidos. La cama estaba situada entre dos ventanas. En la cómoda había un jarrón de cristal con un ramo de flores silvestres.

—Duerme un poco, cariño —declaró May mientras la empujaba con suavidad hacia la cama—. Estás cansada, eso es todo. Puedes dormir durante un par de horas. Enviaré a Leah para que te despierte.

El pulso de Addie se aceleró. ¿Leah estaba allí? No podía ser verdad.

—Me gustaría verla ahora mismo.

—Primero descansa.

Debido a la insistencia de May, Addie no pudo hacer otra cosa más que quitarse los zapatos y tumbarse en la cama. Su cabeza se hundió en la suavidad de una almohada y, tras volver la cara hacia ella, Addie exhaló un suspiro de alivio y cerró sus ardientes ojos.

—Gracias —murmuró—. Muchas gracias.

—¿Te encuentras mejor?

—Sí, sí, me encuentro mejor. Sólo quiero dormir y no despertarme nunca más.

—Hablaré con tu padre. Si lo que ha ocurrido esta tarde te altera tanto, no volveremos a hablar de esta cuestión.

Él nunca haría nada que te hiciera llorar, ya lo sabes. Al contrario, te conseguiría el sol y la luna si los quisieras.

—Yo no quiero el sol y la luna —susurró Addie, quien apenas era consciente de la mano que le acariciaba el pelo con dulzura—. Quiero regresar a donde pertenezco.

—Estás donde perteneces, cariño. No lo dudes.

—¿Adeline? Tía Adeline, es hora de levantarse —irrumpió una voz en su profundo sueño.

Addie se despertó sobresaltada, se incorporó en la cama y dio una ojeada a la habitación. Las paredes habían adquirido un tono melocotón gracias a los rayos del sol poniente que entraban por las ventanas.

—¿Quién es? —preguntó Addie con voz somnolienta mientras se apartaba el pelo de la cara.

Se oyó la risita de una niña.

—Soy yo, la abuela me ha dicho que te despierte.

Addie parpadeó para aclarar su visión. Una niña delgaducha, de ojos grises y largas trenzas de pelo oscuro se acercó a la cama.

—Leah —declaró Addie con voz ronca—, ¿eres tú?

Se oyó otra risita de niña.

—Claro que soy yo.

—Ven, acércate.

La niña se sentó en la cama, junto a Addie, quien le acarició una de las trenzas con una mano temblorosa. El corazón le dolía y sus labios se curvaron en una sonrisa vacilante. «¡Santo cielo, es ella! ¡Leah!» Nunca se había sentido tan atónita en su vida. La mujer que la había criado, educado, alimentado y vestido y se había hecho cargo de sus gastos estaba delante de ella. Pero era una niña. Addie percibió a la Leah que conocía en aquellas facciones infantiles e identificó su voz.

—Sí, eres tú. Lo veo. ¿Cuántos años tienes?

—Tengo diez años. El mes pasado fue mi cumpleaños. ¿No te acuerdas?

—No, no me acuerdo —contestó Addie con voz entrecortada.

—¿Por qué lloras, tía Adeline?

«Por ti. Por mí. Porque estás aquí y, aun así, te he perdido.»

—Porque te quiero mu-mucho.

Addie cedió a la poderosa necesidad que la embargaba, rodeó a la niña con los brazos y la apretó contra ella. Pero esto no la hizo sentirse mejor. Con timidez e incomodidad, Leah aguantó el abrazo sólo unos segundos y después intentó separarse. Addie enseguida la soltó y se enjugó los ojos.

—Para cenar hay pollo frito —declaró Leah—. Tienes el vestido sucio. ¿Te cambiarás?

Addie negó lentamente con la cabeza mientras se preguntaba cuándo terminaría todo aquello.

—¿Tampoco te vas a peinar?

—Su-supongo que debería peinarme. —Addie se sentó en el borde de la cama y se puso los zapatos. En la cómoda de madera pintada había un cepillo con lomo de marfil. Addie se quitó los alfileres de la maraña que formaba su pelo y se lo cepilló. Mientras se miraba al espejo, se dio cuenta de que tenía el mismo rostro de siempre, el mismo pelo y los mismos ojos—. Leah, ¿te parezco la misma de siempre? ¿Ves en mí algo distinto? Sea lo que sea —preguntó con desesperación, mientras se volvía para contemplar a la niña.

Leah pareció confundida por su pregunta.

—No, no tienes nada distinto. ¿Quieres que algo sea diferente?

—No estoy segura. —Addie volvió a mirarse en el espejo y se cepilló el pelo hasta que quedó liso y desenredado.

No sabía realizar aquellos peinados tan intrincados que llevaban las mujeres en el pueblo, de modo que sujetó hacia atrás los mechones frontales de su cabello con unos alfileres y dejó que el resto del pelo le cayera por la espalda. Después, se cepilló el flequillo, dejó el cepillo sobre la cómoda y enderezó la espalda.

—Ya estoy lista.

—¿Bajarás así?

—Sí. ¿Hay algo malo en mi aspecto?

—Supongo que no.

Mientras bajaban las escaleras, Addie pudo advertir que la casa era muy bonita. Los muebles eran de madera pulida y muy elegantes. Había tapetes de encaje encima de las mesas y embellecedores bordados tanto en los sillones como en los sofás. Las cortinas estaban confeccionadas con una tela cara de lino en tonos chocolate y rojizo y las alfombras eran muy mullidas. Unos apetitosos olores a comida y a café flotaban en el aire. Addie recordó que hacía mucho tiempo que no comía y se le despertó el apetito.

—Tengo tanta hambre que me voy a poner morada —declaró mientras su estómago empezaba a gruñir con intensidad.

Leah arrugó la frente.

—¿Que te vas a poner cómo?

—Morada —repitió Addie. Como Leah seguía confusa, Addie se dio cuenta de que aquella expresión no le resultaba familiar—. Que voy a comer mucho.

—¡Ah!

Las arrugas de la frente de Leah desaparecieron.

Conforme se acercaban al comedor, oyeron el sonido de unas voces y el repiqueteo de platos y cubiertos. Cuando llegaron a la puerta, los sonidos se acallaron. Todos miraron a Addie. Incluso Cade se detuvo a medio bocado. El comedor estaba lleno de gente y la mayoría parecían miembros de la familia.

Un par de ojos verdes y fríos atrajeron la atención de Addie. Ben Hunter estaba sentado a la derecha de Russell y la miraba con un desdén mal disimulado. Su mirada abarcó todos los detalles de su aspecto, su cabello suelto, su rostro ruborizado, su imagen distendida y desarreglada, y una sonrisa cínica curvó sus labios. ¿Qué pasaba? ¿Por qué todo el mundo la miraba de aquella manera?

El silencio se hizo más profundo y Addie se dirigió a trompicones a la silla vacía más cercana.

—¿No quieres sentarte donde te sientas siempre, cariño? —preguntó May con voz dulce.

Addie se detuvo, se encaminó al otro lado de la mesa y se dejó caer con alivio en la silla que había junto a May. Su apetito se había desvanecido.

—Caroline, sírvele la cena a tu hermana, por favor —pidió May mientras tendía el plato vacío de Addie a una mujer rubia y guapa que estaba sentada frente a ella.

Caroline... Así se llamaba la madre de Leah. ¿Esto significaba que aquella mujer era su hermana? Como estaba representando el papel de Adeline Warner, era probable que así fuera.

«Si alguna vez esto tiene sentido para mí, entonces querrá decir que me he vuelto loca de verdad.»

—Según he oído, hoy has tenido un día muy ajetreado —declaró Caroline mientras miraba a Addie con una sonrisa burlona—. También he oído que no has querido contar qué has estado haciendo durante media tarde. ¿Desde cuándo tienes secretos para nosotros? A no ser por los habituales comentarios acerca de tus hazañas, las conversaciones de las cenas serían tan aburridas como un paseo de domingo.

—Ha sido un día bastante intenso —declaró Addie con precaución.

Sus ojos se clavaron en el rostro de Ben Hunter, quien sonrió con sarcasmo, mientras cogía un trozo de pan y lo partía por la mitad.

Todos se centraron de nuevo en la comida y la tensión que sentía Addie se desvaneció un poco. Cuando le tendieron un plato lleno con pechugas de pollo, patatas humeantes y judías verdes con mantequilla, su apetito se despertó con ímpetu renovado. Resultaba difícil comer despacio con tanta hambre como sentía, pero no quería atraer más la atención de los demás sobre sí misma. Cuando la conversación se reanudó, May se inclinó hacia ella y le susurró al oído:

—Eres demasiado mayor para llevar el pelo suelto, Adeline. Ya es tarde para cambiarlo, pero mañana por la noche quiero que lo lleves recogido como siempre.

Addie la miró con los ojos abiertos de par en par. ¿Era ésta la razón de que todos la hubieran mirado como si hubiera entrado en el comedor con el vestido desabotonado? ¿Sólo porque llevaba el pelo suelto?

—¿Por esto me mirabais todos de esa manera? —susurró Addie a May.

May le lanzó una mirada enojada y reprobatoria.

—Ya conoces la respuesta a esta pregunta.

De modo que ésta era la razón de que Ben la hubiera mirado con tanto desdén, creía que ella intentaba atraer la atención de los demás hacia sí misma. Un nudo de vergüenza y resentimiento le apretó el corazón. Addie mantuvo los ojos fijos en el plato durante la mayor parte de la cena y sólo levantó la vista para lanzar breves miradas al resto de los comensales. El hombre corpulento y de rostro amable que estaba sentado al lado de Caroline debía de ser su esposo. Era un hombre sencillo y menos dinámico que los otros hombres de la mesa. Cade se mostraba más silencioso con el resto de la familia que con Addie. A Russell le gustaba dominar la conversación y sólo toleraba interrupciones de Ben. ¿Qué posición mantenía Adeline Warner en aquel entorno? Addie guardó silencio y observó, escuchó y reflexionó.

Ben Hunter se mostraba indiferente a sus miradas, de modo que ella pudo estudiarlo sin que él se diera cuenta. No era guapo en el sentido que Leah le había inducido a pensar. Guapos eran Douglas Fairbanks o John Gilbert, con sus rostros bien rasurados y su elegancia aristocrática; hombres que parecían los príncipes de un cuento. Ben era más tosco que ellos y su tez estaba demasiado curtida para ser la de un héroe de cuento de hadas. La mitad inferior de su cara estaba oscurecida por la sombra de su barba. Necesitaba un buen afeitado y, si su cutis no estuviera tan bronceado, su aspecto resultaría más agradable. Aunque tenía que admitir que era atractivo de una forma particular. Para empezar, estaban sus ojos verdes. También era hábil con las ironías y de una franqueza cortante, y tenía una elevada opinión de sí mismo.

Tenía la constitución musculosa de los hombres acostumbrados a pasar muchos días sobre la montura de un caballo, de los hombres expuestos a peligros físicos y a un trabajo agotador. Sin embargo, resultaba obvio que tenía estudios. Entonces, ¿por qué trabajaba como capataz de un rancho? Addie conocía a los vaqueros y sabía que la mayoría de ellos no tenían formación para realizar ningún otro tipo de trabajo. ¿De dónde procedía Ben y qué lo había decidido a instalarse allí? Debía de estar ocultándose de alguien o de algo, Addie apostaría una fortuna en este sentido.

Mientras Russell Warner hablaba largo y tendido acerca del rancho, todas las cabezas estaban vueltas hacia su persona, pero Addie observaba el perfil de Ben. Por primera vez, empezó a comprender la situación en la que se encontraba y empalideció. Russell estaba vivo. Ben Hunter todavía no lo había asesinado. Y ella era la única persona que sabía lo que iba a ocurrir.

2

La voz de Leah pidiéndole la medicina era lo primero que oía por las mañanas, la señal de que el día empezaba. Addie permaneció inmóvil y con los ojos cerrados mientras esperaba la llamada de Leah. Bostezó con la cara hundida en la almohada. ¿Por qué Leah no la había llamado todavía? ¿Por qué no...?

De repente, Addie se incorporó sobresaltada y con los ojos muy abiertos, como si se hubiera disparado una alarma, y el corazón le golpeó el pecho. Miró a su alrededor con inquietud. Todavía estaba allí. «Estoy en un mundo completamente distinto al mío. ¿Qué me ha ocurrido? ¿Qué le ha ocurrido a todo?»

Su entorno era totalmente diferente a lo que ella estaba acostumbrada. El coqueto dormitorio rosa no era el suyo. De hecho, no encajaba en absoluto con sus gustos. Ella quería su dormitorio blanco y azul, con los cuadros bordados de Leah en las paredes, los botes de colorete y pintalabios sobre la cómoda, los pósters de Valentino en *The Sheik* y Mary Pickford en *My Best Girl*... Echaba de menos todo aquello, y también la radio en un rincón de su habitación.

—La radio —declaró Addie en voz alta y se quedó atónita al darse cuenta de que allí no había radios, ni luz eléctrica, ni cámaras Kodak ni ropa de fabricación en serie.

Allí la gente no sabía nada acerca de la Primera Guerra Mundial, el modelo T de Ford, Charlie Chaplin o el jazz.

Anonadada, Addie consideró sus posibilidades. Aquel mundo era tan distinto al que ella estaba acostumbrada que, para el caso, también podría haber aparecido en la Edad Media.

Addie se acercó al armario de la habitación, lo abrió y contempló los vestidos que colgaban en su interior. Ninguno le resultaba familiar. No había faldas cortas y desenfadadas ni gorritos tipo casquete, sólo vestidos largos, blusas con volantes y faldas largas y sueltas. El armario estaba atiborrado de un amplio surtido de ropa confeccionada con sedas brillantes, batistas con vistosos estampados de flores y chales de malla y de satén rosa. Sin duda alguna, Adeline Warner se vestía con lo mejor que se podía comprar en aquella época. Addie tardó poco en darse cuenta de que la mayoría de la ropa era de color rosa, en tonos que variaban del rosa brillante al rosa coral pálido.

—Hectáreas. Hectáreas de rosa —declaró Addie en voz alta mientras examinaba, uno a uno, los vestidos.

En su opinión, el color rosa era bonito, pero aquello..., aquello era una pesadilla.

En la zona derecha del armario, colgaban unos vestidos de algodón y de batista que eran de diseño más sencillo y que debían de ser los de uso diario. Resultaba agradable mirarlos, pero ¿ponérselos? Addie tuvo la sensación de que todo lo que contenía aquel armario le resultaría tan incómodo como el vestido que se había quitado por la noche antes de echarse a dormir. Se volvió hacia el silloncito acolchado que había junto a la cómoda y contempló el vestido sucio y el montón de ropa interior blanca que había utilizado el día anterior y arrugó la nariz con desagrado. Había tardado horas en quitarse todo aquello.

Un armazón de aros con varias tiras horizontales, un corsé con un faldón que llegaba más abajo de las caderas y al que estaban unidas unas enaguas. Resultaba inconcebible que el cuerpo de una mujer soportara estar encerrado y presionado en todo aquello durante mucho tiempo. También había unas varillas de hueso, metal o algo igual de doloroso embutidas en el diminuto corsé y que le habían producido unas profundas marcas rojas en la piel. Addie se preguntó si podría vestirse sin tener que apretujarse en el interior de aquel artilugio. Era poco probable.

El vestido más sencillo que encontró fue uno de batista a rayas blancas y rosas y ribeteado con lacitos. Addie tuvo que realizar varias pruebas hasta conseguir vestirse correctamente. A continuación, se examinó desde la cabeza hasta los infantiles zapatos abrochados a los lados con unas tiras y unos botones y adornados con unos lazos en la punta y realizó una mueca.

Cuando, por fin, apareció en el piso de abajo, Addie se sintió aliviada al comprobar que sólo May y Caroline estaban en el comedor, tomando el desayuno. Las dos iban muy formales y correctas, con sus vestidos de batista de cuello alto, que eran parecidos al de ella. Resultaba evidente que varias personas habían desayunado ya y la sirvienta estaba retirando los platos sucios.

—Buenos días, Caroline —saludó Addie titubeante.

—Me alegro de que hayas dormido tanto. Por lo que veo el descanso extra te ha sentado muy bien.

Addie contempló el reloj de pared. ¿Dormido tanto? ¡Pero si eran las siete de la mañana!

—Me ha sentado bien dormir —respondió con lentitud. A continuación contempló a la otra mujer que estaba sentada a la mesa—. Buenos días, May.

—¿May? —repitió la mujer con una mezcla de diversión y enfado—. ¿Desde cuándo me llamas por mi nombre? Sólo tu padre lo hace, Adeline. —May bajó la vista hacia la tostada sobre la que extendía mantequilla con movimientos refinados y frunció levemente el ceño—. Desde que regresaste de la academia para señoritas tienes algunas ideas raras.

—Lo siento —Addie enseguida se puso nerviosa—, ma-mamá.

—Pobre Addie —intervino Caroline con amabilidad mientras le sonreía y daba unos golpecitos en la silla que tenía al lado—. Ven, siéntate a mi lado. Sólo estás algo agitada, eso es todo. Siempre te pones así en primavera.

—Espera a casarte y tener hijos, Adeline —declaró May—. Estarás demasiado cansada para sentirte agitada.

Addie rodeó la larga mesa y se sentó al lado de Caroline. Al ver la abultada barriga de Caroline, producto de su embarazo, Addie experimentó un leve estremecimiento.

—¿Co-cómo te encuentras?

—Mucho mejor, Adeline. Eres muy amable al preguntármelo. Ya no siento náuseas. —Caroline sonrió y dio una palmadita en su barriga—. Sé que ahora Peter quiere un niño, pero tengo la sensación de que será otra niña, lo cual será bueno para Leah. Creo que le gustará tener una hermana.

«Nos conocimos una vez, hace tiempo, cuando yo era pequeña y tú ya eras una mujer de edad —quiso explicarle Addie—. Tú eres mi abuela y el bebé del que estás embarazada es mi madre.»

Addie no podía apartar la mirada de Caroline, hasta que, al final, ésta la observó con el ceño fruncido.

—¿Ocurre algo?

—Yo... No. Sólo quería saber... cómo vas a llamar al bebé.

—No estoy segura —respondió Caroline con actitud pensativa—. Le pondré algún nombre de la Biblia. Me gustan los nombres bíblicos. Si es un niño, David, y si es una niña Rachel. O quizá Ruth.

Rachel o Ruth. ¡Sin embargo, su madre se llamaba Sarah! Addie se mordió el labio y, mientras le traían el desayuno, escuchó a May y a Caroline, quienes hablaron sobre otros nombres posibles para el bebé. Cuando le trajeron el desayuno, el estómago le dio un vuelco. Jamón, patatas fritas, huevos fritos y tartas coronadas con sendos trozos de mantequilla medio derretida. Nunca había visto un plato tan atiborrado de comida, salvo por el que le habían servido la noche anterior. ¿Era posible que comieran siempre tanto? A Leah y a ella les había resultado difácil mantener su diminuta cocina aprovisionada de alimentos básicos como la mantequilla, el azúcar, los huevos o el café. Siempre habían comido con escasez y habían guardado las sobras.

—No puedo comer todo esto.

—No es más de lo que come usted normalmente, señorita Adeline —señaló la sirvienta con naturalidad, y dejó una jarra de jarabe de maíz al lado del plato de Addie.

—Prefiero un café solo.

—Primero tienes que tener algo en el estómago —indicó May—. Esta mañana vas al Double Bar para dar un paseo a caballo con Jeff Johnson, ¿no?

¿Quién era Jeff Johnson? Addie frunció un poco el ceño. Algo que Leah le había comentado en una ocasión acerca de Adeline Warner cruzó por su mente.

«Los hombres se volvían locos por ella. El viejo Johnson, cuando era joven, perdió la cabeza por ella...»

El viejo Johnson era gordo, muy rico y siempre iba desarreglado. ¿Podía ser el Johnson del que May le hablaba en aquellos instantes?

—No recuerdo haber hecho ningún plan con él —declaró Addie sintiéndose molesta—. No tengo ganas de ir a ningún lado y no creo que a él le importe ¿no? Esta mañana no me encuentro muy bien, al menos no tanto como para salir a caballo con nadie.

—Ayer me dijiste que se lo habías prometido —contestó May y, aunque su voz era suave, había en ella un indudable tono de inflexibilidad—. Una dama no incumple sus promesas, Adeline, y no es correcto que cambies de opinión en el último momento. Además, ya sabes que, cuando estés con él, te lo pasarás bien, cariño.

—Tú y papá esperáis que surja un romance entre ellos —comentó Caroline riendo.

—En mi opinión, Jeff sería un buen marido. Su madre es una mujer de buena familia y lo educó como a un caballero...

—Y a papá le gusta la idea de que una de sus hijas se

case con el hombre que, algún día, heredará el rancho Double Bar.

—Es posible —admitió May—. Sea como sea, Adeline se lo prometió y tiene que empezar a cumplir sus promesas.

—¿Le dije que iría en serio o sólo que consideraría su invitación? —preguntó Addie desesperada y esperando encontrar una salida, cualquiera, al inminente desastre.

Ella era una amazona terrible, prácticamente inepta.

—Su invitación te entusiasmó —declaró Caroline con sequedad—. Estuviste hablando de este plan durante toda la mañana de ayer, hasta que te fuiste a la ciudad.

—Me siento distinta respecto a muchas cosas desde entonces.

—Basta ya de discutir sobre este asunto. —May estaba dispuesta a mostrarse firme—. Saldrás en cuanto te hayas puesto la ropa de montar y le digas a Diaz que te acompañe al Double Bar. Este hombre debería servir para algo, aparte de estar sentado en el porche y contar historias todo el tiempo.

—Ben podría acompañarla —sugirió Caroline—. Le he oído decir que esta mañana tenía que ir al Double Bar a resolver un asunto y no creo que se haya ido todavía.

—¡No! —Addie sintió cómo empalidecía—. No, no puedo. No pienso ir con él.

—No te pongas difícil, cariño —declaró May—. Ya sé que no te gusta, pero...

—No sé por qué te desagrada tanto. —Caroline levantó los ojos hacia el techo y sonrió ampliamente—. Si alguna vez he visto a un hombre al que mereciera la pena perseguir, ése es Ben. Con su pelo moreno..., y esos ojos verdes..., y esos hombros. Te reto a que le encuentres algún defecto.

Addie se quedó sin habla. Ben no tenía ningún defecto, a menos que estrangular a alguien con una cuerda de guitarra se considerara un pequeño defecto de carácter.

—Adeline no tiene ninguna necesidad de perseguir a

un capataz de rancho —replicó May mientras lanzaba a Caroline una mirada severa—. Adeline celebrará un matrimonio tan bueno como el tuyo, Caro. Y esto significa casarse con alguien con mejores expectativas que Ben.

—Ben tiene estudios —contraatacó Caroline de inmediato con voz lacónica—. Y trabaja duro de sol a sol. Y le cae bien a todo el mundo...

—¿Dónde estudió? —la interrumpió Addie.

—Nunca nos lo ha contado exactamente, pero sospecho que...

—Ya está bien de hablar de Ben —intervino May con brusquedad—. No deberías animar a tu hermana en esa dirección, Caro. Ben es joven, pero es un solitario empedernido. Los hombres como él siempre andan buscando nuevos horizontes. Los vaqueros son nómadas y nada puede hacerlos cambiar.

—Pues papá parece opinar que no se va a mover de aquí por un tiempo —señaló Caroline.

—Tu padre y yo no siempre estamos de acuerdo en esta cuestión. Vamos, Adeline, si no vas a desayunar, sube a tu dormitorio y cámbiate de ropa.

Addie asintió con la cabeza y se levantó.

«Tengo que escapar de todo esto. En cuanto me quede sola, huiré tan lejos como pueda.»

Entre todas las cosas que desconocía, como quién era ella, cómo había llegado hasta allí, dónde estaba la verdadera Adeline Warner y qué le había sucedido a Leah, había una de la que estaba segura: Ben Hunter era un asesino y no quería estar cerca de él.

Addie subió de nuevo al dormitorio rosa y, tras buscar a desgana la ropa adecuada, al final encontró una falda de montar marrón con la cola recogida, una blusa de color beige, unas botas usadas y un sombrero. Al lado de las botas había tres pares de espuelas con rodillo en forma de estrella. Las tres eran diferentes. Addie cogió una por el arco del talón y la examinó de cerca. Era como una pieza de joyería finamente elaborada, con flores y recargados diseños grabados en plata. Las puntas del rodillo estaban oscurecidas por la sangre seca y los trozos de pelo de un caballo. Una mueca de disgusto cruzó el rostro de Addie, quien volvió a dejar la espuela con las demás.

—Adeline —se oyó la voz amortiguada de May al otro lado de la puerta.

—¿Qué, ma-mamá?

¡Santo cielo, qué difícil resultaba llamar así a alguien!

—Le he dicho a Ben que irás con él. Está ensillando a *Jessie*. Corre, cariño, no le hagas esperar.

—Después de lo de ayer, hacerle esperar es lo último que deseo.

—¡Buena chica!

Con el corazón apesadumbrado, Addie se cambió de ropa y se puso varios alfileres más en el pelo para que no se le deshiciera el moño. Varias ideas descabelladas acerca de cómo evitar ir con Ben cruzaron por su mente, pero ninguna era ni remotamente factible. De repente, se preguntó por qué le tenía miedo. Ben no se atrevería a hacerle daño a plena luz del día y menos cuando todos sabían que iban juntos al Double Bar.

La forma de actuar de Ben era la de los cobardes. Si quería hacerle daño a alguien, se acercaría a esa persona a hurtadillas. Una oleada de odio le dio valor a Addie. Tenía que superarlo. Sobreviviría a aquella situación, sucediera lo que sucediera. Además, no existía un peligro real para ella. Si la historia seguía su curso previo, Ben tenía la intención de matar a Russell, no a ella.

Addie introdujo un pie en una de las botas de cuero y presionó hasta que llegó al fondo. A continuación, hizo lo mismo con el otro pie. Después de levantarse y mover los dedos de los pies, Addie reflexionó que resultaba extraño que le fueran tan a la medida. No había en el mundo dos pies iguales; sin embargo, las suelas de aquellas botas estaban desgastadas en las mismas zonas que siempre se habían desgastado sus zapatos. Además, encajaban a la perfección con todas las curvaturas y pliegues de sus pies.

Addie se dirigió al espejo y contempló su imagen. Su propio reflejo la sorprendió.

¿Dónde estaba la joven con los labios pintados de rojo y las medias de color carne? ¿La joven con vestidos de cintura baja que dejaban al descubierto sus piernas y le hacían parecer delgada como un muchacho? La joven del espejo se veía pasada de moda y recargada. Parecía una muñeca femenina con pechos prominentes y cintura de abeja. Aunque la ropa de montar era menos opresiva que el resto de la ropa del armario, Addie todavía se sentía comprimida a causa de la almidonada ropa interior. ¡Qué no daría por las bragas de seda y las faldas cortas que estaba acostumbrada a llevar!

No estaba bien obligar a una mujer a tener aquella imagen, aquel aspecto maternal y de madurez a un tiempo, aquella voluptuosidad falsa. Aquel tipo de mujer era pasiva y suplicante, una exageración de la feminidad, un objeto para que los hombres lo admiraran, lo desearan y lo dominaran. ¿Cuánto tiempo podría ella aguantar así? ¿Cuánto antes de que se asfixiara dentro de aquellos corsés y miriñaques?

Addie salió de la casa y se dirigió al establo. Cuando vio a Ben Hunter montado en un caballo y llevando a otro de las riendas, aminoró el paso. A Ben, igual que a cualquier otro vaquero experimentado, se le veía cómodo y extremadamente seguro encima de un caballo. La yegua zaina que llevaba de las riendas era de un color claro fuera de lo común, casi dorado. Tenía las patas largas y mucho carácter, lo cual se apreciaba en la forma en que sacudía la cabeza y en su caminar brioso.

Se trataba de un animal magnífico y, para Addie, aterrador. Hacía mucho tiempo que no montaba a caballo. Nunca había sido una buena amazona y necesitaría horas de práctica para familiarizarse con el proceso. Además, tener que montar aquel caballo mientras Ben la observaba... El corazón le palpitaba tan deprisa que lo sentía en todas las partes de su cuerpo.

—Te has olvidado de los abrelatas —declaró Ben mientras sus insolentes ojos verdes se deslizaban hasta las botas de Addie.

Ella nunca había visto a un hombre tan guapo como él, con el ala del sombrero tapándole los ojos y su ágil cuerpo cubierto con una camisa blanca con las mangas arremangadas y unos tejanos ajustados con parches de gamuza en las rodillas...

—¿Los abre...? ¡Ah, te refieres a las espuelas! —balbuceó Addie. Y se odió por ponerse nerviosa cuando estaba cerca de él—. No las usaré más. Son crueles e innecesarias.

—La semana pasada me dijiste que no podías montar un caballo como *Jessie* sin las espuelas.

—*Jessie* y yo nos llevaremos bien sin ellas —murmuró Addie mientras se acercaba a la yegua zaina y le acariciaba el morro. La yegua sacudió la cabeza con irritación—. Sé buena, *Jessie*. Te portarás bien conmigo ¿verdad? ¿Serás...?

—Podéis mantener esta conversación más tarde. Salgamos ya.

Addie se dirigió con lentitud al lado izquierdo de la yegua. Se montaba por el lado izquierdo, ¿no? Se esforzó en recordar algunos de los consejos que le habían dado en cuanto a montar: no permitas que el caballo sepa que tienes miedo. Haz que el animal sepa quién es la jefa.

Jessie aguzó las orejas cuando notó que Addie se acercaba a su costado.

—Le han puesto una silla de mujer —declaró Addie, y el estómago se le encogió al verla.

No tenía ni idea de cómo se montaba con las dos piernas a un mismo lado.

—Es la que siempre usas. Desde que regresaste de la academia no has querido usar otra.

—Pues hoy no puedo. Ponle otra. La que sea.

Las facciones de Ben se endurecieron.

—Esta mañana no tengo tiempo para tus jueguecitos.

Por mucho que te divierta dar órdenes, no pienso satisfacer tus caprichos. Si no te gusta, puedes quejarte a tu padre más tarde, pero de momento súbete a ese caballo.

—Te desprecio —declaró Addie con fervor.

—En ese elegante colegio privado no te enseñaron buenas formas, ¿no?

—No tengo por qué ser cortés contigo. Tú tampoco lo eres conmigo. Y, por lo que sé, es usted más insolente de lo que un hombre en su posición tiene derecho a ser, señor Hunter.

—Señor Hunter —repitió él, y una sonrisa burlona cruzó su rostro—. De modo que ahora nos vamos a poner formales.

Ella lo miró con desdén.

—¿Acaso nos hemos puesto alguna vez de otra manera?

—Creo recordar que sí, al menos durante cinco minutos. Aquel día en el granero, ¿recuerda, señorita Adeline? Nunca he visto a nadie enojarse tan deprisa, y todo porque no me tentó la forma en que te lanzas a los brazos de un hombre.

—¡Yo nunca he hecho nada parecido! —exclamó ella horrorizada. ¿Acaso estaba afirmando que había intentado seducirlo?—. ¡Aunque fueras el único hombre del mundo, yo nunca me lanzaría en tus brazos!

—Niégalo si quieres —declaró él mientras se encogía de hombros con desinterés—, pero negarlo no cambiará lo que sucedió.

—¡Ésa no era yo!

Ben contempló su rostro indignado con una mirada especulativa.

—Los mismos ojos marrones y grandes, el mismo pelo de color miel, la misma bonita figura. Juraría que eras tú.

Las facciones de Addie se pusieron tensas debido a la contrariedad que experimentaba. ¡Qué mentiroso era!

—¿Y dices que me rechazaste?

—Te cuesta aceptarlo, ¿no?

—Una persona como tú se habría lanzado de cabeza ante cualquier oferta de la hija de su jefe.

—Como te dije entonces, no me interesan las niñas consentidas y despiadadas.

—Pues a mí no me interesan los peones de rancho insolentes, ambiciosos y engreídos.

Los ojos de Ben destellaron de una forma peligrosa.

—No estás en posición de acusar a nadie de ambición, señorita Adeline.

—¿Por qué lo dices?

—¿Tienes que preguntármelo?

Ben arqueó una ceja. Sin duda, se refería a un incidente pasado.

—Yo no siento el menor interés por ti —declaró Addie con descaro—. Tú harías cualquier cosa por tener un trozo de este rancho.

Ben clavó su mirada en la de Addie y un silencio incómodo se produjo entre ellos.

—Súbete a ese maldito caballo —declaró él en voz baja.

El enojo que sentía Addie le proporcionó la fuerza necesaria para montar en la silla y anclar la rodilla en su lugar antes de que pudiera pensar en lo que hacía. El suelo parecía encontrarse a kilómetros de distancia. *Jessie* dio vueltas en círculo con nerviosismo mientras Addie intentaba tranquilizarla. Un millón de oraciones implorando misericordia cruzaron por su mente. La yegua era una masa enorme de músculo en tensión lista para salir corriendo como una exhalación fuera del control de su amazona y ambas lo sabían. La silla para mujeres sólo permitía a Addie mantener un equilibrio precario. Constituiría un milagro que no se cayera de la montura.

—Buena chica, *Jessie*. Tranquila, *Jessie* —murmuró Addie con labios tensos mientras tiraba de las riendas para calmar al animal.

—¡Santo cielo! ¿Qué problema tienes? No la tomes con la yegua. Nunca te he visto tratarla con tanta rigidez.

Addie ignoró el comentario de Ben y tiró con más fuerza de las riendas. De algún modo, consiguió que la yegua se quedara quieta, pero tras dar una sacudida que casi hizo caer a Addie, *Jessie* salió disparada hacia delante. Mientras se alejaban del establo en una loca y descontrolada carrera, Addie vio que Ben cabalgaba a su lado.

—¿Qué te ocurre? —soltó él—. Aminora la marcha. No estás participando en ninguna carrera. A este ritmo la agotarás antes de haber recorrido la mitad del camino.

Addie tiró de las riendas con todas sus fuerzas y se sintió aliviada cuando *Jessie*, aunque a desgana, obedeció su orden. Redujeron la marcha a un medio galope y Addie se esforzó en recuperar el ritmo de su respiración. Si lograba superar la prueba de aquella mañana, no volvería a montar en su vida, se prometió Addie a sí misma.

—¿A qué viene tanta prisa? —preguntó Ben con sarcasmo—. ¿No puedes esperar a ver a Jeff?

—¿Por qué lo preguntas de ese modo? ¿Qué opinas de Jeff?

—No creo que te interese mi opinión.

—Es posible que sí que me interese. —Si mantenía una conversación, por muy desagradable que fuera, ésta la ayudaría a distraer su mente del apuro en el que se encontraba—. ¿Qué opinas de él?

—Es un imbécil irascible y bocazas.

—¿Por qué, porque no siempre opina lo mismo que tú?

—Porque tiene la maldita costumbre de alardear de su ignorancia siempre que puede. Además no sabe lo que es trabajar, pues no ha trabajado en su vida. Por eso sois perfectos el uno para el otro.

Sus palabras hirieron a Addie.

—Tú no sabes nada de mí ni de lo que he hecho en mi vida.

Addie pensó en todas las horas que había pasado en el hospital cuidando a los enfermos, en todo el trabajo agotador que había realizado transportando cestos y cambiando sábanas, en la tensión que suponía simular que no le afectaba ver las heridas y el dolor de los enfermos. Ella siempre se había mostrado amable y atenta con ellos, por muy cansada o frustrada que se sintiera. Y también pensó en las horas que se había quedado en casa cosiendo para otros para aportar unos ingresos extra cuando el importe de las facturas médicas de Leah aumentó. Addie recordaba haber trabajado encorvada sobre la máquina de coser hasta que la espalda le dolía, haber manejado la aguja y el hilo hasta que los ojos le escocían. Todo esto lo había hecho sin caer, apenas, en la autocompasión, y que ahora la acusaran de no haber trabajado nunca le resultaba intolerable.

—Te he preguntado qué opinas de Jeff Johnson, no de mí —contestó con frialdad—. Tienes celos de él, ¿no? Desearías tener todo lo que él tiene.

Él la escudriñó con la mirada.

—No, señora, yo no aceptaría nada de lo que él tiene aunque me lo ofrecieran en una bandeja de plata.

«Incluida tú», era su silenciosa implicación. Addie dirigió la vista hacia el frente y sujetó las riendas con firmeza. De algún modo, debió de transmitir su enfado a *Jessie*, porque el ritmo de sus cascos se aceleró hasta ponerse al galope. Addie enseguida se dio cuenta de que había perdido el control del animal y sintió una oleada de pánico. Tiró de las riendas con todo el peso de su cuerpo, pero *Jessie* ignoró su frenética señal. Addie murmuró entre dientes todas las palabrotas que conocía.

—¿Qué haces? —preguntó Ben, pero ella no podía contestarle.

Addie volvió a tirar de las cintas de cuero con todas sus fuerzas. De una forma repentina, la yegua se detuvo y levantó las patas delanteras mientras soltaba un relincho furioso. Addie intentó no caerse de la ridícula y diminuta silla, pero en cuanto los cascos delanteros de *Jessie* volvieron a tocar el suelo, Addie salió despedida del lomo del animal. Addie estaba demasiado aturdida para emitir ningún sonido. Durante unos instantes, se sintió ingrávida y, al mismo tiempo, paralizada en espera del golpe que recibiría al chocar contra el suelo. Entonces se produjo el impacto. El dolor recorrió su cuerpo como una ola encrespada y la angustia se apoderó de ella cuando el aire abandonó sus pulmones. Addie permaneció inmóvil, en posición fetal y con los ojos cerrados mientras intentaba recuperarse.

Addie notó que la giraban con delicadeza y se atragantó al tomar la primera bocanada de aire. Ben estaba a su lado y murmuraba algo en voz baja. A Addie le dolía todo el cuerpo y sentía una terrible opresión en el pecho. Mientras se esforzaba en respirar, el miedo y una aterradora sensación de soledad se apoderaron de ella. No había nada peor que estar sola y sentir dolor. Addie entreabrió los ojos y vio la morena cara de Ben encima de la suya, pero no podría haberse movido aunque la vida le fuera en ello.

—¿A qué estás jugando? —murmuró él—. Podrías haberte hecho daño, pequeña idiota.

La garganta de Addie se abrió en un intento por respirar y, al final, sus pulmones se llenaron de aire. Addie realizó unas cuantas respiraciones rápidas que le escocieron la garganta y se estremeció. Notaba la presión de las lágrimas en las cuencas de los ojos, pero no podía permitirse llorar, no delante de él. Addie, consciente de la forma masculina que estaba inclinada sobre ella, se tapó los ojos con manos temblorosas. ¡Entre todas las personas del mundo, tenía que ser Ben quien la viera en aquel estado! Se reiría de ella. Quizás incluso en aquel momento se estaba riendo en silencio de su desgracia. La vergüenza y la confusión la invadieron. «¡Basta! No funcionará. No puedo fingir más. No puedo mentir más.» Los labios le temblaron mientras luchaba contra la sensación de angustia que la embargaba.

—¡Por todos los santos! —oyó que Ben exclamaba con voz áspera.

De repente, a Addie le dio la sensación de que no era

Ben quien estaba con ella, sino un desconocido. Un desconocido que la abrazaba y le acariciaba la espalda mientras susurraba algo en voz baja y grave. No había pasión en su abrazo, sólo el consuelo indiferenciado que se ofrece a un niño asustado.

Addie experimentó un sentimiento de repulsión e intentó apartarse de él, pero el brazo de Ben le sujetaba la espalda con tanta fuerza que, al final, ella se desplomó contra su cuerpo. Ben deslizó una mano hasta la nuca de Addie y se la frotó con las yemas de los dedos. La sensación era tan agradable que Addie no se movió. Las lágrimas contenidas se desvanecieron de una forma mágica y el dolor que experimentaba en el pecho empezó a remitir.

Poco a poco, Addie se destapó los ojos y dejó caer los brazos a los lados mientras se apoyaba en Ben. «No debería permitirle que me tocara», se dijo a sí misma medio aturdida. Sabía que aquello estaba mal, pero no quería separarse de él. Todavía no. Los dedos de Ben eran fuertes pero sensibles, y le masajearon la nuca hasta los hombros. Ben titubeó unos instantes, pero al final deslizó la palma de su mano por la espalda de Addie acariciándola con suavidad.

Un silencio extraño y sobrecogedor surgió entre ellos. Addie se preguntó por qué Ben la abrazaba de aquella manera y por qué ella no se resistía. Claro que aquello no significaba nada. Cuando la soltara, ella lo odiaría tanto como antes, pero, durante unos instantes, Addie se permitió disfrutar de la sensación de sentirse protegida y a salvo. ¿Era de verdad Ben Hunter quien la abrazaba? Ben despedía calidez y vitalidad. No era un fantasma, un demonio o una sombra del pasado. Sus brazos la sostenían con dulzura y su cuerpo era duro y enérgico.

Addie no percibió ninguna señal de lo que Ben pensaba o sentía. Su aliento rozaba el cabello de Addie con soplos ligeros y regulares y su corazón latía de una forma acompasada junto a la oreja de ella. El silencio se prolongó tanto que Addie sintió que tenía que romperlo. Buscó algo que decir, pero cuanto más lo intentaba, más difícil le resultaba encontrarlo. Una extraña sensación de pánico creció en su interior impidiéndole hablar, y experimentó un gran alivio cuando oyó a Ben.

—¿Te duele algo?

—No-no. —Addie se separó un poco de Ben y se llevó una mano al cabello en un acto reflejo de timidez. Él la miró con sus inquietantes ojos verdes y ella se ruborizó—. Lo si-siento —declaró Addie sin saber por qué se disculpaba—. No podía respirar...

—Lo sé. —Ben aflojó su abrazo, se separó de Addie e hizo ver que se arreglaba el cuello de la camisa—. Resulta evidente que estabas un poco alterada —continuó con un tono de voz apagado mientras miraba a su alrededor buscando el sombrero de Addie, que estaba en el suelo a unos metros de distancia.

Addie pensó que ambos estaban elaborando excusas para justificar lo que había ocurrido. A continuación, cogió el sombrero que Ben le tendía sin pronunciar una palabra e inclinó la cabeza. El olor a hierba calentada por el sol llenó sus fosas nasales y el sol despidió destellos dorados de su cabello. Ben la contempló con disimulo mientras ella volvía a sujetar los alfileres de su peinado.

Addie volvió a levantar la mirada con cautela y Ben se sintió aturdido al ver su aspecto enmarañado. El aspecto de Adeline siempre había sido frío y perfecto. Los inicios de una nueva percepción de ella brotaron en el interior de Ben y todos sus sentidos se despertaron. Entonces se dio cuenta, con desagrado, que al menor indicio por parte de ella, él habría aceptado lo que ella quisiera ofrecerle. Durante unos instantes, lo había tenido donde ella quería.

Sin embargo, a diferencia de antes, Addie no había realizado ningún gesto para seducirlo o coquetear con él. Él había percibido en sus ojos algo de miedo y mucha ansiedad. ¿Acaso lo estaba simulando? No había forma de averiguarlo.

Addie se puso el sombrero con torpeza e intentó colocárselo en el ángulo correcto. La preocupación invadía su mente. «No puedo fingir más que soy Adeline Warner. No soy buena fingiendo.» Pero ¿acaso tenía otra elección? Si la había, ella no la veía. Estaba atrapada en aquella época y, por lo visto, no había vuelta atrás. Aquel mundo era real, tan real como aquel del que ella provenía. Podía adaptarse a él o dejar que se la comieran viva. Tenía que seguir fingiendo que era Adeline Warner. No podía hacer otra cosa ni podía ir a ningún otro lugar.

Y tampoco podía permitirse olvidar, nunca más, que Ben Hunter era su enemigo. Addie lo miró y sufrió una gran impresión cuando se encontró con sus ojos, agudos y perceptivos. Una parte de ella pudo por fin captar en él el peligro. De todos los desastres que podían ocurrir, el peor sería volver a estar cerca de él. Addie se apartó de Ben e intentó levantarse, y él la cogió de la mano y la ayudó a ponerse en pie. En cuanto pudo, Addie soltó su mano de un tirón y se la frotó, como si quisiera borrar la huella de los dedos de él.

Ben sacudió la cabeza ligeramente sin apartar la mirada del rostro de Addie.

—¿Qué te ha ocurrido?

Ella se puso tensa y se le helaron las entrañas.

—No me ha ocurrido nada. ¿A qué te refieres?

—Desde que Cade te encontró ayer, actúas de una forma extraña. Tu cara, tus expresiones..., todo es distinto.

Nadie más había notado nada diferente en ella, ni siquiera Russell o May. Addie se dio cuenta, con inquietud, de lo perceptivo que era Ben.

—No estoy de humor para tus manías. Yo no he cambiado en nada.

—Entonces dime, ¿cómo es posible que en el plazo de veinticuatro horas hayas olvidado cómo montar a caballo? ¿Por qué no te acuerdas de lo que ocurrió entre nosotros en el establo? ¿Por qué vas por ahí como si lo vieras todo por primera vez?

—Mi padre no te paga para que me des la lata con preguntas estúpidas —soltó ella.

Ben sonrió y pareció sentirse más cómodo.

—Esto ya me suena más a la Adeline a la que estoy acostumbrado. Y, por primera vez, tienes razón. A mí no me pagan por formularte preguntas, sino por cuidarme del negocio de tu padre, y esto es lo que se supone que debería de estar haciendo, de modo que, si ya te encuentras mejor...

—Yo... —Addie miró a *Jessie* con nerviosismo. La yegua estaba tranquila y las riendas colgaban desde su bozal hasta el suelo—. Necesito unos minutos más.

Ben se ajustó el sombrero.

—Pues yo tengo que ir al Double Bar ahora mismo.

—¡Pues vete! Y llévate a *Jessie*. No quiero nada más con ella.

—¿Lo dices en serio? ¿Y cómo te las vas a arreglar para volver al rancho?

—Volveré andando.

—No seas tonta. Tardarías horas en llegar. No, conociéndote, tardarías días. —Addie lo miró de una forma desafiante. Ben soltó una maldición y flexionó los dedos, como si quisiera zarandearla—. De todas las mujeres conflictivas, irracionales y tercas, tenía que cruzarme con...

Durante el silencio que se produjo a continuación, Ben notó que el labio inferior de Addie temblaba, como reacción a todo lo que le acababa de pasar, y la exasperación que Ben sentía se vio atenuada por una emoción que Addie no pudo descifrar.

—Adeline.

Addie se quedó helada mientras Ben alargaba un brazo hacia ella y le rozaba el labio inferior con el pulgar con tal suavidad que Addie pensó que se lo había imaginado. Un estremecimiento le recorrió el cuerpo y se asentó en la boca de su estómago, y Addie apartó la cabeza con brusquedad.

—¡No me toques!

Él esbozó una sonrisa de medio lado y sacudió la cabeza mientras pensaba que su comportamiento era ridículo.

—De todas las cosas que desapruebo en ti, lo único que

siempre he considerado intachable es tu forma de montar. Hasta hoy, siempre habías montado con firmeza y manejado las riendas con suavidad. ¿Qué ocurre? ¿Es el caballo?

Addie bajó la vista.

—Ya no puedo montar de lado.

Por alguna razón, Ben no insistió para que fuera más explícita.

—Entonces no lo hagas..., a partir de hoy, pero el resto de la mañana, tendrás que aguantarte.

—No puedo.

—Supongo que no esperarás que cambiemos de montura, ¿no? —preguntó él mientras le levantaba la barbilla con el dedo índice.

En esta ocasión, Addie no protestó, pues sabía que sería inútil.

—Me resultaría m-más fácil.

—Sólo piensa en cómo me vería. Yo sentado de lado en esa sillita remilgada y cabalgando hasta el Double Bar para negociar con Big George Johnson. Tenía planeado lanzarle unas cuantas amenazas, pues ésta es la única forma de hacerlo entrar en razón, pero creo que hoy Big George se partirá de risa, sobre todo cuando me vea meneándome sobre esa silla de mujer y con la rodilla anclada en el fuste.

—Para ya. —Addie sonrió a su pesar al imaginarse la escena que Ben describía—. Pero me gustaría saber qué le explicarás a Rus..., a mi padre cuando *Jessie* me vuelva a tirar de la silla y acabe con el cuello roto.

—Suena como si estuvieras pidiendo una lección de monta. —La jovialidad de Ben desapareció de inmediato y se convirtió en desdén—. ¡Imagínatelo, Adeline Warner solicitando consejos a un simple individuo como yo!

—Estás loco si crees que lo que pretendo es captar tu atención.

—¿Entonces a qué ha venido esa representación de mujer fatal?

Ben lanzó una mirada significativa al espacio del suelo donde habían estado sentados los dos.

Addie se tragó una contestación mordaz y se preguntó qué encajaría más con el papel que estaba representando, llevarle la contraria o fingir que la caída había sido una tonta artimaña femenina para captar su atención. Él parecía inclinado a pensar lo peor de ella. ¿Por qué no aprovecharse de su ego? Además, todavía no había encontrado una explicación aceptable a su repentina ineptitud en el manejo de *Jessie*. Ya le iba bien que Ben creyera que se había caído a propósito.

—Tendría que haberme imaginado que no serías tan caballero como para hacerme ese favor —murmuró Addie mientras lo miraba a través de las pestañas con la cabeza algo inclinada.

¡Así! Esto sí que parecía una insinuación. Quizás así lo desconcertaría. Dejaría que creyera que todo aquel episodio era un ardid para seducirlo. Él no esperaría otra cosa de Adeline Warner.

En lugar de sentirse desconcertado, Ben se mostró francamente divertido.

—La mercancía no me atrae, guapa. —Ben la miró de arriba abajo—. Aunque tengo que reconocer que viene en un envase bonito.

¡Oh, cómo lo detestaba!

—Eres excesivamente amable —respondió ella con frialdad.

De repente, Ben sonrió ampliamente y sin ninguna señal de malicia en su expresión.

—¿A qué han venido todas esas payasadas? Supongo que te aburres, ¿no? ¿Acaso soy el único hombre del condado que todavía no ha perdido la cabeza por ti?

—Es probable —respondió ella con despreocupación.

Ben se echó a reír.

—No vuelvas a intentarlo, Adeline. Es un juego peligroso. Yo no soy como esos muchachos con quienes te gusta coquetear.

—Eso es lo que te gustaría —contestó ella con desdén—, pero todos sois iguales. La edad no importa, todos sois unos niños. Os gusta jugar a los mismos juegos ridículos una y otra vez y...

Addie cerró la boca de golpe.

—¿Y qué? —la apremió él. Addie permaneció en silencio y sintió que la mirada de Ben la abrasaba—. ¿Cuál crees que es la diferencia entre un niño y un hombre, Adeline?

—No sabría decírtela, todavía no me he encontrado con un hombre de verdad.

—Aunque vieras a uno no creo que supieras reconocerlo, querida.

—Un hombre es alguien que tiene principios —declaró ella pronunciando la palabra «principios» como si estuviera segura de que a él no le resultaría familiar—. Y el valor de mantenerlos. Un hombre es alguien que no se coloca siempre el primero y los demás después. Y también...

—¡Por favor! —Ben levantó una mano en señal defensiva—. Estoy seguro de que se trata de una lista muy larga y entretenida, pero no tengo tiempo de escucharla.

—En cualquier caso, nunca darías la talla.

Ben se rió entre dientes.

—No se puede decir que seas una autoridad en esta cuestión, querida.

Su condescendencia la hirió. ¡Ella sabía más de los hombres de lo que él creía! A las mujeres de aquella época las educaban según unos ridículos principios victorianos, pero ella había crecido en una época mucho menos mojigata. Sus coetáneas se enorgullecían de ser modernas y experimentadas respecto al sexo. Habían visto obras de teatro y leído libros sobre sexo, hasta que tanta apertura dejó de impresionarlas y pasó a aburrirlas. Aunque Addie nunca había vivido una aventura amorosa, formaba parte de una generación que había llegado al estado de adulta preguntándose a qué venía armar tanto escándalo por aquella cuestión.

—Yo no soy tan inocente como crees —declaró Addie.

—Pues yo creo que no eres tan experimentada como tú crees.

—¿Cómo puedes saberlo? Según dijiste antes, te resististe a mis... insinuaciones en el establo.

—Todavía no puedes creer que rechacé tu oferta, ¿no? No tenía ni idea de lo mucho que te importaba.

—No seas tan engreído. Aquello no me importó en absoluto. Estoy encantada de que no ocurriera nada entre nosotros. No te imaginas cuánto... ¿Qué haces?

Ben la cogió del brazo con firmeza y tiró de ella hacia *Jessie*.

—¡No! —exclamó Addie. El tono de su voz cambió de repente—. No puedo manejarla.

—Eres demasiado dura con ella. Su hocico es muy sensible y, tal y como sujetas las riendas, podrías rasgárselo. Y también le das taconazos en los costados, con lo cual no le indicas con exactitud qué es lo que esperas de ella.

—Reconozco que no la manejo bien. —Ben la empujó hacia el animal, pero Addie se volvió de espaldas a *Jessie* con tozudez—. Pero el resto del problema radica en que *Jessie* es arisca y tiene mal carácter y esto no tiene arreglo.

—Sólo necesita que la manejen de la forma adecuada. Como todas las hembras. —Ben apoyó la mano en la silla y acorraló a Addie contra la montura—. Vamos, sube.

—Para. Ya he recibido bastantes órdenes de ti.

La rabia que sentía era más hacia ella misma que hacia él. Se había metido en aquel lío por ceder aquella mañana. Para empezar, tendría que haberse negado a acudir a la cita con Jeff Johnson. Y ahora no tenía más remedio que volver a montar en la yegua.

—Basta ya —contestó él mientras la volvía hacia él y la cogía de la cintura—. No sé qué te ha empujado a jugar a este juego...

Mientras Addie forcejeaba con él, a Ben se le cayó el sombrero.

—¡No se trata de ningún juego! —exclamó Addie.

—Si pretendes fingir que no recuerdas cómo se monta, te obligaré a hacerlo. ¿Quieres recibir una lección sobre monta? Pues yo te daré una maldita lección, Adeline.

Antes de que ella pudiera pronunciar ninguna palabra, Ben le entregó las riendas y la montó en la silla. De una forma instintiva, Addie buscó una posición segura en el lomo del animal mientras se agarraba a su áspera crin. *Jessie* empezó a agitarse. Addie cerró los ojos y se sujetó con más fuerza. Estaba segura de que *Jessie* la volvería a lanzar por los aires. Ben subió detrás de ella de un salto y apretó sus poderosos muslos contra los costados del animal.

—Está dando cabriolas otra vez —balbuceó Addie, mientras tiraba de las riendas tan fuerte como podía.

—Deja de tirar de las riendas —ordenó Ben en tono irritado—. Le harás daño en el hocico.

—Ella intenta matarme y a ti te preocupa...

—¡Dame las riendas!

Ben cogió las riendas con una mano, deslizó el otro brazo alrededor del abdomen de Addie y la apretó contra él mientras *Jessie* intentaba levantar las patas delanteras. Addie contuvo el aliento y se aferró al brazo que la sujetaba. El miedo la paralizaba. En contra de lo que esperaba, *Jessie* no la tiró de la montura. El brazo de Ben la sostenía con fuerza y seguridad, su cuerpo mantenía el equilibrio a la perfección y se acomodaba a los movimientos de *Jessie* sin ningún esfuerzo. *Jessie* percibió que era inútil resistirse a las órdenes de Ben y no tardó en tranquilizarse.

—Gira los talones hacia fuera, le estás dando taconazos otra vez.

Addie estaba paralizada.

—Sólo intento mantenerme en la silla.

—¡Gira los talones hacia fuera!

En cuanto se dio cuenta de que *Jessie* se había tranquilizado, Addie exhaló un suspiro tenso, giró los talones hacia fuera y aflojó las manos, las cuales apretaban con fuerza el brazo de Ben. Él deslizó la mano hacia la parte frontal del cuerpo de Addie y la dejó peligrosamente cerca de sus pechos.

—Ahora coge las riendas. Y mantenlas flojas.

—Deja de hablarme al oído —declaró ella al darse cuenta, con incomodidad, de que sus susurros habían producido un hormigueo en la parte superior de sus muslos—. Y saca la mano de ahí.

—¿No es esto lo que querías? —preguntó él sin retirar la mano.

—Eres el más insolente...

—Condúcela alrededor de aquel álamo y de vuelta aquí.

—¿Al paso, al trote o...?

—Esto depende de cuánto tiempo quieras que estemos juntos.

Addie ya había aguantado bastante sus burlas. En un ataque de rabia, le dio a *Jessie* un taconazo potente esperando que el impulso hacia delante de la yegua tirara a Ben al suelo. Él se echó a reír y apoyó una mano en la cadera de Addie. Galoparon hacia el álamo raudos como el viento y Addie entrecerró los ojos mientras sentía el cálido aire primaveral en el rostro.

—Vamos muy de-deprisa —protestó Addie con los labios tensos.

—Entonces haz que vaya más despacio. Ella hará lo que tú le ordenes. —Ben resopló con impaciencia—. Eres una actriz increíble, Adeline. Casi habría jurado que no sabías cómo manejar a esta maldita yegua. Y ambos sabemos que no es así, ¿no?

Addie tiró de las riendas con lentitud y le sorprendió descubrir que *Jessie* obedecía su señal.

—No tan fuerte —le indicó Ben, y rodeó la mano de Addie con la suya para ajustar la tensión de las riendas.

De una forma instintiva, Addie cambió el peso de su cuerpo en la silla y encontró una postura más cómoda. Una inesperada sensación de tranquilidad la invadió.

—Condúcela alrededor del álamo. —El aliento de Ben rozó la parte posterior de la oreja de Addie y envió un escalofrío por su espina dorsal—. Con suavidad. No tires de las riendas con brusquedad.

Mientras daban la vuelta al álamo, la yegua inclinó el cuerpo y, de una forma natural, Addie relajó su cuerpo contra el pecho de Ben. Él volvió a ajustar la tensión de las manos de Addie en las riendas y declaró con cierta exasperación:

—Se está alejando de ti. Haz que vaya más despacio. Así. Sí.

—Ella no quiere ir por aquí.

—Lo que ella quiera no importa. Tú tienes el mando.

—¿No debería...?

—Con suavidad. Sé amable con ella.

El rostro de Addie estaba tenso debido a la concentración. El ritmo de los cascos del animal parecía retumbar en su cabeza, golpeando, golpeando en una puerta cerrada, mientras un recuerdo esquivo luchaba por liberarse. Mientras contemplaba la ondeante crin de la yegua, el paisaje que la rodeaba y el cielo azul con sus blancas nubes, que se desperezaban en la distancia, Addie buscaba en su mente e intentaba recordar. De repente, sucedió. En determinado momento no había nada más que el vacío y, al siguiente, un relámpago de conocimiento cruzó por su mente. De una forma repentina, Addie supo lo que estaba haciendo, como si recordara algo que había aprendido mucho tiempo atrás. ¡Pero esto era imposible! ¡Ella nunca había sabido montar!

—Hazla girar y que reduzca la marcha al paso —le indicó Ben.

Addie descubrió que la yegua la obedecía con sólo tirar levemente de las riendas. ¡Aquello era magia! Addie soltó una risa repentina y percibió la sonrisa irónica de Ben.

—¿Ya te vas acordando? —preguntó Ben con sequedad, y deslizó la mano hacia arriba hasta que su pulgar reposó en el hueco que había entre los pechos de Addie.

El calor de su mano traspasó la blusa de Addie. Ella tragó saliva con fuerza y no dijo nada mientras se concentraba en hacer que *Jessie* se detuviera.

Cuando el golpeteo de los cascos de *Jessie* se apagó y todo estuvo en calma, Addie percibió con intensidad la mano de Ben y la caricia de su pulgar entre sus pechos.

—Y todo esto por mí —declaró Ben con voz suave—.

No sabía que esta mañana resultaría tan agradable. Dime, ¿con cuánta antelación lo tenías planeado? ¿O me has ofrecido una representación espontánea?

Una parte de la mente de Addie exigía que se separara de él con furia, pero ella se sentía confusa y débil. Ningún sonido surgió de sus labios. El corazón le latía con fuerza y respiraba de una forma superficial. El pulgar de Ben acarició la curvatura inferior de uno de los pechos de Addie mientras ella mantenía la mirada al frente. Addie sintió que los pezones se le endurecían y el placer y la vergüenza que experimentó la atormentaron.

«¿Qué estoy haciendo? —se preguntó con desesperación—. ¡Tengo que detenerlo!»

Ben permanecía en silencio, aunque Addie sintió que su pecho subía y bajaba a un ritmo más rápido de lo normal. Addie, horrorizada, notó que la mano de Ben se desplazaba hacia arriba, de modo que le cogió la muñeca y exhaló una protesta ahogada. Él dejó caer el brazo a un lado y desmontó con habilidad. A continuación, se volvió hacia ella y apoyó las manos en la silla, a ambos lados de Addie.

Los dos se observaron con fascinación y en silencio. Addie esperaba que él se burlara de ella por haberle permitido que la tocara. Su acto había sido irrespetuoso e insolente y ella debería de haberle exigido una disculpa. Ben deslizó la mirada por el cuerpo de Addie y tragó con fuerza, el único indicio de que el contacto con ella le había afectado, pero, por distintas razones, ambos decidieron simular que no había sucedido nada.

—¿Ya estás bien? —preguntó Ben con voz tenue.

Por primera vez, no había ironía en su mirada.

—Sí —respondió ella con una voz apenas audible—. Creo que ahora puedo montarla.

—¿Seguro? —insistió él y, por primera vez, el tono de su voz era amable.

—Sí.

Ben se alejó de ella medio a desgana y se dirigió a su caballo. Addie lo contempló con los ojos muy abiertos. A decir verdad, echaba de menos su presencia en su espalda, su brazo fuerte alrededor de su cintura y su voz cerca de su oreja. Él había querido provocarla, se había tomado ciertas libertades para darle una lección, pero su cercanía había tenido en ellos un efecto distinto al que ambos esperaban. Algo en ella no funcionaba nada bien, pues encontraba atractivo a un hombre que ella sabía que era un asesino.

Addie intentó encontrar alguna excusa: «Todo se debe al tipo de hombres con el que estoy acostumbrada a tratar. Él es distinto a todos ellos. Tiene algo que ellos nunca tendrán.»

A los hombres con los que Addie había salido les preocupaban las derrotas a las que se enfrentaban día a día, como el desempleo, la escasez, la falta de control... Sus vidas carecían de la seguridad de la que habían gozado las vidas de sus padres y sus abuelos. Tarde o temprano se veían obligados a trasladarse a las grandes ciudades en busca de trabajo. Las mujeres eran esnobs y duras de carácter, desdeñosas con el amor y ansiosas de excitación.

Y ahí estaba Ben Hunter, exactamente lo opuesto a todos aquellos jóvenes hartos de todo. Ben se había forjado, con arrogancia, un lugar en un mundo duro. Él tenía que domar la vida o, al menos, eso creía. Hacía mucho tiempo que Addie no conocía a un hombre con la autoconfianza y la vitalidad de Ben. Las mujeres no lo intimidaban y su desdén nunca lo acobardaría. «No está acostumbrado a que las mujeres le planten cara», pensó Addie, y esta idea la cautivó. Le resultaría muy satisfactorio conseguir que él la respetara, convencerle de que no podía dominarla.

Cuando Ben subió al caballo, sus facciones volvían a ser inescrutables. Por su expresión, Addie nunca habría dicho que nada fuera de lo común había sucedido. Addie fue consciente de su aspecto desarreglado e hizo lo posible por alisar su ropa.

—Vamos —declaró Ben con sequedad—. Ya hemos hecho esperar bastante a Jeff, ¿no crees?

Ella asintió con la cabeza y rozó con los talones los costados sudorosos de *Jessie*. Cuando estuvo segura de que la yegua no le causaría más problemas, Addie carraspeó e intentó parecer tan relajada en la montura como su acompañante.

—¿Por qué vas tú al Double Bar? —preguntó Addie.

—Por negocios.

—¿En relación con qué?

—En relación con el ternero sin marcar que nos quedamos el otro día.

Addie no pudo contener una sonrisa de triunfo.

—¿El que marcasteis y tú afirmaste que era justo? ¿El que robamos para enseñarles a mantener a su ganado lejos de nuestras tierras?

—Sí, el mismo. Y, ahora que veo tu expresión satisfecha, te diré que ayer, como contrapartida, desplazaron la línea divisoria que limita sus tierras con las de tu padre en su beneficio y que arrancaron de cuajo nuestra valla.

—¡Bromeas!

—No, señora. En algunos lugares esto es suficiente para hacer uso de las armas.

—¿Qué vas a hacer tú?

—Lograr algún tipo de acuerdo con Big George. No resultará difícil. El rancho Sunrise y el Double Bar son grandes y pueden permitirse unas cuantas disputas por el territorio. Además, todos tienen los ojos puestos en el romance que ha surgido entre Jeff y tú. La única persona a la que le gusta la idea de un posible matrimonio entre vosotros más que a tu padre, es George. —Ben sonrió con sarcasmo—. Ninguno de esos dos padres amorosos hará nada que se interponga en el camino del amor verdadero.

Addie estaba atónita.

—Yo no voy a casarme con nadie.

Ben arqueó una ceja y sonrió con escepticismo.

—Pues conmocionaste a muchas personas con esa posibilidad.

—¿Y qué pasa si decido que no estamos hechos el uno para el otro? ¿Qué pasa si rompo mi relación con Jeff?

—Te gusta crear problemas, ¿verdad? Te aconsejo que esta vez actúes con prudencia. A los Johnson no les gusta que se juegue con ellos. Y, en todo lo relacionado con su hijo, Big George es muy sensible.

Addie permaneció ansiosa y en silencio mientras cruzaban la frontera entre el rancho Sunrise y el Double Bar. Un vigilante del Double Bar acudió a recibirlos. Su caballo ruano pateó el suelo cuando todos detuvieron la marcha y se saludaron.

—Buenos días —declaró Ben.

El vaquero del Double Bar saludó con la cabeza y clavó su mirada en la de Ben de una forma desafiante. Cuando se producía una disputa en relación con los pastos, pasaban varios días antes de que los ánimos se calmaran, y todos participaban de la controversia, desde los dueños de los ranchos hasta los peones.

—¿A qué has venido?

—Es una visita amistosa —contestó Ben.

—Sólo intentamos ser buenos vecinos... —intervino Addie con nerviosismo, con lo que se ganó una mirada asesina de su acompañante.

El vigilante del Double Bar la miró con admiración.

—Buenos días, señorita Warner. Bonito día, ¿no cree?

—No está mal —contestó ella con una sonrisa seductora que el vaquero le devolvió sin titubear.

—Pueden ustedes pasar, señorita Warner.

Cuando estaban fuera del alcance del oído del vaquero, Ben la miró con el ceño fruncido.

—¿No hay hombre en Tejas que esté a salvo de ti?

—¡Yo no estaba flirteando!

—Los únicos hombres con los que no flirteas son los miembros de tu familia.

Ella sintió deseos de acabar con su arrogancia.

—Supongo que lo sabes todo de mí, ¿no es así señor Hunter?

—Hay una cosa que no sé.

Addie simuló sentirse impresionada.

—¡Dios mío! ¿Qué puede ser?

—Dónde estuviste ayer durante aquellas dos horas.

—¿Por qué te importa tanto este detalle? ¿Qué diferencia puede suponer para ti?

—Sunrise no es más que un pueblo. Resulta difícil permanecer fuera del alcance de la vista durante mucho tiempo. Cade y yo peinamos la ciudad con esmero y no había ni rastro de ti.

—¿Alguien os dijo dónde me habían visto por última vez?

Él soltó una risa breve.

—El viejo Charlie Kendrick declaró que te había visto desvanecerte en el aire. Claro que llevaba tres días bebiendo sin parar.

—Desvanecerme —repitió ella con voz temblorosa y, tras realizar un esfuerzo, consiguió reír—. ¡Qué ridículo!

—¡Mira! —Ben contemplaba con los ojos entrecerrados a un jinete que se acercaba a ellos—. El pichoncito no podía esperar.

—¿Ése es Jeff?

—¿Acaso no lo reconoces?

—El sol me da en los ojos.

El jinete se detuvo junto a Addie, levantó una mano hasta el ala de su sombrero y esbozó una sonrisa radiante. A ella le sorprendió lo mucho que se parecía al viejo Johnson. ¡De modo que éste era él! ¡Qué guapo era de joven! Tenía el pelo de color caoba y en su rostro bronceado destacaban sus ojos azules y brillantes. Jeff era corpulento, aunque más que obeso, era grande. Parecía un caballero y, a juzgar por su sonrisa, debía de ser absolutamente encantador. Al percibir la calidez de su expresión y el resplandor de sus ojos azules, Addie no pudo evitar devolverle la sonrisa.

—Llegas un poco tarde —declaró él sin apartar la mirada de Addie—. ¿Has tenido algún problema?

—Nada grave —declaró Ben con lentitud—. Dime, ¿en qué estado de ánimo encontraré a tu padre?

Jeff lo miró con una antipatía evidente.

—En el mismo de siempre.

—Eso me temía. —Ben miró en la dirección de la que Jeff procedía—. Confío en que llevarás a la señorita Adeline sana y salva de vuelta a casa.

—Te lo garantizo —contestó Jeff—. Vamos, Adeline.

Ella titubeó y miró a Ben con incertidumbre.

—Ben...

—¿Sí?

En su rostro sólo había indiferencia.

Ella quería darle las gracias, aunque no estaba segura por qué.

—Supongo que... te veré en la cena —declaró ella, y las comisuras de los labios de Ben se curvaron en un esbozo de sonrisa.

—Sólo si no te olvidas de cómo montar a *Jessie* durante el camino de vuelta.

Ella le lanzó una mirada iracunda. Al percibir su impotencia y enfado, Ben se rió entre dientes, dio un golpe de talón a su montura y se alejó.

—¿Qué ha querido decir? —preguntó Jeff con voz molesta, mientras Addie contemplaba atribulada cómo se alejaba Ben.

—Sólo estaba siendo desagradable —explicó ella—. Como siempre.

Tras un breve silencio, Jeff cogió la mano de Addie y se la llevó a los labios.

—Te he echado de menos —dijo con voz suave. Addie no sabía qué contestarle. Para ella, Jeff era un auténtico desconocido, pero él la miraba como si hubieran compartido muchos momentos de intimidad—. ¡Santo cielo, qué guapa eres! Y hoy estás más guapa que nunca. ¿Qué hay en ti que hace que el corazón me duela tanto?

Addie lo miró con asombro. «Habla como si estuviera enamorado de mí —pensó alarmada—. ¿Hasta qué grado de intimidad hemos llegado? Mejor dicho, ¿qué grado de intimidad han tenido Adeline y él? ¡Ojalá no me mirara de esta manera!»

—Vayamos a nuestro lugar —declaró él mientras parecía comérsela con sus ojos azules.

Addie asintió poco a poco con la cabeza y retiró la mano de la de Jeff.

Su lugar resultó ser un espacio aislado situado cerca de un arroyo de aguas tranquilas que bordeaba las tierras del rancho Sunrise. Mientras los caballos bebían en el riachuelo, Jeff ayudó a Addie a sentarse a la sombra de un árbol robusto.

—Temía que no vinieras esta mañana —declaró Jeff mientras se sentaba al lado de Addie y deslizaba el brazo por la espalda de ella.

Aquel gesto de familiaridad hizo que Addie se pusiera tensa, pero él no pareció darse cuenta.

—¿Qué habrías hecho si no hubiera venido?

—Habría cabalgado hasta el rancho de tu padre y te habría traído yo mismo... —Jeff sonrió torciendo la boca—. No habría aguantado otro día sin verte.

—¿Cuánto tiempo hace que no nos vemos?

—Una eternidad. Siete días, dos horas y treinta y siete minutos.

Addie se echó a reír y él se inclinó para besarle la punta de la nariz. Addie, sorprendida, apartó la cabeza de golpe.

—¿Ahora te pones tímida conmigo? —preguntó él con dulzura—. Nunca antes te habías mostrado tímida conmigo, cariño. —Jeff se inclinó hacia ella y la besó en el cuello.

Addie se sonrojó y se apartó de él. ¡Por todos los santos! ¿Qué les pasaba a aquellos hombres? La habían besuqueado más en las últimas veinticuatro horas que en el resto de su vida.

—Debería de haber imaginado que te mostrarías voluble conmigo —refunfuñó Jeff—. Pero esto sólo hace que te desee más.

—Lo único que ocurre es que quiero hablar un poco.

Los ojos azules de Jeff se volvieron serios de inmediato.

—¿Acerca de qué? ¿De lo que te dije la otra noche?

—Yo... no me acuerdo de lo que me dijiste.

—¿Tú...? Santo cielo, Adeline, ¿siempre tienes que hablar en broma? Si no quieres hablar de aquello, no volveré a mencionarlo. Me basta con saber que no lo impedirás.

Addie frunció el ceño y miró a Jeff con curiosidad. ¿Se refería a una propuesta de matrimonio o a algún otro plan que habían trazado?

—No, no lo impediré —respondió ella con la esperanza de que él le diera más pistas.

—¿Crees que Leah comprendió lo que había oído?

—Yo... no lo sé.

—No la pierdas de vista, con eso será suficiente.

—Así lo haré.

—Vamos, cariño, no estés tan preocupada. Todo saldrá bien. Lo haremos a tiempo. Confías en mí, ¿no?

—Sí, yo... ¡Jeff!

Él la había cogido por los hombros y la había tumbado sobre su regazo.

—¡Ya está bien de hablar, Adeline! Me moriré si espero un segundo más.

Jeff le dio un largo beso en los labios. Tras la sorpresa inicial, Addie permaneció en actitud pasiva en sus brazos y le devolvió la presión del beso. «¡Dios mío, nunca imaginé que besaría al viejo Johnson!», pensó Addie con nerviosismo. De repente, no pudo evitar echarse a reír. Jeff deslizó la mano hasta su pecho y lo acarició levemente. Addie se puso tensa y lo encontró de todo menos excitante. Se suponía que debían tratarse con familiaridad, pero ella no lo conocía en absoluto y no podía fingir que disfrutaba de sus caricias. A Addie le resultó difícil contener un suspiro de alivio cuando él deslizó la mano hasta su cintura y no la movió más. Al final, Jeff levantó la cabeza y sonrió a Addie. Por lo visto se sentía satisfecho con su respuesta, aunque ésta había sido totalmente pasiva.

—Te quiero —susurró él.

A Addie se le encogió el estómago. Ella no podía pronunciar aquellas palabras. No le había dicho a ningún hombre que lo quería y no deseaba que la primera vez fuera una mentira. Addie se sentía terriblemente culpable e intentó devolverle la mirada a Jeff.

—¡Oh, Jeff! —exclamó con voz temblorosa, y él no se dio cuenta de que el temblor se debía al nerviosismo, no al amor.

Él la abrazó en silencio y la apretó contra su pecho, y ella descubrió, con cierta sorpresa, que le resultaba tranquilizador que él la abrazara. Qué distinto era aquel abrazo a la sensación de tormento y excitación que había experimentado en los brazos de Ben. El vello de la nuca se le erizó al recordar la boca de Ben muy cerca de su oreja y su mano apoyada ligeramente en su cuerpo. ¿Cómo podía habérselo permitido? Ahora él no dejaría que ella lo olvidara nunca.

El resto de la mañana resultó extrañamente relajante. Jeff y ella permanecieron abrazados y en silencio durante largos períodos de tiempo mientras contemplaban el borboteante riachuelo. Aunque Jeff parecía sentir que ella le pertenecía, no la manoseó ni intentó propasarse. La besó con frecuencia, pero siempre fue amable con ella, como si temiera que pudiera romperse. En múltiples ocasiones, Addie volvió la cabeza hacia Jeff y vio que él la contemplaba embelesado, casi hechizado. ¿Qué había hecho Adeline Warner para causar en él aquella obsesión?

—Adeline Johnson —musitó él mientras la abrazaba.

Addie experimentó un ligero sobresalto.

—¿Qué?

—Así es como te llamarás pronto. Adeline Johnson. Suena bien, ¿no crees?

—Suena distinto —declaró ella con cautela.

Él deslizó el dorso de su mano por la mejilla de Addie.

—Bruja —susurró él—. Tienes la cara de un ángel y el corazón de una bruja. Nunca me libraré de ti. Aunque lo quisiera, no podría. Eres la dueña de mi corazón, Adeline.

—Yo no quiero ser la dueña de nadie.

—Eres un misterio para mí. Nunca te entenderé, aunque supongo que nadie lo hará. Tomas el corazón de los hombres y, de vez en cuando, lo retuerces, pero de una forma muy dulce. Tu belleza es la única razón de que te permita atarme como lo haces.

La intensidad de su mirada hizo que Addie se sintiera incómoda.

—No me mires así, harás que me vuelva una presuntuosa —contestó ella y se rió para suavizar la tensión.

Jeff la imitó y soltó una carcajada.

—Tengo que verte mañana —declaró Jeff mientras contemplaba cómo Addie se levantaba y sacudía las hojas y la tierra de su falda.

—No sé si podremos vernos. —Addie le sonrió—. Algo me dice que estaré muy ocupada.

—Te echo de menos, Adeline. Y estoy harto de la forma en que tu padre y su bulldog te tienen vigilada. Cuando voy a verte, siempre están merodeando a mi alrededor como...

—¿Su bulldog?

—Sí, Ben Hunter. Sólo Dios sabe por qué lo contrató tu padre o por qué confía en él. No es seguro para ti estar cerca de él.

—¿Por qué lo dices?

—No trama nada bueno, cariño. Tú piensa en ello. Un desconocido llega a Sunrise con una 44 y hablando con acento del Este. Tiene reputación de jugador y de ladrón de terneros sin marcar. De algún modo, encuentra el camino al rancho Sunrise y consigue que tu padre lo contrate. Cualquiera que tenga ojos en la cara puede ver que es un fugitivo de la ley. Siempre se sabe cuándo un hombre es un mentiroso de tomo y lomo.

—Supongo que sí.

Addie contempló el riachuelo y frunció el ceño de una forma reflexiva. A continuación, le pidió a Jeff que la acompañara a casa.

Aquella noche, antes de la cena, Russell decidió hablar con Addie en la biblioteca, aunque ella no sabía acerca de qué. Addie, sentada en un mullido sillón de cuero, contempló a Russell, quien daba caladas a un puro, y se sintió reconfortada por su cercanía. A ella la había criado una tía soltera y no estaba acostumbrada a que hubiera una figura masculina en su casa. Le gustaba la voz áspera y grave de Russell y el olor a caballo, cuero y licor que desprendía su piel. Russell tenía el mismo vigor que ella admiraba en Ben, la misma valoración sólida de la vida, y algo en ella se sentía atraído por su rudeza.

Le resultaba increíble contemplar el rostro de Russell y darse cuenta de que se parecían. Quizá fuera su imaginación o una mera coincidencia, pero a ella le parecía que incluso compartían algunos gestos. Él la trataba con una mezcla desconcertante de franqueza e indulgencia. Tan pronto le hablaba de una forma directa, como si ella fuera un hombre, como la mimaba sin límites.

—Últimamente no he hablado mucho contigo, Adeline.

—No.

—Hoy has ido a visitar a Jeff.

—Sí, nosotros...

—¿Qué ocurre entre vosotros durante esas visitas?

—Yo... Él... No mucho.

—¿Él se conduce como un caballero?

—Sí, por completo.

Russell asintió con la cabeza y exhaló un aro de humo.

—Eso es bueno. Jeff es un buen muchacho, pero es un Johnson. Algo blando, quizá, pero nunca se atreverá a tratarte mal. ¿Ha comentado algo sobre cuándo tiene planeado pedirme tu mano?

—No.

—Entonces, todavía no está atrapado.

—No, señor.

—Bueno, pronto lo estará, pero para atraparlo tienes que mantenerlo a la distancia adecuada, ¿comprendes?

—Creo que sí.

—Ni demasiado cerca ni demasiado lejos. Agárralo fuerte, pero no lo ahogues. Así es como me atrapó tu madre. —Addie sonrió y Russell rió entre dientes mientras resplandecía de orgullo—. Si lo quieres, lo conseguiremos para ti, cariño. Sólo mírate. Tengo a la chica más guapa de todo Tejas.

—Y yo tengo al padre más distintivo.

—¿Distintivo? —Russell pareció complacido—. Distintivo. Ésa es una palabra de cinco dólares. De modo que aprendiste algo en aquel colegio, aparte de modales y pintar a la acuarela. Quizá tu madre acertó al enviarte allí. Pero no le digas que te lo he dicho.

Mientras la miraba, el orgullo que Russell sentía por ella aumentó y le llenó el pecho. Aparte del rancho, Russell consideraba a Adeline su mayor logro. Cualquier éxito de ella era un orgullo para él, mientras que sus fallos..., bueno, Russell prefería ignorarlos, salvo para reprenderla de vez en cuando, sólo como demostración. Cade y Caroline eran buenos hijos, pero se parecían demasiado a su madre; sin embargo, Adeline comprendía cosas que, en opinión de Russell, la mayoría de las mujeres no podían comprender. Ella razonaba con sentido común, más como un hombre que como una mujer, y pertenecía a Tejas, como él. Y, también como él, tenía coraje. Ambos estaban cortados con el mismo patrón.

Otros hombres tenían buenas hijas, mujeres sencillas que sabían cuál era su lugar, mujeres que, algún día, serían obedientes y se acomodarían a la voluntad de su marido. Pero su hija era salvaje, indomable y hermosa. La desaprobación que él sentía por su independencia se veía compensada por el orgullo que esa misma independencia le producía. Adeline pensaba por sí misma y tomaba sus propias decisiones, y él estaba dispuesto a concederle casi cualquier tipo de libertad.

—Vayamos a cenar —declaró Russell mientras le ofrecía el brazo a Addie, y ella lo aceptó con una sonrisa.

Después de que les sirvieran la cena y cuando hubieron aplacado las exigencias más apremiantes del apetito, se inició la conversación. En menos de cinco minutos, Russell demostró que estaba en plena forma.

—¡Bueno, Ben, quiero oír lo que ese hijo de puta derribador de vallas de George Johnson ha dicho cuando le has advertido de que pienso volver a levantar la valla!

Caroline y Peter, su esposo, realizaron una mueca al oír su vozarrón y el lenguaje que había utilizado y miraron a su hija de diez años. Leah contemplaba, embelesada, a su abuelo.

—Papá —protestó con voz suave Caroline—, la niña...

—Lleva a la niña a la cama —rugió Russell—. ¡Quiero oír lo que ha dicho mi vecino hijo de puta! Él es lo que es y no lo llamaré por otro nombre. ¡Vamos, suéltalo, Ben!

Addie observó a Ben, cuyo rostro era completamente inescrutable, salvo por un brillo delatador que iluminó su mirada mientras contemplaba a Russell. No hacía falta conocer mucho a Russell para saber que disfrutaba teniendo aquellas explosiones de mal genio. Caroline se llevó a Leah a dormir a toda prisa.

—Por lo visto tenemos ciertas diferencias filosóficas con Big George. —Ben observó su cuchillo y lo hizo girar con ociosidad sobre la mesa mientras hablaba—. Hablando claro, no le gusta tu valla. Él no ha levantado ninguna y no entiende por qué tú la necesitas.

—Levanté esa valla para proteger mis tierras —declaró Russell con el rostro encendido—. Para proteger las propiedades de los Warner de los ladrones de ganado. Y de los vecinos.

—Big George opina que los pastos son libres y que pertenecen a todo el mundo.

—Pues su maldita opinión está equivocada. ¡Lo que está en el interior de mi valla sólo me pertenece a mí!

Ben lo miró con una sonrisa en los labios, pero no dijo nada. Addie casi se quedó sin aliento al contemplar la imagen de Ben, con el sol del atardecer reflejándose en su pelo moreno y en su rostro bronceado. Le costó no quedarse mirándolo embobada, como una colegiala tonta. Era una locura dejarse engañar por su aspecto. El aspecto de un hombre era lo de menos, cuando era capaz de actuar de una forma cruel y traicionera como había hecho él. ¡Sin embargo, parecía sentir tanto afecto por Russell! ¿Era posible que incluso en aquellos momentos estuviera mirando a Russell con la idea de asesinarlo? Addie apartó la vista de Ben y se esforzó en prestar atención a la conversación.

—George dice que hemos construido la valla cogiendo parte de su terreno —decía Ben en aquel momento.

—¡Gilipolleces! —explotó Russell.

—Bueno, yo no estoy tan seguro, Russ. Tú siempre has sido de los que cogen el trozo grande del pastel.

Russell lo miró con los ojos desorbitados mientras un silencio mortal se extendía por la habitación. Ben sostuvo la mirada de Russell sin parpadear y sin perder la sonrisa. Addie se sentía atónita por su atrevimiento. De repente, Russell rió a carcajadas y el resto de los comensales soltó risitas de alivio.

—No sé por qué algunos afirman que no eres honesto —señaló Russell sin dejar de reír—. Eres tan honesto que ofendes. Está bien. ¿Qué quiere el hijo de puta de George como...?

—¿Remuneración?

—Si esto significa aplacar su ira, sí.

—Quiere la mitad del caudal del abrevadero que está en el límite de vuestras tierras. Y quiere que le pagues el ternero que... adoptamos.

—Adoptamos... —repitió Addie sin poder resistirse a intervenir—. Primero lo robamos y ahora lo hemos adoptado. Cada vez que oigo hablar de esta cuestión, suena mejor. Pareces muy paternal, Ben, hablando de esa pobre criatura sola y abandonada que necesitaba que la adoptaran.

Él sonrió abiertamente.

—Siento debilidad por los animales abandonados.

Sus miradas se encontraron de una forma desafiante.

—¡Qué altruista!

—No, sólo soy emprendedor.

May decidió interrumpir su diálogo.

—Desearía que vosotros dos dejarais de intercambiar palabras que nadie más entiende.

Su declaración fue secundada con entusiasmo por el resto de los comensales. Addie se rió y se levantó de la mesa.

—Entonces os dejaré mientras discutís los detalles de esta cuestión. Daré un paseo ahora que el aire es más fresco.

—No te alejes mucho —advirtió May.

—No lo haré, mamá.

Addie se sorprendió al oír que aquella palabra salía de sus labios con tanta facilidad, pero su sonrisa se desvaneció cuando salió de la habitación.

El aire nocturno era fresco y agradable. Addie inhaló su aroma y se dio cuenta de que faltaba alguna cosa. Había algo distinto entre aquel Sunrise y el que ella había dejado atrás. En el de ahora no se percibía la fragancia suave y dulzona del maíz verde y de la fruta madura. Los granjeros todavía tardarían veinte o treinta años en arar aquellas tierras y segar sus cosechas.

Sunrise todavía era dominio de los ganaderos y a éstos les gustaba la tierra salvaje y sin cultivar, les gustaba armar camorra y la comodidad que les ofrecían las pequeñas ciudades, y les gustaba el ruido y que éstas estuvieran llenas de *saloons*. Este Sunrise era, con diferencia, un mundo más de hombres que aquel del que ella procedía. Addie dio una patada a un terrón de tierra seca con aire taciturno y se apoyó en la valla de madera que había cerca de la casa. Las luces de los barracones estaban encendidas y se oía el sonido ahogado de las risas de los vaqueros. Había lucecitas esparcidas por el suelo. Las luciérnagas se hacían guiños entre ellas.

«¿Qué estoy haciendo aquí?», se preguntó Addie

mientras apoyaba los antebrazos en la valla. De repente, un sentimiento de soledad se apoderó de ella. Quería ver a Leah con desesperación, pero no a la niña pequeña, sino a la mujer que le había hecho de padre y de madre, a la mujer que había conocido durante toda su vida. Quería estar con alguien que la comprendiera, que la conociera, no como a la mimada Adeline Warner, sino como a la persona que en realidad era. Addie sintió un nudo en la garganta mientras intentaba dominar su añoranza. No servía de nada pensar en el pasado, pues tenía que concentrarse en aprender todo lo que pudiera acerca de la situación en la que se encontraba.

Addie suspiró, cerró los ojos y apoyó la cabeza en las manos mientras intentaba recordar lo que Leah le había contado acerca de la desaparición de Adeline Warner. Todo estaba envuelto en una especie de neblina de dolor. Addie frunció el ceño y se concentró en el leve recuerdo de un nombre. «Leah me dijo que querría haber hablado con alguien. Diaz. Tengo que encontrarlo. Tengo que preguntarle...»

Addie oyó el sonido de unos pasos a su espalda y sintió el roce de unos dedos en su brazo.

—Adeline...

—¡No! —Addie se dio la vuelta con el corazón acelerado—. ¡No me toques!

Ben levantó los brazos como si ella lo apuntara con una pistola.

—Está bien. Está bien. Nadie te está tocando.

Addie se llevó la mano al pecho e inhaló de un modo vacilante.

—No vuelvas a acercarte a mí por la espalda nunca más.

—Por tu postura, creí que te encontrabas mal.

—Pues no, no me encuentro mal, pero me has dado un susto de muerte.

Addie vio el destello de la sonrisa de Ben en la oscuridad de la noche.

—Lo siento.

—¡Una disculpa por tu parte! —exclamó Addie. Pero el agotamiento hizo que sus palabras carecieran de la acritud con que ella pretendía pronunciarlas—. Hoy he tenido una sorpresa tras otra.

—Tu madre me ha pedido que te acompañe de vuelta a la casa.

—Primero quiero formularte un par de preguntas.

Ben inclinó levemente la cabeza.

—¿Acerca de qué?

—Para empezar, ¿dónde te educaste?

Ben apoyó un brazo en la valla, se reclinó en ella e introdujo la otra mano en el bolsillo del pantalón.

—¿Resulta tan obvio que tengo una educación? Me halagas.

—Me gustaría saberlo. Por favor.

—Un «por favor» por tu parte. Esto sí que es una sorpresa. Casi estoy tentado de contártelo. Aunque sé que no me creerías.

—¿Fuiste a la universidad?

—A Harvard.

—Mientes.

—Te dije que no me creerías, pero es cierto. Incluso me licencié. Después, mi padre me ofreció dinero para que me alejara de allí para siempre.

—¿Por qué?

—¿Por qué? Resulta evidente que no le gustaba mi compañía —murmuró Ben con una media sonrisa y se incorporó—. Ya es hora de volver.

—¿Tu familia es del nor...?

—Basta de preguntas. Ya he desnudado mi alma lo suficiente por una noche. —Ben alargó el brazo para coger el de Addie, pero ella se apartó y él se detuvo en mitad del movimiento—. ¡Ah, sí! Nada de tocarte. Vamos, Adeline.

Addie archivó con cuidado en su mente todo lo que Ben dijo e hizo. Tendría que recordarlo más tarde. Quizás ésta era la razón de que se encontrara allí. Quizá tenía que sacar a la luz el otro lado de él e interrumpir los sucesos que conducirían a la muerte de Russell. «El hecho de que esté aquí cambiará muchas cosas. El hecho de que yo esté aquí en lugar de Adeline Warner es el principio de todo. Ahora todo será distinto. Yo haré que sea distinto. Evitaré el asesinato de Russell. Destruiré a Ben Hunter antes de que llegue tan lejos.»

Una vez en la cama, Addie dio vueltas una y otra vez sobre sí misma mientras las preguntas se agolpaban en su mente. Tenía que saber ciertas cosas, cosas que averiguaría al día siguiente. Addie apartó a un lado la sábana que la cubría y se tumbó boca abajo. Se sentía agitada y frustrada... y asustada.

Las notas nítidas y cautivadoras de una guitarra flotaron hasta ella desde la lejanía a través de las ventanas y sus pensamientos se aquietaron. Se trataba de una música dulce y evocadora. ¿Era Ben quien la tocaba? Addie no conocía aquella melodía, pero era la música más bonita que había escuchado nunca y quien la tocaba lo hacía de una forma impecable y relajante. Addie se dio cuenta de que todo en el rancho se aquietaba para escucharla. Pronto dejó de preguntarse acerca del origen de la música y se relajó. ¿Cómo podía alguien como Ben tocar algo tan hermoso?, se preguntó con somnolencia. A continuación, pensó en Leah, quien dormía a sólo unas puertas de distancia, y se preguntó si ella también oía la música.

3

Addie se levantó al amanecer, como los demás. No podía permanecer en la cama mientras el olor del desayuno se deslizaba con sigilo hasta ella por el aire y el sonido de las conversaciones matutinas llegaba hasta su habitación flotando desde el comedor. Se lavó y se vistió deprisa. A pesar de la noche larga e intranquila que había pasado se sentía extrañamente en paz.

¿Había alguna manera de regresar al Sunrise al que pertenecía? Ella no sabía cómo hacerlo. Ni siquiera sabía cómo había llegado hasta allí. ¿Qué ocurriría si se quedaba atrapada en aquel lugar para siempre? Aquella idea le produjo un cierto escalofrío y Addie la apartó de su mente. No tenía sentido que se preocupara por esta posibilidad, pues no parecía que pudiera hacer nada al respecto. Si todo aquello no era más que un sueño, acabaría en algún momento, y si ella se había vuelto loca, lo mejor era que simulara no estarlo, ante ella misma y ante los demás.

Sin embargo, había una cuestión práctica en la que sí que podía centrarse. Russell Warner todavía estaba con vida y era muy posible que ella fuera la única persona que podía mantenerlo así. Para la familia, así como para el resto de los habitantes de Sunrise, sería Adeline. Se las ingeniaría para ser quien ellos creían que era. Desde aquel mismo instante en adelante nadie notaría ningún signo peculiar en ella y, mientras tanto, descubriría la manera de desenmascarar a Ben e impedir que asesinara a Russell. Según había ocurrido en el pasado, a Russell lo matarían justo después del recuento del ganado del otoño. Ella disponía hasta entonces para cambiar las cosas.

Addie bajó las escaleras con paso ligero y esbozó una amplia sonrisa cuando entró en el comedor.

—¡Buenos días! —saludó con naturalidad, y se sentó al lado de May.

—¿Por qué demonios estás tan contenta? —preguntó Russell con los ojos chispeantes.

—Por nada.

Addie se inclinó a un lado mientras la sirvienta le servía café.

—Creo que podría tener algo que ver con Jeff —declaró May, a quien aquella idea la complacía—. ¿No es cierto, Adeline?

—Es posible —accedió Addie mientras echaba azúcar en el café—. Tengo que admitir que Jeff es súper.

Su afirmación dio lugar a un silencio rotundo.

—¿Súper?

Addie se dio cuenta de su error y lo disimuló con rapidez.

—Se trata de una expresión nueva. —«La oiréis dentro de unos cincuenta años»—. Significa agradable, maravilloso.

Russell rió entre dientes.

—No sé por qué la gente joven tiene que inventarse palabras nuevas. Ya tenemos todas las que necesitamos.

—Porque la gente joven piensa que siente cosas que nadie ha sentido antes —declaró Caroline con sensatez—. Las palabras nuevas sólo tienen sentido para ellos.

—¿Adeline, hoy te verás de nuevo con Jeff?

El rostro de May resplandeció con un cálido interés maternal.

—Bueno, hablamos acerca de esta posibilidad.

—Hoy quiero que Adeline venga conmigo —las interrumpió Russell con brusquedad.

Se produjo un breve silencio en la mesa. May frunció los labios y las cejas con desagrado y declaró:

—Puedes llevarte a Cade más tarde.

—Cade estará en el colegio todo el día —replicó Russell con la mandíbula encajada por la determinación—. Además, Adeline y yo no hemos cabalgado juntos desde hace tiempo. Ella quiere venir conmigo, ¿no es verdad, cielo?

Addie asintió con entusiasmo.

—Sí, me parece una buena idea.

—Inspeccionaremos el rancho y comprobaremos que todo funciona adecuadamente, ¿verdad, cariño?

Ella esbozó una amplia sonrisa.

—Desde luego.

—Espera. —Los ojos de Ben se oscurecieron con fastidio—. Lo último que necesitan los hombres es que ella los vigile mientras trabajan y que opine sobre lo que están haciendo.

Addie se enderezó en la silla y miró a Ben a los ojos.

—No pienso decirle nada a nadie.

—No es necesario que digas nada —replicó él en tono cortante—. Sólo con verte ya se distraerán. —Ben se volvió hacia Russell y su voz sonó más suave y persuasiva—. Hoy tenemos muchas cosas que hacer y no tenemos tiempo para sus ocurrencias. La mayoría de los hombres apenas tienen la oportunidad de ver a una mujer, Russ, y, cuando ven una, se quedan embobados mirándola. Además, tener a una allí mismo, mientras trabajan, y con la figura de Adeline es pedirles demasiado, ¿no crees?

Addie frunció el ceño y se preguntó si sus palabras ocultaban un cumplido. Resultaba difícil decirlo con certeza.

—Me alegro de que tengas un capataz tan inteligente como para decirnos lo que tenemos que hacer, papá —declaró Addie con los ojos muy abiertos.

Si hubiera tenido los tirabuzones de Mary Pickford, en aquel momento habría enroscado uno en su dedo. Russ carraspeó con enfado.

—Nadie me dice lo que tengo que hacer con mi hija, Ben. Y ella vendrá conmigo hoy a inspeccionar el rancho.

—Desde luego —respondió Ben con las facciones relajadas y sin mostrar la menor emoción.

Cuando Addie y Russell llegaron al establo, Ben ya se había ido, pues tenía que organizar las tareas que mantendrían ocupados a los peones durante todo el verano. Los caballos de Addie y Russell ya estaban ensillados y listos para partir. Russell intercambió unas palabras con el vaquero al que le habían asignado los trabajos más típicos de una granja, como cuidar a las gallinas, recoger los huevos, cosechar la alfalfa y apilarla.

Preparar la alfalfa no constituía una tarea fácil. Se requería experiencia para saber cuándo la hierba estaba madura y el color era el justo, cuánto tiempo tenía que permanecer en el campo después de la siega y cuándo estaba seca y se podía apilar. En aquel momento, se estaba secando en los campos y el sol brillante y abrasador de Tejas cambiaba su color. Nada podía compararse al olor dulce de la alfalfa seca y su fragancia parecía saturar el aire en kilómetros a la redonda.

Sin embargo, a los vaqueros no les gustaba realizar aquel trabajo y les parecía que era indigno de ellos. ¡Se trataba de un trabajo de granjeros, no de vaqueros! Y como estos últimos se tomaban el pelo los unos a los otros sin piedad, los peones que tenían que realizar los trabajos de granja eran sometidos a ingeniosas burlas por parte de sus compañeros.

Mientras Russell hablaba con el peón, Addie se acercó a *Jessie* por uno de sus costados.

—Buenos días, *Jessie*. Veo que hoy no te han puesto esa horrible silla de mujer. Eres una yegua muy bonita, sí señor. —*Jessie* volvió la cabeza hacia Addie y levantó las orejas con expectación—. Hoy no tendremos problemas como ayer —continuó Addie mientras hundía una mano en el bolsillo y sacaba un terrón de azúcar—. Haremos un trato, *Jessie*, ya sabes de qué te estoy hablando, y esto es una prueba de mi buena voluntad. Si cumples con tu parte del trato, recibirás más dulces por mi parte.

Jessie inclinó la cabeza y cogió delicadamente el azúcar con los labios mientras miraba a Addie con sus ojos marrones y recelosos. De repente, se tragó el terrón y empujó a Addie con el hocico pidiéndole más.

—Estoy convencida de que seremos muy buenas amigas —declaró Addie en tono amistoso mientras sacaba otro terrón de azúcar y se lo alargaba a *Jessie*. El hocico de *Jessie* rozó la palma de la mano de Addie con la suavidad del terciopelo. Addie acarició el cuello de la yegua y le enseñó el talón de una de sus botas—. ¿Lo ves, *Jessie*? Sin espuelas, especialmente para ti.

Jessie no realizó ninguna señal de protesta cuando Addie introdujo la punta de la bota en el estribo y se sostuvo en el aire. Después de deslizar la pierna por encima de la silla, Addie se arregló la falda pantalón y observó a Russell con expectación. Él había acabado su conversación con el peón en aquel mismo instante.

—Estoy preparada.

—Eso parece. —Russell montó en su caballo, un caballo blanco, castrado y de gran tamaño que se llamaba *General Cotton* y él y Addie se alejaron de la casa hacia la pradera—. Supongo que te has dado cuenta de que a tu madre no le ha gustado mucho la idea de que salgamos juntos a cabalgar —comentó Russell con el aspecto de un niño que acaba de cometer una travesura.

—No sé por qué —contestó Addie sinceramente extrañada—. ¿Qué puede haber de malo en que inspeccionemos el rancho juntos?

—Ella siempre ha tenido planes para ti, Adeline. Siempre ha querido convertirte en algo que no eres. Cuando te envió a aquella academia en Virginia, para que aprendieras buenas maneras y poesía y con la esperanza de que atraparas a un abogado o un hombre de negocios del Este, bueno, yo sabía que no funcionaría. Sabía que tú querrías regresar a donde perteneces. Cade y Caroline han salido a tu madre. Ella no nació para la vida del rancho y, aunque se ha acomodado bastante bien a este tipo de vida, su corazón siempre ha añorado a la gente del Este. Pero tú has salido a mí, Adeline. Tú y yo nacimos para esto. —Russell señaló, con una mano, las praderas que se extendían delante de ellos—. Mira a tu alrededor. ¿Cambiarías todo esto por vivir en un hotel o en una casa de ciudad con uno de esos mojigatos que tu madre quiere para ti? Tú no deseas un hombre engalanado con ropas de ciudad, un hombre de manos blandas y piel blanca, un hombre asustado de la suciedad, de los animales y de todo lo que es natural. La ciudad les arranca la masculinidad. Los muchachos de aquí son rudos, Adeline, pero son hombres y respetan a las mujeres. Las respetan demasiado para permitir que ellas lleven los pantalones en la casa y realicen el trabajo de ellos. Los hombres de aquí saben cómo cuidar a las mujeres.

Addie lo escuchó con una alarma creciente. Ella no quería llevar los pantalones en la casa ni mangonear a ningún hombre. Las pocas veces que había pensado en el matrimonio, había imaginado que su esposo sería alguien que le permitiría ser su compañera, su amante y su amiga. ¿Acaso era inútil esperar que algún día encontraría a un hombre que le permitiera ser su igual?

—Hablemos de otra cosa —declaró Addie con la frente arrugada.

Russell, amablemente, le explicó cosas acerca del funcionamiento del rancho. Los cascos de los caballos chapotearon cuando atravesaron un riachuelo y produjeron un ruido sordo cuando avanzaron por el borde de un campo de alfalfa. Una hilera de árboles plantada como barrera contra el viento limitaba el campo por el otro lado. Y más allá, el verde lustroso de la alfalfa dejaba paso al marrón verdoso de las auténticas praderas. Addie se fijó en las copas de los árboles junto a los que pasaban, las cuales tenían el borde inferior recortado, como si fueran faldas con el dobladillo demasiado corto.

—¿Por qué habéis cortado las hojas más bajas de los árboles?

Russell se mostró complacido por el interés que Addie mostraba.

—Es la marcación de pastoreo, cariño. Es la altura máxima a la que consigue llegar el ganado cuando ya se ha comido la hierba del campo y tiene que alimentarse de las hojas de los árboles. Cuando el ganado se come las hojas de los árboles, significa que el campo está sobreexplotado. Por esto Ben trasladó a las reses a otros pastos más ricos. Si no lo hubiera hecho, la hierba sería tan pobre que las reses tendrían que comerla a ras de tierra para alimentarse.

—¿Cuántas veces podrás cambiar las reses de prados antes de haber explotado todas tus tierras?

—¿Quedarme sin tierras? —Russell soltó una carcajada—. Tenemos doscientas mil hectáreas y, de momento, no nos quedaremos sin tierras. Y, aunque así fuera, siempre habrá más tierra en Tejas.

—No sé si Tejas es tan grande como tú crees. Tarde o temprano la tierra...

—¿Que Tejas no es grande? Cubre prácticamente todo el país, salvo por un trocito que les hemos cedido a los otros estados para que se lo repartan entre ellos.

Recorrieron kilómetros y kilómetros de praderas áridas y pasaron junto a manadas de reses de cuernos largos que, con la cabeza gacha, pastaban sin prisas. El rostro de Russell resplandecía con una emoción que iba más allá del orgullo mientras contemplaba a los animales, con sus colas oscilantes y sus cuernos letales.

—Hermosos, ¿no crees?

—La verdad es que hay muchos.

—No está mal para un hombre que empezó con sólo dos dólares en el bolsillo y el estómago vacío. Un hombre se siente bien cuando contempla lo que posee y sabe que ha construido algo que durará para siempre, Adeline. Entonces sabe que él también durará para siempre. Esto siempre será tierra de los Warner y fui yo quien la consiguió por mis propios medios.

Addie lo contempló y sintió una oleada de compasión.

«Sin embargo, cuando te asesinaron, todo se rompió en mil pedazos. No había nadie que pudiera relevarte, nadie que asumiera la responsabilidad de conservar el rancho. Las reses se vendieron o fueron robadas y el rancho se arruinó. Cade era demasiado joven para asumir el mando y supongo que el marido de Caroline era demasiado débil. No era el tipo de hombre al que los demás seguirían. Tu rancho no duró para siempre.»

—Todo esto es mío —continuó Russell, mientras saboreaba el pensamiento. Su voz bajó unos cuantos tonos—. Y algún día será tuyo.

—¿Mío? —repitió Addie sorprendida.

—Vamos, cariño, no me digas que no me escuchabas cuando te lo expliqué el otro día.

Addie no tenía ni idea de qué estaba hablando Russell. Quizá le había explicado alguna cosa a Adeline Warner, pero no a Addie Peck.

—No lo entendí del todo —contestó ella con cautela.

Russell suspiró.

—Bah, no tiene importancia. De todos modos, los testamentos son cosa de hombres. Tú no tienes por qué entender nada, cariño. Sólo...

—Vuelve a explicármelo —lo interrumpió Addie con dulzura mientras lo observaba con fijeza—. Por favor. Esta vez intentaré entenderlo de verdad. ¿Qué dices de un testamento?

Russell pareció hincharse de orgullo.

—Nadie por aquí tiene un testamento tan elaborado como el que estoy preparando. He tenido que llamar a un abogado de Filadelfia para que lo redacte. Llegará, más o menos, dentro de un mes.

—¿Los abogados de por aquí no pueden redactar un buen testamento?

—No como los jóvenes linces del Este. Cuando se trata de leyes, ellos conocen todos los trucos habidos y por haber y no quiero arriesgarme a que se cometa ningún error en este testamento.

—¿Qué es lo que lo convierte en algo tan especial?

—Bueno, he pensado mucho en lo que sucederá cuando yo no esté. Claro que no pienso morirme hasta dentro de mucho tiempo, no te preocupes, pero me he estado preguntando quién me sucedería cuando yo faltara. ¿Quién se ocuparía de Sunrise? A Caro y a Pete no les interesa nada el rancho. Incluso hablan de trasladarse al Este cuando nazca el bebé.

—¿A Carolina del Norte? —preguntó Addie.

Allí era donde había crecido su madre, donde se había casado y donde también había muerto.

—Exacto. Seguramente les has oído comentarlo. —Russell soltó un ligero respingo—. ¡Al Este! Seguro que allí Pete se sentirá en casa. Él no es un ranchero. Esperaba conseguir hacer algo de él cuando vinieron a vivir a Sunrise, pero Pete no puede enlazar a un ternero aunque esté inmóvil.

—¿Y qué opinas acerca de dejarle el rancho a Cade?

—Cade podrá hacer cualquier cosa que se proponga, pero su corazón no está aquí. De hecho, ya quiere probar lo que es la vida en la ciudad y, cuando lo haga, no querrá dejarla. Se parece demasiado a tu madre. Además May se encargará de que su hijo reciba una educación universitaria y termine en una oficina elegante con unas gafas sobre la nariz y un montón de libros en el escritorio. Odio decirlo, pero Cade no lleva a Tejas en la sangre. De modo que solamente quedas tú. Sin embargo, tú no puedes heredar Sunrise, cariño. Por muy inteligente que seas, sólo eres una mujer.

—Y esto no lo puedo cambiar —declaró ella con irrefrenable ironía.

—Al principio pensé hacer lo mismo que el resto de los rancheros de por aquí, o sea dejar establecido en el testamento que el rancho se venda cuando yo ya no esté y que el dinero se reparta entre los miembros de la familia. En este caso, tú serías rica. Tendrías suficiente dinero para hacer lo que quisieras durante el resto de tu vida. Lo tenía todo pensado, pero entonces apareció Ben.

Addie lo miró con fijeza.

—¿Qué tiene que ver Ben en todo esto?

Russell sonrió.

—Él dirige el rancho tan bien como yo. En este sentido, no tengo ninguna duda. Cuando Ben dice que va a hacer algo, lo hace, de una u otra forma. Y esto me gusta. Es un hombre en el que se puede confiar. De modo que he pensado en nombrarlo mi sucesor. Esto significa que te dejaré el rancho a ti en propiedad y que él lo dirigirá.

—¡No puedes hablar en serio! —exclamó Addie con los ojos desorbitados. Se sentía tan rabiosa como se habría sentido la verdadera hija de Russell—. ¿Lo dejarás a él al mando de tu rancho, tu dinero y tu familia? ¿Él podrá hacer lo que quiera con nosotros? ¿Todo estará a su disposición? ¡Dios mío, pero si ni siquiera es familiar nuestro!

—El testamento dispondrá de unas cuantas cláusulas —explicó Russell como si aquello fuera a tranquilizar a Addie—. Para empezar, Sunrise no podrá venderse sin el consentimiento de la familia.

—¿Y qué ocurrirá si Ben resulta ser un mal sucesor? ¿Podremos despedirlo?

—No, esto no podréis cambiarlo. Será mi sucesor hasta su muerte. Pero no te preocupes, lo hará realmente bien. Yo descansaré en paz al saber que lo he dejado todo en sus manos.

«¡Las mismas manos que te estrangularán!»

Addie reflexionó con rapidez. Ben tenía el motivo perfecto para matar a Russell. Después de la firma del testamento, y en cuanto Russell muriera, él tendría el control del rancho y una fortuna enorme.

—Papá, ya sé que confías en él —replicó Addie con voz temblorosa—. Sé que dependes de él y que te preocupas por él, pero constituiría un error colocarlo en ese puesto cuando tú ya no estés.

—Vamos, cariño —contestó Russell en tono tranquilizador—, ya sé que te sientes un poco decepcionada por tener sólo la propiedad de Sunrise en lugar de todo ese dinero, pero ésta es la única forma de que el rancho no se divida en pedazos. Ben es mi única garantía en este sentido. No quiero que el rancho desaparezca sólo porque yo lo haga. Es tan simple como esto.

—¿Se lo has dicho a Ben?

—Todavía no.

—Sería una buena idea que esperaras un poco para contárselo —murmuró Addie.

Como Russell no le contestó, ella guardó silencio e intentó concentrarse en el paraje que los rodeaba en lugar de enfrascarse en una discusión inútil, pues sabía que discutir con Russell no ayudaría en nada. «Más tarde», se prometió a sí misma. Más tarde, cuando hubiera elaborado unos argumentos convincentes, hablaría con Russell.

En aquel momento, el paisaje estaba plagado de hombres y ganado y el aire era denso debido al polvo, al olor de los animales y al sudor. Miles de reses eran tratadas contra la moscarda y el gusano barrenador, quienes se instalaban en las heridas abiertas de los animales y se alimentaban de su carne sanguinolenta. A los sufridores cuernos largos, se les embadurnaba con una mezcla de grasa y ácido carbólico que mataba a los enormes gusanos y aliviaba el espantoso dolor que padecían las reses.

Sin embargo, los cuernos largos no sabían que los hombres intentaban ayudarlos y reaccionaban con violencia. Feroces maldiciones se elevaban hacia el cielo mientras los hombres esquivaban a las reses que los embestían. Unas nubes de polvo se elevaban y volvían a posarse alrededor de las activas figuras y ensuciaban las ropas y la piel de los hombres. Y a su alrededor, el ganado se revolvía como un río de aguas marrones.

Russell y Addie se detuvieron para observar la escena, pero se mantuvieron a una distancia prudente.

—Duro trabajo —comentó Addie casi para ella misma—. Tostándose al sol. Resultando heridos con facilidad. Sin ninguna máquina que les ayude ni tiempo para descansar. No tiene mucho sentido que alguien quiera realizar este tipo de trabajo.

—Pues espera a que desasten a los ejemplares de peor carácter —declaró Russell con una sonrisa.

—¿Por qué lo hacen? ¿Por qué los hombres deciden ser vaqueros?

—No creo que un hombre se formule nunca esa pregunta. Lo es o no lo es, eso es todo.

—No tiene ningún encanto. No tiene nada que ver con las descripciones que aparecen en las novelas y las revistas. Además, sin duda no reciben mucho dinero como recompensa.

—¡Y un cuerno que no! Yo les pago a mis chicos cuarenta dólares al mes. Esto es casi diez veces más de lo que conseguirían por el mismo tipo de trabajo en cualquier otra parte del país.

—Sigo sin entender qué es lo que les atrae de este trabajo.

Russell no la escuchaba.

—Vamos, cariño, Ben está allí intentando sacar a una res de la ciénaga.

Ella lo siguió a desgana y cabalgó pradera abajo hacia la ciénaga en la que dos toros se habían quedado atascados cuando se sumergieron en el barro para librarse de las nubes de moscas que los acosaban. Uno de los toros lanzaba berridos lastimeros, mientras que el otro, exhausto, permanecía en silencio, mientras los vaqueros tiraban de él con cuerdas atadas a las sillas de sus monturas.

Addie apretó los labios con desdén cuando vio a Ben, quien había atado las cuerdas a uno de los toros. Sus tejanos estaban empapados de barro hasta más arriba de las rodillas. Parecía que se hubiera revolcado en el barro con las reses. El sudor formaba surcos en su rostro cubierto de tierra y en su cuello y pegaba su pelo negro a su nuca. Aquel era el lugar al que Ben pertenecía, a la suciedad.

—Por lo visto, hoy a Ben le ha tocado la peor parte —comentó Addie con un deje de satisfacción en la voz.

—A Ben no le asusta el trabajo. —Russell contempló con orgullo a su capataz—. Ésta es una de las razones por las que lo respetan. Ellos saben que él no les pedirá nada que no esté dispuesto a realizar él mismo. No hay nada más duro que trabajar para un hombre que es más holgazán que tú, Adeline, del mismo modo que resulta fácil trabajar duro para alguien a quien respetas.

Aquello no encajaba del todo con la imagen que ella tenía de Ben Hunter. Después de todo, él asesinaría a Russell para su beneficio personal. Dinero fácil. Ese tipo de hombres no sentía inclinación por el trabajo duro, ¿no? A Addie no le gustó descubrir que Ben tenía unas cuantas cualidades positivas que podían enturbiar su visión de él como criminal sin escrúpulos. Ella quería que todo fuera claro.

¡Si hubiera alguien con quien pudiera hablar acerca de Ben! ¡Alguien que la ayudara a sobrellevar la carga del silencio! Pero, de una forma que resultaba exasperante, todo el mundo se sentía encantado con Ben. Todos lo admiraban y lo respetaban, pues no sabían el tipo de hombre que era.

Como si hubiera notado su mirada, Ben volvió la cabeza hacia ella. A Addie le sorprendió la intensidad del color de sus ojos, que eran como dos esmeraldas bordeadas por unas pestañas negras y espesas y encastadas en su rostro curtido. Durante un segundo, Addie se quedó paralizada, atrapada por la intensidad de su mirada. A pesar de la distancia que los separaba, parecía que él pudiera leerle la mente y Addie se ruborizó. Cuando, por fin, él volvió a centrar su atención en el toro encallado en el barro, Addie se sintió aliviada.

El animal se tambaleó hacia delante sobre sus patas inseguras y se derrumbó en la orilla de la ciénaga, pues había perdido la voluntad de hacer otra cosa que no fuera permanecer allí echado y morir. Los hombres, sudorosos, intentaron levantar a la temblorosa res sobre sus patas. Tras una larga lucha, consiguieron su objetivo y el animal se alejó tambaleante en busca de un lugar para pastar. Ben dejó que los hombres salvaran al otro animal y se acercó a Russell y a Addie, mientras se limpiaba las manos en la parte trasera de sus pantalones. Addie notó que la sonrisa de Ben se volvió fría cuando la miró a ella y algo en su interior se agitó con intranquilidad.

—Señorita Adeline, espero que nuestras palabrotas no te hayan ofendido.

Ben levantó la barbilla y la miró con los ojos entrecerrados. Como pretendía, su comentario le recordó a Addie que estaba fuera de su terreno y que aquel entorno pertenecía exclusivamente a los hombres. El lenguaje, el trabajo, la ropa..., todos los detalles constituían un auténtico contraste con el entorno femenino al que, en general, se veían relegadas las mujeres. Según los dictados de aquel mundo, ella debería estar en la cocina o inclinada sobre una labor de costura y no cabalgando por las praderas con su padre.

—He oído palabras peores que éstas —replicó ella—. No esperaba menos.

Ben la miró, pero mantuvo sus pensamientos bien escondidos. No podía explicarse por qué sus sentimientos hacia ella habían empezado a cambiar. Desde el momento en que se conocieron, se desagradaron el uno al otro y, cada vez que ella regresaba a casa durante las vacaciones, su rechazo mutuo aumentaba.

Él había esperado con terror el día en que Addie regresara para siempre de la academia para señoritas. No soportaba los jueguecitos a los que a ella tanto le gustaba jugar, sus caprichosos cambios de humor y su habilidad para alterar a los demás y manipular a su antojo a quien quisiera. Ella siempre se había mostrado altanera con él, hasta que le intrigó la falta de interés que él mostraba hacia ella, lo cual desembocó en la escena del establo en la que ella intentó seducirlo. Como él la rechazó con frialdad, Adeline decidió tratarlo con absoluto desprecio, lo cual a él ya le iba bien.

Pero después... Parecía increíble, pero, en un abrir y cerrar de ojos, ella había cambiado. Resultaba imposible saber si se trataba de un cambio permanente o temporal, pero la nueva Adeline producía en él un efecto distinto al de la anterior. Ben no se había dado cuenta antes de lo guapa que era, de lo vulnerable y encantadora que podía ser. Incluso casi deseaba haber aceptado su oferta de aquel día en el establo. Al menos así no se estaría preguntando qué sentiría al tener el cuerpo de ella bajo el suyo. Pero ahora nunca lo sabría y, aunque era mejor así, a su pesar, ella lo fascinaba.

Addie miró a su alrededor y observó a aquellos hombres sucios y sin afeitar, con la ropa empapada en sudor, los bigotes desarreglados y las patillas largas. Ellos la miraban a ella de una forma encubierta. Si Russell no hubiera estado allí, ella no se habría sentido segura.

Ben percibió su expresión de inquietud y sonrió abiertamente.

—Todos nosotros somos diamantes en bruto. Nunca encontrarás a un grupo de caballeros que sienta más respeto hacia las mujeres que nosotros. Algunos incluso han cabalgado cientos de kilómetros para ver a una mujer de buena reputación.

—¿Incluido tú, señor Hunter? —preguntó ella con voz baja y letal.

—A mí, en particular, nunca me han interesado las mujeres de buena reputación, señorita Adeline.

Addie se enervó interiormente. ¡Oh, cómo le gustaba pronunciar su nombre con la dosis exacta de desdén! ¿Cómo podía Russell permanecer al margen y no darse cuenta de que Ben la insultaba de una forma velada?

—Constituye un alivio saber que las mujeres decentes están a salvo de tus atenciones, señor Hunter.

Él sonrió de una forma relajada y la miró de arriba abajo.

—Te advierto que, de vez en cuando, hago una excepción.

Russell se rió con estruendo.

—La llave para acceder al corazón de Adeline es halagarla, Ben, halagarla mucho. Los halagos ayudan mucho a suavizar su disposición.

—Sólo si son sinceros —intervino Addie, y miró a Ben de una forma significativa—. Y, en general, puedo ver a través de la fachada de los demás.

—No sabía que le concedías tanta importancia a la sinceridad, Adeline —contestó Ben.

—Entonces es que no sabes tanto de mí como creías saber.

—Sé lo suficiente para haberme formado una opinión acertada.

—Estupendo, fórmate tantas opiniones acerca de mí como quieras, siempre que yo no tenga que oírlas. Tus opiniones me aburren.

Ben entrecerró los ojos.

Russell interrumpió, con sus risas, el silencio que se produjo a continuación.

—¿Vosotros dos nunca os rendís?

—Tengo que volver al trabajo —declaró Ben, mientras miraba a Addie y se tocaba el ala del sombrero con un gesto que tenía poco de amabilidad.

—¡Estupendo, está como loco! —exclamó Russell con alegría mientras Addie contemplaba a Ben dirigirse de nuevo a la ciénaga.

—¿Por qué te alegras tanto? —preguntó ella con la mandíbula apretada—. ¿Y por qué le permites hablarle así a tu hija?

—Para empezar, en relación con Ben, tú te defiendes mucho mejor de lo que yo podría hacerlo. Y, para continuar, me arrollarías como un tornado si interviniera. A ti te gusta discutir con él. ¡Demonios, a mí también me gusta discutir con él! La diferencia es que tú consigues enloquecerlo y yo no y, de vez en cuando, me gusta verlo fuera de sí. Es bueno para un hombre perder el control de vez en cuando y no resulta fácil conseguir que Ben se altere. De hecho, tú eres la única que lo consigue de verdad. Cuando estás cerca, Ben se quiebra como la pasta de hojaldre.

—Pues yo no lo hago a propósito —murmuró Addie.

Dios bien sabía que ella no tenía ninguna razón para provocarlo. Esto no ayudaba a su objetivo. ¡Si pudiera tragarse las palabras hirientes que acudían a su boca cuando Ben le hablaba! ¡Si lograra mantenerse fría y calmada cuando él se enfadaba tendría una gran ventaja sobre él! Pero ella no conseguía guardar silencio o mantener el autodominio, pues su mera presencia le producía una gran tensión. Cuando Ben estaba cerca, no conseguía controlar sus sentimientos y no podía evitar decir las cosas que decía. Ben sacaba al exterior lo peor de ella y, por lo visto, ella sacaba lo peor de él.

Un grito apremiante de Russell, quien se había inclinado sobre su silla, interrumpió sus pensamientos.

—¡Eh! ¡El toro se ha vuelto contra ellos, que alguien lo sujete!

Al ver lo que ocurría, Addie abrió los ojos con alarma. Cuando el toro logró salir de la ciénaga, rabioso y listo para la lucha, volvió con enojo sus cuernos contra sus rescatadores. El toro sacudió los cuernos de una forma amenazadora frente al hombre que tenía más cerca y enseguida lo embistió mientras sus potentes músculos se ponían en tensión bajo su piel cubierta de barro. A continuación, Addie sólo vislumbró una gran agitación. El vaquero que recibió la embestida profirió un grito. Los otros vaqueros lanzaron los lazos para sujetar e inmovilizar al toro, pero debido a las nubes de polvo y la exaltación del momento, fallaron. Addie soltó un grito al ver el brillo rojo de la sangre y el cuerpo del vaquero que caía, flácido, al suelo.

La res, enloquecida por el chasquido de las cuerdas, se volvió con ímpetu hacia un lado. Ben se agachó junto al cuerpo inerte del vaquero, lo cogió por el zahón y tiró de él para alejarlo del animal. El toro percibió el movimiento de inmediato e inclinó la cabeza para embestir el cuerpo que se deslizaba por el polvo.

—¡Inmovilizadlo! —gritó Ben con voz áspera.

Otro de los lazos falló en su intento de atrapar uno de los largos cuernos del animal. La voz de Ben volvió a surcar el aire:

—¡Oh, mierda!

Alguien le lanzó un rifle, el cual aterrizó con solidez en las manos de Ben. Él lo cogió por el cañón y lo levantó en el aire. Al comprender lo que iba a hacer, el corazón de Addie se detuvo.

—¡Papá! —susurró mientras se preguntaba por qué nadie disparaba al animal.

Russell no dijo nada.

Ben arqueó el cuerpo hacia atrás mientras levantaba más el improvisado garrote y lo dejaba caer con furia sobre la frente del toro. El animal cayó al suelo sin emitir ningún sonido y la inercia de su embestida hizo que se deslizara por el suelo hacia delante, hasta que Ben no tuvo más remedio que retroceder unos pasos. El extremo de uno de los cuernos del toro quedó junto a una de las botas de Ben, quien permaneció inmóvil mientras contemplaba al tembloroso animal. El silencio se extendió por la pradera.

—¿Puede alguien colocarle un lazo al toro? —preguntó por fin Ben sin dirigirse a nadie en particular y, tras suspirar, se dirigió al vaquero que yacía en el suelo.

—¿Lo has matado? —preguntó Russ mientras desmontaba de *General Cotton*.

—No, sólo lo he atontado un poco. No nos causará problemas durante un rato.

—¿Cómo está el muchacho?

Addie tenía problemas para calmar el estado de nervios de *Jessie*, pero en cuanto la yegua se tranquilizó, Addie desmontó y dejó las riendas colgando.

—No muy bien —contestó Ben de una forma taciturna—. Tiene un par de pinchazos en el costado y una herida en la cabeza que necesitará unos cuantos puntos. Watts, tráeme hilo y aguja. El resto ya podéis volver al trabajo. Hay un número considerable de animales por ahí que necesitan tratamiento.

—Papá, ¿llevas encima algún tipo de licor? —preguntó Addie en voz baja.

—Siempre. —Russell sacó de uno de los múltiples bolsillos de su chaleco una petaca de plata con sus iniciales grabadas y se la tendió a Addie con una sonrisa amplia—. ¿El whisky te va bien?

—Perfecto.

Addie agitó la petaca para calcular la cantidad de licor que contenía y se dirigió a los hombres que estaban en el suelo. Ben apretaba un trozo de tela contra el costado del vaquero y frunció el ceño cuando vio que Addie se acercaba a ellos.

—¡Por el amor de Dios, vuelve a tu caballo! —soltó—. ¡Y procura no desmayarte!

—Desmayarme es la última cosa que pienso hacer —replicó ella con brusquedad mientras se arrodillaba junto al muchacho herido.

Por primera vez, sabía con exactitud cómo manejar la situación. ¡Oh, cómo deseaba avergonzar a Ben contándole que había trabajado como enfermera durante los últimos tres años!

—No has pedido que te traigan un antiséptico. Creo que el whisky funcionará.

Él cogió la petaca con una mano mientras, con la otra, apretaba un pañuelo doblado sobre la herida.

—Estupendo. Se agradece tu ayuda. Ahora sal de en medio.

Addie se mantuvo firme y no se movió. De repente, sintió unos deseos intensos de ayudar. De algún modo, en aquella vasta tierra rodeada por la valla del rancho Sunrise, entre todos aquellos desconocidos y sus confusos rituales, en medio de todos aquellos hombres de temperamento brusco y aquel océano de reses, había encontrado algo que sabía hacer. Ella sabía cómo curar una herida y, en los casos de emergencia, ella era una de las mejores enfermeras del hospital. Nadie podía criticar sus vendajes y su forma de coser las heridas. Sin embargo, Ben no sabía nada de todo esto y pretendía impedirle actuar. Addie tenía que demostrar y demostrarse a sí misma que era útil. Ella podía pertenecer a aquel lugar y tenían que darle la oportunidad de demostrarlo.

—Puedo ayudar —declaró Addie—. Me quedaré.

Ben dejó caer la petaca y cogió con fuerza la muñeca de Addie.

—Sólo lo diré una vez —declaró Ben con los dientes apretados—. Éste no es el momento para que juegues a hacer de ángel. Este muchacho no necesita que lo cojas de la mano. No necesita que lo arrulles ni que le hagas caiditas de párpados, de modo que aparta tu lindo trasero y quítate de en medio, si no lo haces te arrastraré yo mismo tirándote del pelo. Y no me importa si tu padre lo ve o no.

—¡Quítame la mano de encima! —exclamó Addie entre dientes y con los ojos brillantes de rabia—. ¿Pretendes coser su herida con tus sucias pezuñas? Yo sé más de cómo coser heridas de lo que tú nunca soñarías aprender. ¿Crees que me ofrecería a hacerlo si no supiera cómo se hace? ¡Suéltame! Y si quieres ser útil, abre la petaca y dame el pañuelo que tienes alrededor del cuello.

Ben le lanzó una mirada dura e inquisitiva. Ella percibió un destello de rabia y, a continuación, un principio de curiosidad. Poco a poco, Ben le soltó la muñeca.

—Será mejor que cada una de tus puntadas sea perfecta —declaró él con voz suave pero amenazadora—. Y si no eres capaz de respaldar tus palabras con tus hechos, responderás ante mí. ¿Lo comprendes?

Ella asintió con un movimiento seco de la cabeza y el

alivio que experimentó liberó la presión que sentía en el pecho.

—¿Qué tipo de hilo trae Watts? —Addie empapó el pañuelo con whisky y mojó la herida del vaquero—. Seguro que es de algodón barato.

—No nos podemos permitir hilo de seda —contestó Ben con sorna.

—Yo sí. ¿Tienes un cuchillo?

—¿Para qué?

—¿Tienes un cuchillo? —repitió ella con impaciencia.

Ben desenvainó un cuchillo que llevaba en el cinturón y se lo tendió por la parte del mango. Ella hurgó debajo de su falda pantalón, estiró una pierna y cortó una de las cintas de color rosa que adornaban el encaje de sus bombachos. Al ver la bien formada pantorrilla que asomaba por la caña de su bota, varios de los hombres que observaban la escena a cierta distancia murmuraron y profirieron exclamaciones.

—¡Dios, se hablará de esta visión en los barracones durante años! —murmuró Ben extrañamente crispado.

—¿Qué quieres decir? —preguntó Addie mientras volvía a bajar el borde de su falda y volcaba su atención en la cinta. Con un movimiento experto de la mano, Addie arrancó un hilo de la cinta—. ¡Ah, te refieres al hecho de que haya enseñado la pierna! ¡Cielos, no me acordaba de que mi pudor era más importante que ayudar a un hombre herido! —exclamó con sarcasmo—. ¡Qué comportamiento tan indigno de una dama! Pero seguro que a ti no te he impresionado.

Su sonrisa burlona desapareció al ver la expresión de Ben, pues parecía que hubiera hecho algo realmente indecente, algo que realmente le había impresionado.

Una visión rápida de su pierna no podía causar aquel efecto en los hombres. Ella y sus amigas habían paseado por las calles de Sunrise con faldas que les llegaban a las rodillas y, muchas veces, los hombres con los que se cruzaban ni siquiera las miraban dos veces.

Addie le devolvió el cuchillo y los dedos de Ben se curvaron sobre el mango. Addie se sintió impresionada al verlos. Las manos de Ben eran fuertes y mostraban signos de haber realizado trabajos duros; sin embargo, eran extrañamente sensibles. Eran las manos de un asesino. Addie se ruborizó, apartó la mirada de las manos de Ben y volvió a centrar su atención en el hilo. Se sintió aliviada cuando Watts llegó con un papel insertado con agujas y unas tijeras. Addie enhebró la aguja más limpia que encontró y lo empapó todo con el whisky. Con cuidado, ensartó uno de los bordes de la carne abierta con la aguja, a continuación, la clavó en el otro borde y los unió con un nudo hábilmente realizado.

—¿No puedes hacerlo un poco más deprisa? —preguntó Ben.

Addie realizó el punto siguiente con la misma calma que el anterior.

—Lo haré de modo que la cicatriz apenas resulte visible. Mira cómo queda disimulada en la línea del entrecejo...

—Sí, muy bonito, pero no ganaremos nada teniendo un cadáver con buen aspecto, de modo que date prisa.

—No tienes por qué ponerte tan melodramático. El muchacho no va a morir y tú lo sabes.

Addie reprimió la necesidad de decir algo más. No era momento para discusiones, por muy tentadora que le resultara la idea. Mientras anudaba el último punto, Ben limpió los restos de sangre de la frente del muchacho.

—Cirugía casera —comentó Addie mientras inspeccionaba la herida con orgullo—, pero un médico no lo habría hecho mejor.

—Servirá —replicó Ben sin inmutarse.

Addie contempló el rostro del muchacho y apartó de su sien un rizo de pelo enmarañado.

—Pelo rizado y pelirrojo. Apostaría algo a que se burlan de él por esta razón.

La tensión que experimentaba Ben pareció relajarse.

—¿Quién podría resistirse?

—Y además tiene pecas.

Unas pecas oscuras de color cobrizo destacaban en su piel a pesar de su intenso bronceado. El rostro inconsciente de aquel muchacho todavía era rollizo a causa de su juventud. No tenía el rostro enjuto de un adulto y parecía tan solo y vulnerable que a Addie se le encogió el corazón debido a la compasión que experimentó.

—Y un hilo de seda rosa —recalcó Ben.

Addie frunció el ceño.

—Espero que no se avergüence por esto.

—No, señora, seguro que no querrá que le quiten nunca estos puntos. Te aseguro que alardeará durante días acerca de la procedencia de ese hilo. —Sus labios se curvaron con sarcasmo—. Será la envidia del barracón.

—No es mucho mayor que Cade —murmuró ella—. Pobre muchacho.

Addie sintió lástima por el hecho de que un muchacho tan joven tuviera que vivir una vida tan dura, aunque su vida sería mejor que la que tendrían muchos otros jóvenes. Al menos él tendría la oportunidad de conservar su inocencia. Y aquellas heridas se curarían. Ella había cuidado a soldados en el hospital que, una vez, tuvieron rostros jóvenes y corazones inocentes, pero que volvieron de la guerra lisiados, ciegos y amargados. Ella había compartido parte de su amargura por empatía y por el vacío de su propia vida. Pero aquello era el futuro, se recordó Addie, y todavía no había sucedido. Aquellos soldados ni siquiera habían nacido y la guerra no había estallado.

Addie contempló al muchacho sin darse cuenta de que la soledad entristecía su mirada y la compasión se reflejaba en su expresión. Ben se quedó paralizado y contuvo el aliento a causa de la sorpresa. Adeline Warner siempre había sido una joven guapa, con demasiado ímpetu y demasiado poco corazón, una joven descarada, egoísta y de lengua afilada, y a una chica así había que evitarla. Pero en aquel momento su expresión era dulce y conmovedora como no lo había sido nunca antes. ¿Qué había sucedido para que tuviera aquel nuevo aire de vulnerabilidad? ¿Qué tipo de magia había proporcionado aquella desconcertante dulzura a su rostro? ¿Había estado allí siempre? ¿Empezaba él a darse cuenta de algo de lo que todo el mundo era consciente desde hacía tiempo?

Russell se acercó a Addie y contempló su obra. Parecía intrigado por lo que ella había realizado.

—¿Dónde has aprendido a coser una herida? —preguntó con voz fuerte.

Ben observó a Addie y ella se ruborizó.

—No es muy diferente a coser ropa —declaró con una media sonrisa—. Sólo un poco más sucio. ¿Qué hay de la herida de su costado? ¿Todavía sangra?

—No mucho. El vendaje temporal servirá hasta que lo llevemos de vuelta al barracón.

—Estupendo.

Addie bajó la vista y vio que tenía las mangas manchadas de sangre, por lo que la tela estaba pegada a sus brazos. El olor caliente y dulce de la sangre penetró por sus fosas nasales y, combinado con el calor del sol, hizo que sintiera náuseas. Al apartar la mirada, vio al toro y no pudo evitar acordarse del golpe sordo del rifle en su cráneo. Temiendo vomitar, Addie esbozó una sonrisa temblorosa y se levantó sin pedir ayuda.

—Disculpadme —murmuró, y se alejó mientras respiraba hondo y apretaba los puños.

Addie se detuvo cuando llegó junto a *Jessie* y se inclinó apoyando la frente en la silla. Permaneció inmóvil en esta postura y se concentró en el olor almizclado del cuero. Después de unos minutos, el contenido de su estómago empezó a asentarse.

—Toma —declaró Ben a su espalda en voz baja.

Ben tenía un pañuelo limpio y una cantimplora con agua. Addie volvió la cabeza y lo contempló con la mirada perdida mientras él humedecía el pañuelo con el agua. Incluso aguantó sin protestar que él le limpiara la cara y cerró los ojos mientras notaba el fresco tejido del pañuelo por su frente y sus mejillas.

—¿Por qué haces esto? ¿Tengo algo en la cara? ¿Qué es?

—Sólo tierra. Extiende las manos.

Addie contempló las manchas rojas de sangre que tenía entre los dedos de las manos.

—¡Oh, yo...!

—Estira los dedos.

Ben limpió con un extremo del pañuelo hasta la última mancha de sangre de sus manos. ¿Por qué era tan considerado con ella?

—Gracias.

Ben le tendió la cantimplora.

—¿Quieres agua?

Ella asintió con agradecimiento, cogió la cantimplora, inclinó la cabeza hacia atrás y el líquido se deslizó por su garganta. Después de devolverle la cantimplora, Addie miró a Ben con incertidumbre.

—Gracias —repitió mientras una pregunta flotaba en su mirada.

Él le sonrió y el corazón de Addie dio un brinco.

—Hueles como una cantinera.

Ella rió sin fuerzas.

—Seguro, pues he echado tanto whisky sobre ti como sobre mí.

—Debo reconocer que has realizado un buen trabajo. Aunque habría apostado algo a que no eras capaz de hacerlo. Me pregunto cuántas sorpresas más tengo que esperar de ti, Adeline.

—Addie.

La rectificación salió de su boca antes de que ella pudiera impedirlo.

—Addie —repitió él con voz ronca—. ¿Así es como te llamaban en la academia?

—Algo así.

—¿Ya te encuentras bien?

—Sí.

—Deberías volver a la casa. Aquí hace excesivo calor.

Addie no sabía qué hacer cuando él se mostraba amable con ella.

—Sí, supongo que eso haré.

Ben deslizó la mirada por el rostro de Addie. Parecía estar a punto de formularle una pregunta, pero algo lo empujó a guardar silencio y se alejó.

Addie sumergió los dedos de los pies en el arroyo y disfrutó de la frescura del agua. Se le estaba mojando el borde de la falda, pero ella intentaba, prudentemente, tapar sus piernas lo máximo posible.

—Debería darte vergüenza —declaró mientras lanzaba una mirada pícara a Jeff—. Juraría que te he visto mirarme los tobillos.

—Tienes unos tobillos muy bonitos. Los más bonitos que he visto nunca. —Jeff deslizó un brazo por los hombros de Addie, volvió su cara hacia él y le dio un cálido beso en el hueco del cuello. Addie se retorció en actitud de protesta—. Y los dedos de los pies más bonitos que he visto nunca y los talones...

—¡Vamos, para! —Addie se rió y se apartó de él—. Y no me abraces tan fuerte. Hace demasiado calor.

Jeff aflojó los brazos y frunció el ceño de una forma que hizo reír a Addie. Jeff le gustaba, pero, a veces, casi le hacía perder la paciencia.

Addie había aprendido a tratar a Jeff con la misma actitud afectuosa y burlona con la que trataba a Cade. Esperaba llegar a enfriar su pasión, pues se daba cuenta de que lo que él sentía por ella no era el amor que un hombre maduro sentía por una mujer, sino el amor obstinado de un muchacho por algo que sabía que estaba fuera de su alcance. Por desgracia, sus intentos por distanciarlo de ella sólo conseguían que la deseara más.

En ocasiones, ella se sentía encantada con él, cuando se mostraba dulce y juvenil y casi avergonzado por la ternura con la que la trataba. Aquéllos eran los momentos en los que ella se sentía más feliz en su compañía. Addie necesitaba un amigo y Jeff era lo más cercano a un confidente que tenía en aquellos momentos.

En cuanto al aspecto físico de su relación, a Addie no le resultaba difícil manejar a Jeff. Ella no sentía deseos de hacer el amor con él y cuando Jeff intentaba seducirla, ella lo rechazaba con una frialdad que lo enfurecía, pero Addie no quería ninguna intimidad con él. Algo le advertía de que constituiría un auténtico error y cuando el instinto era tan claro como en aquel caso, no debía ignorarse.

A Addie le preocupaba la arrogancia que mostraba Jeff, a quien le gustaba alardear del dinero que poseía su familia y de lo influyente que era su padre, pues Addie opinaba que un hombre tenía que valerse por sí mismo y no vivir gracias a los logros de otra persona. Además, cuando fanfarroneaba, Jeff parecía ridículamente infantil. Cuando deseaba algo, era exigente e impaciente, como si fuera un niño y, cuando no lo conseguía, se enfurruñaba.

Resultaba sorprendente lo diferentes que eran Jeff y Ben Hunter. Eran totalmente opuestos. Jeff era infantil, franco, fácil de comprender. Ben, por su parte, era un hombre que ninguna mujer podía esperar comprender, más complejo que ningún otro hombre que ella había conocido. De una forma sutil, Ben parecía estar distanciado de todo el mundo, incluso cuando discutía con Russell, cautivaba a May y Caro o intercambiaba historias con los vaqueros del rancho. Parecía tenerle cariño a Russell, pero resultaba evidente que no necesitaba a nadie. ¿Qué había sucedido para que fuera tan independiente? ¿Había alguien por quien se preocupara de verdad?

Ben constituía realmente un misterio, era atractivo y repelente, encantador y frío, amable y brusco. En el fondo del corazón, Addie le tenía miedo, no sólo por lo que le haría a Russell sino por otra razón todavía más profunda. Ben la hacía ser consciente de ella misma como mujer de una forma que nadie había hecho antes. Y lo hacía con sólo una mirada, un gesto... Ben la hechizaba con sólo estar en la misma habitación que ella. Y lo más extraño era que ella sabía que él no lo hacía de una forma consciente. Existía una especie de corriente invisible entre ellos y ella no sabía cómo explicarla. ¿Cómo se podía luchar contra algo que uno no comprendía?

—Adeline... —La voz seductora de Jeff interrumpió sus pensamientos—. ¿Por qué estás tan lejos de mí? ¿He hecho algo para que te enfades?

—No, claro que no. —Addie lo miró y sonrió—. Si hicieras algo que me enojara te lo diría.

—No, no me lo dirías. Las mujeres no habláis de esas cosas. Os gusta poneros frías y distantes y obligarnos a adivinar qué hemos hecho para enfadaros.

—La mayoría de los hombres tenéis unas teorías de lo más interesantes acerca de las mujeres: las mujeres son inútiles, no razonan, no son honestas ni sinceras, no saben lo que quieren... Sinceramente, creo que uno de vosotros debería escribir un libro.

—¿Por qué alguien querría escribir un libro sobre esto?

Addie sonrió.

—Para las generaciones futuras. Así, algún día, las chicas podrían leerlo y comprender que están mucho mejor que sus abuelas a su edad.

—Ningún hombre entenderá tanto a una mujer como para escribir un libro sobre vosotras.

—¿Sabes una cosa? Las mujeres tenemos nuestras propias teorías acerca de los hombres.

—¿Como que los hombres son más fuertes, más inteligentes y más razonables...?

—No, ésas son las teorías de los hombres acerca de ellos mismos. Erróneas, en su mayoría.

—¿Erro...?

—Equivocadas. Los hombres no saben nada acerca de ellos mismos. Siempre esconden lo más atractivo que hay en ellos, pues piensan que tienen que actuar como Don Juan o Valentino.

—¿Valent...?

—Pero a las mujeres no nos gustan los hombres seductores y superficiales. Y no queremos que nos traten como a una res a la que hay que acorralar, enlazar y derribar.

Jeff sonrió con amplitud.

—¿Cómo si no vas a tratar a una mujer si se pone de mal humor?

—Con comprensión —respondió Addie y se tumbó en el suelo apoyándose sobre un codo—. Con ternura. Sin embargo, la mayoría de los hombres no son tan fuertes como para mostrarse amables o amar a una mujer sin quebrantar su espíritu. A los hombres os gusta convertir a las mujeres en un reflejo de vosotros mismos. En este lugar resulta imposible encontrar a un hombre que permita que su mujer sea una persona independiente además de su esposa.

—¿Qué te pasa? —Jeff la miró con una expresión de desconcierto—. Antes nunca hacías que las cosas fueran tan complicadas. ¿Esto lo aprendiste en la academia de Virginia? Todo esto acerca de los reflejos y las personas independientes... Un hombre tiene una esposa. Ella comparte su cama, cuida de su casa y tiene sus hijos. Esto es lo único en lo que hay que pensar.

—¿Y qué hay de las obligaciones del hombre respecto a su esposa?

—Él pone el alimento en su mesa y un techo sobre su cabeza. Protege a su familia y cumple con sus promesas.

Addie suspiró y levantó la mirada hacia él.

—Ojalá las cosas fueran tan sencillas. Desearía no tener que pensar en todo lo demás. Mi vida resultaría más fácil si no lo hiciera.

—Adeline, la mitad de las veces no sé de qué demonios estás hablando.

—Ya lo sé... —contestó ella con resignación—. Lo siento.

Aquella noche, tumbada en la cama, pero despierta y algo angustiada, Addie reflexionó acerca de aquella conversación. Hasta que oyó el sonido dulce de una guitarra. Se trataba de Ben y de aquella canción extraña y nostálgica a un tiempo que tocaba con frecuencia. Aquella canción se había convertido en la favorita de Addie, aunque ella no conocía el título ni la letra. Addie contempló la oscuridad y se preguntó para quién tocaba Ben aquella canción. ¿La tocaba para todos ellos o para nadie en concreto? ¿O quizá para una mujer a la que deseó en una ocasión, alguien a quien quiso con desesperación?

¿Cómo sería ser amada por él? Addie recordó la tarde que había pasado con Jeff en el claro, junto al arroyo, relajados el uno al lado del otro y dándose largos y lentos besos. ¿Cómo habría sido la tarde si hubiera estado con Ben en lugar de con Jeff? En vez de mechones castaño rojizos, sus dedos se habrían deslizado por un pelo negro como el carbón. Addie se sintió incómoda y se tumbó boca abajo mientras intentaba apartar aquellos pensamientos de su mente. Le horrorizaba la dirección que estaba siguiendo su imaginación, aunque sentir curiosidad acerca de Ben se trataba de algo normal, incluso natural.

Él la sentaría en su regazo...

Addie apretó los párpados con fuerza.

Ella sentiría su cálido aliento en el borde de su oreja mientras le susurraba...

Addie exhaló un gemido breve y avergonzado y hundió el rostro en la almohada. ¿Cómo se permitía imaginar estas cosas? «¡Duérmete!», se ordenó a sí misma mientras intentaba no escuchar la suave música de la guitarra y el remolino de pensamientos que poblaban su mente. De una forma gradual, Addie se relajó y, conforme se dormía, sus músculos se aflojaron. Sin embargo, Ben también estuvo en sus sueños, y de una forma muy vívida, como ningún sueño tenía derecho a estar.

Addie estaba en un dormitorio, tendida en la cama, desnuda y tapada con una sábana ligera. Su mirada estaba clavada en la puerta y una sombra entraba en la habitación. Se trataba de la sombra de un hombre. Él se acercó a la cama y el perfil musculoso de su torso desnudo y de sus hombros brilló a la luz de la luna. Ella se sentó en la cama sobresaltada y se cubrió el pecho con la sábana. Él la miró como si le perteneciera, con una mirada tierna y burlona. Ella le devolvió la mirada y se quedó paralizada. «No, Ben», quería decirle, pero sus labios no fueron capaces de expresar aquella negativa.

Algo en su interior empezó a reclamar, a exigir. Se trataba de un deseo demasiado intenso para poder dominarlo. Addie quiso huir y se desplazó a un lado de la cama, pero Ben la cogió por las muñecas y se inclinó para besarla. Su boca era dulce y ardiente a la vez. Sus manos apartaron a un lado la sábana. Ben se tumbó encima del cuerpo desnudo de Addie y se deslizó desde sus pechos hasta su estómago. La luz de la luna se volvió más tenue y la oscuridad los envolvió. Los besos de Ben dejaron un rastro caliente en su piel. Su carne dura encajó con la de Addie y su espalda se flexionó bajo el contacto de las manos de ella. Addie arqueó su cuerpo hacia él mientras gemía su nombre. Lo quería, lo deseaba...

Addie se despertó mientras profería un grito ahogado. El pelo enmarañado le caía sobre la cara, el corazón le latía de una forma salvaje y la piel le ardía de una forma febril. ¿Qué le ocurría? Se trataba del mismo sueño que había tenido tantas otras veces, aunque en esta ocasión era Ben y no un desconocido quien le hacía el amor.

Addie saltó de la cama y se dirigió a la ventana. Se agarró al alféizar e inhaló hondo el aire de la noche. En el exterior sólo había silencio. Nada se movía en la oscuridad. «¿Qué me ocurre?», se preguntó mientras unas lágrimas de desconcierto inundaban sus ojos. Estaba en el dormitorio de Adeline Warner y llevaba puesto el camisón de Adeline. «Me he apropiado de su familia y del hombre que la ama. Monto su caballo y me siento en su sitio en la mesa. Utilizo su cepillo para el pelo...» Pero ella no era

Adeline Warner, sino Addie Peck y quería regresar a su hogar. Quería estar en un lugar que le resultara familiar. No quería soportar la tensión de tener que preocuparse por el asesinato de Russell. No quería arruinar la vida de Ben Hunter. No quería formar parte de todo aquello. «No tienes salida.» Aquel pensamiento la volvería loca.

Aunque las diferencias que existían entre su vida anterior y la que estaba viviendo en aquel momento podían hacerle cierta gracia, a Addie algunas cosas le resultaban difíciles de sobrellevar. Nunca antes había deseado ser un hombre ni había sentido envidia por la libertad que ellos disfrutaban. Addie se esforzaba en refrenar sus impulsos naturales e imitar el ejemplo de May y de Caroline. Como había crecido en un entorno sin hombres, estaba acostumbrada a expresar sus opiniones y a tomar decisiones con libertad. Como cabeza de una familia reducida, ella aportaba un sueldo y pagaba las facturas. ¡Pero en aquel mundo había tantas cosas que no podía hacer o decir..., tantas cosas que le eran vedadas!

En aquel mundo las mujeres tenían que ser sencillas y no tener pretensiones. Addie tenía que esforzarse en no protagonizar más que un pequeño porcentaje de las conversaciones durante las comidas. A los hombres no les gustaba que las mujeres interrumpieran sus conversaciones de negocios aunque tuvieran algo importante que decir.

Los hombres podían ser directos respecto a lo que querían, pero las mujeres tenían que conseguirlo de una forma indirecta y con hábiles maniobras. La forma de actuar de las mujeres era mediante conversaciones susurradas y movimientos pausados y discretos y cuando tenían que reprobar o corregir algo tenían que hacerlo con voz afectuosa. En aquel mundo ella podía ser franca y directa con los niños, los sirvientes y las demás mujeres, pero nunca con un hombre. Con los hombres tenía que reprimirse, esbozar sonrisas tontas y hablar con indecisión. Addie había descubierto que incluso Russell resultaba más accesible cuando ella se mostraba tímida y dulce con él, pero si Addie actuaba como si fuera ella quien llevara los pantalones, él la amenazaba con encerrarla en su habitación.

Algo que ella nunca había esperado era su creciente deseo de disfrutar de compañía masculina. En aquel mundo había una gran separación entre los sexos, un hecho que tanto los hombres como las mujeres daban por sentado. Sin embargo, ella había crecido en una época distinta en la que los hombres y las mujeres interactuaban continuamente como amigos, compañeros y, a veces, como socios profesionales.

Pero allí no. En aquella época, no. Allí Addie se veía relegada a una existencia mayoritariamente poblada por mujeres que llenaban sus días cuidando a los niños, intercambiando secretos femeninos y creando amistades íntimas entre ellas. Addie enseguida se cansó de las conversaciones acerca de los partos, los cortejos, los niños y el matrimonio. En aquel entorno de mujeres, los hombres jugaban un papel secundario, aparecían a la hora de la cena, daban palmaditas en el hombro a los niños y contestaban a las preguntas de las mujeres con monosílabos.

Cuando el marido de una vecina o de una prima de la familia se iba de viaje, ella se quedaba en el rancho Sunrise durante una o varias semanas compartiendo con las mujeres de la casa el contenido de las cartas que recibía y los cotilleos, cosiendo y hablando acerca de la familia. En aquel mundo, las mujeres no tenían un papel propio, salvo como esposas de un hombre. Sólo en la compañía de otras mujeres, éstas disfrutaban de privilegios y autoridad propios. Las hijas imitaban a las madres y a sus hermanas mayores hasta que podían reproducir el mismo tipo de conducta, las mismas costumbres y la misma forma de interrelacionarse.

A veces, Addie buscaba la compañía de Ben por el mero placer de discutir y liberarse de su frustración y, en este sentido, él siempre la complacía. Ben discutía con ella acerca de cualquier tema y no se reprimía ni le hablaba con la amable condescendencia que empleaban los demás hombres cuando hablaban con una mujer. Ser tratada como un ser humano constituía un alivio a pesar de que Ben fuera sarcástico e hiriente. Sus discusiones se habían convertido en actos de complicidad que desarrollaban a espaldas de los demás. Si alguien descubriera sus peleas, de una u otra forma las impediría y ella no quería que esto sucediera. En cierto sentido, Ben se había convertido en su tabla de salvación.

Aunque pasaban mucho tiempo juntos, Addie todavía sabía poco acerca de él. Ben acompañaba a Addie y a Caroline cuando iban al pueblo, encontraba tiempo para contemplar, con Russell y Addie, la doma de algún que otro caballo e incluso acompañó al muchacho de los puntos de seda rosa a la casa para que le agradeciera personalmente a Addie lo que había hecho por él. Ben también acompañaba a Addie al Double Bar las mañanas que ella iba a encontrarse con Jeff. De vez en cuando, el sexto sentido de Addie la impulsaba a darse la vuelta y entonces descubría que Ben estaba cerca, observándola como un gato a un ratón, mirando Dios sabía qué.

Un día, Addie separó unos centímetros las cortinas de encaje del salón y contempló las escaleras del porche. Casi había anochecido. Procedentes de la habitación contigua le llegaban los sonidos de los platos al ser retirados de la mesa y el murmullo de unas voces. Una figura corpulenta estaba sentada en los escalones del porche de espaldas a ella y liaba un cigarrillo con tabaco y una farfolla de maíz. Se trataba del mexicano llamado Diaz. Addie tenía muchas ganas de salir a hablar con él, aunque no sabía qué decirle ni qué preguntarle. ¿Por qué estaba sentado allí? Parecía que estuviera esperando algo.

Mientras Addie lo observaba, él volvió la cabeza con lentitud y la miró a través de la ventana. Los últimos rayos del atardecer iluminaron su rostro bronceado y lleno de arrugas. Los ojos de ambos se encontraron y ella contuvo el aliento. Addie percibió algo en su mirada, una sabiduría que casi la hizo sentirse mareada. Él la conocía. La miraba como si la conociera y supiera que ella no era Adeline Warner. Estaba casi convencida de que él lo sabía. El nerviosismo circuló por sus venas.

—¿Qué estás mirando?

Al oír la voz de Ben, Addie dio media vuelta con rapidez. Él estaba apoyado en el marco de la puerta y tenía sus largas piernas cruzadas.

—Nada —contestó ella con sequedad mientras soltaba la cortina.

Ben sonrió con lentitud, se acercó a la ventana y miró al exterior. Diaz estaba otra vez de espaldas a la casa y la silueta de su cuerpo se recortaba en el cielo del anochecer.

—Diaz, un personaje interesante —comentó Ben—. Es un auténtico vago, pero sus historias son tan buenas que no tuvimos más remedio que contratarlo. En realidad, vale su peso en oro.

—No te he pedido tu opinión.

De repente, Addie se decidió y salió de la habitación rozando a Ben camino de la puerta. Él hundió las manos en los bolsillos y la siguió.

Cuando Addie salió al porche, Diaz se volvió hacia ella y sonrió levemente mientras la saludaba con un movimiento de la cabeza.

—Señor Diaz —lo saludó ella con nerviosismo mientras entrelazaba los dedos de las manos. Sus ojos eran tan oscuros que ella percibió en ellos su propio reflejo—. ¿Le importa si me siento con usted un minuto?

—No, claro. Por favor.

Diaz realizó un gesto alentador y ella percibió amabilidad en su rostro. Diaz tenía el pelo entrecano y chafado por haber llevado el sombrero puesto durante todo el día, y la piel curtida por los años que había trabajado a pleno sol. Era de constitución baja y sólida, tenía algo de barriga y sin duda era fuerte. Sus manos eran toscas y recias debido a la dureza del trabajo que había realizado a lo largo de su vida y descansaban sobre sus rodillas dobladas.

Addie se sentó junto a él en silencio y rodeó sus rodillas con sus brazos sin importarle el daño que los ásperos escalones podían ocasionar a su vestido. Ben se sentó en el último escalón con actitud negligente y simuló que no se daba cuenta de que era evidente que Addie deseaba que se fuera.

—Hay algo de lo que me gustaría comentar con usted —declaró Addie a Diaz.

A continuación, se interrumpió confundida. No sabía cómo continuar. ¿Qué esperaba aprender de él con exactitud? ¿Qué le había contado Leah acerca de él? «Él tenía ideas propias acerca de las cosas. A todos les gustaba escuchar sus historias. Él podía predecir el futuro. Podía hacer que las cosas más extraordinarias parecieran normales...»

Diaz sonrió como si pudiera leer los pensamientos de Addie, cogió un pedazo de cuerda de cáñamo del suelo y la enrolló con calma.

—Mire el cielo —declaró mientras lo señalaba con el extremo de la cuerda—. Es tan claro que se ven todas las estrellas. Las noches como ésta me hacen pensar. Cien años atrás, la gente contemplaba estas mismas estrellas y lo más probable es que pensaran las mismas cosas acerca de ellas que nosotros pensamos en este momento. Y cien años a partir de ahora la gente seguirá mirándolas. Las estrellas nunca cambian.

—Parece usted supersticioso —comentó Addie titubeante.

—¿Supersticioso? Sí, señorita. He visto y he oído cosas que convertirían en supersticioso a cualquier hombre que estuviera en su sano juicio.

Diaz arrastraba las palabras con el típico acento de Tejas.

Mientras lo observaba, una esperanza incontrolable creció en el corazón de Addie. La comprensión que percibía en Diaz no era el resultado de una mera ilusión. Si la intuición existía, en aquellos momentos la suya la empujaba a formular a Diaz ciertas preguntas. Él tenía las respuestas. Addie apostaría algo a que así era.

—Entonces, ¿cree que pueden ocurrir cosas que no responden a ninguna lógica? ¿Cosas que parece que han sido sacadas de un libro de cuentos?

—Desde luego. A lo largo de mi vida he visto muchos milagros. El problema es que la gente no los considera milagros. —Diaz percibió la expresión cínica de Ben y sonrió—. Ése, por ejemplo —declaró mientras señalaba a Ben—. Él es uno de ésos. Si no entiende algo, intentará encontrar una explicación convincente que lo explique.

—Pero esto no significa que los milagros no existan —razonó Addie.

Diaz le sonrió.

—Verá usted...

La risa burlona de Ben lo interrumpió.

—Sea lo que sea, lo que es seguro es que creer en cosas de magia como los milagros y los duendes no ayuda a nadie.

—No estamos hablando de duendes —replicó Addie enojada por su interrupción—. Pero si quieres hablar de ellos con el señor Diaz, ven más tarde. Ahora estoy manteniendo una conversación privada con él y, si no piensas irte, al menos guarda silencio.

Ben sonrió, se incorporó y se limpió el polvo de la parte trasera de sus tejanos. Sin duda pensaba que ella se estaba permitiendo unos momentos de pura fantasía y él no estaba en absoluto interesado en compartirlos.

—Está bien, os dejaré hablar de trucos y magia. Yo tengo que cambiar las cuerdas de la guitarra.

Addie contempló con preocupación cómo se alejaba a largos pasos y suspiró.

—Quiero formularle una pregunta. Me sentía ridícula hablando de estas cosas delante de él. Se trata de una pregunta acerca del tiempo.

—¿El tiempo? Debo reconocer que no sé mucho sobre esta cuestión, señorita Adeline. —Diaz sonrió—. Salvo que pasa muy deprisa y que, sin duda, me gusta malgastarlo.

—He estado pensando acerca de las cosas que han ocurrido en el pasado y sobre la posibilidad de... bueno, de regresar al pasado y cambiarlas.

—Sin ninguna duda esto constituiría un milagro. Y de los grandes.

—¿Cree que el tiempo podría funcionar de esta manera?

Addie se ruborizó al darse cuenta de lo ridícula que sonaba su idea, pero a Diaz no pareció sorprenderle.

—¿Usted cree que funciona de esta manera, señorita Adeline?

—No estoy segura. El tiempo no es más que horas y minutos. Así es como lo he visto siempre. El ahora es el ahora y el ayer, el ayer, y no hay vuelta atrás. Todo el mundo piensa igual.

—No todo el mundo.

—Yo empiezo a pensar de otra forma, como si el tiempo fuera una distancia que pudiera recorrerse. Como si existiera una carretera entre el ayer y el ahora. ¿Qué opina usted?

Los ojos negros de Diaz resplandecieron.

—Veamos si podemos encontrarle un sentido a todo esto. Ahora mismo todos nos desplazamos hacia delante en el tiempo. Sin embargo, ¿si podemos desplazarnos hacia delante, no cree que también podemos desplazarnos hacia atrás?

—Sí, sí que lo creo. ¿Entonces usted cree que alguien podría retroceder en el tiempo? ¿Cree de verdad que esto es posible?

—Sí, señorita. Esta posibilidad constituye una certeza para mí, claro que a mí me gusta creer en estas cosas.

—A mí también —contestó ella en voz baja.

—De todos modos, yo diría que no sucede muy a menudo. No muchas personas merecen una segunda oportunidad.

—¿Qué quiere decir con una segunda oportunidad?

—Bueno, el objetivo de volver atrás en el tiempo es éste, ¿no? Tener una segunda oportunidad. ¿Por qué habría alguien de volver al pasado si no?

—Para cambiar algo que hicieron otras personas.

Diaz se encogió de hombros.

—Es posible, pero yo opino que cada uno debe ocuparse de sus propios asuntos. —Diaz se calló y lanzó a Addie una mirada furtiva—. Imaginemos que alguien pudiera volver atrás en el tiempo. Alguien como usted, por ejemplo. ¿Qué cosa que no fuera algo que hizo usted misma podría cambiar en el pasado?

—¿Y si regresara en el tiempo a una época anterior a mi nacimiento?

Diaz inclinó la cabeza en actitud reflexiva.

—No sé si esto sería posible.

—¿No cree que podría viajar en el tiempo a una época anterior a mi nacimiento? Entonces, ¿en su opinión, una persona sólo podría desplazarse a lo largo de su propia vida?

Él sonrió y se encogió de hombros.

—Todo esto se está convirtiendo en algo demasiado complicado para mí.

—Para mí también —declaró Addie mientras exhalaba un suspiro de resignación. A continuación, se incorporó con cansancio—. Gracias de todos modos. Me ha dado algo en lo que pensar. ¡Ah, y... por favor, no le cuente a nadie lo que hemos estado hablando! Sobre todo a Ben.

—No, señorita Adeline —respondió él con una sonrisa circunspecta.

Addie, preocupada, se dio la vuelta y se dirigió al corral.

«No creo que tenga razón en todo lo que ha dicho. Yo

sé que no pertenezco a este tiempo. Yo nací en 1910. Adeline Warner fue la primera en nacer, no yo. A menos que... A menos que yo sea, en realidad, Adeline Warner.»

Imposible. Addie se estremeció ante aquella idea. Era una locura. Aunque todo lo que le había pasado últimamente era una locura. De repente, su corazón latió con fuerza, con tanta fuerza que le dolió el pecho.

Ella no podía ser Adeline Warner. ¿Y qué ocurría entonces con Addie Peck? ¿Qué pasaba con su vida junto a Leah y los años que había vivido en las afueras de Sunrise? Temblando, Addie reflexionó acerca de las dos horas que Adeline Warner desapareció.

—¿Qué ocurrió aquella tarde? —susurró Addie—. ¿Qué le sucedió a Adeline? ¿Adónde fue?

Unos pensamientos inquietantes cruzaron rápidos por su mente. Quizá se trasladó al futuro. Quizás, en el espacio de aquellas dos horas, vivió veinte años y regresó. Quizás Addie Peck no había sido más que una Adeline Warner desplazada en el tiempo.

—¡No! —exclamó Addie casi sin aliento, y se apoyó en la valla del corral mientras la cabeza le daba vueltas—. Yo no tengo recuerdos de la vida de Adeline, sino de la mía. Yo no soy ella. No quiero ser ella. ¡Oh, Dios mío! ¿Por qué estoy en su lugar?

Addie sentía deseos de llorar, pero las lágrimas no acudieron a sus ojos. Se sentía seca y entumecida. Recordó la vida ordenada y apacible que había tenido con Leah. Había sido difícil y solitaria, pero siempre había contado con la seguridad de que cada día sería igual al anterior. ¿Por qué le habían arrebatado aquello? ¿Por qué estaba allí en el papel de una mujer alocada y temperamental, egoísta y mimada?

«Ésa no soy yo —reflexionó con desesperación—. ¡Yo no soy Adeline!»

Una sensación de frialdad recorrió su cuerpo y Addie se tambaleó mientras se apoyaba en la valla de madera.

Una escena surgió más allá de sus ojos. Se trataba de

una imagen de Sunrise. Unos carromatos y otros vehículos pasados de moda recorrían la calle principal de tierra tirados por caballos de aspecto robusto. Lo veía todo un poco nublado, como en un sueño, pero los detalles eran sorprendentemente claros. Addie percibió los tablones de madera de la acera bajo sus pies y el olor del polvo que levantaban las ruedas de los carros.

Mientras avanzaba por la acera, se sintió como si una desconocida se hubiera introducido en su cuerpo y caminara con sus zapatos. Charlie Kendricks, el borracho del pueblo, se apoyó tambaleante en la fachada de una tienda y la contempló mientras ella pasaba. Addie vio que sus propias manos sacudían su falda de una forma despectiva, como si sólo por pasar cerca de él fuera a ensuciarse.

La brisa empujó un mechón de su cabello hacia su cara y ella se detuvo y contempló su reflejo en el escaparate de una tienda mientras lo sujetaba con una horquilla. A continuación, el reflejo de su rostro desapareció, aunque todavía podía ver la imagen de la calle y los edificios que tenía a la espalda. Sobresaltada, acercó una mano al cristal, pero no percibió su reflejo. De repente, el resplandor del sol golpeó el cristal y la cegó. Ella se tapó los ojos y soltó un grito de dolor, pero no pudo oír su propia voz. Entonces se sintió inmersa en una oleada de calor que quemaba como mil soles y su cuerpo se consumió y se disolvió mientras se precipitaba en un pozo de espacio y tiempo sin fin. A continuación, oyó el último suspiro de una anciana y el llanto de un bebé...

Addie abrió los ojos y la visión desapareció. Respiró hondo mientras intentaba recobrar el ánimo y se agarró a la valla en busca de apoyo. Aquello fue lo que le sucedió a Adeline Warner el día que desapareció.

—Esto es lo que me sucedió a mí —murmuró Addie—. Era yo.

Adeline Warner y Addie Peck eran la misma persona. Una mujer y dos vidas distintas. Ella había nacido dos veces, una en 1860 y la otra en 1910. En ella estaban las dos vidas y recordaba parte de ambas.

Aterrorizada, Addie se apartó de la valla y echó a correr. No le importaba no tener adónde ir. Tenía que encontrar un lugar en el que esconderse, un lugar lejos de todo el mundo, donde pudiera pensar. No podía entrar en la casa. No podía encararse con nadie.

—¿Addie?

Al oír aquella pregunta formulada con voz suave, Addie se detuvo de golpe y miró hacia los escalones del barracón, donde Ben estaba sentado con la guitarra sobre sus rodillas. Las finas cuerdas de metal colgaban del mástil del instrumento. Ben dejó la guitarra a un lado y se levantó con los ojos entrecerrados.

—Addie, ¿qué ocurre? —Ella estaba paralizada y lo miró en silencio mientras él se acercaba—. ¿Qué ha ocurrido?

—N-nada.

—¿Diaz ha dicho alguna cosa que te haya molestado?

—No. Por favor, no me toques. No.

Addie tembló mientras él la cogía por los brazos y sus pulgares se ajustaban al hueco interior de los codos de ella. El tacto de sus manos era cálido. Ben examinó su pálido rostro y deslizó un brazo alrededor de sus hombros mientras la empujaba hacia la casa.

—Ven conmigo. Te acompañaré de regreso a casa.

—No —respondió Addie mientras intentaba soltarse.

—Está bien, está bien. No te alteres. Ven. —Ben la condujo a uno de los cobertizos que había cerca del corral, lejos de la vista de los demás, y la encaró a él. El contorno de sus hombros resaltaba con nitidez en el cielo nocturno. Ben era fuerte y podía hacer lo que quisiera. Incluso matar. Sin embargo, sus manos la sujetaban con delicadeza. Addie sabía que él percibía su temblor—. Vamos a hablar, Addie.

—Yo..., no puedo.

—¿Qué te ha dicho Diaz? Cuéntamelo. Yo me ocuparé de todo.

—No. No hables con él —consiguió decir Addie—. ¡No!

—No lo haré si me cuentas qué es lo que va mal.

Ella sacudió la cabeza con impotencia.

—Todo va mal. Sobre todo yo. Todo va mal. —De una forma inconsciente, Addie se agarró a los antebrazos de Ben mientras su rostro, blanco como una sábana, resaltaba en la oscuridad de la noche—. Ben, soy diferente a como era antes, ¿no? ¿No lo notas? Dijiste que, desde aquella tarde, yo había cambiado. Tú mismo lo dijiste.

Ben arrugó el entrecejo.

—¿Te refieres a la tarde en la que Cade y yo te estuvimos buscando por todo el pueblo?

—Sí. Desde entonces soy distinta. Como si fuera otra mujer.

—No tan distinta.

—Sí que lo soy —insistió ella mientras le clavaba las uñas en los antebrazos debido al nerviosismo. Ben no pareció sentir dolor y la contempló con fijeza—. Dijiste que incluso mi cara era distinta.

—Es cierto —declaró él restándole importancia—. En efecto, he notado algunos cambios en ti. —Y añadió con un tono burlón en la voz—: Cambios que son bienvenidos.

—Sé cosas que antes no sabía. Y no sé montar tan bien como antes. Ya no soy la Adeline Warner de antes.

—¿Por qué te parece tan valioso ser distinta de como eras antes? Si fuera tú, yo no rechazaría todo lo de la Adeline anterior. —Su actitud sensible y relajada la hizo sentir un poco mejor. Envidiaba su autodominio, su falta de miedo. ¡Qué maravilloso sería ver el mundo como él lo hacía y creer que todo era lógico y que estaba en perfecto orden—. Yo admiraba algunas cosas en ti.

—¿En qué cosas soy distinta?

—Supongo que hay cosas en ti en las que no me había fijado antes. —Ben se interrumpió, soltó los brazos de Addie y apoyó las manos en la pared del cobertizo, a ambos lados de Addie, formando un círculo que parecía protegerla—. En cierto sentido, eres más suave. Eres más compasiva. Y tienes la sonrisa más dulce que he... —Sus miradas se encontraron en la oscuridad y Addie sintió que todos sus huesos se disolvían. Como se sentía débil, se apoyó en la pared del cobertizo y respiró de una forma superficial—. Siempre me has parecido muy cruel para ser una mujer —continuó Ben—. Inocente como un bebé en el exterior, pero dura y materialista en el interior, como una mujer de vida airada.

—¿Qué es una mujer de vida airada? —dijo Addie.

Ben se rió con suavidad.

—¿Sabes lo que es un burdel, cariño?

La palabra «cariño» era un término afectuoso que utilizaba todo el mundo, pero cuando Ben la empleaba era como una caricia sonora.

—¡Oh! —respondió ella ruborizándose—. ¿Cómo puedes ser tan duro cuando...?

—Por lo visto tenemos un problema para entendernos, Adeline. ¿Cómo puedes haber aprendido tantas palabras nuevas y haber olvidado tantas otras?

—Yo... No lo sé.

—Ahora mismo tu aspecto es diferente al de antes. Como si necesitaras que alguien te cuidara. En el pasado, te apoyabas en Russ, ¿no es cierto? Él siempre ha resuelto tus problemas y llevado tus cargas. Sin embargo, por alguna razón, últimamente no te has apoyado en él. ¿Por qué? ¿Os habéis peleado? ¿Es éste el problema?

—No. Y no me formules más preguntas. Estoy harta de preguntas, y no necesito que nadie me cuide.

—Sí que lo necesitas. Hace días que percibo una mirada ansiosa en tus ojos. Una mirada que indica que necesitas un hombre. ¿Jeff no cumple con su papel como tu casi prometido?

Ella se estremeció peerceptiblemente, volvió la cabeza e intentó irse, pero Ben no se lo permitió. Él apoyó las manos en los hombros de Addie y la fuerza con que la sujetaba prometía aumentar si ella no se quedaba quieta. Los muros protectores que rodeaban el corazón de Addie parecieron derrumbarse. Cuanto más intentaba fortalecerse frente a él, más indefensa se sentía. Se produjo un silencio casi irreal entre ellos mientras cada uno intentaba descifrar el misterio que el otro constituía.

—No, no lo cumple —contestó Ben con voz ronca rompiendo el silencio—. Y tú estás buscando algo mejor. ¿De modo que empiezas a verlo tal como es, no?

—¡No, no es verdad! Quiero decir que sé cómo es y me gusta.

—Te gusta por su aspecto y su dinero y también, claro, por su personalidad afable. Pero, al mismo tiempo, lo desprecias por ser débil. Las mujeres no soportan a los hombres que se dejan dominar por ellas.

Addie le lanzó una mirada iracunda y la línea de su mandíbula se marcó en la delicada redondez de su mejilla cuando apretó los dientes.

—Haces que parezca horrorosa, pero yo no soy así.

—Desde el momento en que te conocí supe cómo eras. Bueno, he realizado algunas pequeñas rectificaciones con el tiempo, pero todavía sé, con bastante exactitud, cómo eres.

—Ni siquiera podrías empezar a entenderme —declaró ella con la voz tensa.

—¿Sabes qué es una persona que se apodera de los terneros sin marcar, Addie?

—Un ladrón de ganado.

—Un emprendedor. Alguien que no permite que nadie se interponga entre él y lo que quiere. Yo soy así por náturaleza, Addie, y tú también. Y ninguno de nosotros siente respeto por aquellos que permiten que nos aprovechemos de ellos. Tengo la sensación de que los encantos de Jeff no tardarán demasiado tiempo en empañarse a tus ojos y empezarás a buscar a alguien que no permita que lo manipules. No te hagas la ofendida, pues sabes que es verdad.

—No, no lo es —contestó ella enseguida—. Tú no sabes nada de mí ni de lo que hay entre Jeff y yo.

Ben sonrió de forma provocativa.

—¿Ah, no?

—No —respondió ella con frialdad—. Jeff es lo suficiente hombre para cuidar de mí. ¡Y yo no lo manipulo!

Ben sonrió abiertamente al percibir que la palidez de Addie había sido reemplazada por un saludable rubor de indignación.

—Sé honesta. Haces lo que quieres con él.

—¡No es verdad!

Él esbozó una sonrisa burlona.

—Demuestras una lealtad impresionante hacia un hombre que no te conoce en absoluto. Apostaría cualquier cosa a que vuestras conversaciones son de lo más aburridas. Aunque quizá lo que te interese no sea su mente. Es posible que te proporcione unos buenos revolcones sobre la hierba. Debo admitir que su aspecto es aceptable, claro que también está el atractivo rancho que su padre posee...

—¡Mi relación con Jeff no te concierne!

—¿No me qué?

—¡Ya sabes lo que quiero decir!

Los ojos de Ben destellaron y Addie se dio cuenta de que se estaba riendo de ella.

—Sí, ya sé lo que quieres decir.

La idea de que Ben era el enemigo mortal de Russell acudió a la mente de Addie de una forma repentina, aunque ella quería con desesperación que no fuera cierto.

—Ben, tú nunca le harías daño a mi padre, ¿no?

—¿Hacerle daño a Russ? —Ben pareció sobresaltado—. ¡Por todos los santos, no! Claro que no. ¿De dónde has sacado esta idea?

—Él confía en ti más que en cualquier otra persona y tú estás más cerca de él que nadie. Estás en una posición idónea para hacerle daño.

El rostro de Ben se volvió inexpresivo, como si se hubiera colocado una máscara, y toda su calidez se desvaneció al instante.

—Le debo lealtad. Él me ofreció un nuevo comienzo cuando lo necesitaba, la oportunidad de trabajar duro y recibir un buen sueldo a cambio. Y, cuestiones éticas aparte, tengo razones prácticas que justifican su confianza en mí. ¿Por qué habría de morder la mano que me alimenta? Estaría loco si le hiciera daño. —Ben se separó de Addie y señaló la casa con la cabeza—. Vamos, te acompañaré a la casa. —Sus labios se curvaron en una sonrisa forzada—. ¿Alguien te ha dicho alguna vez que tienes un don para estropear un clima, Addie?

—¿Qué clima?

Ben sacudió la cabeza, soltó una carcajada y la tomó del brazo.

—A veces, aunque no muy a menudo, siento compasión por Jeff Johnson. Vamos.

4

Watts chasqueó la lengua y la tartana se alejó de la casa mientras Caroline se acomodaba con firmeza en el asiento de mimbre del vehículo.

—Caro, ¿el ajetreo no será demasiado para ti? —le preguntó Adeline con preocupación mientras deslizaba otro cojín detrás de la espalda de Caroline—. Si resulta peligroso para ti acompañarme al pueblo, aunque sólo sea un poco, yo ya...

—No, el embarazo todavía no está tan adelantado. Además, tengo que alejarme un rato del rancho, si no me pondré a gritar. ¿Te acuerdas de cómo fue el embarazo de Leah? Pude ir a cualquier lugar y hacer casi cualquier cosa hasta la última semana. Claro que quizá no te acuerdes mucho, pues sólo tenías diez años. ¿No te parece curioso que mamá nos tuviera con diez años de diferencia y yo tenga este bebé diez años después de tener a Leah? Seguramente ella será como una segunda madre para el bebé, igual que yo lo fui para ti.

Las dos hablaban en un susurro para no incomodar a Watts, el peón del rancho que las conducía a la ciudad. Los bebés y los partos eran asuntos de mujeres y los hombres querían saber lo menos posible acerca de estas cuestiones. Si Watts oyó algo de lo que dijeron, no lo demostró. Watts era un hombre callado, unos años mayor que Addie, de estatura algo menor a la media, pero fornido y de hombros anchos. Sus ojos azul oscuro con frecuencia reflejaban picardía y maldad a partes iguales. Aunque siempre se mostraba correcto y amable, Addie se sentía algo incómoda cuando hablaba con él directamente. Watts la trataba con un respeto tan exagerado que rallaba en el desdén y ella no sabía por qué.

—¿Ya habéis decidido los nombres? —preguntó Addie a Caroline.

—Si es un niño, se llamará Russell, y, si es una niña, Sarah. Por tu bisabuela.

—Sí —contestó Addie mientras sentía un nudo de placer y dolor en la garganta—. Es un nombre bonito.

Aquél era el nombre correcto. El nombre de su madre. «Pero ella ya no será mi madre. No si yo sigo aquí. No si soy Adeline Warner.» Aquel pensamiento era muy intrigante. Ella quizá vería crecer a Sarah y la conocería como nunca había podido conocerla antes.

De vez en cuando, Addie todavía se preguntaba si estaba soñando, pero en aquel momento, mientras contemplaba el bonito rostro sonrosado de Caroline, supo que todo aquello era real. El sol que estaba a sus espaldas era real. El ajetreo de la tartana y los vaqueros que se vislumbraban a lo lejos en sus monturas no eran el producto de un sueño. Addie no podía negar lo que estaba delante de sus ojos, pero ¿dejaría alguna vez de sentir pena por la pérdida de la vida que había tenido antes?

Le resultaba difícil distinguir con exactitud cuáles eran sus sentimientos hacia los Warner. Le caían bien y sentía algo de afecto por ellos, pero era indudable que no quería a May y a Russell como una hija. Cade y Caroline también le gustaban, pero no sentía ningún apego especial hacia ellos, pues apenas los conocía.

—En cuanto tenga al bebé, Peter y yo nos trasladaremos, con nuestra pequeña familia, a Carolina del Norte —explicó Caroline—. Me siento impaciente por mudarme.

—¿De verdad tenéis que iros? —protestó Addie—. ¡Carolina del Norte está tan lejos!

—La familia de mamá ya le ha encontrado un trabajo a Peter y nos recibirán con mucho cariño. Además, estoy segura de que a Leah le encantará vivir allí.

«No, no le gustará. Algún día regresará a Tejas.»

—¿Peter no podría hacer algo en Dallas o en algún otro lugar más cercano? Sé que no le gusta el trabajo del rancho, pero en Tejas hay otras cosas que él podría...

—Lo que queremos es irnos de Tejas, Adeline. ¡Tu reacción es como la de papá cuando se lo conté! Yo no soy tejana de corazón. No veo en Tejas las mismas cosas que veis vosotros y lo mismo le ocurre a Peter. A mí esta tierra me parece yerma. Es árida, solitaria y, a veces, tan aburrida que me mata. ¿No crees que es un lugar triste?

Addie contempló las praderas interminables de hierba, que estaba seca debido a la estación, e intentó verlas con los ojos de Caroline, pero el cielo resplandecía con la luz del sol y sus ojos se deslizaron por los racimos rojizos del pincel indio, los álamos y los mesquites. Algo más lejos, había campos de lupinos azules, con su característica punta amarilla, los cuales ondeaban como un océano azul cuando el viento soplaba. Los hombres trabajaban duro cuidando al ganado. Aquella tierra, aquella vida, ejercía en ellos una atracción irresistible. Al principio, Addie no lo entendía, pero ya empezaba a comprenderlo.

Cualquier otro lugar del mundo estaría demasiado poblado. Allí, los hombres disfrutaban de enormes extensiones de praderas que podían recorrer a caballo y en las cuales trabajaban hasta el agotamiento y, cuando el día terminaba, acudían al comedor del rancho, donde les recibían los apetitosos olores a pan recién hecho y carne asada en madera de mesquite. Si la noche era cálida, sacaban sus colchonetas y sacos al exterior y dormían bajo las estrellas. Los vaqueros no encontraban esta vida insoportablemente solitaria. Al contrario, era todo lo civilizada que podían soportar. Y en cuanto a la familia, se celebraban bodas, picnics, barbacoas, bailes, reuniones para realizar labores y campeonatos de tiro. La lista de excusas para encontrarse con otras personas y visitar a los vecinos cuando uno sentía deseos de compañía era casi interminable.

—No, yo no lo considero un lugar triste —contestó Addie con aire pensativo—. Ni aburrido. Siempre hay algo que hacer o algo ocurre. Prefiero vivir en Tejas que en cualquier otro lugar.

—¿Incluso después de haber estado dos años en la academia de Virginia? No te comprendo, Adeline. ¿Cómo puedes preferir este viejo y polvoriento rancho a un lugar civilizado con montones de personas y comodidades modernas?

Addie dejó de prestar atención a Caroline, quien seguía hablando acerca de las maravillas de vivir en una ciudad. Ella sabía cómo sería Sunrise cincuenta años después, con tantas comodidades modernas que Caroline ni siquiera podía imaginar. ¿Prefería el Sunrise del futuro a aquel en el que vivía ahora? Quizá no. Uno podía sentirse igual de solo con montones de personas a su alrededor. Ser feliz consistía en algo más que esto, más que vivir cerca de las tiendas, los cines y los automóviles. Ser feliz era un sentimiento que siempre la había eludido y seguiría haciéndolo hasta que ella encontrara las respuestas a unas preguntas que sólo había empezado a formularse.

«Creo que sería feliz si tuviera a alguien con quien compartir mi vida. Alguien que me necesitara...» Cuando encontrara a esa persona, seguramente no le importaría dónde y cuándo vivía.

—... aquí no hay futuro para Peter —decía Caroline en aquel momento—. Él no es el tipo de hombre que es feliz en un rancho. Él necesita un trabajo confortable en una oficina, donde pueda ganarse la vida con su mente, no con las manos. A Peter no le interesa un puñado de vacas sarnosas y no tiene sentido que lo intente. El único hombre que podría reemplazar a papá es Ben y todo el mundo lo sabe.

La confusión se apoderó de nuevo de Addie. Cuando pensaba en Ben y en Russell siempre la embargaba una sensación de confusión. ¿Por qué tenía que sufrir el tormento de conocer su destino? Desearía no saberlo. Saberlo constituía una responsabilidad terrible, la responsabilidad de salvarle la vida a Russell y de estar siempre en guardia con Ben. Pero ¿cómo podía Ben haber hecho algo así? Debía de haber dos hombres bajo su piel.

—¡Mira allí! —exclamó Caroline.

Addie vio que un jinete se aproximaba a ellas a medio galope. Por la peculiar inclinación de su sombrero de fieltro e incluso antes de verle la cara, Addie supo que se trataba de Ben. Llevaba el sombrero inclinado sobre la frente, lo cual indicaba seriedad. Sólo un novato o un despreocupado llevaría el sombrero inclinado hacia atrás.

Ben acercó el caballo a la tartana y redujo su marcha al paso. A continuación, se tocó el ala del sombrero en un gesto respetuoso, como saludo a Addie y a Caroline.

—¡Vaya, pero si son las dos mujeres más guapas de Tejas!

—¡Hola! —le saludó Caroline con una sonrisa resplandeciente. Addie, por su lado, simuló estar interesada en el paisaje del otro lado—. ¿En qué andas metido esta mañana, Ben?

—En trabajo, como de costumbre. —Ben sonrió con picardía—. Pero si tuviera tiempo, os llevaría al pueblo yo mismo y os compraría los vasos de limonada más grandes que hayáis visto nunca.

En menos de cinco segundos, una sonrisa tonta y enorme iluminó el rostro de Caroline.

—¡Menuda labia tienes, granuja! ¿A que sí, Adeline?

Addie volvió la cabeza y contempló a Ben de una forma impasible. Él se veía extremadamente viril, con su atuendo habitual de tejanos, botas y su camisa desgastada. La luz del sol se reflejó en sus ojos y en la cima de sus pómulos. Ben era uno de los pocos hombres del rancho que se afeitaba todos los días, pero su barba era tan oscura que la mitad inferior de su cara siempre estaba ensombrecida. Addie se preguntó qué sensación le produciría en las yemas de los dedos el roce de su mandíbula, suave en un sentido y áspera en el sentido contrario. Su vibrante atractivo formaba parte de lo que lo hacía tan peligroso. ¿Por qué no podía haber sido feo?

—¿No deberías estar trabajando? —preguntó Addie de una forma cortante.

—¡Adeline, qué brusca! —protestó Caroline.

—Bueno, a estas horas normalmente está enlazando, desastando o desempantanando algo. ¿Hoy te has tomado el día libre?

Ben sonrió, sacó un papel del bolsillo de su camisa y se lo tendió al vaquero que conducía la tartana.

—Watts, ésta es una lista de suministros que tendrías que traer del pueblo. Cárgalos en la cuenta del almacén.

—De acuerdo.

Watts se guardó la lista en el bolsillo.

—Señora Ward —dijo Ben a Caroline—, hoy será un día muy caluroso. ¿Estás segura de que podrás aguantarlo?

Aquélla era una forma diplomática de referirse a su embarazo. Cuando se dirigía a Caroline, Ben mostraba tanto interés y amabilidad que Addie se sorprendió y quizás incluso experimentó cierto resentimiento.

«Nunca se comporta así conmigo. Siempre se burla de mí. Aunque sólo fuera por una vez, desearía que me preguntara algo en este tono de voz.»

—Estoy bien, gracias —contestó Caroline mientras hacía girar con delicadeza el mango forrado de seda de su sombrilla verde salvia—. Sólo necesito un cambio de aires. No te preocupes por mí.

—Entonces vuelvo al trabajo, pero debo advertirte algo.

—¿Sí?

—No pierdas de vista a tu hermana. Resulta difícil seguirle la pista en el pueblo. Podría desaparecer en un abrir y cerrar de ojos.

—A veces desaparezco y a veces no —dijo Addie—. Depende de con quién esté.

Ben sonrió con sarcasmo y la examinó a conciencia de arriba abajo. Contempló el sombrerito decorado con unas fresas artificiales y la redecilla de color rosa pálido que cubrían su pelo recogido y, poco a poco, bajó su mirada desde el cuello blanco de su vestido rosa pálido hasta los diminutos pliegues que enfatizaban, con recato, sus generosos pechos.

Había un brillo desafiante en la mirada de Addie y su cara reflejaba desprecio. ¿Acaso sabía que cuando miraba de aquella forma a un hombre le hacía desear domarla? Si en aquel momento hubieran estado solos, él le habría enseñado un remedio para su altanería.

Addie sintió indignación y, al mismo tiempo, una extraña calidez al ver que era objeto de una inspección tan manifiesta. Se obligó a sí misma a devolverle la mirada y sus ojos se veían oscuros y aterciopelados sobre sus mejillas sonrosadas. Un mechón de su cabello, que era del color del azúcar moreno, cayó sobre su cara y Addie levantó poco a poco una mano para apartarlo. Se trató de un gesto muy femenino e inconscientemente seductor. Ben se dio cuenta de este hecho, como se daba cuenta de todo lo relacionado con ella. Todos los movimientos de Addie encendían algo en su interior, como una llama encendía la madera seca. Y esto lo llenaba de una gran consternación.

Las mujeres nunca habían constituido un misterio para él. Él era del tipo de hombres que comprendían, de una forma instintiva, las necesidades de las mujeres y siempre había hecho un buen uso de este conocimiento. Una muchacha insolente que acababa de salir de la adolescencia no debería ejercer este efecto en él. Sin embargo, Adeline era un misterio para él y, aunque le molestaba el poder que tenía sobre él, se sentía atraído por ella.

—Os veré más tarde —declaró Ben de una forma repentina—. Portaos bien.

—Lo intentaremos —contestó Addie sin fuerzas e intercambió una mirada grave con Ben antes de que él tocara el ala de su sombrero y se alejara.

—Es todo un hombre —murmuró Caroline mientras contemplaba su figura con admiración—. Si no estuviera casada, les habría presentado batalla a las mujeres de Falls County.

—No creo que él esté interesado en una mujer respetable.

—He oído decir que visita con bastante frecuencia a una mujer en Blue Ridge.

—¿A una viuda solitaria? —preguntó Addie con sarcasmo.

—No lo sé, pero es una buena pregunta. ¿Supones que...?

—No me molesto en suponer nada acerca de él. Tenemos mejores cosas de que hablar.

Se pusieron a hablar de otras cuestiones y su animada conversación duró todo el día. Lo pasaron muy bien en el pueblo, comprando y charlando con las personas con las que se cruzaban. Una vez superada su timidez inicial, Addie descubrió que Caroline y ella tenían un sentido del humor similar y una forma parecida de ver las cosas, así que le resultó mucho más fácil pensar en ella como en una hermana.

Podían hablar con comodidad acerca de casi todo, incluso de las cuestiones más privadas. A cada minuto que pasaba, Addie sentía que confiaba más y más en ella. Cuando regresaron al rancho, seguían enfrascadas en la conversación y decidieron sentarse en el balancín del porche, pues todavía no les apetecía entrar en la casa.

—No veo a Ben por aquí —declaró Caroline con ojos chispeantes—. Supongo que todavía es seguro permanecer a tu lado un rato.

—¿Qué quieres decir?

Addie apoyó los pies en el suelo mientras el balancín oscilaba y crujía con suavidad.

—Que los nervios se me ponen de punta cuando estáis cerca el uno del otro.

—¿Por qué?

—¿Por qué? Porque siempre estoy pendiente de cuándo se va a producir una explosión entre vosotros. Esta mañana fuiste terriblemente ruda con él, Adeline. Y la forma en que te miraba... ¡Vaya, que me sorprende que tu sombrero no estallara en llamas!

Addie se echó a reír.

—Sólo intentaba intimidarme con una mirada feroz.

—No, aquello no era una mirada feroz. —Caroline dio una ojeada a su alrededor y bajó la voz—. Aquello era mirar de verdad. Peter solía mirarme así antes de que nos casáramos. Créeme, no hay ninguna duda, Ben está loco por ti.

—¡No seas tonta! Admito que le gusta discutir conmigo, pero...

—A él le gustaría hacer algo más que discutir contigo. Te lo digo en serio, Adeline; si, de vez en cuando, te mostraras amable con él, estaría comiendo de la palma de tu mano.

—Yo no quiero que coma de mi mano. Ni siquiera quiero que esté cerca de mí.

—Ésta no es la primera vez que lo veo mirarte de esta forma. Ya lo había visto mirarte así antes.

El desinterés de Addie desapareció de inmediato.

—¿Ah, sí?

—Sí.

De repente Addie sintió una gran curiosidad. ¿Más allá de su sarcasmo y frialdad, Ben albergaba algún tipo de interés romántico hacia ella? Aquella idea debería horrorizarla, pero, de algún modo, la hacía sentirse muy complacida. Addie se avergonzó al oír su propia y tímida risa.

—¿Cuándo?

—¡No me puedo creer que no te hayas dado cuenta! La otra noche, durante la cena, le pedí que me pasara la sal y él estaba tan distraído observándote que me pasó la pimienta. Yo no dije nada, claro, y cogí la pimienta como si fuera eso lo que le había pedido.

—¿Observándome? ¿Y qué estaba haciendo yo?

—Sólo hablabas. Él te presta atención siempre que hablas y escucha todo lo que dices. Peter también quería preguntarle algo, pero Ben no dejaba de volver la cabeza para escucharte. Al final, Peter renunció a preguntarle lo que quería saber. Si te mostraras un poco zalamera con Ben, Adeline, él picaría el anzuelo y podrías pescarlo con tanta facilidad como...

—¿Por qué habría de querer pescarlo? Ya tengo a Jeff Johnson. Creí que todos queríais que me casara con Jeff.

—Bueno... Jeff y tú hacéis una buena pareja —reconoció Caroline—. Yo siempre lo he creído, pero entre ellos dos, yo sin dudarlo elegiría a Ben Hunter.

—¿Elegirlo para qué? ¿Para que sea mi pretendiente? Ésta es una idea ridícula y, aunque opinara lo contrario, Ben se partiría de risa sólo con pensarlo. Ya oíste a mamá la otra mañana. Ben es un solitario y nunca querría tener una relación con una mujer respetable.

—Yo no estoy tan segura. A mamá, a veces, le gusta exagerar. Sólo pretende alejarte de Ben porque no quiere que te cases con este tipo de hombre. Ella opina que se parece demasiado a papá.

—¿Y qué hay de malo en esto?

—En cierta ocasión, mamá me contó que, aunque ama a papá, su vida habría sido más fácil si se hubiera casado con uno de sus pretendientes del Este y se hubiera quedado a vivir allí. Ya sabes que, en el fondo, nunca le ha gustado vivir aquí. Nunca ha sentido que perteneciera a este lugar. Ella procede de un entorno distinto.

—Papá me contó algo parecido el otro día —comentó Addie con aire ausente.

—Papá es un hombre muy tozudo. Supongo que mamá no se dio cuenta hasta que fue demasiado tarde. Ella creyó que podría influir en él, pero no lo ha conseguido, de modo que siempre quiso que nuestra vida fuera más fácil que la suya. Por esto me animó a casarme con Peter. Y por la misma razón, desea que tú te cases con Jeff. Ambos son hombres amables, aunque un poco... blandos. ¿Entiendes lo que quiero decir?

—¿Blandos? Pero Caro... Tú amas a Peter, ¿no?

Caroline titubeó de una forma casi imperceptible.

—Desde luego que lo amo. Peter es un buen hombre, un buen marido y un buen padre. Es estable y leal, y tiene buen carácter, pero no hay vinagre entre nosotros.

A pesar de la naturaleza seria de la conversación, Addie no pudo evitar sonreír.

—¿Vinagre?

—¿Te acuerdas del truco que mamá nos enseñó, el que consiste en echar un poco de vinagre en la receta de la tarta de nueces para que no sea demasiado dulce? A esto me refiero. Adeline, ésta es una conversación privada entre dos hermanas. Simplemente no quiero que cometas un error. El tipo de error que yo...

Caroline se interrumpió y se encogió de hombros con resignación.

—Te escucho —declaró Addie temerosa de que Caroline no terminara lo que le estaba contando.

Addie estaba muy interesada en escuchar lo que Caroline le estaba explicando. Leah y ella nunca habían tenido aquel tipo de conversación. Leah no sabía demasiado acerca del matrimonio y Addie nunca se había sentido muy interesada en aquel tema hasta entonces.

—Bueno, no quiero que te formes una impresión equivocada, Adeline, yo soy muy feliz. Muy feliz. Sólo te digo que tienes que ser cuidadosa cuando elijas al hombre con el que vas a pasar el resto de tu vida. No elijas a alguien a quien puedas manejar con demasiada facilidad. Tú, especialmente tú, necesitas un poco de vinagre en tu matrimonio.

—¿Me estás diciendo que no crees que deba casarme con Jeff?

Caroline suspiró y soltó una risita.

—¡A veces eres tan directa! Eres tan contundente como papá. No, no me estoy refiriendo a Jeff en concreto.

Sólo te aconsejo que te cases con alguien que haga que tu corazón lata con fuerza. Mamá y papá siempre nos han enseñado que el matrimonio es algo que tenemos que calcular y planificar. Yo... a veces desearía no haberles hecho caso al pie de la letra. Ninguna mujer debería casarse con un hombre al que no ama de verdad, Adeline. Después no hay nada que compense ese error, no importa lo que te digan.

—Caro, se te ve tan triste.

—A veces lo estoy. Me entristezco cuando pienso en los errores que he cometido.

—¿Ha habido alguien en quien todavía pienses?

—Es posible. Hace ya mucho tiempo.

—¿Y sentías algo especial por él?

—¡Oh, sí! Sentía algo especial por él. —Caroline sonrió con melancolía. De repente, parecía más joven y, al mismo tiempo, terriblemente nostálgica—. Siempre nos estábamos peleando. Como perros y gatos. Igual que tú y Ben. Veros a vosotros dos me recuerda un poco a cómo era nuestra relación. Él dirigía el transporte del ganado para papá. Era el mismo tipo de hombre que papá y Ben, un hombre encantador, pero le gustaba salirse siempre con la suya. Era muy tozudo. Al principio, yo creí que lo odiaba, ¡me sentía tan nerviosa cuando él estaba cerca! Él siempre creía saberlo todo. —Caroline sacó un pie del zapato y flexionó los dedos mientras exhalaba un suspiro—. ¡Dios, qué cansados tengo los pies!

—¿Qué ocurrió entre vosotros? Tienes que contarme el resto de la historia —pidió Addie con ansiedad.

Le intrigaba la idea de que Caroline, con su rostro sereno y sus modales perfectos, hubiera tenido una relación romántica con el jefe del transporte del ganado de Russell. ¡Qué extraña pareja debían de haber sido!

—No puedes contarle esto a nadie nunca. Tienes que prometérmelo.

—Te juro que no se lo contaré a nadie. Sobre la Biblia. O sobre lo que tú quieras.

—De acuerdo —la interrumpió Caroline sonriendo ligeramente—. El resto de la familia ya lo sabe, salvo Cade, de modo que es probable que oigas hablar de esto tarde o temprano.

—No sabía que te había interesado otro hombre aparte de Peter.

—Conocí a Peter durante los dos años que estuve estudiando en la academia de Virginia. Él asistía a la academia militar y nos fijamos el uno en el otro durante un baile. ¡Peter tenía muy buen aspecto con el uniforme! Claro que... ¿qué hombre no lo tiene? Iniciamos una relación y empezamos a escribirnos. Después, durante una de nuestras últimas vacaciones académicas, él me llevó a conocer a sus padres. ¡Peter era tan amable y tenía tan buen carácter que todo encajó sin problemas! Al poco tiempo nos prometimos, pero entonces vine al rancho a pasar una temporada y conocí a Raif Colton. Tú eras sólo una niña. ¿Te acuerdas de él?

—Un poco —mintió Addie—. Supongo que era demasiado pequeña para fijarme en él.

—Nada más conocernos, Raif se fijó en mí. No me dejaba nunca sola y esto me enfurecía, y a mamá todavía más. —Caroline sacudió la cabeza y exhaló un suspiro nostálgico—. Raif era tan..., tan... No puedo describirlo. A su lado, me sentía una mujer distinta. Yo siempre había sido una mujer tranquila. La hija mayor de Russell Warner. Tan correcta, tan bien educada... Ningún hombre había intentado nunca nada conmigo, ¿sabes? Pero Raif me acorraló un día en la casa cuando no había nadie cerca y... —Caroline contempló el rostro expectante de Addie y enrojeció intensamente—. Me contó lo que sentía por mí. ¡Raif era tan tierno, inquietante y excitante! Después de que me lo contara todo, supe que me amaba, pero yo estaba decidida a casarme con Peter, pues esto era lo sensato e inteligente. Mamá sabía lo que yo sentía por Raif e hizo lo imposible para mantenernos alejados el uno del otro. Durante el verano, Peter y yo continuamos prometidos e hicimos planes para la boda mientras Raif hacía lo posible para convencerme de que me casara con él en lugar de con Peter.

—¿Tú lo amabas?

—Los amaba a los dos. Amaba a Peter con mi mente. Con él estaba a salvo. Pero amaba a Raif con el corazón. Amaba su pasión, su insensatez. Me resultaba imposible decidirme.

—Pero terminaste casándote con Peter.

—Así es. Tuve miedo de arriesgarme con Raif.

—¿Qué fue de él?

—Después de la boda, se quedó en el rancho durante unos meses. Yo le supliqué que se fuera, pero él no se rendía. Ni siquiera después de saber que yo estaba embarazada. Aquello era un infierno, no sabes lo que... ¡Dios, no te lo puedes ni imaginar! No tenía ni un momento de paz. Entonces descubrí la diferencia que existe entre amar a un hombre con tu mente y con tu corazón. Entonces me di cuenta del error que había cometido y creí morir de pena. Tomé la decisión de huir con Raif. Nada me importaba tanto como él, ni el dinero, ni la familia ni el honor. Ni siquiera Peter. Íbamos a escapar juntos cuando regresara de transportar una manada de mil cabezas a Dodge. Pero una noche, las reses se asustaron. ¡Locos animales! Salen en estampida por cualquier cosa. Incluso por un estornudo. Y Raif murió.

Addie sintió una oleada de compasión.

—¡Caro...! Lo siento.

—Sucedió hace diez años. Ya ha pasado suficiente tiempo para que me resulte tolerable. Al principio, no podía soportarlo, pero tenía a Peter y, en cierto sentido, siempre lo he amado. Esto me dio la fuerza suficiente para soportar el dolor. Estoy casada con un hombre muy especial.

—Yo creo que tú eres especial —declaró Addie con voz suave.

Y lo dijo de corazón.

—¿Yo? ¿Por qué?

—Por cómo has sobrevivido.

—¡Oh, no hay ningún secreto! Te sorprendería las cosas a las que las personas podemos sobrevivir. Siempre hay algo a lo que agarrarse. Siempre hay alguien que te necesita. Algo que requiere tu atención. Y así no tienes tiempo para sentir lástima por ti misma.

—Me da miedo amar a alguien. Cuando pienso que podría perderlo...

—No debes preocuparte por esto. Es mejor amar aunque sólo sea por un tiempo que no amar nunca, ¿no crees?

Addie rió con voz grave.

—Supongo, pero no estoy segura.

Caroline la contempló durante largo rato.

—En estos momentos, me gustas más de lo que me has gustado nunca, Adeline. Durante un tiempo, creí que papá te había malcriado tanto que te habías vuelto mala. Pero no lo ha conseguido. Eres una muchacha muy dulce.

—Gracias —declaró Addie con los ojos brillantes.

Por primera vez se sentía como si fueran de la misma familia y entonces se dio cuenta de que se preocupaba por Caroline. Sentía que había un lazo entre ellas, un lazo de confianza y afecto tan fuerte que parecía que siempre hubiera estado allí. Addie se sintió como si de verdad fueran hermanas, y el cambio se había producido de repente, como el chasquido de unos dedos. ¡Qué corta era la distancia entre la indiferencia y el amor!

Caroline se inclinó hacia ella.

—Te contaré algo que sólo saben mamá y Peter —le susurró.

—No tienes por qué contarme tus secretos.

—Pero quiero hacerlo. Quiero que recuerdes lo que te he contado. Nunca tengas miedo de amar a alguien. Si no, cometerás el error que yo cometí. No me permito recrearme en lo que podría haber sido, pues me dolería mucho, pero tengo algo muy especial que me permite acordarme de Raif. Algo más especial que los recuerdos. Se trata del tesoro más grande que podía haberme dado.

Addie se quedó paralizada.

—¿Leah? —preguntó de una forma casi inaudible, y sus labios apenas se separaron.

Caroline asintió con la cabeza y sonrió de una forma temblorosa.

—¡Has sido tan amable con ella últimamente! ¡Has pasado tanto tiempo con ella! Sientes algo especial hacia Leah, ¿verdad?

—Sí. ¡Oh, sí, sí que lo siento!

Addie se inclinó hacia Caroline y la abrazó con fuerza.

—Antes de casarme con Peter, Raif y yo pasamos algunos momentos juntos —susurró Caroline—. Él nunca supo que esperaba un hijo suyo y yo le prometí a Peter que no se lo contaría. Pero sólo con mirar a Leah, me acuerdo de lo mucho que Raif me amaba. Todas las mujeres deberían ser amadas de esta manera, Adeline. Al menos una vez.

—Algunas veces yo también deseo ser amada de esta manera —declaró Addie con humildad mientras la esperanza y el deseo ardían en su interior. De una forma involuntaria, pensó en Ben, en su sonrisa sensual y en su encanto intimidador—. Aunque, otras veces, deseo vivir libre para siempre.

Como había vivido Leah. Leah había vivido una vida plena sin estar casada. Había sido feliz, ¿no? «No siempre», le susurró una vocecita en su interior. A Leah le preocupaba que Addie se convirtiera en una solterona como ella, y, a veces, se sentía muy nostálgica. Había habido muchas horas solitarias y silenciosas en la vida de Leah. Sí, una parte de ella debió de haber deseado tener un marido y una familia completa.

—¿Libre para siempre? —comentó Caroline—. Yo no querría esto para ti, Adeline. Piensa en todo lo que te perderías.

—Pero ¿qué ocurriría si me enamorara del hombre equivocado?

—¿Equivocado en opinión de quién? ¿Quizá de mamá? Seguramente estarás mejor con el tipo de hombre que ella no quiere para ti. Con alguien como..., bueno, como Ben.

—¿Por qué lo mencionas a él? —preguntó Addie sintiéndose enfadada de repente—. ¿Qué ves en él que yo no vea? Si esperas que surja algo entre Ben y yo, sufrirás una decepción. Yo, sencillamente, no confío en él. ¿Cómo sabes tú y todos los demás que no se convertirá en una mala persona? ¿Cómo sabemos que no se volverá en contra de papá o algo igual de horrible? Ben es atractivo en la superficie, pero en el interior... No sé, no puedo decirte cómo es en realidad.

—¿Es esto lo que piensas de él? —Caroline parecía bastante sorprendida—. Bueno, supongo que en el interior puede ser distinto a lo que parece en el exterior, aunque yo siempre me he fiado de él. Pero te diré que la única forma de averiguar cómo es en realidad, es acercarse a él. —Caroline contempló a Addie de una forma inquisitiva—. ¿Existe alguna posibilidad de que te intereses por él?

—Es posible —admitió Addie a desgana. Entonces pensó en Russell y apretó los labios—. Por determinada razón.

—¡Entonces arriésgate! Pasa algún tiempo en su compañía. Quizá te sorprenda lo mucho que tenéis en común Ben y tú. Si se lo permitieras, él sería muy amable contigo. Estoy convencida.

Addie reflexionó acerca de aquella idea y empezó a encontrarle sentido. Pasar algún tiempo con Ben, conocerlo, intentar granjearse su amistad. Si podía caerle bien a Ben, él se mostraría un poco más vulnerable y a ella le resultaría más fácil manejarlo. No tenía sentido que él la considerara su enemiga, pues entonces, cuando ella estuviera cerca de él, siempre estaría a la defensiva. Y ella era la única persona que se interponía entre él y su plan de matar a Russell. Sin embargo, ¿su intento de hacerse amiga de él resultaría convincente?

—Él nunca se mostrará amable conmigo —comentó Addie titubeante—. Y si creyera que yo estoy interesada en él, lo único que haría sería reírse de mí.

Caroline sonrió con satisfacción.

—A mí nunca me convencerás de esto.

Addie tuvo su primera oportunidad de ser amable con Ben mucho antes de lo que esperaba. Aquella misma tarde, Ben y dos de los vigilantes de la valla se vieron envueltos en la primera confrontación grave entre el Double Bar y el Sunrise. Ben llegó a la casa con la cara magullada y un breve informe para Russell. El rugido que soltó Russell se oyó en tres condados. La causa de la pelea había sido la valla de espino y Russell se puso furioso cuando supo que los vaqueros del Double Bar argumentaban que él no tenía derecho a cercar sus propias tierras. ¿Cómo si no iba a controlar su ganado y evitar que la gente del Double Bar se metiera donde no debía? ¿Cómo si no iba a proteger su propiedad de los ladrones y los cuatreros?

—Vamos, Russ, espera —se oyó la voz de Ben al otro lado de la puerta del despacho, donde hablaba con Russell. El resto de la familia escuchaba sin reparos en el pasillo—. Sé cómo te sientes, pero no puedes culparlos por enfadarse, ya que uno de sus caballos ha muerto por culpa de la maldita valla. El animal quedó hecho pedazos. Ha sido el peor amasijo de carne que he visto en mucho tiempo.

Russell no estaba dispuesto a comprender su punto de vista.

—¡No me importa la causa de que se hayan enfurecido! ¡Han atacado a tres de mis hombres, entre ellos mi capataz, y han cortado mi valla! Pues bien, volveremos a levantarla, pero esta vez con cinco alambres en lugar de cuatro. ¡Si Big George quiere iniciar una guerra conmigo, no tardará en descubrir que esta vez ha dado un mordisco demasiado grande para su boca!

Se produjo un breve silencio. A continuación, habló Ben y, aunque lo hizo con tranquilidad, el tono de su voz exigía atención.

—Cuando construimos la valla, además de tus tierras cercamos unos terrenos que son públicos, Russ, por no mencionar una considerable cantidad de agua. Esto nos hace impopulares a los ojos de casi todos. Mucha gente apoya a Big George en este asunto. Todos necesitan agua y pastos para el ganado y algunos opinan que nosotros tenemos más de lo que nos corresponde.

—¿Es eso lo que tú piensas, muchacho? —preguntó Russell con furia—. ¿Crees que tenemos más de lo que nos corresponde?

—Creo que tú sabes cuándo es el momento de ser diplomático. Te he visto calmar muchos ánimos cuando estaban alterados. Tienes el rancho más extenso de por aquí y esto nos convierte en un blanco fácil. Y, con el tiempo, la situación empeorará, Russ. El derribo de la valla es sólo el comienzo.

—No somos un saco de harina que puedan golpear a su antojo. ¡Hagan lo que hagan, les haremos frente!

—Es posible, pero ¿es eso lo que queremos? Ya tenemos bastante con cuidar del negocio. —Ben suavizó la voz y adoptó un tono persuasivo—. El sistema siempre ha funcionado sin vallas y todos dependemos de todos. No puedes convertirnos en una isla, pues solos no lograremos sobrevivir. Yo soy partidario de emplear todo el dinero que hemos estado gastando en rollos de alambre de púas y barriles de corchetes en contratar a más vigilantes. No podemos permitirnos el lujo de estar resolviendo todos los problemas que esa valla nos va a ocasionar.

Addie casi pudo ver la expresión de toro enfurecido de Russell cuando contestó.

—Yo soy quien manda aquí y yo decido en qué quiero emplear mi dinero. Mañana quiero que los postes derribados de la valla vuelvan a estar en su lugar con cinco hilos de alambre.

Ben maldijo en voz baja y, a continuación, se oyó el taconeo de sus botas camino de la puerta. La familia se dispersó y simularon estar ocupados en diversas tareas. Addie se encontró con Ben junto a la puerta principal cuando él estaba a punto de salir de la casa y, aunque a desgana, sintió lástima al ver el morado que tenía en la mandíbula y la zona oscura que tenía debajo de uno de los ojos.

Ben la miró con frialdad.

—Ya he tenido bastante de los Warner para una tarde, de modo que si me disculpas...

—Se te pondrá el ojo morado.

Él se quitó el pañuelo que llevaba anudado alrededor del cuello y se secó la sangre que brotaba de la comisura de sus labios.

—Éste es el menor de mis problemas.

—Lo sé. —Addie esbozó una sonrisa tímida y señaló con la cabeza hacia la cocina—. Ven conmigo, te daré algo frío para el golpe. —Ben la siguió al interior de la cocina y Addie cogió un trapo limpio y le lanzó una mirada—. Espera, regreso en un minuto.

Mientras Ben la esperaba con impaciencia, Addie bajó al sótano, el cual tenía el suelo de piedra y era donde guardaban la comida perecedera envuelta en hielo, paja y virutas de madera. El sótano era oscuro y agradablemente fresco. Addie llenó a toda prisa el trapo con trozos de hielo y subió de nuevo a la cocina. Ben cogió el trapo y titubeó un instante antes de aplicárselo en la cara.

—Póntelo en el ojo y siéntate —declaró ella con impaciencia mientras señalaba una silla cercana—, quiero curarte la mandíbula y eres demasiado alto. —Addie humedeció otro trapo con agua—. ¿Cómo están los otros dos hombres?

—Más o menos como yo. —Ben se dejó caer en la silla con un suspiro mientras las punzadas de dolor empezaban a manifestarse en todo su cuerpo—. En cuanto regresamos, Cook les curó las heridas, pero yo no he tenido tiempo. —Ben agradeció el frío que le proporcionaba el hielo—. Tuvimos suerte de no acabar a tiros. ¡Ay! —Ben realizó una mueca cuando Addie aplicó el trapo en el corte de su labio—. ¡Cuidado con eso!

—Lo siento. Sé que debe de dolerte.

—¡Vaya que si duele!

Addie contempló sus torvos ojos verdes, sonrió, e intentó ser más cuidadosa en sus atenciones. Por su experiencia en el hospital, sabía que los hombres se mostraban estoicos y reservados con sus heridas, hasta que una mujer cuidaba de ellos. Entonces no paraban de quejarse y exigían mimos y atenciones.

—¿Quieres beber algo?

—Ya he tomado algo mientras hablaba con Russ.

—Yo... Nosotros... no pudimos evitar oír parte de vuestra conversación.

Él sonrió con sarcasmo.

—Supongo que, al tener las orejas pegadas a la cerradura, no pudisteis evitar oírlo.

—Cuando se tranquilice y reflexione, es posible que cambie de idea. Con un poco de sentido común comprenderá que...

Ben soltó un soplido.

—Tú lo conoces bien y sabes que esto no sucederá. Para él no se trata de una cuestión de sentido común, sino de orgullo, y no cederá.

—¿Qué vas a hacer tú?

Ben se encogió de hombros y apartó la vista de Addie.

—Volver a levantar la valla.

—¿Aunque no creas en ello?

—Ya le he contado a Russ lo que opino. Éste es mi trabajo. Y él ha tomado una decisión. Ése es su trabajo. Me guste o no su decisión, la defenderé. La alternativa es irme y todavía no estoy preparado para irme.

—¿Por qué no? Muchos rancheros te contratarían sin dudarlo.

—Tengo la sensación de que tienes ganas de que me

vaya. —A Ben no se le escapó el rubor que cubrió el rostro de Addie y el hecho de que ella desviara la mirada. Ben continuó mientras clavaba en ella sus ojos fríos y atentos—. ¿Que por qué no me voy? Porque Sunrise me gusta. Y le di mi palabra a Russ de que me quedaría mientras me necesitara.

—Eres muy leal con él, ¿no? —preguntó Addie, y en su voz había un tono incisivo que debió de resultar incomprensible para Ben.

—Russ es uno de los mejores hombres que he conocido en mi vida. Y uno de los pocos que merecen que uno sea completamente honesto con ellos. Me resultaría más fácil decirle, simplemente, lo que quiere oír, pero lo respeto demasiado para actuar así.

—Él te considera como a un hijo adoptivo. —Su voz dejaba claro que no se trataba de un cumplido—. Pero ¿qué hay de tu familia? ¿Qué ocurre con tu propio padre?

—Tengo una familia agradable en Illinois y un padre respetable que lleva veinticinco años trabajando en un banco. —Ben sonrió y su expresión se suavizó—. Siempre que me acerco a él, está a punto de sufrir un ataque de apoplejía. La verdad es que no tenemos mucho en común.

—Gracias a tus estudios en Harvard, si es cierto que estudiaste allí, podrías haber conseguido un trabajo en el Este. ¿Por qué decidiste venir a Tejas?

—Porque es el único lugar donde no me busca la ley... Todavía.

Su declaración y la cara de póquer con que la hizo se acercaban tanto a lo que ella imaginaba de él, que Addie se inquietó. Entonces percibió un destello de burla en sus ojos. Ben le estaba tomando el pelo. Addie frunció el ceño sin el menor atisbo de diversión y se olvidó de su propósito de mostrarse dulce con él.

—¡Nunca sé cuándo creerte!

—Pobre Addie. ¡Aquí estás, desplegando tu talante generoso y caritativo ante un hombre herido...!

—¡Oh, basta ya! —exclamó ella desconcertada por el

sarcasmo de Ben—. No sé por qué he intentado ser amable contigo. Además, tú no estás herido, sino sólo un poco golpeado.

—¡Eres un auténtico ángel caritativo!

Ben, de una forma tentativa, acercó la mano al corte de su labio, el cual había dejado de sangrar. Addie, a su vez, se inclinó para examinarlo.

—Yo diría que no tiene mal aspecto.

—Esto lo dices porque no eres tú quien lo tiene. —Ben curvó los labios con picardía—. ¿No me vas a dar un beso para que mejore?

Ella soltó un respingo. Sabía que él no lo decía en serio.

—Seguramente te morirías de la impresión si lo hiciera.

Ben dejó el trapo del hielo sobre la mesa con un movimiento lento y decidió seguirle el juego.

—Inténtalo y lo averiguarás —la invitó con voz suave.

Addie lo observó sorprendida y el corazón le latió de una forma desenfrenada. Seguramente, las palabras de Ben eran puro sarcasmo. Addie era consciente de que lo estaba mirando con fijeza, pero no podía evitarlo. Él no lo había dicho en serio... ¡No podía haberlo dicho en serio! Sin embargo, su expresión indicaba que sí lo decía en serio.

«No puedo besarlo. No debería hacerlo. Él se burlaría de mí si lo hiciera. Claro que también se burlará de mí si no lo hago. Dirá que tengo miedo. Su ego es muy grande y no reconocerá el hecho de que yo no haya querido besarlo.»

¡Pero sí que quería!

«Míralo, ahí sentado, retándome a que dé el paso. Es guapo incluso cuando está sucio y desarreglado. Leah siempre me decía que creía que el diablo era un hombre guapo e imponente.

»¿Por qué resulta tan tentador? Es mi parte mala. Su maldad despierta lo peor de mí.

»¿Qué sentiría si lo besara?»

Ben parecía relajado, pero ella sabía que estaba tan alerta como un felino. Addie deseó que él no hubiera adoptado aquella actitud de depredador. Ben le había lanzado un reto y estaba esperando su respuesta. Addie se esforzó en sonreír de una forma despreocupada, se inclinó con rapidez y rozó los labios de Ben con los suyos con ligereza y tan deprisa que no le dio tiempo a reaccionar.

—¿Te encuentras mejor? —le preguntó con voz acaramelada.

Ben la miró con sarcasmo. La tensión se había desvanecido. Aunque no por completo.

—Apenas.

—Bueno, ¿qué esperabas?

Ahora ella le había devuelto el reto. Y él lo aceptó sin titubear. Ben se levantó con ligereza, la cogió por la cintura y la empujó hacia atrás hasta que la mesa se clavó en las nalgas de Addie. Ella no sabía qué hacer ni dónde poner las manos, y al final las apoyó en los brazos de él, en sus abultados músculos, los cuales se pusieron en tensión al contacto con las manos de ella. Addie lo miró confusa, excitada y con curiosidad. Una sola vez, no le haría daño. Dejaría que sucediera, y no le importaba lo que él dijera o pensara después. Ben inclinó su cabeza morena y rozó la oreja de Addie con sus labios. Su cálido aliento en el hueco del cuello de Addie hizo que ella se estremeciera.

—Buena pregunta —declaró Ben—. ¿Qué debería esperar de una mujer como tú?

Ben notó que Addie tragaba saliva convulsivamente y que su cuerpo se ponía en tensión mientras él se acercaba a ella. Addie no se apartó, aunque ambos sabían que él la habría dejado ir sin oponer resistencia si ella lo hubiera intentado. Ben la cogió por los brazos y sintió la suavidad de su piel en sus dedos.

De repente, Addie le pareció extremadamente frágil, alguien a quien debía tratar con ternura y delicadeza. Él nunca se había sentido así con una mujer ni había abrazado a ninguna que temblara al contacto de sus dedos. Ben estaba acostumbrado a tratar con mujeres que se sentían cómodas con los hombres, que eran experimentadas en la forma de agradar a los hombres. Sin embargo, había una distancia enorme entre aquellas mujeres y Addie. A pesar de sus aires de sofisticación, Addie no tenía experiencia con los hombres, de esto estaba seguro. Su timidez e inseguridad no podían ser simuladas. ¿Por qué lo excitaba tanto su actitud?

—Addie —murmuró Ben. Addie contuvo el aliento cuando él deslizó la boca por el borde de su mandíbula—. No finjas conmigo. Nunca.

—¿Qu-qué?

—Espero no estar imaginándome lo que veo en ti. ¿Son imaginaciones mías, Addie?

—No...

—No me importa si lo son. —Ben tiró de ella hacia arriba hasta que Addie quedó de puntillas—. No me rechaces, Addie.

Ella quería rechazarlo, pero su cuerpo se estremecía de excitación, culpabilidad y miedo. Addie volvió la cabeza esos centímetros necesarios para que su rostro encajara con el de él y se perdió en el profundo océano verde de sus ojos. Ben deslizó el brazo por la espalda de Addie sujetándola y acercándola a él y, de repente, ambos fueron conscientes de que los pechos de ella se aplastaban, con suavidad, contra el pecho de él.

Ben inclinó la cabeza para besarla y Addie cerró los ojos y contuvo el aliento. Cuando sus labios se unieron, se oyeron unos pasos que se aproximaban a la cocina y la voz imperiosa de Russell cruzó el aire.

—¿Addie? Addie, ¿dónde estás?

Addie y Ben se separaron con sobresalto. Addie se ruborizó y se dio la vuelta mientras se tocaba los labios con las yemas de los dedos, como si él le hubiera dejado una marca. No había tenido tiempo de sentir más que una leve y deliciosa calidez, pero esto era más de lo que debería haber sentido nunca hacia Ben Hunter.

—Estamos los dos en la cocina —contestó Ben mientras cogía el goteante trapo con hielo, se lo aplicaba en el rostro y se sentaba con precipitación.

Addie y Ben se miraron con ardor durante un instante y Russell entró con paso decidido en la cocina.

—Veo que te ha curado —declaró Russell, por lo visto sin percatarse de lo alterada que estaba Addie—. Adeline, tenemos que hablar de un par de cosas.

—¡Ah!

—Con respecto al muchacho Johnson, bueno, las cosas tienen que cambiar entre vosotros.

—¿Qué quieres decir? —preguntó ella con cierta cautela—. La disputa es entre Big George y tú y no tiene por qué afectar mi amistad con Jeff.

—La disputa es entre los Warner y los Johnson, lo que significa que ya no hay una amistad entre tú y Jeff. No lo verás más. Ni siquiera hablarás más con él, ¿comprendes?

Si se lo hubiera planteado de una forma distinta, ella habría intentado comprender su punto de vista. Sin embargo, la forma en que lo dijo, como una orden que ella tenía que acatar, una exigencia que ella tenía cumplir, la encendió de inmediato, como si hubiera acercado una cerilla encendida a un montón de pólvora.

—Diría que tenemos que discutir un par de cosas —declaró Addie con voz calmada.

—No hay nada de qué hablar.

Ben carraspeó.

—Creo que ha llegado la hora de que me vaya.

—¡Quédate! —ordenó Russell sin mirarlo—. Esto no tardará mucho.

—Yo diría que sí —replicó Addie con voz tensa—, porque por lo visto tú piensas que lo único que necesitas es dictar órdenes y que yo correré a obedecerlas, pero soy una persona adulta y tengo algo que decir al respecto.

—Venga, Addie, no seas tozuda o...

—¿O me enviarás pronto a la cama? ¿O me darás menos dinero para mis gastos? No soy una niña a la que puedas castigar. Soy una adulta.

—Eres mi hija.

—Tengo derecho a tomar parte en las decisiones que me afectan.

—¡Y un cuerno! —explotó Russell—. Soy yo quien toma las decisiones y, sin lugar a dudas, no acudiré a ti para que me des consejos acerca de cómo llevar mi negocio...

—¡Éste también es mi negocio! Mamá y tú me habéis presionado durante semanas para que salga con Jeff. La mitad de las veces he ido a verlo sólo para complaceros y, de repente, tengo que olvidarme de mis sentimientos y dejarlo de lado por un capricho tuyo. Pero no puedo hacerlo.

—¡Maldita sea! ¿Por qué estáis todos empeñados en ponerme furioso? —Sus miradas se encontraron desafiantes y Addie vio cómo crecía el enojo de Russell al percibir que ella no iba a ceder con facilidad. Pero Russell era muy astuto y decidió cambiar de táctica—. Encontraremos a alguien mucho mejor que Jeff para ti. Cualquier hombre de Tejas daría su..., daría mucho por tenerte. ¿No es cierto, Ben?

—¡No lo metas en esto! —soltó Addie ahorrándole a Ben la necesidad de contestar—. Y no me calmaré por el simple hecho de que me ofrezcas a otro hombre como si fuera un juguete nuevo.

—Entonces, ¿qué demonios quieres?

—Quiero que dejes de tratarme como si fuera un objeto que puedes mover y manejar a tu antojo, como haces con tu ganado. O con mamá y Caroline.

Russell se puso encarnado.

—Mientras vivas bajo mi techo, comas en mi mesa y vivas de mi dinero harás lo que yo te diga. Igual que ellas.

Addie sintió que los ojos se le llenaban de lágrimas debido a la rabia que sentía.

—¿Y hablar sólo con quien tú me digas? ¿Y casarme con el hombre que tú elijas para mí?

—¡Exacto!

—De exacto nada —declaró Addie con voz ronca y,

durante un segundo, se acordó de Caroline y del hombre que había perdido—. Esto no está nada bien. Tú nunca permitirías que alguien gobernara tu vida de esta forma. ¿Por qué esperas que yo lo acepte?

La expresión de Russell era de dureza.

—Porque eres una mujer. Lista, sí. Demasiado lista para tu propio bien y asquerosamente mimada. Pero no dejas de ser sólo una mujer y no hay vuelta de hoja. Te dejaré llevar las riendas cuando pueda, Adeline, pero no en esta ocasión.

—Pero...

—Tú quieres tener los privilegios de una mujer y los derechos de un hombre, pero no puedes tener las dos cosas. Mírate, estás a punto de echarte a llorar. Casi no puedes contener las lágrimas porque eres una mujer. ¿Acaso crees que un hombre lloraría en tu lugar? Tú sigue aferrada a tus armas de mujer, cariño, y deja que yo tome las decisiones. Tú tienes tu lugar y yo tengo el mío.

—¿Acaso crees que no tengo sentido del honor? ¿Ni orgullo? —preguntó Addie con voz quebrada mientras luchaba por contener sus humillantes lágrimas. Llorar era un signo de debilidad y él se había aprovechado bien de aquella cuestión—. El hecho de que sea una mujer no significa que no tenga sentido común o inteligencia. Y no significa que no necesite libertad. —Addie sentía una gran presión detrás de los ojos. Necesitaba un pañuelo, de modo que se limpió la nariz con la manga del vestido. Aunque Ben guardaba silencio, Addie tenía miedo de percibir burla en sus ojos, de modo que no lo miró y mantuvo la mirada fija en Russell mientras el corazón le ardía de resentimiento—. Si quiero, veré a Jeff —declaró con voz apagada.

—¡Si lo haces te haré entrar en vereda tan deprisa que no podrás ni creértelo!

Addie se sentía demasiado enfadada y humillada para decir nada. Se sentía atrapada, acorralada, y tenía que liberarse si no quería atragantarse con su propia impotencia. Atravesó la cocina a grandes zancadas, abrió la puerta de golpe y bajó corriendo los escalones de la parte trasera de la casa. En el exterior reinaba la oscuridad y las sombras le ofrecieron refugio.

Ben contempló a Russell con sus ojos verdes pero con una mirada inexpresiva.

—¿Qué estás pensando? —le exigió Russell con acaloramiento—. ¡Ella es mi hija, maldita sea! ¿Crees que no he sido justo con ella?

—Ya lo sabes —declaró Ben mientras se daba la vuelta para marcharse.

—Mantente alejado de ella. Déjala que se lama las heridas en privado. No consentiré que os lamentéis juntos a mis espaldas. ¡Además, si te pones de su lado podría tener la tentación de despedirte!

Ben arqueó una ceja, volvió la cabeza con lentitud y miró a Russell con fijeza. Ambos sabían que las fanfarronadas de Russell no le afectaban.

—Me iré en cuanto me lo digas, Russ.

Russell maldijo entre dientes, mientras Ben salía en busca de Addie.

Ella se detuvo al abrigo de un cobertizo que hacía las veces de almacén, se apoyó en los ásperos tablones de madera de la pared y se echó a llorar con desconsuelo. Nunca se había sentido tan sola e indefensa. ¡Si pudiera encontrar un refugio, aunque sólo fuera temporal! Si pudiera dormir y despertarse oyendo la voz de Leah... ¡Su Leah, no la Leah pequeña!

La idea de verse sentenciada a permanecer en aquel lugar para siempre le resultaba insoportable. Aunque también le parecía inaguantable la idea de regresar a un lugar en el que no tenía a nadie en absoluto. «¿Qué voy a hacer?», pensó Addie mientras apoyaba su húmeda mejilla en el cobertizo y lloraba todavía con más intensidad.

Addie oyó una voz justo detrás de su oreja, una voz llena de simpatía.

—No es tan terrible, cariño.

Addie se dio la vuelta y contempló a Ben mientras la luz de la luna producía destellos plateados en los surcos húmedos de sus mejillas. «No sabes lo terrible que es», quería decirle, pero no pudo hacerlo. Ben estaba tan cerca de ella que casi se tocaban y su cuerpo corpulento proyectaba una gran sombra. La tierra pareció temblar debajo de los pies de Addie cuando ella alargó los brazos hacia él ciegamente y él la atrajo hacia sí y hacia la protección de su cuerpo. Addie apoyó la cabeza en el hombro de Ben y lloró con un alivio infinito. Se sentía segura, relajada y acogida en los brazos de él y la dulzura que experimentaba fluía como un vino fuerte por sus venas. Fuera o no una ilusión, atesoraría todos aquellos momentos, el calor del cuerpo de Ben, su olor, el contacto áspero de su mandíbula sin afeitar junto a su sien. Después de un rato, Addie intentó explicarse, pues sentía que él la entendería.

—No soporto que me digan lo que tengo que hacer continuamente. Querría salir huyendo, pero no tengo adónde...

—Lo sé. Lo sé.

Ben le acarició el pelo y percibió en los dedos su calor.

A Addie le asaltó un impulso irrefrenable de contarle algunos de los secretos que atenazaban, dolorosamente, su corazón. ¡Si pudiera confiarse a él! Quería estar cerca de él, pero este sentimiento no encajaba con lo que sabía de él. Debería sentirse aterrorizada por él. ¿Por qué el deseo se estaba volviendo mucho más fuerte que el miedo? ¡Se sentía tan cansada de las preguntas sin respuesta! Addie se sintió cansada, apartó de su mente todos aquellos pensamientos y se permitió ser abrazada un poco más.

—Durante unos instantes lo odié —declaró con voz entrecortada después de unos minutos.

—Tú y el resto del condado —contestó Ben con voz pausada—. Estos días no está siendo muy popular.

—Quiere que yo sea como Caro y mi madre.

—No. Dijera lo que dijera ahí dentro, él no quiere que cambies. Está muy orgulloso de ti, Addie. Tú eres la única persona de su entorno que no permite que la intimide.

—Salvo tú.

—Esto es porque no me gusta la alternativa.

Addie suspiró.

—Cuando estábamos en la cocina, me sentí muy pequeña. Sobre todo cuando él...

—Sólo tiene una rabieta. Ya sabes que no deberías agitar un trapo rojo delante de él cuando está de malhumor.

—No debería haber llorado delante de él —susurró Addie, y los ojos le escocieron al recordarlo—. Me odio a mí misma más de lo que me odia él por haber llorado.

—No te odies.

—Le he demostrado que tiene razón y he actuado como una niña...

—Addie... —Ben separó la cara de Addie de su cuello y contempló sus ojos enrojecidos—. Para ya. El hecho de que lloraras no ha demostrado nada. A nadie le gusta que le pisoteen el orgullo de esa forma, sobre todo delante de otras personas. Algunos hombres también habrían llorado.

Ben se interrumpió durante un rato largo y deslizó su dedo pulgar a lo largo de la mejilla de Addie hasta su sien.

—Yo lloré la última vez que vi a mi padre.

—¿Tú? —preguntó ella sorprendida—. ¿Por qué? Discutisteis o...

—Siempre discutíamos. Yo nunca mantuve una conversación civilizada con él. Siempre nos peleábamos. Era nuestra forma de demostrar que no nos interesábamos el uno por el otro. Durante mi último año en la universidad, no lo vi ni siquiera una vez. Me pidieron que me mantuviera alejado de él, me dijeron que era nocivo para su salud. Yo fui a verlo después de licenciarme, para dejar las cosas claras entre nosotros y contarle que me iba a Tejas. Entonces me di cuenta de que no le importaba lo que le estaba contando. Indiferencia. Y la indiferencia duele más que el odio. Por esto lloré. Delante de él. Y me odio a mí mismo por haberlo hecho.

—¿Todavía te odias?

—No, pero no lo olvidaré nunca. Y él tampoco.

Ben sonrió mirando a Addie y sus dientes blancos brillaron en la oscuridad. Parecía tan invulnerable que resultaba casi imposible imaginarlo preocupándose por lo que alguien le dijera o le hiciera. Addie no podía imaginárselo llorando. ¿Por qué le había confiado aquel secreto? ¿Sólo para animarla? ¿Para ayudarla a sobrellevar su propia vergüenza?

—Ben —balbuceó ella mientras el corazón le latía un poco más deprisa de lo normal—, en algunas ocasiones eres muy amable.

—Nunca por nada, cariño.

De repente, Ben cambió y su ternura desapareció convirtiéndose en una sonrisa burlona. Sus ojos parecieron atravesar, con ardor, la ropa de Addie.

—No lo sabía —contestó ella y, de repente, se puso nerviosa. Iban a retomar lo que habían empezado justo antes de que Russell los interrumpiera en la cocina y Addie sintió la dulzura de la anticipación en sus labios—. ¿Por qué has sido tan amable conmigo esta noche?

—Quizá porque quiero algo de ti.

—Lástima que no lo vayas a conseguir.

—¡Oh, a la larga, lo conseguiré!

—No si yo puedo evitarlo —replicó ella mientras se preguntaba por qué él no intentaba aprovecharse de ella.

Addie entreabrió los labios y él amplió su sonrisa.

—Mentirosa. Te mueres de ganas de que te bese.

Ella se separó de él y le dio un empujón.

—¡Si alguna vez intentas besarme, lo único que conseguirás es una patada, estúpido prepotente!

—¡Menudo carácter! —exclamó Ben, y se echó a reír mientras la rodeaba con los brazos—. No te vayas todavía, Addie. Tengo planeado terminar lo que empezamos antes.

—¡Déjame sola! —Addie colocó los brazos entre ambos para evitar que él se acercara más a ella—. Si sientes la necesidad de estar con alguien, ve a visitar a tu amiga de Blue Ridge.

Ben sonrió con un rudo sarcasmo. Addie se dio cuenta de que, por su comentario, parecía que se sintiera celosa y deseó haberse mordido la lengua.

—¿Qué te hace pensar que tengo una amiga en Blue Ridge?

—Caroline me lo contó.

—¿Cómo puede saberlo ella?

—Escucha los cotilleos.

—Por lo visto, es una costumbre familiar...

—¿Tienes una amiga en Blue Ridge?

—¿Por qué habría de tenerla si ya te tengo a ti aquí? —respondió él con voz melosa.

Addie resopló con furia y se apartó de él. Ben se echó a reír y le lanzó un beso mientras ella se dirigía hacia la casa con pasos decididos. Y no dejó de observarla con actitud vigilante hasta que ella entró en el edificio.

5

—Adeline, no sabes lo duro que está siendo esto para papá. Ayer apenas le dirigiste la palabra y anteayer tampoco. ¿Por qué no le hablas? No sabes el daño que le estás haciendo.

Addie lanzó a Cade una mirada de rebeldía. Estaban paseando cerca de la caseta de ahumado y daban patadas a las virutas de madera que había por el suelo.

—Tú no sabes el daño que él me ha hecho a mí, Cade. ¿Qué harías si te ordenara que no vieras a alguno de tus amigos? Por ejemplo, a esa chica castaña que te gusta ir a ver de vez en cuando, Jeannie no sé qué.

—Janie.

—Eso. ¿Qué harías si te prohibiera volver a verla?

Cade era un auténtico diplomático.

—Supongo que le haría caso. Si creyera en sus razones.

—¡Ya! Pero tú, como yo, no creerías en sus razones, de modo que querrías seguir viéndola y te enfadarías con papá por ser tan dominante.

Cade realizó una mueca.

—Sí, pero yo no podría estar enfadado con él tanto tiempo como tú. Papá y tú sois únicos en guardar rencor, pero yo no le encuentro sentido a enfadarse por algo que no puedes cambiar.

—Tienes razón, no tiene ningún sentido —concedió Addie en tono grave—, pero yo nunca he sido tan buena como tú y no puedo evitar estar enfadada.

Desde la pelea, Addie había rehuido a Russell y, cada vez que pensaba en la posibilidad de perdonarlo, encontraba en su interior una dureza insospechada. Hasta entonces, Russell le había permitido hacer y decir casi todo lo que ella quería y constituyó una sorpresa que cambiara y recortara su libertad de aquella manera tratándola como un objeto que estaba fuera de lugar. No se podía conceder a alguien libertad absoluta para después tirar de las riendas de golpe.

Como cualquier hija enfadada con uno de sus padres, Addie buscó el afecto y el apoyo del otro. May, con gran sabiduría, evitó criticar a Addie o a Russell y no tomó partido a favor de uno y en contra del otro, sino que ofreció su consuelo a ambos en privado. Ella sabía que tanto uno como otro eran demasiado tozudos para comprender el punto de vista del otro. De modo que Addie y Russell apenas se hablaban.

Aunque la pelea con Russell la había alterado mucho, Addie procuraba no hablar de esta cuestión, sobre todo con Ben. Cada vez que lo miraba y recordaba cómo había llorado en sus brazos, se sentía muy avergonzada. ¿Qué pensaba él de ella ahora? Ben no comentó nada al respecto. La ternura que mostró aquella noche había desaparecido y había vuelto a adoptar su habitual actitud burlona hacia ella. A veces la miraba como si se estuviera riendo en silencio por la recién descubierta timidez de ella y su mirada ponía a Addie de los nervios. En esos momentos, Addie esperaba que él realizara algún comentario burlón hacia ella, pero él nunca decía nada. ¡Por Dios, qué detestable era!

Addie buscó consuelo a su ego herido en la compañía de May, quien siempre se mostraba amable y tranquila. Todo lo que hacía transmitía armonía, una armonía que no era aprendida, sino que procedía de su interior. Caroline era como ella. Las dos eran del tipo de mujer que nunca permitiría que el mundo la cambiara. Addie era consciente de que ella no se parecía en nada a May y a Caroline.

Ella siempre estaba inquieta y en continuo cambio. Siempre deseaba algo y experimentaba resentimiento cuando no lo conseguía. Addie comprendía lo que Russell había intentado explicarle anteriormente.

«Ningún miembro de la familia podría continuar la obra de Russell después de su asesinato —pensó Addie con aire taciturno—. No me extraña que el rancho desapareciera después de su muerte. Todos funcionan bien cuando el entorno es seguro y confortable y está organizado, pero si ocurriera un desastre, necesitarían que alguien resolviera la situación. Ser dulce y amable es algo bueno, pero, a veces, uno no puede ser dulce y amable si no quiere que el mundo lo aplaste.»

Una semana después de que Russell le prohibiera a Addie que se viera con Jeff, la familia se dispuso a viajar cien kilómetros para asistir a la boda de Harlan, el hermano menor de Jeff, con Ruth Fanin, la hija de un ranchero adinerado. El Sunrise y el Double Bar acordaron, de una forma tácita, arrinconar sus diferencias durante unos días. A todos les encantaban las bodas, pues les ofrecían la oportunidad de reencontrarse con viejos conocidos, intercambiar historias, beber con holgura y bailar hasta que les dolían los pies. Los vaqueros de los distintos ranchos comían juntos, charlaban de trabajo y salarios, disfrutaban de la bebida gratis y sacaban tanto provecho como les era posible de la hospitalidad del anfitrión. Y a todos los rancheros de Tejas les encantaba hacer alarde de lo que ellos consideraban su legendaria hospitalidad.

En aquellas celebraciones, siempre había más hombres que mujeres, lo que significaba que las atenciones de éstas eran requeridas constantemente. Addie se sentía inquieta por tener que asistir a la boda. ¿Qué haría cuando se encontrara con personas que esperaban que ella las reconociera y no fuera así? Sin embargo, al mismo tiempo, se sentía excitada. Hacía mucho tiempo que no acudía a un baile y deseaba escuchar música y verse rodeada de gente en actitud festiva.

El día antes de la salida, May entró en el dormitorio de Addie para ayudarla a empacar sus cosas y la encontró junto a un montón de vestidos. Addie llevaba una hora probándose vestidos y ninguno le gustaba, hasta el punto de que sintió la necesidad de prenderle fuego a toda su ropa.

—Si sirviera de algo, me echaría a llorar —declaró Addie con frustración.

May la observó con dulzura e interés.

—Cariño, estás acalorada, ¿qué te ha alterado tanto?

—Esto. —Con un movimiento de la mano, Addie señaló el montón de vestidos—. Intento encontrar algo para el baile que se celebrará después de la boda, pero todo lo que tengo es rosa y lo odio. Prácticamente todo lo que llevo puesto de la mañana a la noche es rosa y estoy harta de este color.

—Intenté convencerte de que escogieras otros colores cuando confeccionaron tus vestidos, pero tú insististe en que fueran todos de color rosa. ¿Recuerdas lo pesada que te pusiste?

—Debía de estar muerta del cuello para arriba —declaró Addie con pasión—. ¿Puedes decirme por qué lo quise todo en rosa?

—Según creo, Jeff había dicho que era el color que más te favorecía —contestó May con calma.

—¡Estupendo, ahora ni siquiera puedo verlo y tengo que aguantarme con un armario lleno de vestidos de color rosa!

Aunque lo intentó, May no pudo contener una sonrisa.

—Adeline, el rosa te sienta muy bien...

—No, ni lo intentes —declaró Addie, y una sonrisa asomó a sus labios a pesar de lo exasperada que se sentía—. Estoy inconsolable.

May chasqueó la lengua con simpatía y se puso a ordenar los vestidos que había encima de la cama.

—Encontraremos una solución, cariño. Dame un minuto.

Addie se tranquilizó mientras ayudaba a May a poner orden en la habitación. Había algo mágico en el efecto que May producía en ella, algo relajante y maravilloso en su olor a vainilla, en el brillo de su pelo rubio y cuidadosamente peinado, en la eficiencia y elegancia de sus manos blancas y delgadas. May se había adjudicado la tarea de consolar y tranquilizar, de organizar y ordenar, de mantener la casa y a todos sus ocupantes en perfecta armonía. Addie sabía que ella no era tan paciente como May, y tampoco estaba segura de querer serlo, pero aun así, valoraba esta cualidad en ella.

—Veamos si podemos encontrar algo para ti en mi armario.

—¿Estás segura? —Addie la miró con sorpresa—. Bueno, la verdad es que tenemos casi la misma talla, aunque tu cintura es más estrecha.

—Me he fijado en que, últimamente, no te aprietas tanto el corsé como antes. Quería hablar contigo de esta cuestión, Adeline.

Addie frunció el ceño. Ella siempre había tenido una buena figura, pero esto era cuando las mujeres no utilizaban corsé. En 1930, las mujeres de edad llevaban unos corsés de barba de ballena, las mujeres de mediana edad utilizaban una versión más liviana del corsé a la que denominaban corselete y las jóvenes de la edad de Addie llevaban sólo un sujetador y una combinación de tela fina. Sin embargo, en 1880 regían unos patrones distintos y una cintura de setenta centímetros era considerada ancha. Todas las mujeres, tanto las jóvenes como las de más edad, llevaban unos corsés de barba de ballena reforzados con unas varillas de plomo y atados lo más fuerte posible.

—Si me lo aprieto más, no puedo respirar.

—Claro que puedes —contestó May—. Antes podías.

—He cambiado, mamá, de verdad que he cambiado.

—Quizá te parezca incómodo a veces, pero no resulta elegante que se te vea la cintura tan ancha, cariño. Además, no es bueno para tu espalda no tener sujeción.

—Intentaré apretármelo más —murmuró Addie, aunque sabía que, si lo hacía, se desmayaría.

A May se le iluminó la cara.

—¡Ésta es mi chica! Sólo quiero que seas la joven más guapa del baile. Y lo serás. Te daré aquel vestido azul verdoso que nunca me he puesto.

—¡Oh, yo no puedo aceptar algo que tú nunca...!

—He decidido que es demasiado juvenil para mí. Será perfecto para ti. Ven a probártelo.

Addie la siguió a lo largo del pasillo hasta su dormitorio. May y Russell dormían en habitaciones separadas para no tener más hijos. Cuando se enteró, Addie le preguntó a Caroline acerca de esta cuestión, pues no podía creer que un hombre tan potente como Russell no estuviera con una mujer durante el resto de su vida. Caroline enrojeció levemente.

—Supongo que debe de visitar a alguna mujer de vez en cuando —respondió Caroline.

A Addie aquella idea le extrañó.

—¡Qué raro, creía que mamá y papá aun se querían!

—Claro que se quieren. Aunque papá se acueste con otra mujer, quiere a mamá como siempre.

—Pero el hecho de que no compartan la cama...

—En realidad, no significa nada. Él puede amar a mamá con todo su corazón aunque físicamente ame a otra mujer.

—No, no puede —replicó Addie con el ceño fruncido.

La fidelidad no era algo en lo que se pudiera transigir.

—¿Por qué no?

—¡Porque no puede!

Addie se acordó de aquella conversación, contempló el dormitorio inmaculado y de colores blanco y amarillo de May y la observó mientras hurgaba entre los vestidos que había en el armario.

—Mamá —declaró con cautela—, ¿si dos personas van a casarse, crees que es importante que sientan pasión la una por la otra?

May se volvió, sorprendida, y entonces sonrió.

—¡Santo cielo, a veces eres más directa que tu mismo padre! ¿Qué te ha hecho pensar en esta pregunta?

—Sólo pensaba en el matrimonio y en el amor.

—Los dos deben ir unidos. Es importante amar al hombre con el que te vas a casar. Pero todavía es más importante que tus intereses sean compatibles con los de él. En cuanto a la pasión, no es tan necesaria como tú crees. Con el tiempo, la pasión desaparece, mientras que el amor siempre estará ahí, igual que la compatibilidad. ¿Esto contesta a tu pregunta?

—En parte —respondió Addie en actitud un tanto reflexiva—. Tú crees que la pasión es mala, ¿no?

—En cierto sentido, sí. Ciega a las personas y éstas no ven lo que hay de verdad en su corazón. Se dejan influir más por la pasión que por la razón y esto es malo. La pasión es una emoción vacía.

Addie no estaba de acuerdo con May, pero prefirió callar a discutir con ella. Ante el silencio de Addie, May se volvió hacia el armario y, al final, encontró el vestido que estaba buscando.

—¡Es el vestido más bonito que he visto en mi vida! —exclamó Addie mientras tocaba uno de los pliegues de la tela con veneración.

El vestido resplandecía y brillaba a la luz del sol. Tenía el cuello en forma de corazón, mangas con volantes que llegaban hasta los codos y una falda plisada y adornada con tela de gasa y un estampado de flores. Addie no podía esperar a probárselo.

—Si te gusta, es tuyo.

—¡Me encanta! —exclamó Addie con entusiasmo.

Las dos se echaron a reír y, a continuación, Addie cogió el vestido, se acercó al espejo y lo sostuvo sobre su cuerpo.

—Te quedará precioso, con tu pelo castaño y tus bonitos ojos marrones —comentó May con el rostro radiante.

—¿Por qué estás tan contenta? —preguntó Addie mientras reía—. Soy yo quien se va a quedar con el vestido.

May se acercó a Addie y le dio un breve abrazo por la espalda.

—Yo soy tu madre. Siempre me siento feliz cuando tú lo eres. ¿No te lo había dicho ya antes?

Addie contempló la cara de ambas en el espejo y una extraña sensación recorrió su cuerpo. Durante una fracción de segundo, vio a una niña posando frente a aquel mismo espejo y vestida con ropa elegante que había cogido del armario de May. La imagen desapareció enseguida y Addie se echó a temblar.

—Sí, sí que me lo habías dicho —murmuró Addie.

—Adeline, ¿qué te pasa?

Addie se volvió hacia May con lentitud y algo en su interior encajó en su lugar, como la pieza perdida de un rompecabezas. De repente, May le pareció muy familiar y la percibió de una forma algo diferente a como la percibía antes. A Addie le sorprendió el cariño que le inspiraba su rostro y el amor que se había apoderado de su corazón en un instante. La expresión preocupada de May atrajo a la mente de Addie otra imagen, ésta mucho más nítida que la anterior. Addie se vio a sí misma cuando era niña. Llorosa y con sentimiento de culpa esperaba, ansiosa, el perdón de May. «Mamá, lo siento. Lo siento muchísimo...»

—Acabo de acordarme de algo —declaró Addie con voz ronca y mirada distante—. Hace mucho tiempo cogí algo tuyo sin pedirte permiso. Era una pulsera de oro, ¿verdad? Y... la perdí.

—Aquello ya está olvidado.

—Pero sucedió —insistió Addie.

—Sí, pero ahora no es importante.

«Pero sucedió.»

Aquel recuerdo fue suficiente para que Addie creyera en aquella realidad.

«Seguro que soy su hija. May es mi madre. Lo sé.»

Los ojos le escocieron y Addie se los secó con frenesí. Intentó hablar y la garganta le dolió.

«¡He deseado tenerte durante tantos años! Aunque nunca albergué esperanzas. No tenía ninguna razón para tenerlas.»

May alargó los brazos hacia Addie y la abrazó con expresión confundida.

—¿Qué ocurre? ¿Qué te pasa?

Addie apoyó la cabeza en su suave hombro mientras temblaba de emoción.

—Nada. Nada en absoluto, mamá.

Los alrededores de la casa de los Fanin hervían de gente, animales y vehículos. La casa parecía más un hotel que un hogar y era tan grande que podía albergar a incontables invitados y visitantes. Durante la tarde, harían una barbacoa y celebrarían una fiesta y la boda tendría lugar a la mañana siguiente. Después, habría un baile y dos días de festejos.

—No me imaginaba que acudiría tanta gente —le susurró Addie a Caroline, quien rió con sarcasmo.

—Por lo visto, la señora Fanin ha invitado a unos cientos de sus amigos más íntimos. Supongo que creyó que un número menor de invitados la habría hecho parecer una tacaña. ¡Mira allí, está en el porche, y se ha propuesto dar la bienvenida a todo el mundo! ¿Qué te parecería sonreír a quinientas personas colocadas en fila? ¡A esto le llamo yo hospitalidad!

Peter y Russell ayudaron a las mujeres a bajar del carro. Cade vio a un amigo y se marchó a toda prisa para reunirse con él. Addie apartó la mirada de Russell mientras se apoyaba en él para bajar del carro. Antes de que pudiera alejarse, él la detuvo con un gesto.

—Te vigilaré la mayor parte del tiempo. Será mejor que no te pille cerca del chico Johnson. Y lo digo en serio, Adeline.

—Creí que habíais establecido un alto el fuego.

—Así es, pero esto no significa que la guerra haya terminado. Y no quiero ni que saludes a ninguno de esos derribadores de vallas. ¿Me has entendido?

—No es mi guerra.

—Sí que lo es. Tú eres una Warner.

Ella asintió levemente y se unió a May y Caroline, quienes se dirigían a saludar a la señora Fanin.

—¡Dios mío, cuánto tiempo sin vernos! —exclamó la señora Fanin en tono acaramelado, y sus ojos se entrecerraron con una sonrisa amplia y radiante—. ¡Oh, Adeline, qué guapa estás! Supongo que la próxima vez que nos veamos será en tu boda, ¿no?

Adeline sonrió con incomodidad.

—No lo sé.

—¡Y tú, Caroline, con este calor! Tendremos que buscarte enseguida un asiento y una bebida fresquita. ¡May, es increíble lo dulces que son tus dos hijas! Venid y os enseñaré los regalos que ha recibido Ruthie.

—¿Qué le hemos regalado nosotros? —le susurró Addie a Caroline mientras seguían a la señora Fanin al interior de la casa.

—Unos platos de cristal de cuarzo.

Addie no pudo ocultar una sonrisa burlona.

—Me alegra saber que le hemos regalado algo tan útil.

Caroline, quien había ayudado a May a elegir el regalo, levantó la barbilla con altanería.

—Ruth ya tiene todo lo que necesita. Y lo que es más importante, va a tener al hermano pequeño de Jeff por marido.

La sonrisa de Addie desapareció de inmediato.

—Caro, si ves a Jeff avísame. Tengo que explicarle algunas cosas.

—Te estás buscando problemas, hermanita. Y no tienes que explicarle nada, él ya sabe por qué no le has devuelto sus notas ni has ido a verlo.

—Sólo avísame cuando lo veas —contestó Addie con impaciencia.

Después de admirar y realizar exclamaciones de entusiasmo por los regalos de boda que se amontonaban en varias mesas, Addie y Caroline consiguieron escabullirse a sus habitaciones para dormir un rato y refrescarse antes de la barbacoa. May se quedó con la señora Fanin para ayudarla a recibir al resto de los invitados.

Una brisa fresca entró en la habitación de Addie aligerando el calor diurno, pero ella no logró dormirse. Addie se dirigió a la ventana y contempló la actividad del exterior. Cientos de personas se saludaban al reencontrarse en aquel evento y Addie intentó memorizar sus nombres para evitar, en lo posible, ofender a alguien o sentirse violenta cuando los viera más tarde.

El ambiente se tranquilizó con la llegada de la tarde y los invitados se retiraron a sus habitaciones a fin de prepararse para las actividades nocturnas. El estómago de Addie rugió cuando unos olores seductores llegaron hasta ella por el aire. No le resultó difícil visualizar al cerdo que se estaba asando en el fuego en aquellos momentos. La cena consistiría en salchichas ahumadas, res y cerdo asados y patatas, por no mencionar los distintos tipos de tartas y pasteles que se servirían como postre. Addie aflojó los cordones de su corsé, permitió que su cintura se ensanchara unos cinco centímetros y suspiró con alivio. Nadie se daría cuenta. ¡Al cuerno con la elegancia! Tenía hambre.

—¡Todo el mundo tiene un aspecto fabuloso! —exclamó Caroline mientras se cogía del brazo de Peter.

El pequeño grupo de los Warner descendió las escaleras. Todos avanzaban con lentitud en consideración al bamboleante caminar de Caroline. May y Addie descendían las escaleras a ambos lados de Russell y el dobladillo de sus vestidos rozaba el borde de los escalones.

Addie se sintió fascinada al ver a las personas que entraban y salían de la casa. Caro tenía razón, todo el mundo tenía un aspecto fabuloso. Podría tratarse de una escena de una película y a Addie le maravilló el hecho de que se tratara de algo real. Las mujeres llevaban puestos vestidos bonitos y vaporosos adornados con una profusión de flores y encajes. Sus diminutas cinturas estaban sujetas con unos fajines drapeados y unas cintas con lazos enormes, y llevaban el pelo rizado con múltiples tirabuzones y sujeto en moños voluminosos.

El aspecto de los hombres, que iban ataviados con sus mejores galas, todavía resultaba más sorprendente. Después de ver a los hombres vestidos, durante tanto tiempo, sólo con tejanos desgastados y camisas de algodón, verlos con ropas elegantes constituía un auténtico placer. Muchos vestían camisas de color claro, pañuelos de seda brillante y exquisitas botas confeccionadas por encargo. Los más adinerados vestían ropa moderna de ciudad: pantalones a rayas, chaquetas ligeras de verano y chalecos de satén. Addie sintió deseos de reír al darse cuenta de que la mayoría llevaba el pelo brillante y engominado con aceite de Macassar. Lo llevaban aplastado contra la cabeza y se habían alisado las ondas y los rizos.

—Adeline, esta noche estás radiante —declaró Russell con voz grave.

El color rosado de su vestido resaltaba el tono melocotón de su piel y hacía que sus ojos marrones parecieran más oscuros. El escote era moderadamente bajo y las mangas eran cortas, y su cuello y sus hombros quedaban al descubierto. La doble falda de su vestido estaba ribeteada con unas cintas trenzadas que crujían cuando ella se movía.

Addie sonrió a desgana.

—Gracias, papá.

—Sólo te haré una advertencia: no quiero verte hablando con el chico de los Johnson.

—No me verás —contestó ella con voz dulce.

Hablaría con Jeff, pero se aseguraría de que Russell no los viera.

En el exterior, varios violines, una guitarra y un banjo ofrecían su música y había cintas y adornos de papel coloreado por todas partes. Los invitados se desplazaban a lo largo de las mesas y llenaban sus platos con raciones generosas de todo tipo de comida, desde carne de cerdo crujiente a tarta de frambuesa. Cuando se acercaron a las mesas, Addie de pronto se vio asediada por múltiples ofertas de ayuda.

«Señorita Adeline, permítame servirle un poco de esto...»

«Señorita Adeline, ¿puedo sostenerle el plato mientras decide qué quiere comer?»

Addie enseguida se dio cuenta de que la mayoría de aquellos hombres eran del rancho Sunrise. Según le explicó Caroline más tarde, todos los vaqueros del rancho consideraban que era una función especial y un privilegio para ellos cuidar de las mujeres de la familia Warner. Addie se vio rodeada de una pequeña multitud de hombres que se habían adjudicado el papel de guardianes y protectores de ella y le divirtieron y le conmovieron sus maniobras mientras rivalizaban por conseguir sus atenciones. En muchos aspectos, eran hombres rudos, pero su sentido de la cortesía era intachable. Ella, de una forma temeraria, prometió bailar con todos ellos la noche siguiente y se echó a reír cuando ellos simularon pelearse por el orden de los bailes.

—Si fuera tú, yo reservaría un baile para alguien en concreto —le murmuró Caroline.

Addie sonrió levemente mientras introducía un trozo de pollo tierno en su boca.

—¿Para quién?

—Mira hacia allí, para quien está hablando con el señor Fanin.

Addie siguió la mirada de Caroline y dejó de masticar cuando vio a un hombre esbelto y atractivo que hablaba con el señor Fanin mientras sostenía una bebida en una mano y gesticulaba con la otra. Vestía unos pantalones de color beige, una camisa blanca y un chaleco estampado que enfatizaba sus anchos hombros. Addie no podía ver su cara, pero vio que su pelo negro estaba bien recortado por detrás y que su piel bronceada contrastaba con la blancura inmaculada del cuello de su camisa. Su postura, enderezada y de autoconfianza, parecía proclamar que era un hombre con el que resultaba peligroso jugar.

Addie volvió a masticar sin dejar de mirarlo.

—Interesante —comentó—. ¿Quién es?

—¡Es Ben, tonta!

Addie casi se atragantó.

—¡No, no lo es!

—¿Estás ciega? Fíjate bien.

—No, no es él —insistió Addie con tozudez mientras tragaba con dificultad—. Ben no es tan alto ni tan... —Su voz se apagó cuando él volvió la cabeza en respuesta al saludo de alguien y ella reconoció su perfil—. ¡Es Ben! —exclamó Addie sorprendida.

—Ya te lo he dicho.

Addie siempre había visto a Ben vestido con tejanos, ropa de trabajo y un sombrero polvoriento. ¿Cómo se había convertido en aquel hombre elegante y bien arreglado? Parecía él y, al mismo tiempo, se lo veía tan distinto que a Addie le costó creer lo que le decían sus ojos.

—Míralo, hecho todo un caballero —declaró casi sin aliento mientras intentaba ignorar la agitación que sentía en el pecho.

—Es guapo, ¿verdad?

—Todos los hombres se ven mejor después de un baño y con ropa limpia.

Caroline soltó un respingo.

—¡Vamos, di la verdad, Adeline!

Pero Addie no pudo responder. Ben había percibido su mirada de asombro y la estaba mirando. Sus ojos reflejaban una apreciación insolente que aceleró el pulso de Addie. Ben sonrió con indolencia y volvió a centrar su atención en el señor Fanin, como si sintiera poco interés por Addie.

Addie no pudo evitar sentirse tensa durante el resto

de la cena, esperando, en todo momento, sentir el contacto de la mano de Ben en su brazo o su voz junto a su oído. Tarde o temprano él tendría que acercarse a saludar, aunque sólo fuera por cortesía. Y, cuando se acercara, ella lo pondría en su lugar sin titubear. ¡Por muy guapo que fuera, ella le demostraría la indiferencia que sentía hacia él! Sin embargo, la tarde avanzó, pero Ben no se acercó a Addie en ningún momento y ella se sintió desilusionada al no poder hablar con él.

«Su tiempo es cosa suya y Dios sabe que no me importa en absoluto cómo lo emplee —pensó Addie mientras intentaba acumular cierta cantidad de desdén—. ¡Que hable con todas las mujeres menos conmigo! A mí no me importa nada.»

Cuando la gente se hubo hartado de comer y la comida empezó a aposentarse en sus atiborrados estómagos, la tarde se volvió tranquila y perezosa. Las voces que antes eran animadas, se volvieron lánguidas, la gente se reclinó en los asientos y los párpados se entrecerraron con satisfacción.

—¡Mira quién viene! —exclamó Caroline mientras comía el último bocado de jamón de su plato.

Dos jóvenes se acercaban a ellas. Ambas llevaban puestos vestidos de tela de batista a rayas y corpiños bajos que dejaban ver las camisas de muselina de debajo. Las mujeres le resultaban vagamente familiares, pero Addie no tenía ni idea de cómo se llamaban. Bajó la mirada a toda prisa y se llevó una mano a uno de los ojos.

—No puedo ver de quién se trata, tengo algo en el ojo —balbuceó Addie—. ¿Quiénes son?

—Es Ruthie y tu vieja amiga Melissa Merrigold —explicó Caroline—. Melissa será la dama de honor de Ruthie. ¿Te encuentras bien?

—Sólo se me ha metido una pestaña en el ojo. —Addie levantó la vista, parpadeó varias veces con rapidez y simuló experimentar un alivio inmediato—. Ya está. Mucho mejor. ¡Vaya, Ruthie y Melissa! ¿Cómo estáis?

Ruthie, una joven guapa, de pelo negro y cara larga y estrecha sonrió con amplitud.

—Muy bien. Hemos venido para saber si os ha gustado la cena.

—Yo quería ver de cerca tu vestido, Adeline —intervino Melissa, y abrazó a Addie como si fuera una vieja amiga. Melissa era alta y esbelta, de ojos redondos y azules, pómulos pronunciados y manos largas y elegantes—. ¡Es el vestido más bonito que he visto en mi vida!

—Gracias —declaró Addie mientras sonreía al oír su inocente halago. Addie se sintió obligada a devolverle el cumplido—. A mí también me gusta tu vestido, sobre todo los lacitos.

El cuello de la camisa y las mangas estaban adornados con lacitos de colores.

Melissa cogió uno de los lacitos de su manga izquierda y lo ajustó al ángulo adecuado. Addie vio que su dedo meñique estaba torcido de una forma antinatural, como si se lo hubiera roto en cierta ocasión y no hubiera cicatrizado correctamente. Addie contempló aquella mano larga y blanca y abrió mucho los ojos. De repente, tuvo la visión de dos niñas tirándose una pelota. Una de ellas la lanzó muy alto. «¡Intenta coger ésta, Missy!» Por desgracia, Melissa la cogió mal y se rompió el meñique.

—Missy, ¿alguna vez te duele el dedo? —preguntó Addie con una voz extraña.

Melissa le sonrió y alargó la mano en una pose estudiada.

—¿Este dedo? Es mi único defecto. No me digas que estabas pensando en aquella tarde.

—¿Missy? —preguntó Ruth arqueando una ceja—. Nunca había oído a nadie llamarte de esta forma.

—Adeline es la única que me llama así —contestó Melissa mientras sonreía a Addie con simpatía—. Lo hace desde que éramos pequeñas. Y no, el dedo nunca me duele, sólo está un poco torcido. No lo habías mencionado en años, Ad.

—Pero se te rompió por mi culpa, porque te lancé la pelota muy alto.

—No, fue culpa mía. Siempre he sido muy torpe. Nunca he sabido agarrar nada, salvo a los hombres. —Melissa miró a Caroline, quien se movía con incomodidad en la silla—. Caro, ¿cuándo nacerá el bebé? Pronto, ¿no?

Mientras Caroline y Missy hablaban, Ruth se apoyó en la silla que había al lado de la de Addie, se inclinó hacia ella y le susurró:

—Harlan me ha dicho que tu padre no te permite ver a su hermano.

—Así es. Dime, ¿cómo está Jeff? No lo he visto desde hace días.

—Está a punto de morirse de soledad —explicó Ruth con ojos chispeantes—. No sé qué le has hecho. No quiere mirar a ninguna chica salvo a ti.

—No lo he visto por aquí.

—Está con sus amigos planeando algo para esta noche. —Ruth rió con nerviosismo—. Al ser la última noche de soltero de Harlan, se están emborrachando para divertirse. Pero sí, Jeff está por aquí, y según Harlan, intentará verte después de la cena.

—Gracias, Ruthie.

Después de aquello, Addie apenas prestó atención a las conversaciones que se mantenían a su alrededor, pues su atención estaba fija en el clan de los Johnson, quienes estaban al otro extremo de la muchedumbre.

En el centro del grupo, estaba sentado un hombre robusto, de manos enormes y carrillos caídos y abultados. Tenía los ojos de un color azul brillante, era pelirrojo y de complexión rubicunda. Aunque ya había acabado de cenar, tenía en el regazo un plato lleno de comida y picaba algo de vez en cuando. Su aspecto era majestuoso, lo que encajaba con sus proporciones. Tenía que ser Big George. Addie vio que algunos de sus hijos estaban a su alrededor, entre ellos, Harlan, quien pronto sería un hombre casado, pero no había ni rastro de Jeff.

Cuando el sol empezó a ponerse, la multitud se dispersó. Durante el resto de la velada, los hombres y las mujeres estarían separados. Los hombres celebrarían las últimas horas de soltería de Harlan con bebidas alcohólicas y consejos indecorosos, mientras que las mujeres ayudarían a Ruth a abrir los regalos y charlarían y se reirían tontamente de los hombres y de sus rarezas. Después, todos se retirarían pronto a fin de estar descansados para el día siguiente.

Addie se dirigió a la casa con Caroline. Se sentía perdida, fuera de lugar. Justo antes de subir las escaleras, vio que Jeff la miraba con expresión urgente desde la esquina de la casa.

—¡Adeline! —la llamó Jeff en voz baja mientras realizaba señas para que ella fuera a hablar con él.

Addie se detuvo y miró con rapidez a su alrededor mientras se preguntaba si alguien notaría su ausencia. Seguro que no, pues todos estaban centrados en las actividades que se avecinaban.

—¡Adeline, no! —exclamó Caroline, y apoyó una mano en el brazo de Addie sin mirar a Jeff—. No merece la pena. Papá se enterará.

—No si tú no se lo cuentas.

La voz de Caroline se volvió más aguda a causa de la irritación que experimentó.

—Yo no se lo contaré, pero lo descubrirá de todos modos. No seas loca.

—Yo ya puedo tomar mis propias decisiones. —Addie apartó el brazo—. No tardaré, Caro.

—Debería zarandearte —murmuró Caroline, y subió los escalones sin volver la vista atrás mientras Addie se escabullía con Jeff en busca de privacidad.

El único lugar que encontraron fue la herrería, un cobertizo diminuto situado cerca del taller del estaño y de los almacenes. Estaba lleno de hierros de marcar, herraduras, martillos, alicates y otras herramientas y también había dos yunques. La atmósfera olía a hierro y a aceite. Nada más cerrar la puerta, Jeff rodeó a Addie con los brazos y la apretó con tanta fuerza que ella apenas podía respirar.

—Te he echado de menos —repetía Jeff una y otra vez mientras le llenaba la cara de besos y le clavaba los dedos en la carne.

A Addie su violencia le resultó inesperada. Ella permaneció pasiva en sus brazos durante unos segundos y, a continuación, lo empujó para apartarlo de ella mientras se retorcía con incomodidad.

—Jeff —declaró Addie con una risa nerviosa mientras volvía la cabeza para evitar su boca—, me vas a aplastar. —Addie recibió una ráfaga de su fuerte aliento—. ¿Qué has estado bebiendo? Creo que ha bebido usted demasiado, caballero.

—Si no te veía pronto me habría vuelto loco —murmuró él junto al cuello de Addie sin soltarla—. Iba a hacer algo, raptarte o...

—Jeff, me estás apretando demasiado.

—¡No te he abrazado durante tanto tiempo! Tu padre tiene mucho de lo que responder.

—¿Qué insinúas? ¿Te refieres a su negativa a que nos veamos?

—Sí, y a esa maldita valla. Está suplicando tener problemas y los conseguirá.

—A ver, espera un minuto. —Addie salió enseguida en defensa de Russell—. A mí tampoco me gusta la valla, pero...

—La valla no le gusta a nadie. Últimamente, tu padre se da muchos humos. No tiene ningún derecho a mantenerte alejada de mí. Pero no te preocupes, esta situación no durará mucho.

—Pero él tiene razones para estar enfadado. ¿Qué me dices del hecho de que vuestros hombres atacaran a tres de los nuestros, entre ellos nuestro capataz?

—Ahora no es el momento de discutir —contestó Jeff mientras deslizaba los labios por el lado del cuello de Addie—. ¡Cielos, te gusta discutir sólo por discutir!

—Pero tú pareces creer que...

—Te necesito. Sé amable conmigo, Adeline. Hace semanas que te necesito. Sé amable.

Jeff cogió uno de los pechos de Addie con una mano y ella dio un brinco.

—¡Para! —Addie le apartó la mano y notó que se acaloraba. De repente, todo iba mal. Toda la alegría que había sentido al verlo desapareció—. He venido para hablar contigo y saber cómo estabas.

—Has venido porque me quieres —declaró Jeff con voz grave—. Y yo también te quiero. No importa lo que haga tu padre, serás mía, Adeline. Siempre te he querido más que nadie en el mundo y nadie se interpondrá entre nosotros. Mi padre se asegurará de que así sea.

Jeff volvió a coger el pecho de Addie mientras acallaba sus protestas con su boca. A Addie le enfureció su brusquedad.

—Pareces un niño pequeño alardeando de lo que su padre hará por él —declaró Addie mientras intentaba liberarse de él—. ¡Para ya, Jeff! Siento haber venido aquí contigo si es esto lo que... ¡Ay!

En su intento por liberarse, Addie se golpeó la cabeza contra la pared y sintió una punzada de dolor. Jeff la abrazó con más fuerza.

—Me estás haciendo daño —balbuceó ella desplazándose hacia la puerta y ambos estuvieron a punto de perder el equilibrio.

—Te amo —murmuró Jeff, mientras intentaba desabrocharle el vestido de una forma ruda—. Adeline, te necesito.

—¡No!

Addie se dio cuenta de que Jeff había perdido el control y el miedo se mezcló con el enfado que sentía. Él la besó con fuerza y la cabeza de Addie quedó presionada contra la pared. ¿Hasta dónde pensaba llegar? Ella podía gritar para pedir ayuda, pero esto constituiría una gran humillación para ella y su familia y daría lugar a muchos problemas. ¿Por qué la obligaba Jeff a tomar una decisión de aquel tipo?

—Por favor —tartamudeó Addie, y volvió la cabeza mientras él deslizaba los labios por su mejilla. Los dedos torpes de Jeff desabrocharon algunos de los botones del vestido de Addie—. Jeff, escúchame...

Algo duro y metálico que oscilaba en el aire golpeó a Addie en la frente. Se trataba de una herradura que colgaba de un clavo. Addie se centró en la pieza de metal e intentó liberar sus muñecas de las manos de Jeff. Si lograba liberar sus manos, no le resultaría difícil golpear a Jeff con la herradura. Pero ¿con cuánta fuerza debía golpearlo? ¿Cuánta dureza sería necesaria para detenerlo sin llegar a matarlo?

—Jeff, ¿qué te pasa? —Al notar la rodilla de él entre sus piernas, Addie lo empujó enfurecida—. No me obligues a hacerte daño. Te haré daño, Jeff. No me obligues a hacértelo.

Él parecía no oírla y su ardiente boca le cubrió el cuello de besos. Jeff aflojó las manos con las que sujetaba las muñecas de Addie y ella cogió la herradura. Al mismo tiempo, la puerta del cobertizo se abrió de golpe y una sombra entró en la habitación con rapidez.

El recién llegado cogió a Jeff por el pescuezo y lo separó de Addie. Ella se tambaleó hacia delante y Jeff la soltó. Addie retrocedió hasta la pared. Sus ojos se abrieron con fuerza mientras intentaba ver en la oscuridad. Se oyeron los ruidos de una refriega, el gruñido de dolor de un hombre y el sonido de un cuerpo que caía al suelo.

—¿Quién es? —preguntó Addie con voz temblorosa mientras agarraba la herradura con tanta fuerza que se le entumecieron los dedos—. ¿Jeff? Jeff...

Addie oyó que Jeff gemía de dolor y se sentaba y, a continuación, oyó la voz de Ben, la cual era tan fría y calmada que le produjo un escalofrío.

—¡Maldito hijo de puta! Si le vuelves a poner un dedo encima te mataré.

—No tienes derecho —murmuró Jeff.

—Tengo todo el derecho del mundo. Proteger las propiedades de los Warner, Addie incluida, es mi trabajo. Ahora vete o acabaré esto aquí y ahora.

—Me encargaré de ti por esto, Hunter.

Ben soltó un resoplido de indignación.

—Espero que lo intentes.

Addie, paralizada, contempló la puerta por la que Jeff salió del cobertizo y suspiró de una forma temblorosa. Ben cerró la puerta con el pie, se acercó a Addie y se detuvo a unos centímetros de distancia. Ella sólo podía vislumbrar el contorno de su cabeza y de sus hombros. Aunque él estaba completamente inmóvil, ella sintió la furia que lo consumía. Addie no se atrevió a pronunciar ni una palabra. Sin previo aviso, Ben la cogió por la muñeca y se la apretó con fuerza hasta que ella soltó un gemido y dejó caer la herradura. Addie, desconcertada, retiró el brazo y se frotó la dolorida muñeca.

—Si n-no hubieras venido, él podría... —balbuceó Addie.

—Hubo un tiempo en el que no me habría importado —declaró Ben con frialdad.

—Ben, g-gracias por... —Ben se aproximó a ella y Addie se pegó a la pared. El conocido olor de Ben y su figura no la tranquilizaron. ¿Por qué estaba tan silencioso? ¿Por qué sentía que el verdadero peligro sólo acababa de empezar?—. Jeff actuaba de una forma tan extraña... —declaró Addie mientras tragaba saliva con dificultad—. Había bebido mucho y no me escuchaba. Creo que intentaba...

—¿Y qué si lo hubiera hecho? ¿Qué pasaría si te hubiera violado?

—Yo no se lo habría permtido.

—¿Crees que alguien te habría oído gritar con todo el jaleo y la música de la fiesta?

—Iba a golpearlo con...

—¿Con la herradura? ¿Te has dado cuenta de lo fácil

que me ha resultado que la soltaras? ¿Crees que a él no le habría resultado igual de fácil?

—Quizá no.

—O quizá sí —replicó Ben con fiereza—. Y si hubiera conseguido lo que pretendía tú habrías corrido con la noticia a tu padre y se habría desatado un auténtico infierno. ¡Estás loca! ¿No te das cuenta de que, tal como están las cosas, estamos al borde de una guerra de pastos? Has estado a punto de proporcionarles a todos la excusa perfecta para iniciar una guerra. Todos están esperando la menor oportunidad, incluido tu padre.

Ben la cogió por los brazos y apretó las manos con fuerza, hasta que ella soltó un grito de dolor.

—¡Ben, suéltame!

—¿Te gusta la idea de causar un derramamiento de sangre? —gruñó Ben—. ¿Te gusta que los hombres mueran por ti y que se derrame sangre en tu nombre? ¿Esto satisfaría tu vanidad?

Addie se estremeció y negó con la cabeza con ímpetu.

—No. No pensé en esta posibilidad. Sólo quería...

—Querías demostrarle a Russ que eres mayor e ignorar lo que él te había pedido. ¡Dios, crees que el mundo gira a tu alrededor y has convencido a todos de que es así! ¿Qué has hecho para volvernos a todos locos por ti? ¿De verdad mereces todos los problemas que causas, Addie? ¡Maldita sea, ya estoy harto de preguntármelo!

El corazón de Addie brincó de miedo y ella intentó escapar. Ben apretó el rígido cuerpo de ella contra el de él y la aprisionó con facilidad. Jeff era fuerte, pero no tanto como Ben. Intentar resistirse a Ben era inútil. Sus músculos eran duros como el acero y su cuerpo tan resistente como el cuero.

—¿Ahora que te has deshecho de Jeff piensas ocupar su lugar? —jadeó Addie.

—Hay una gran diferencia entre él y yo, querida —declaró Ben con sorna—. Si él te hiciera suya, las consecuencias serían muy distintas a si yo lo hiciera. Si necesitas un hombre con tanta desesperación como para escabullirte aquí con él, yo estoy más que deseoso de complacerte. Será mejor para todos si soy yo quien lo hace.

—Te odio.

Addie presionó sus manos contra el pecho de Ben, empujó con todas sus fuerzas y ambos perdieron el equilibrio y cayeron al suelo. Ben se colocó de modo que fuera él quien recibiera el impacto de la caída. A continuación, los hizo rodar a ambos y se colocó encima de Addie. Ella soltó un grito ahogado e intentó pegarle, pero él fue más rápido, la cogió por las muñecas y le sujetó los brazos por encima de la cabeza. Addie forcejeó rabiosa y se retorció mientras el escote de su corpiño se aflojaba.

—¡Para, Ben! ¡Ya he tenido bastante de esto por una noche! ¡Si no me dejas ir, haré que te despidan mañana a primera hora!

—¡Cállate!

—¡No me callaré! Déjame ir, toro pestilente...

—¡He dicho que te calles! —El tono de su voz era tan fiero que Addie, sobresaltada, guardó silencio—. Tienes suerte de que ahora mismo intente pensar en tu padre. Sólo por respeto a él no te daré lo que te mereces. ¡Maldita sea, deja ya de contonearte!

Los ojos de Addie se habían acostumbrado a la oscuridad y lanzó a Ben una mirada furiosa.

—¡Si no vas a darme lo que me merezco, sal de encima de mí!

Como respuesta, Ben se sentó a horcajadas encima de ella y aplastó sus labios contra los de Addie. Ella notó la dureza y protuberancia de su miembro entre sus muslos incluso a través de las faldas de su vestido. La percepción de su miembro presionado contra ella de tal manera que sus cuerpos parecían haber encajado por completo la hizo temblar. Una cálida debilidad recorrió sus entrañas de una forma irreprimible e implacable.

¡No! ¡No podía sentir aquello! ¡No por Ben Hunter, su enemigo! Él era maligno, prohibido. Addie dobló la rodilla con brusquedad intentando desarmarlo. Él se desplazó a un lado con habilidad y la rodilla de Addie lo golpeó en el interior del muslo, el cual era tan sólido e inflexible como el tronco de un árbol. Ben le subió los faldones y utilizó las rodillas para mantener separadas las piernas de Addie, que estaban cubiertas con unos bombachos.

—¿Es esto lo que ansías evitar? —preguntó Ben mientas encajaba sus caderas con las de Addie. Ella jadeó. El miembro de Ben estaba sorprendentemente hinchado y caliente y él lo apretaba contra ella—. Porque esto —continuó Ben mientras presionaba con fuerza su abdomen contra el de ella y provocaba que unas oleadas de electricidad recorrieran el cuerpo de Addie—, esto es el resultado de todas tus sonrisitas y ardides, Addie.

—Yo nunca he intentado excitarte a propósito.

—Tú puedes excitar a un hombre sólo con mirarlo y lo sabes. ¡Demonios, no culpo a Jeff por desearte! Éste es el juego que practicas, volver loco de necesidad a un hombre y, después, rechazarlo.

—¡No, no es verdad!

Addie lo observó a través de la oscuridad mientras unas emociones desconocidas para ella la sacudían. Se sentía atónita a causa de la furia violenta que Ben demostraba hacia ella. ¿Qué había hecho ella para provocar aquella furia?

Ben separó la cara de la de Addie. Sus ojos destellaron como los de un gato cuando se dio cuenta de que ella respiraba de una forma siseante y tenía los dedos curvados como si fueran unas garras.

—Si pudieras me arañarías los ojos, ¿no es cierto? —murmuró él.

—Peor que esto, haré que pagues por tratarme como...

Ben aplastó su boca contra la de ella. Fue un beso de rabia, no de pasión, un beso con el que trataba de demostrarle quién era el jefe. Ella protestó y forcejeó con todas sus fuerzas. Después de, más o menos, un minuto, Addie se dio cuenta de que era inútil resistirse y dejó de hacerlo.

Al final, Ben dejó de besarla y levantó la cabeza. Las intensas ráfagas de su aliento golpeaban la mejilla de Addie. Ella sabía que los labios de él debían de escocerle tanto como a ella los suyos, aunque este pensamiento no la consoló.

—¿Has terminado? —jadeó Addie—. Ya has demostrado que eres un hombre grande y fuerte. Estoy convencida de que te sientes satisfecho. Has ganado. Sólo quiero dejarte clara una cosa. He oído lo que le has dicho a Jeff hace unos minutos. No vuelvas a referirte a mí como si fuera la propiedad de alguien. ¡Yo no soy propiedad de nadie, ni de mi padre ni tuya, de modo que aparta tus garras de mí y vete al infierno!

Él le lanzó una mirada iracunda, aunque el enfado de ella no le impresionaba.

—Me iré cuando esté preparado para hacerlo.

—¿Y qué quieres que haga, simular que disfruto con esto? —explotó ella.

—Es posible. Sí, intentémoslo.

—¡Vete al infierno! Lo único que siento por ti es asco.

Él permaneció en silencio durante unos segundos mientras la contemplaba. A continuación, sacudió la cabeza como si quisiera despejar su mente.

—Supongo que es verdad que es esto lo que sientes, pero esta noche tú tampoco me has cautivado precisamente.

Ben apartó su cuerpo de encima de Addie y le soltó las muñecas, pero apoyó un muslo sobre las caderas de ella para impedirle que se moviera. Addie por fin pudo volver a respirar. Sus brazos cayeron fláccidos a sus lados y sintió un hormigueo mientras la sangre volvía a circular por ellos. Addie permaneció inmóvil mientras esperaba que él la soltara e intentaba recuperarse.

La mirada de Ben se quedó clavada en el pecho de Addie, que subía y bajaba con rapidez. A pesar de las varillas que aprisionaban su torso y la maraña de las faldas, la forma de su cuerpo resultaba atractiva. Ben no pudo evitar recordar la sensación de los pechos de Addie aplastados contra el de él y el suave hueco de sus caderas. Su rabia desapareció con la misma velocidad que había aparecido y un interés puramente masculino la reemplazó. Deberían despedirlo de inmediato por lo que acababa de hacer, incluso por cómo estaba echado encima de ella en aquel mismo momento, aprisionándola con su muslo. Si se enterara, Russell lo colgaría de las pelotas.

Sin embargo, de algún modo, estaba seguro de que Russell no se enteraría. No si lo que le indicaba su instinto era cierto. Si lo que Addie sentía se parecía de algún modo a lo que él sentía, entonces ella no se arrepentía del todo de estar allí a solas con él. Claro que ella nunca lo admitiría. Ben la miró y reflexionó acerca de cuál sería su próximo movimiento. ¿La soltaba y se disculpaba? Quizá sería lo mejor..., pero algo en su interior se resistía a dejarla ir. Ya que la tenía a su merced, ¿por qué no sacar provecho de la situación? Ella no lo odiaría más si lo hacía. ¡Al infierno con los escrúpulos! La deseaba tanto que estaba a punto de arder en llamas.

—¿Estás segura de que lo único que sientes es asco, Addie?

—Sí —respondió ella con resentimiento.

—No deseo contradecirte, cariño, pero hace un instante habría jurado que sentías algo muy distinto al asco. Sólo por unos segundos tú...

—¡No me importa lo que te imagines, yo no he sentido nada!

Addie se sentía completamente humillada y lo único que deseaba era que aquello terminara. Para empeorar su estado de confusión, Ben se inclinó y le besó la punta de la nariz, como si acabaran de tener una discusión amistosa. Addie se sintió totalmente desconcertada. No había forma de predecir lo que él haría.

—Siento haberme referido a ti como a una propiedad —murmuró Ben—. No pretendía hacerlo.

—Sí que lo pretendías, de lo contrario no lo habrías dicho. Eres como todos los hombres de por aquí. No soporto la actitud que tenéis hacia las mujeres.

Ben deslizó con suavidad los labios por la ceja de Addie y le besó el párpado en una caricia sutil.

—Entonces ayúdame a cambiar.

—Yo... No me importa si cambias o no, yo solamente quiero...

Ben la besó en la barbilla y el corazón de Addie le golpeó el pecho con fuerza. ¿Qué le estaba haciendo Ben?

—¿Qué es lo que quieres? —la apremió él, mientras deslizaba el brazo por debajo del cuello de Addie.

Ella intentó apartarlo, pero ahora que la tenía en sus garras, Ben no pensaba soltarla.

—Quiero que me dejes sola.

—¿Estás segura?

—Sí —respondió ella con voz débil.

—¿Hay alguna forma de que pueda hacerte cambiar de opinión?

La voz de Ben era tan áspera como la lengua de un gato y su sonido envió escalofríos por la espalda de Addie. Ella parpadeó, pues había olvidado lo que él le había preguntado y Ben repitió su pregunta.

Addie sacudió la cabeza con ímpetu y realizó el ademán de levantarse.

—No te has d-disculpado por haberme b-besado.

—Es que no me arrepiento de haberlo hecho.

—Me hiciste daño.

—De esto sí que me arrepiento. —Ben cogió una de las manos de Addie y deslizó los nudillos por su mandíbula. Aquel roce áspero y suave a la vez hizo que Addie se estremeciera de la cabeza a los pies—. Tu mano es muy pequeña. —Addie intentó retirarla, pero él la sujetó con más firmeza y simuló que examinaba el cuerpo de Addie con la mirada. Ben sonrió con lentitud—. Eres más pequeña que un minuto, Adeline Warner.

—Soy lo suficientemente grande para manejarte —soltó ella.

Ben rió entre dientes y Addie se puso colorada.

—Es posible —admitió él.

—¡Suéltame ya, burdo y autoritario...! ¡Nunca te perdonaré que...! ¡No, Ben!

—¿No qué?

—No hagas esto.

—¿Que no haga qué?

—Ben...

Sus palabras se apagaron cuando la boca de él, hábil e insistente, poseyó la suya besándola como nadie lo había hecho antes. Addie intentó volver la cara, pero él apoyó la mano en su mejilla y realizó pequeños círculos en su sien con el dedo pulgar. Ben la besó a conciencia, como había querido hacerlo desde hacía semanas, explorando el interior de su boca, saboreando la textura del interior de sus mejillas, acariciando con su lengua la de ella. Addie se echó a temblar, dejó de forcejear con él y separó los labios mientras se hundía en un mar de fuego. Los dos se besaron con frenesí, de una forma profunda, sensual, devoradora...

Un ronroneo grave vibró en la garganta de Ben y a Addie se le erizó el vello de la nuca. El interior de su cuerpo se volvió líquido. El placer que experimentaba era superior a lo que podía soportar. Las sensaciones se apoderaron de su cuerpo, pero ella quería más. ¿Qué estaba haciendo allí, en el suelo, con Ben Hunter? Había perdido la cabeza.

—No puedo pensar.

—¡Chsss! Por una vez, guarda silencio.

La mano de Ben siguió la curva del cuello de Addie hasta el inicio de sus pechos y Ben sintió el rápido latir del corazón de Addie en la palma de su mano. Antes de que ella pudiera detenerlo, sus dedos se deslizaron por debajo de su vestido hasta que su mano cubrió uno de los pechos de ella. El roce de su palma con la piel desnuda de Addie hizo que los dos jadearan. Ben flexionó los dedos sobre la cálida suavidad del pecho de Addie y movió la mano hasta que el pezón de ella se endureció contra la palma de su mano. Addie gimió con impotencia. Nunca le había permitido a un hombre llegar a aquel punto de intimidad con ella y le resultaba aterrador, y muy agradable. Su mente le gritaba que parara, pero aquella noche era una auténtica locura y la voz de la razón se había convertido en un susurro. No podía echarse atrás.

Ben le acarició las costillas con cuidado, como si temiera que fuera a romperse y ella se arqueó hacia él como una libertina. Addie exhaló un suspiro de culpabilidad y placer que llenó la boca de Ben y él volvió a deslizar su mano sobre su pecho mientras movía lentamente su pulgar alrededor del pezón de Addie. La dulce ansiedad que aquello produjo en Addie recorrió todo su cuerpo como una ola. Addie se estremeció, se acercó más a él, deslizó los dedos entre los cabellos de Ben y éste apretó su boca contra la de ella. Sus lenguas se rozaron y se entrelazaron en deliciosos movimientos y sus labios se unieron hasta quedar completamente sellados.

Después de un largo rato, Ben levantó la cabeza e inhaló hondo en un intento por dominar las imperiosas necesidades de su cuerpo. La necesidad de poseerla allí y en aquel mismo instante le resultaba casi imposible de contener. Ella era su obsesión. Quería conocer sus secretos más íntimos y explorarla hasta conocer su cuerpo y su alma tan íntimamente como conocía los de él. A pesar de toda la experiencia que poseía, nunca se había sentido tan atraído por una mujer ni deseaba conocer y ser conocido de una forma tan completa. Ben hurgó con suavidad en el cabello de Addie mientras sus ágiles dedos buscaban los alfileres que lo sujetaban y los soltaban. Los mechones de pelo que estaban ocultos a la vista y al tacto de los demás ahora eran de él, libres y sueltos.

Addie le rodeó el cuello con los brazos mientras sentía cómo el cuerpo de Ben se deslizaba encima del de ella y, al final, se ajustaba al de ella. Las capas de tela que los separaban no ocultaban el deseo de Ben y la suavidad de Addie, la dureza de él y la flexible forma femenina de ella.

Addie notó, temblorosa, que él le bajaba el vestido y sus

pechos se liberaron de su confinamiento. La ardiente boca de Ben descendió hasta su pezón cubriéndolo, tirando, enviando ráfagas eléctricas que descendían por el cuerpo de Addie hasta su estómago. Addie buscó ciegamente los hombros de Ben y se agarró a su carne musculosa mientras intentaba decirle, sin palabras, cómo se sentía. «No pares. No pares nunca.» Él deslizó con suavidad su lengua por los pechos de Addie y descubrió su textura blanda y tersa a la vez.

—Adeline —susurró Ben regresando de nuevo hasta su boca y besándola con frenesí—. No te contengas conmigo. No te haré daño.

Ella tembló entre sus brazos. Su respiración era rápida y caliente junto al cuello de Ben. Él deslizó la mano por su cuerpo, más allá de la cintura y por debajo de sus bombachos. Ella se puso en tensión mientras los dedos de él la exploraban con delicadeza.

—No..., no debería permitirte...

—Pero me lo permites —contestó él junto a la curva de su cuello—. Yo tampoco debería quererte, pero te quiero.

—Ben —jadeó Addie—, por favor...

—Nadie te conocerá como yo voy a conocerte, Addie. Puedes mantener a los demás a distancia, pero a mí me permitirás entrar en tu mundo. Tú comprendes lo que está ocurriendo entre nosotros y sabes que, hagamos lo que hagamos, nada podrá impedirlo. —Ben encontró el tierno lugar que estaba buscando y Addie gimió mientras él la llevaba hasta la delgada línea que separa el placer de la locura—. Quiero que recuerdes esto —declaró Ben junto a la boca de Addie—. Recuérdalo cada vez que pienses en mí.

Ella se agarró a él con fuerza y arqueó las caderas.

—Me encantaría, pero no te haré el amor aquí —murmuró Ben mientras hundía la cara en el cabello de Addie—. Aunque sólo sea porque él lo habría hecho. —Ben suspiró de una forma tensa y sacó la mano de entre los muslos de Addie. Antes de bajarle las faldas, le acarició con ternura el abdomen. Ben examinó la oscura habitación como si la viera por vez primera y frunció los labios con desagrado—. Una herrería.

Addie, ansiosa y frustrada, se agitó debajo de Ben y respiró de una forma entrecortada. Ben sonrió, la rodeó con los brazos y reclinó la cabeza de Addie contra su hombro hasta que ella dejó de estremecerse. El deseo insatisfecho era tan doloroso para ella como para él.

—Tengo que regresar a Sunrise mañana después de la boda —explicó Ben, mientras intentaba sonar despreocupado—. Alguien tiene que cuidar del rancho y ahora mismo no me siento tranquilo estando lejos de allí más de uno o dos días. Si no quieres que se repita el comportamiento de Jeff de esta noche, quédate cerca de tu padre y de tu familia.

—¿Y si...? —Addie se interrumpió y tragó con dificultad antes de continuar—. ¿Y si no quiero que se repita tu comportamiento?

—¿Si no quieres? —A Ben pareció interesarle aquella idea y mordisqueó levemente la zona donde se unían el cuello y el hombro de Addie mientras reflexionaba sobre aquella cuestión—. Supongo que encontraremos la respuesta a tu pregunta cuando estemos de vuelta en Sunrise.

Ben le estaba siguiendo la corriente a Addie. Ella sabía que él estaba seguro de que, cuando estuvieran de vuelta en Sunrise, ella seguiría queriéndolo. Incluso en aquel momento, Addie tuvo que luchar contra el deseo de acurrucarse junto a él. En lugar de hacerlo, se retorció como protesta y apartó el hombro para que él dejara de mordisquearla.

—Y no te sorprendas si descubres que algunos de los hombres de Sunrise te vigilan. Antes de irme, me aseguraré de que comprendan que se va a armar la gorda si él se acerca a menos de treinta metros de ti. Si descubro que siquiera te ha mirado, haré que se arrepienta de verdad.

—¿Aun a riesgo de iniciar una guerra de pastos? —preguntó Addie con voz apagada.

Ben sonrió levemente ante el débil intento de sarcasmo de Addie.

—Exacto. Y si tiene que empezar por ti, cariño, estás mirando al hombre que disparará el primer tiro.

Después de arreglarse lo mejor que pudo, Addie habló en privado con May y alegó padecer de dolor de cabeza para poder saltarse el resto de la noche. En aquel momento no podía estar con nadie, pues los pensamientos se arremolinaban en su mente y se sentía muy confusa. Addie se fue a la cama temprano, se tumbó boca abajo, apretujó la almohada entre sus brazos y contempló con mirada perdida la pared. La casa de los Fanin era confortable, pero no tan elegante como la de Sunrise. Las habitaciones eran pequeñas, el mobiliario sencillo y los colchones tenían bultos y olían a humedad. Leah dormía en una cama que había pegada a la pared. Compartían el dormitorio y Caroline y Peter ocupaban la habitación contigua.

Addie no quería pensar en lo que había ocurrido aquella tarde, pero no podía olvidarlo ni apartarlo de su mente. Seguía oyendo la voz de Jeff y lo que había dicho acerca de Russell: «Últimamente, tu padre se da muchos humos. No tiene ningún derecho a mantenerte alejada de mí. Pero no te preocupes, esta situación no durará mucho.»

¿Qué había querido decir con aquello?

—La amenaza de un niño pequeño —murmuró Addie—. Un niño frustrado que no consigue lo que quiere. Sólo puede ser esto.

Addie suspiró, se frotó la frente y presionó sus sienes con las yemas de sus dedos. A continuación cerró los ojos, pero su mente siguió divagando. Poco a poco, la oscuridad que había detrás de sus párpados se volvió más y más profunda y el eco de una voz grave volvió a atormentarla.

«Adeline, no te contengas conmigo. No te haré daño.» Una boca cálida se deslizó por su piel y un cuerpo fuerte encajó con el suyo prometiéndole el éxtasis. «Nadie te conocerá como yo voy a conocerte, Addie. Puedes mantener a los demás a distancia, pero a mí me dejarás entrar.»

Addie se estremeció, inhaló aire y se sentó en la cama con el corazón galopante.

—¡Para ya! —murmuró con voz tensa.

«¡Para ya!»

Ben era su supuesto enemigo y ella no permitiría que matara a Russell. No podía permitir que derribara sus defensas. Russell era su padre, su verdadero padre, y ahora su vida era responsabilidad de ella. Ya era hora de que empezara a hacer algo en este sentido.

Tenía que advertir a Russell. De algún modo, encontraría la manera de hacerlo. Addie se levantó y paseó de un extremo a otro de la habitación mientras su camisón ondeaba detrás de ella. Intentó imaginarse a Ben planeando matar a Russell, esperando hasta que firmara el nuevo testamento y subiendo a hurtadillas a su dormitorio para cometer el asesinato. En realidad, se trataba de un plan demasiado lógico y obvio, lo cual hizo reflexionar a Addie. Ben tenía que saber que él sería el principal sospechoso. Sin duda era demasiado perspicaz para no darse cuenta.

Por otro lado, estaban los Johnson, quienes odiaban a Russell. Muchos rancheros querrían ponerle las manos encima al rancho Sunrise, derribar las vallas y apoderarse de sus reses y utilizar su agua. De hecho, todos los rancheros de aquella zona querrían hacerlo, pero, sobre todo, los dueños del Double Bar. Quizá los Johnson estaban implicados en el asesinato.

Addie volvió a recordar las palabras de Jeff y se detuvo de una forma repentina. «Últimamente, tu padre se da muchos humos... Pero no te preocupes, esta situación no durará mucho.»

Aquello constituía una amenaza, simple y llanamente. Addie no albergaba ninguna duda respecto a que Jeff y Big George querían librarse de Russell tanto como podía desearlo Ben. ¿Lo estarían planeando juntos?

—No. —Addie sacudió la cabeza confusa—. Ben odia a los Johnson. Él nunca planearía algo con ellos. Además, quiere a Russell. Él no lo mataría, no puedo creer que él haría algo así.

Addie no quería creerlo. Sin embargo, el asesino era alguien del rancho, alguien que conocía los horarios de sueño de Russell, cuál era su dormitorio y cómo llegar hasta él. Alguien que no tenía que esquivar a los vigilantes que protegían el contorno del rancho. Tenía que ser Ben, sobre todo porque, según se había desarrollado la historia, huyó de la ciudad después del asesinato y nunca regresó.

—¡Oh, Ben, no fuiste tú! ¡Tú no!

Addie se apoyó en la pared y se mordió el labio.

Aquellas manos fuertes acariciándola con suavidad, despertando puro fuego en su interior... «Quiero que recuerdes esto. Recuérdalo cada vez que pienses en mí.»

—¿Por qué me sucede esto? —se preguntó Addie angustiada—. ¿Qué he hecho para tener que pasar por esto? Todavía soy Addie Peck, pero también soy Adeline Warner. Recuerdo cosas de dos vidas distintas y no sé quién soy en realidad.

Addie vio que la pequeña figura que dormía en la otra cama y que parecía un mero bulto debajo de la sábana, se agitaba. Leah se había despertado.

—¿Tía Adeline? —preguntó Leah con voz somnolienta.

—¿Sí, Leah?

Addie se acercó a ella con lentitud mientras intentaba serenarse.

En 1930, Leah le dijo que su tía Adeline era materialista, intrigante y egoísta, y acordarse de ella la inquietó. ¿Por qué? ¿Qué había visto u oído Leah para que se sintiera de aquella manera?

La Leah niña bostezó y se volvió hacia ella con los párpados entrecerrados.

—¿Por qué estás caminando por la habitación?

—Siento haberte despertado. No podía dormir, estaba pensando en miles de cosas y tuve que levantarme.

—¿En qué estabas pensando?

—En una persona.

—Antes vi que te ibas con Jeff Johnson —declaró Leah, y de sus ojos desapareció todo rastro de somnolencia—. Estabas pensando en él, ¿no?

—Así que me viste con..., pero... creí que todos los niños estabais jugando en el corral.

—Yo volví pronto a la casa. Os estaba siguiendo a ti y a mamá cuando tú te paraste y te fuiste a escondidas con Jeff Johnson. Mamá me dijo que no se lo contara a nadie, porque si el abuelo se enteraba se enfadaría contigo.

—Es verdad —contestó Addie compungida—. Preferiría que no se lo contaras a nadie. ¿Por qué arrugas la nariz de este modo?

—¿Por qué te fuiste a escondidas con Jeff?

—Tenía que hablar con él, Leah.

Leah volvió a arrugar la nariz, como si hubiera olido algo desagradable.

—¡Ah!

—¿Qué ocurre? ¿Jeff no te gusta? ¿Por qué?

—Me dijiste que no se lo dijera a nadie.

—¡Oh, yo...! —Addie se interrumpió y miró a Leah con curiosidad—. No recuerdo habértelo dicho, Leah.

—Dijiste que era nuestro secreto.

Addie tuvo que hacer acopio de toda su paciencia para no sonsacarle a Leah aquel secreto. Addie sonrió, se sentó en el borde de la cama y mantuvo la voz suave.

—Bueno, si no me refrescas la memoria, no podré volver a dormirme. ¿Cómo puedo haberme olvidado? Cuéntame cuál es nuestro secreto.

—Tía Adeline, estoy cansada...

—Cuéntamelo y así las dos podremos volver a dormir.

—¿No te acuerdas? Yo estaba escondida debajo del porche y Jeff y tú estabais hablando en el balancín.

—¿Era por la mañana o por la tarde?

—Por la tarde.

—¿Hace mucho tiempo o poco?

—Poco —contestó Leah con solemnidad.

—¿De qué estábamos hablando?

—Hablabais muy bajito y tú le contabas a Jeff cosas sobre el abuelo, sobre Ben y...

—¿Y qué?

—Y un testamento. El testamento del abuelo. Yo hice un ruido y tú te enfadaste mucho cuando me viste. ¿No te acuerdas?

—Quizás... Un poco.

Addie cerró los ojos. Se sentía mareada. ¡El testamento de Russell! Y un recuerdo acudió a su memoria:

«Bajó las escaleras del porche a toda prisa, cogió a la asustada y paralizada niña por los hombros y oyó su propia voz, suave, terrible y llena de furia contenida: "¿Qué has oído? ¿Qué has oído? —A continuación, su voz se volvió amable, zalamera y maliciosa—: No llores, Leah, he decidido que ya eres una niña mayor y que ya puedes compartir los secretos de los mayores. Lo que has oído será nuestro secreto, Leah, y no podrás contárselo a nadie."»

Esto era todo lo que Addie podía recordar.

—¿Qué decía yo acerca del abuelo y Ben?

Leah volvió la cabeza hacia la pared.

—No quiero hablar de esto.

Addie se inclinó con lentitud y besó a Leah en la frente.

—Siento haberte asustado cuando me enfadé aquel día.

—Está bien, tía Adeline. ¿Todavía es nuestro secreto?

—Sí, por favor, Leah —contestó Addie con voz débil—. Que tengas dulces sueños.

La niña se volvió, acomodó la cabeza en la almohada y suspiró. Addie, con las rodillas flaqueantes, se dirigió a su cama y se sentó.

«¿Por qué le hablaría a Jeff acerca del testamento? No tenía ninguna razón para hacerlo. A menos que... A menos que estuviera tramando algo con Jeff. ¡Oh, no es posible que tramara algo! No en relación con el testamento. ¡Esto significaría que...!»

La sospecha se extendió por su cuerpo como un veneno. Addie intentó negarlo con todas sus fuerzas.

«Yo era..., soy la hija de Russell. Fuera como fuera antes, no haría nada para herirlo. ¡Yo sé que no lo haría!»

—¡Dios mío, qué está pasando! —exclamó con la boca seca.

¿Qué tipo de persona era antes?

Una intrigante... Y quizás algo mucho peor.

6

La boda se celebró en el exterior, al aire fresco de la mañana. Addie permaneció sentada durante toda la ceremonia sin oír nada de lo que se decía, pues su mente daba vueltas y más vueltas a múltiples preguntas. Hasta entonces había creído por completo en la culpabilidad de Ben y en su propia inocencia. Le había resultado tan fácil imaginar que él era el malo y ella la heroína que resolvería el caso. Sin embargo, ya nada era blanco o negro. Ben no era del todo bueno ni del todo malo y ella tampoco. Y lo más horrible era que él quizá no era culpable de tramar el asesinato de Russell, pero ella sí que podía serlo. Addie no podía olvidar lo que Russell le dijo acerca del testamento.

«Vamos, cariño..., ya sé que te sientes un poco decepcionada por tener sólo la propiedad de Sunrise en lugar de todo ese dinero... En ese caso serías rica... Tendrías suficiente dinero para hacer lo que quisieras durante el resto de tu vida.»

¡Rica!

¿Con cuánta intensidad había deseado ser rica Adeline? ¡Si pudiera recordar más cosas acerca de lo que hizo en el pasado! ¡Si no hubiera tantas sombras apretujadas en su mente!

Addie deslizó la mirada por los asistentes a la boda hasta que sus ojos se posaron en la cabeza sin sombrero de Jeff, cuyo pelo de color caoba brillaba a la luz del sol. Aquella mañana, ni siquiera la había mirado. ¡Jeff, hombre de ojos azules y carácter infantil! ¿De verdad era también el tosco y borracho desconocido de la noche anterior? Apenas podía creerlo. Lo ocurrido le parecía un sueño.

Ben estaba sentado a sólo unas sillas de distancia de ella. A Addie le sorprendía el extraño papel que Ben había desempeñado en todo aquello. Él era la última persona que ella habría considerado su salvador. Ben volvió la cabeza hacia ella y Addie apartó la vista antes de que sus ojos se encontraran. No podía mirarlo, no después de lo que había ocurrido entre ellos.

Addie se estremeció. No podía apartar de su mente la imagen de ellos dos retorciéndose en el suelo de la herrería. Addie sintió que las mejillas se le encendían de vergüenza e inclinó la cabeza para ocultar su cara. ¡La forma en que le había permitido que la tocara...! ¡La forma en que lo había animado...! ¡No, nunca podría volver a mirarlo a la cara!

Durante las últimas veinticuatro horas, se había convertido en una desconocida para sí misma. Addie sonrió con amargura al recordar cómo había empezado aquella terrible pesadilla. ¡Qué vehemente y engreída había sido! ¡Qué ansiosa por condenar a Ben y segura de que ella sería la salvadora de Russell Warner! Pero la noche anterior, había actuado con Ben como una desvergonzada, borracha de deseo por él, sin pensar en Russell ni en nada que la hiciera razonar. Ella nunca había estado así con nadie. Aunque al principio se resistió, después no realizó ningún esfuerzo para librarse de Ben. ¡Bien por sus pretensiones de superioridad moral!

Lo que Leah le había contado después en el dormitorio era más inquietante incluso que todo lo demás. Addie no había olvidado ni una palabra de lo que Leah le dijo y le causaba más que un leve temor. ¿Qué les había oído planear a Jeff y a ella? ¿Qué estaban tramando Jeff y ella?

«No, yo nunca habría planeado nada que dañara a Russell —pensó Addie con desesperación—. No le haría daño a mi propio padre. Puede que antes fuera distinta, pero nunca habría hecho algo tan horrible.»

Addie se sobresaltó cuando oyó la explosión de gritos de alegría que acompañó al final de la ceremonia. Parpadeó varias veces, como si acabara de despertarse, levantó la cabeza y contempló a las personas que estaban de pie a su alrededor. Caroline le dio unos golpecitos en el hombro y Peter la ayudó a levantarse.

—¿Con qué estabas soñando?

—Con nada —respondió Addie mientras se levantaba y hacía ver que se arreglaba las mangas del vestido.

Caroline tenía ganas de broma.

—¿Pensabas quizás en la boda que tú celebrarás algún día?

Ben, quien, ahora, estaba de pie justo detrás de Caroline, oyó su comentario.

—¿Una boda? —preguntó mirando por encima de Caroline y lanzando a Addie una mirada amigable y curiosa—. ¿Tienes planeado casarte pronto con alguien, Adeline?

Addie lo miró y se sonrojó, los ojos verdes de Ben despedían un destello significativo. De repente, en el mundo sólo quedaron ellos dos y el recuerdo íntimo de los ardientes minutos que habían compartido en la herrería. Addie se sintió atrapada, como si estuviera encadenada a él. Ben percibió su mirada de alarma y sonrió permitiendo que sólo una leve sombra de suficiencia asomara en su expresión.

Addie quiso decir algo que borrara la sonrisita de suficiencia machista de su rostro.

—De momento no conozco a ningún hombre con el que quisiera casarme —declaró Addie con sequedad.

—Me alegra oírlo —comentó él con calma mientras admiraba el reflejo de la luz del sol en el cabello de color miel de Addie.

Ella estaba muy tentadora, airada y dubitativa al mismo tiempo, y con las cejas y los labios fruncidos.

Caroline los miró de una forma pensativa y se volvió hacia su marido con una sonrisa.

—Peter, acompáñame a la casa, por favor. Si no bebo enseguida un vaso de agua, me moriré de sed.

Ben saludó con la cabeza de una forma distraída cuando Caroline y Peter se marcharon y volvió a centrar su atención en Addie. Mientras tanto, la entusiasmada concurrencia se arremolinaba alrededor de Ruthie y Harlan. Ben vislumbró la sombra de un morado en la muñeca de Addie, frunció el ceño y la cogió por el antebrazo. Ella no se resistió y él examinó su muñeca de piel fina y delicadas venas.

—¿Fue él o yo? —preguntó Ben con voz grave.

—No lo sé. —La voz de Addie sonó mucho más calmada de lo que ella se sentía—. ¿Acaso importa?

—Sí que importa. —La voz de Ben sonaba enojada, aunque su pulgar acariciaba con suavidad el morado de Addie—. No era mi intención hacerte daño.

Addie respiró de una forma entrecortada. El roce de los dedos de Ben en su piel, allí, rodeados de cientos de personas, hizo que su corazón palpitara con fuerza en su pecho. Aquello no podía continuar, tenía que dejar ciertas cosas claras, tenía que dejarle claros sus límites.

—Ben, lo que ocurrió anoche no... Tú y yo... no podemos...

—Sí que podemos —replicó él con voz suave—. Y lo haremos en cuanto tenga la oportunidad.

—No, Ben...

—Pareces un poco cansada, cariño.

Ben acarició el tenso rostro de Addie con la mirada.

—Es culpa tuya. No podía dormir después de que nosotros..., después de que tú... Me he pasado la noche nerviosa y dando vueltas en la cama.

—Desearía haber estado ahí, contigo.

—¡Para ya! ¡Alguien podría oírte! Y, por favor, no me toques así.

Él le soltó la muñeca con cuidado. Addie supo que lo

más sensato era irse de allí lo más deprisa posible, pero algo mantenía sus pies clavados en el suelo, muy cerca de él, casi rozándolo.

—¿Cuándo te vas?

—Pronto. —Ben rió con suavidad—. No estarás deseando que me vaya, ¿no?

—Sí. ¡Vamos, deja de mirarme así! Creo que mi madre nos ha visto.

—¿Y qué?

—Ella no quiere que me relacione con alguien como tú.

—Lo sé. ¿Y tú qué quieres?

Addie inhaló hondo y lo miró directamente a los ojos.

—Quiero que olvidemos lo que pasó anoche. Fue un terrible malentendido.

—En absoluto —replicó él—. Yo creo que nos entendimos muy bien.

—Tú haz lo que quieras, pero yo olvidaré lo que sucedió.

—¿De verdad crees que podrás olvidarlo? —Ben arqueó las cejas, cruzó los brazos sobre su pecho y miró a Addie con fijeza—. No lo creo. Lo que ocurrió anoche estará entre nosotros de ahora en adelante. Cada vez que te mire, recordaré el sabor de tu boca, el tacto de tu...

—¡Maldito seas! —susurró ella todavía más preocupada que antes por el lío en el que se había metido.

Cuando se peleaban, cuando él estaba enfadado, ella podía manejarlo, pero no podía hacerlo cuando él se mostraba amable y provocador, no cuando la miraba de aquel modo, como si viera más allá de su ropa. Ella también recordaba su sabor y el roce irresistible de sus manos en su cuerpo. Addie se sintió invadida por la imperiosa necesidad de rodear el cuello de Ben con sus brazos y presionar su cara contra su cuello para respirar su olor.

—A partir de ahora, quiero que te mantengas alejado de mí —declaró Addie.

—No me digas que no quieres que vuelva a abrazarte nunca más. O besarte o...

—¡Nunca más!

—Lo quieres incluso ahora mismo —declaró él, y sonrió al ver la expresión de horror en la cara de Addie—. Lo quieres tanto como yo.

—Ben, para ya —susurró ella consciente de que los demás empezaban a mirarlos.

Addie levantó ligeramente las faldas de su vestido, pasó entre las filas de las sillas dispuestas para la ceremonia y se dirigió a la casa renunciando a su orgullo en favor de una rápida retirada. Ben la siguió de cerca. Addie, consciente de su presencia detrás de ella y de que sus largos pasos le permitían avanzar a más velocidad que ella, se volvió hacia él cuando llegó al porche.

—¡Estás loco, Ben Hunter! De repente, has decidido que me quieres, mientras que, el otro día, en el granero, no me querías ni en una bandeja de plata. ¿Qué te ha hecho cambiar de opinión?

—¡Que me muera si lo sé! No me he preocupado en analizarlo.

—Claro que no. Como cualquier otro hombre, cuando estás en celo, persigues a la mujer que tienes más cerca. Y esta semana yo te parezco una buena presa, ¿no? Pues bien, no eres bien recibido en mi cama, ni lo serás nunca, de modo que pon tus miras en otra mujer.

—Si el deseo de acostarme con una mujer fuera lo único que me preocupara, Addie, no te buscaría a ti. Sabiendo quién eres, ¿crees que sería tan loco como para esperar a tus pies para ver si conseguía darme un revolcón? Hace tiempo que no tengo problemas en conseguir la compañía de una mujer. Si quisiera acostarme con una esta noche, la encontraría con facilidad. Y además sería alguien con mucha más experiencia que tú y mucho menos problemática.

—Entonces, ¿qué es lo quieres de mí? —murmuró ella.

Ben sonrió siendo consciente de que su sonrisa la molestaría.

—¿Acaso no te lo he dejado claro?

—No —refunfuñó ella con abatimiento—. Ben, tienes que parar. Lo estás poniendo todo patas arriba. Y me haces sentir mal por pura maldad. Sabes que cualquier tipo de relación entre nosotros es imposible.

—¿Por qué?

Addie no podía explicarle el porqué y estrujó su mente con rapidez en busca de una respuesta.

—No sé qué tipo de persona eres. No te conozco. No creo que nadie de por aquí te conozca.

—Yo podría alegar lo mismo acerca de ti, pero esto lo podemos cambiar. No tenemos por qué ser unos desconocidos el uno para el otro. A menos que tengas miedo de lo que pueda suceder si me permites acercarme a ti. ¿Es esto lo que te preocupa?

Ella lo observó confusa. El corazón se le encogía al oír el tono suave de su voz.

—No sé qué hacer ni qué decirte.

—De momento, no tienes que hacer o decir nada. Nada en absoluto. —Ben percibió un movimiento a su izquierda con el rabillo del ojo y dio una ojeada hacia allí antes de volver a mirar a Addie con una sonrisa irónica—. Creo que tendremos que continuar esta conversación más tarde.

—¿Por qué?

—Mira hacia allá.

May se dirigía hacia ellos con el entrecejo claramente fruncido. El enfado que reflejaron su voz y su rostro fue incuestionable. Sin siquiera mirar a Ben, se dirigió a Addie con una expresión fría y perturbadora en los ojos.

—Adeline, no me gusta que salgas corriendo así, sin avisarme y sin decirme adónde vas. Algunas personas están preguntando por ti, personas que no hemos visto en mucho tiempo.

—Lo siento, mamá...

—Discúlpeme —intervino Ben—. No debería haberla apartado del resto de los invitados. Por favor, no responsabilice a la señorita Adeline de mi egoísmo.

—Yo sé perfectamente de qué debo responsabilizar a mi hija —contestó May mirándolo con desagrado—. Y ella sabe que te está distrayendo de tus ocupaciones. Tenías planeado regresar al rancho en cuanto terminara la boda, ¿no?

—Sí, señora.

—Entonces no permitas que te entretengamos.

Ben asintió con un movimiento respetuoso de la cabeza y miró a Addie con ojos resplandecientes.

—Adiós —se despidió ella en voz baja y con el pulso acelerado.

Cuando Ben estuvo lejos, May miró a Addie con suspicacia.

—¿Por qué te ha mirado de esta manera? Algo está ocurriendo. ¿Te ha hecho alguna proposición? Supongo que no le habrás permitido que se tome ninguna libertad, Adeline.

—Yo... pues... claro que no —tartamudeó Addie—. Sólo estábamos hablando. ¿Por qué de repente te desagrada tanto?

—Porque sé el tipo de hombre que es. Y si se lo permites, se aprovechará de ti, de tu inocencia, de tu confianza y, sobre todo, de tu vanidad.

—Mamá...

—Te hablaré con franqueza. Por tu propio bien. Me preguntaba cuándo sería necesario que mantuviéramos esta conversación, aunque sabía que tendríamos que mantenerla tarde o temprano. Ben es un hombre atractivo y tiene cierto encanto. Comprendo la impresión que debe de causar en una joven de tu edad. Y tú le resultas atractiva por muchas razones, por tu aspecto, tu dinero y, por encima de todo, porque eres la hija de Russell Warner. Sé que a Russ le gusta considerarlo como a un hijo y Ben hace lo posible por aprovecharse de la situación.

Addie se encontró en la inesperada posición de tener que defender a Ben. ¡Ella, quien debería de haber recibido con alegría cualquier crítica hacia él!

—No estoy de acuerdo. Ben no necesita perseguirme, ni a mí ni a nadie, a causa del dinero. Él tiene una educación y es demasiado orgulloso para aprovecharse de...

—Por mucha educación que tenga, antes de llegar a Sunrise era un ladrón de reses sin marcar.

—Al principio, papá también lo era.

—Yo quiero algo mejor para ti y no permitiré que un hombre como Ben Hunter, un hombre igual que tu padre, tenga a mi hija.

Addie la observó atónita. Su voz tenía un deje acerado y su rostro reflejaba una fortaleza que nunca antes había percibido en ella. Detrás de su delicada belleza, había una determinación y una tenacidad que Addie no sospechaba.

—No hay ninguna posibilidad de que surja algo entre Ben y yo —contestó Addie con lentitud—, pero ¿por qué no quieres que me case con alguien que se parezca a papá?

—Me prometí a mí misma que haría todo lo que estuviera en mi mano para que mis hijas tuvieran una vida mejor que la mía y no repitieran mis errores. ¿Por qué crees que insistí en que fuerais a la academia? ¿Por qué crees que me he esforzado tanto en que tengáis buenos modales, ropa de moda y una educación? Por suerte, mi sueño se ha convertido en realidad respecto a Caro. Ella y Peter se mudarán lejos de Tejas. Pero si tú vas a quedarte enterrada aquí durante el resto de tu vida, lejos de la gente respetable y los lugares civilizados, me niego a entregarte a un hombre que no te tratará mejor de lo que trata a su ganado. Y esto es lo que sucederá si te casas con alguien que trabaje en un rancho.

—¡Pero yo no quiero una vida distinta a ésta! No quiero ser una mimada y una consentida. No me importa si mi vida es un poco más dura de lo que sería en el Este...

—Un poco más dura —repitió May con voz temblorosa—. No tienes ni idea de la vida que podrías tener. Yo me crié en una casa bonita, entre gente de buenos modales, en una casa con criados. Tuve varios pretendientes. Y vine aquí sin saber nada acerca de la suciedad y la dureza de estas personas. Aquí los hombres siempre van armados, incluso durante las comidas. Algunas veces, incluso ahora, tengo que trabajar más de lo que trabajaban los criados en la casa de mis padres.

—Mamá...

—Los hombres de por aquí no te protegerán de cosas que las mujeres del Este nunca tendrán que aguantar, como la brutalidad, el trabajo o que todo esté plagado de indios y criminales.

—Tejas no está plagado de indios y criminales. ¿No crees que exageras un poco?

—¡No emplees este tono conmigo, Adeline! Yo he vivido horrores de los que tú no tienes ni idea. Justo después de tener a Caroline le pedí a tu padre que contratara a una niñera para que me ayudara a cuidarla. Yo tenía que trabajar continuamente, limpiando, lavando y cocinando, y no podía ocuparme de un bebé todas las horas del día. Y, en efecto, tu padre contrató a una niñera. ¡Contrató a una muchacha tonkawa para que cuidara a mi primera hija! ¡Una india! ¡Imagínatelo, después de todo lo que había oído acerca de que los indios secuestraban a los niños de piel blanca, cada vez que entraba en la sala de los niños, tenía que ver cómo una mujer india sostenía en brazos a mi bebé! Una mujer de una de las tribus más crueles y despiadadas...

—No todos los indios son así. Caro me ha contado que algunas de las mujeres del condado tienen amigas entre las mujeres del asentamiento indio que hay cerca de aquí. Charlan, comen juntas...

—¿Es esto lo que te gustaría hacer? ¿Visitar a esas... criaturas en lugar de relacionarte con tu propia gente? Insistí en que asistieras a la academia de Virginia porque quería que vieras cómo es la vida allí y comprendieras que era mucho mejor que la de aquí.

—No sé qué hay de malo en hacer amistad con las mujeres indias, en vivir aquí o en casarse con un vaquero. Yo prefiero vivir aquí que en cualquier otro lugar. Yo no soy como Caro o como tú y, probablemente, siempre viviré en Tejas. Y no quiero que me protejan.

Los ojos de May despidieron destellos de tristeza.

—Tú siempre has elegido aprender las cosas por el camino difícil. Sé que resulta inútil intentar convencerte cuando te pones tozuda. Pero, por tu propio bien, debes pensar en lo que te he dicho.

—Lo haré —contestó Addie sintiéndose un poco incómoda. Entonces apartó la vista y no pudo contener un leve suspiro—. No entiendo por qué te casaste con papá, si no es el tipo de hombre que tú querías.

May la miró con expresión amarga.

—Tu padre se fue al Este para encontrar una esposa y traerla a Tejas. Me cortejó en Carolina del Norte. Yo no sabía el tipo de vida que me esperaba y, en aquella época, tampoco me importaba mucho. Creí que el amor sería suficiente para hacerme feliz. Una mujer enamorada hace elecciones alocadas, Adeline. Y, en este sentido, no creo que tú seas distinta a mí.

Como era habitual en los encuentros sociales multitudinarios, se sirvió gran cantidad de alcohol, lo cual ayudó a avivar el estado de euforia general. Algunos de los hombres se habían reunido en pequeños grupos y se daban fuertes manotazos en la espalda mientras charlaban acerca de la tierra y sus negocios con aparente despreocupación. Otros admiraban sin tapujos a las mujeres, quienes estaban muy guapas con sus vestidos de vivos colores y múltiples volantes.

Los jóvenes, que habían esperado con ansia aquella noche de música y baile, entablaban nuevas relaciones y se comportaban como creían que debían hacerlo las personas adultas. Los pasos de los bailes no eran intrincados ni extravagantes y la música que tocaba la banda de vaqueros no era muy elegante, pero la tocaban con entusiasmo.

Addie se dio cuenta, con desagrado, de que era muy consciente de la ausencia de Ben, a pesar de que hombres distintos la invitaron a bailar cada uno de los bailes. ¿Qué le pasaba? ¿Por qué no podía evitar comparar a Ben con todos los hombres que conocía y pensaba que a todos les faltaba algo? Los más guapos no eran nada especial en comparación con aquel hombre moreno y de vívidos ojos verdes. Ninguno conseguía detener su corazón con su sonrisa, ninguno se atrevía a contradecirla o provocarla de una forma tan directa como Ben. Addie pensó más en él cuando no estaba de lo que lo habría hecho si estuviera allí.

De vez en cuando, Addie vislumbró el rostro de Jeff entre la multitud, entre las sombras y las luces de las lámparas, y se mantuvo lo más alejada de él que pudo. Él, por su parte, invitó a bailar a alguna que otra mujer, pero no apartó la mirada de Addie mientras ella giraba al compás de la música. El vestido verde azulado de Addie enfatizaba la blancura de su piel y el intenso color castaño de su cabello y atrajo más de una mirada masculina.

Cuando no bailaba, Addie permanecía cerca de Russell. Le complacía la tregua silenciosa que parecía haberse establecido entre ellos. Ella no tenía intención de disculparse por la discusión que habían mantenido en Sunrise y él tampoco, pero habían tomado la decisión tácita de continuar como si nada hubiera ocurrido. De momento, habían conseguido recobrar parte de la comodidad con la que estaban antes el uno con el otro.

Ya avanzada la noche, y debido a los pasos y giros rápidos de los bailes, a Addie le dolían los pies, y se sintió aliviada cuando la música cambió a un ritmo lento que permitió disfrutar a los invitados menos dinámicos. Addie consiguió convencer a Russell para que bailara con ella y lo avasalló a preguntas mientras se desplazaban por la pista de baile.

—Por lo que sé, desde que llegamos nadie te ha comentado nada acerca de la valla —comentó Addie.

Russell se rió entre dientes, molesto y, al mismo tiempo, admirado de que ella se hubiera atrevido a mencionar aquel tema.

—Nunca lo habrían hecho durante el baile de una boda, cariño.

—Pero el baile es esta noche. ¿Qué pasará cuando la boda haya terminado y regresemos a casa?

Russell se encogió de hombros y decidió no contestar. Addie lo interpretó como que esperaba encontrarse con problemas más tarde y un escalofrío premonitorio recorrió su cuerpo.

—Papá, he estado reflexionando sobre algunas de las cosas que Ben ha dicho acerca de la valla de espino.

—¿Qué tipo de cosas? —preguntó Russell en voz baja pero con un deje amenazador—. ¿Ben ha estado hablando en contra de mí a mis espaldas? ¿Ha criticado mis decisiones?

—No, no —respondió Addie con celeridad—. Sólo me ha estado explicando la situación. Yo no comprendía por qué todo el mundo estaba tan alterado a causa de la valla. La razón es que, además de tus tierras, también has cercado el suministro de agua, ¿no es cierto? Los pastos del Double Bar colindantes con los nuestros no valen nada sin agua. No me había dado cuenta de este detalle.

—El agua es mía. Yo estaba aquí mucho antes de que Big George Johnson y todos los demás llegaran. Antes de que empezara la guerra, hará unos veinticinco años. Yo no encontraba trabajo en la ciudad, de modo que me trasladé al Oeste y reclamé la tierra que había a ambos lados del río, lo que significa que todas las praderas que hay alrededor del río son mías. Siempre lo han sido. Sin embargo, los tipos como los Johnson empezaron a presionar, a desplazar los límites de mi rancho para conseguir el derecho a utilizar la mitad del caudal del agua cuando, desde el principio, el río era mío.

—He oído decir que tú empezaste robando terneros sin marcar —declaró Addie.

Russell volvió a reír entre dientes.

—Casi todo el mundo empezó de este modo, con un hierro de marcar universal y una soga. Todo el mundo robaba alguna que otra res perdida, incluso el primer sheriff que tuvimos. En aquella época no se consideraba tan censurable. Sin embargo, el precio del ganado ha subido y ahora muchos rancheros piensan que apoderarse de reses sin marcar debería castigarse igual que el robo de caballos.

—Dicen que Ben...

—Sí, él también marcaba como propias las reses perdidas que encontraba. Un comité de vigilantes casi lo colgó justo antes de que yo lo contratara.

—¿De verdad? —Addie abrió los ojos con fascinación—. No me acuerdo.

—Entonces estabas en la academia.

—¿Qué te decidió a ofrecerle un empleo?

—Cuando Ben llegó al rancho, una multitud encolerizada le pisaba los talones con la intención de ahorcarlo en cuanto lo atraparan. Yo le concedí dos minutos para presentar su caso. Te aseguro que nunca en su vida ha hablado tan deprisa como entonces.

Addie sonrió abiertamente.

—Ojalá lo hubiera visto. Debía de sudar tinta.

—¿No sientes el menor aprecio por él, gatita? —preguntó Russell entre risas.

—Sí. Lo que ocurre es que siempre parece tenerlo todo bajo control y me atrae la idea de verlo algo inseguro.

—Lo está siempre que tú estás cerca, palomita. Creo que eres la única mujer que...

De repente, Russell se interrumpió y la miró como si una idea nueva acabara de ocurrírsele y abrió y cerró la boca como si quisiera preguntarle algo, pero no supiera cómo hacerlo.

—¿Qué? —lo apremió Addie.

—¡Oh, nada! —Russell se encogió de hombros con

una indiferencia exagerada—. Sólo me preguntaba... ¿Qué opinas de Ben, cariño?

Sorprendida, Addie lo contempló con la boca entreabierta. Los ojos de Russell nunca habían brillado de aquel modo cuando hablaba de Ben con ella. Addie recobró la compostura con inusitada rapidez.

—Creo que es un buen capataz.

—Me refiero como hombre. ¿Alguna vez has pensado en él en este sentido?

Addie negó con la cabeza enseguida.

—¡Qué pregunta tan tonta, papá! Y no se te ocurra preguntarle a él qué piensa de mí. No hay la menor posibilidad de que este tipo de sentimiento surja entre nosotros.

—No sé por qué no. A menos que no te guste su aspecto.

Addie se ruborizó todavía más de lo que lo estaba.

—Su aspecto no está mal.

—Tiene buenos modales y es inteligente.

—S-sí.

—Y es el tipo de hombre que atrae a las mujeres.

—Sí, pero... Papá para ya. No quiero hablar de él.

—Está bien, sólo preguntaba.

Russell pareció sentirse satisfecho sólo con atraer la atención de Addie hacia aquella cuestión. La canción terminó y Russell acompañó a Addie a donde estaban antes. Ella no pudo evitar darse cuenta de que Jeff la observaba desde una distancia de varios metros. Tenía la mirada fija en ella y absorbía todos sus movimientos y expresiones. Russell también se dio cuenta.

—Al chico de los Johnson se le van a salir los ojos de las órbitas —señaló con voz grave.

Addie se rió levemente y su reacción sorprendió a Russell.

—Es el tipo de hombre que sólo quiere algo con todas sus fuerzas cuando sabe que no puede tenerlo.

—¿Todavía te gusta?

—Nunca me ha gustado, al menos no en este sentido. Él nunca ha sido más que un amigo para mí.

—Entonces, ¿por qué demonios te enfadaste tanto cuando te dije que no lo vieras más?

—Porque no me gusta que me den órdenes. Ni tú ni nadie.

Russell se quedó inmóvil y la miró. Entonces sacudió la cabeza y suspiró con orgullo.

—¡Vaya, si eres igual que yo! No entiendo por qué no naciste niño.

Viniendo de él, aquello era un auténtico cumplido. Addie sonrió con picardía.

—La verdad es que me gusta bastante ser una mujer, gracias. Y volviendo al tema de Jeff, ¿cuándo cambiarás de opinión y me dejarás verlo?

El buen humor de Russell se evaporó.

—Cuando sea seguro, lo cual podría ser dentro de bastante tiempo.

—Seguro —repitió Addie con lentitud—. ¿Sospechas que corremos algún tipo de peligro por parte de los Johnson?

—Por parte de todo el mundo. —Russell pareció olvidar que ella era su hija y le habló con la franqueza que emplearía para hablar con otro hombre—. Siempre hemos estado en peligro y siempre lo estaremos. Todos los hombres de por aquí odian que obtengamos tantos beneficios y todos querrían darles un pellizco si supieran cómo hacerlo. Yo cerqué mis tierras para conservar lo que es mío. A nadie le gusta la valla, y menos a los del Double Bar. Hasta hace poco, esperaba llegar a entenderme con los Johnson. Cuando se es tan grande como nosotros, si un hombre no es tu amigo, es tu enemigo. Pero ahora ellos han tomado una determinación y la cosa irá a peor.

—Parece que te estés preparando para una guerra —declaró Addie pensando en el peligro que lo acechaba—. Supongo que no es mala idea estar preparado. Tendrás cuidado, ¿verdad? No quiero que te ocurra nada.

—No queremos que nos ocurra nada a ninguno de nosotros, cariño.

—Pero los demás están enfadados contigo —declaró ella. De repente, deseó abrazarlo y protegerlo del mundo. Él era su padre y, a pesar de su rudeza, de su carácter explosivo y de su autoritarismo, que siempre la ponía de los nervios, lo quería—. Eres tú quien tiene que tener cuidado. Papá, ¿me escuchas?

Aunque Russell asintió, ella se dio cuenta de que no la escuchaba, al menos no como ella querría que lo hiciera. Addie no podía contarle lo que sabía y lo que temía y se le encogió el corazón al darse cuenta de la cantidad de enemigos que él tenía. Todos los rancheros de la zona, no sólo los Johnson, odiaban el poder de Russell, su riqueza y, por encima de todo, su valla. Ella no podía protegerlo, pues no era tan fuerte como para hacerlo sola. Addie deseó poder acudir a Ben en busca de ayuda, aunque sabía que aquella idea constituía una auténtica locura. Por mucho que lo deseara, sus deseos no cambiarían lo que él era.

Cuando regresaron al rancho, Ben les ayudó a descargar el carromato. Todos estuvieron encantados de llegar. Caroline estaba agotada del viaje, Cade estaba nervioso y deseoso de estirar las piernas, Russell estaba ansioso por volver al trabajo y el resto simplemente estaban contentos de volver a disfrutar de intimidad y del confort que suponía la rutina. Addie fue la última en salir, pues había viajado aplastada en una esquina del vehículo. Cuando Ben la ayudó a bajar, ella evitó mirarlo y se sintió incómoda por su aspecto desarreglado a causa del viaje. Los demás no los veían, pues ya estaban camino de la casa.

—¿Cómo ha ido? —preguntó Ben en voz baja mientras mantenía las manos en la cintura de Addie incluso después de que los pies de ella hubieran tocado el suelo.

—¿El viaje de vuelta? Horrible.

—No, me refería al baile, a la fiesta, a los dos días que has pasado lejos de mí. ¿Jeff te ha ocasionado algún problema?

Entonces Addie lo miró, desconcertada por el interés que reflejaba su voz y no vio censura ni burla en sus ojos azules, sólo calidez. Addie sintió como si unas cintas de seda envolvieran su corazón. Resultaba agradable volver a verlo y le pareció que habían pasado semanas en lugar de días desde que había estado cerca de él.

—Jeff no me molestó en absoluto —declaró Addie esforzándose por sonar despreocupada—. No me dirigió la palabra en ningún momento. Claro que me miró mucho...

—Ya deberías estar acostumbrada a esto.

—No había estado cerca de él desde hacía mucho tiempo.

—Pero él no es el único al que le gusta mirarte.

Addie apretó la mandíbula para no sonreír.

—Me estoy cansando de este juego. Es ridículo. Incluso estás provocando que papá tenga ideas extrañas acerca de los dos.

—Yo también tengo unas cuantas ideas.

—No quiero oírlas.

Addie intentó separarse de él y Ben apretó más las manos en su cintura.

—No podrás evitarlo.

—Yo que tú no apostaría nada al respecto, listillo —declaró Addie con la picardía de una chica moderna.

Ben sonrió al percibir aquel cambio en el tono de su voz.

—De vez en cuando parece... —Ben se interrumpió y se encogió de hombros—. No sé de qué se trata, pero sospecho que hay más detrás de esos enormes ojos marrones de lo que nadie imagina.

—Tú nunca lo descubrirás.

—No por falta de intentos —le aseguró él.

—¡Ben! —exclamó la voz de Russell desde la casa.

Ben la soltó de inmediato.

—Quiere un informe de todo lo que ha ocurrido mientras estaba fuera. —Ben realizó una mueca jovial mientras miraba hacia la ventana de la oficina de Russell—. Hablaremos más tarde.

—¿Ha ocurrido algo? —preguntó Addie mientras le tocaba el brazo en un gesto inconsciente y sus ojos se oscurecían por la preocupación—. ¿Ha habido algún problema?

El músculo que había debajo de las yemas de los dedos de Addie se puso tenso como si Ben hubiera recibido una pequeña descarga eléctrica a través de la mano de ella. Ben se quedó muy quieto y la miró con tal intensidad que las rodillas de Addie flaquearon.

—Ningún problema —declaró con lentitud—. Sólo cuando tú estás cerca, cariño.

La mano de Addie tembló, pero ella no la apartó. Se sentía abrumada por el anhelo que la invadía. ¿Ben sentía lo mismo que ella? Él la observó con una expresión dura durante un período de tiempo que a Addie le parecieron horas, y todo el deseo prohibido que permanecía aprisionado en su corazón se liberó como en un torrente.

«Podría amarlo —pensó Addie medio aturdida—, si me lo permitiera.»

Y, si él fuera cualquier persona del mundo, menos quien era, ella ya se lo habría permitido.

«Dios mío, ¿qué voy a hacer?»

Se oyó otro bramido procedente de la casa:

—¿Ben, me has oído o algo te tapa los oídos?

—¡Estaré ahí en un minuto! —exclamó Ben con un descaro que nadie en Tejas habría osado emplear al dirigirse a Russell Warner.

—Ve con él —dijo Addie con voz grave mientras le soltaba el brazo.

Ben titubeó. Ella pensó que él realizaría algún comentario sarcástico, pero cuando Ben habló, con voz ronca, no había nada burlón en su voz.

—Quiero abrazarte, Addie.

Ella no pudo rechazarlo ni afirmar que ella no sentía lo mismo.

—Por favor, vete —susurró Addie.

Él asintió ligeramente con la cabeza mientras examinaba el rostro de Addie. No hubo necesidad de más palabras, pues ambos comprendieron todo lo que no se dijo.

Una parte esencial del código de los rancheros era que cuando unos vaqueros pasaban por la zona se les ofrecía una comida gratis, alojamiento y todo lo que incluyera la hospitalidad del anfitrión. La media docena de hombres que aparecieron un día en el rancho Sunrise eran unos desconocidos y resultaba obvio por su aspecto y su olor que llevaban viviendo en la montura todo el verano. Las mujeres de la casa estuvieron ocupadas toda la tarde repartiéndoles toallas y jabón para el afeitado y el baño que tanto necesitaban. Después hubo un montón de ropa para lavar y coser, tanta que el aire se llenó del olor acre a agua caliente y lejía.

Cuando los visitantes se sentaron a la mesa, May y Caroline estaban tan cansadas que apenas pudieron disfrutar de la cena. Sin embargo, Addie, quien había trabajado tanto como ellas, no estaba nada cansada, pues la invadía un nerviosismo que apenas podía contener. Addie comió lo que había en su plato de una forma metódica y sin apenas saborearlo, pues estaba pendiente de la conversación que Russell y los vaqueros mantenían.

Ella y Ben intentaron ignorarse mutuamente, pero Addie sentía una llama en su interior que, de una forma constante, le advertía de su presencia. Addie fue consciente de todos los movimientos que Ben realizó y de todas las palabras que pronunció y, cuando en determinada ocasión ella levantó la mirada del plato, donde la tenía clavada de una forma deliberada, y vio a Ben de reojo, una oleada de placer la invadió.

Cuando la cena terminó y el hambre de todos estuvo

saciada, los hombres se quedaron en la mesa charlando mientras las mujeres retiraban los platos con discreción. Y cuando ya casi habían terminado de recoger la cocina, Caroline se puso la mano en las lumbares y suspiró con cansancio.

—Estoy tan cansada que apenas puedo moverme. Mamá, ¿puedes acompañarme arriba y ayudarme a quitarme la ropa? Peter tardará mucho en subir, pero yo tengo que descansar.

—¿Quieres que te ayude yo? —se ofreció Addie.

—No te preocupes —declaró May dándole unos golpecitos en el hombro—, yo la ayudaré. Después de todo lo que has hecho hoy, tú también deberías acostarte temprano.

—Sí, mamá.

Addie se sentía extrañamente perdida y salió al pasillo. El sonido de las voces de los hombres, el golpeteo de las cartas y el tintineo de las botellas y los vasos era claramente audible. Para ellos, la noche justo acababa de empezar. Addie contempló las escaleras. La idea de subir a su dormitorio y encerrarse entre sus cuatro paredes le resultó insoportable. Entonces contempló la puerta principal y ansió disfrutar de la libertad que ésta prometía, de modo que se escabulló al exterior sin pensárselo dos veces.

El aire era suave y dulzón y el cielo parecía de terciopelo negro. Addie descendió titubeante los escalones de la entrada y paseó sin dirigirse a ningún lugar en concreto. En las noches como aquélla, Leah y ella solían sentarse con las ventanas abiertas para disfrutar de la brisa mientras escuchaban la radio durante horas.

El fantasma de una canción vagó por su mente. «Nunca imaginé que el corazón pudiera doler así... Nunca imaginé que echaría de menos tu dulce abrazo...» Addie intentó recordar el resto de la canción. Se detuvo y permaneció inmóvil. «Sé que no te olvidaré. No puedo aceptar que hayamos terminado... Hasta el día en que me dejaste, amor, no supe que...»

Algo conmovió su corazón. El recuerdo de estar sentada delante de la radio soñando despierta. El recuerdo de entrar en el dormitorio de Leah y contarle los últimos cotilleos. El recuerdo de pintarse los labios de color rojo antes de salir con Bernie. El recuerdo de hacer reír a Leah mientras bailaba el charlestón, de una forma cómica, en medio de la habitación. Le resultaba difícil acordarse de la cara de Bernie y de la de Leah. ¡Qué borrosas eran las imágenes de su casa al final de la calle Main, de las habitaciones de ésta y del hospital en el que había trabajado!

De una forma distraída, Addie cantó en un susurro el resto de la canción: «Ahora todas las noches cierro los ojos y sueño contigo. Nunca imaginé lo dulce que podía ser un sueño. Sé que no puedo esperar que lamentes que hayamos terminado... Hasta el día en que me dejaste, amor, no supe que...»

Addie cruzó los brazos sobre su pecho y suspiró. Le resultaba difícil creer que la casa en la que había crecido había desaparecido. Leah también había desaparecido y ella nunca podría regresar al Sunrise que había conocido. ¿Y qué tenía a cambio? Ésta era una pregunta interesante. Addie reflexionó en sus nuevas circunstancias. Tenía un hermano, una hermana, una madre, un armario lleno de vestidos rosa, una yegua de mal carácter, una reputación de rompe corazones, un ex novio, un padre que la quería y un hombre que la amaba. Y al que ella también amaba.

«¿No comprendes lo que estás haciendo? Deja de pensar en él. Deja de soñar con él. Si no lo haces por ti, hazlo por el bien de Russell. No nos pertenecemos.»

Addie percibió el sonido casi imperceptible de unas botas que bajaban los escalones de la entrada y se quedó helada. Su pulso se aceleró cuando oyó que los pasos se acercaban a ella y vio que se trataba de Ben. Él se detuvo a su lado. Sus ojos se veían translúcidos en la oscuridad de la noche. Addie sabía lo que él quería.

«No permitas que suceda», pensó presa del pánico, pero, al mismo tiempo, experimentaba una sensación de inevitabilidad. Que estuvieran juntos era algo tan natural como la salida y la puesta del sol.

Ben no se movió ni habló. Percibía un vacío en el estómago, una sensación que había experimentado pocas veces en su vida. La percibió cuando fue a ver a su padre el día después de su graduación y cuando le perseguía una multitud con una soga. Él nunca se había sentido nervioso por una mujer, ni siquiera por la primera. Sin embargo, Addie no era una mujer cualquiera y él la quería como no había querido a nadie en su vida. La necesitaba demasiado para su propio bien. Él lo sabía, pero no podía hacer nada para evitarlo.

Ningún hombre podía resistirse a la tentación de su cuerpo esbelto, su cabello sedoso y su rostro, que era lozano y sensual a la vez. Y había otras cosas en ella que lo atraían con igual intensidad. Addie tenía una gran fuerza de voluntad, era franca al expresar sus opiniones y apoyaría a su compañero en los momentos difíciles. A veces, era vulnerable y tenía una expresión de soledad en el rostro que le encogía el corazón. Ben quería que ella confiara en él y le concediera el derecho a consolarla y protegerla.

—¿Cómo sabías que estaba aquí? —preguntó Addie.

—Porque deseaba que estuvieras aquí.

—Los demás...

—Están concentrados en una botella de licor y una baraja de cartas. El juego no me interesaba.

Addie se esforzó en sonar indiferente.

—Seguro que te echarán de menos.

—No tanto como tú.

—¡Eres tan presuntuoso! Yo n-no te habría echado de menos.

—Es igual, pero no podía dejarte sola bajo las estrellas.

—No me habría importado estar sola —declaró ella. Y se le cortó la respiración al notar la mano de él en la nuca—. Nunca me ha importado.

Ben deslizó las manos a ambos lados de la mandíbula de Addie. Ya no podía resistirse más a tocarla.

—Entonces dime que me vaya. Vamos, dímelo.

Ella cerró los ojos y se esforzó en pronunciar aquellas palabras, pero éstas no salieron de su boca.

—No puedo —susurró desesperada.

—Porque me perteneces.

—No, no le pertenezco a nadie. Yo... no sé por qué te quiero. Ni siquiera me gustas.

Él sonrió y la besó en los labios con tanta suavidad que ella apenas lo notó, pero la calidez que experimentó fue suficiente para hacerla jadear. Ben esperó con paciencia. Esperó mientras los segundos transcurrían, retándola en silencio a que diera el paso siguiente. Al final, Addie deslizó el rostro entre las manos de Ben y su boca buscó la de él. Los labios de Addie estaban blandos y ansiosos. Ben realizó un sonido grave y tensó los brazos de tal modo que ella tuvo que ponerse de puntillas. Addie respondió a la presión de los labios de Ben y a los movimientos de su lengua con pasión. Sabía que, con él, nunca tendría suficiente.

Ben colocó una mano en la nuca de Addie e introdujo los dedos en su cabello deseando hundirse en la suavidad de ella. Addie lo acarició como había soñado tantas veces, deslizando sus manos en círculos por su espalda, entrelazando sus dedos con su cabello, rozando su cara con las yemas de sus dedos y disfrutando de la superficie áspera y suave de su mandíbula.

—¡Por fin! —suspiró Ben cuando sus labios se separaron.

Addie asintió, pues comprendía el alivio infinito que él experimentaba. Ella también lo sentía.

—No me mires así —pidió Addie mientras deslizaba los dedos hasta la nuca de Ben.

—No puedo evitarlo.

Ben realizó una media sonrisa y ella también le sonrió con incertidumbre.

—Me pone nerviosa. Parece que estés a punto de engullirme entera.

Él presionó los labios contra la frente de Addie y la besó desde la base del cabello hasta la punta de la nariz.

—Tengo cosas mejores en mente, cariño.

A Addie le sobrecogió el placer que experimentaba al estar cerca de él.

—Esto es... horrible —declaró Addie con voz entrecortada—. ¿Qué voy a hacer?

Nada podía impedir que Ben siguiera besándola, llevado por una necesidad que había ido creciendo en su interior durante semanas. La boca de Addie se movía con la de él, a veces juguetona y a veces ansiosa. Su pasión ardió con más intensidad que antes y él perdió la noción de todo salvo de ella. Ben se estremeció, cogió a Addie por las caderas y encajó sus cuerpos.

Addie rodeó sus hombros con los brazos. Equivocada o no, no podía oponerse a él, pues todo su cuerpo deseaba que él la llenara. Addie sintió que las manos de Ben se deslizaban por su espalda y su cintura, pero la sensación se vio amortiguada por su grueso corsé. Nunca había lamentado tanto aquella prisión de varillas y cordones. Lo único que quería en realidad era estar desnuda en la cama con él, aprendiendo los secretos que los amantes compartían.

De repente, Addie se dio cuenta de lo lejos que había ido, de la distancia que había entre cómo había sido y cómo era ahora. Con un estremecimiento, apartó la boca de la de Ben y apoyó la frente en el hombro de Ben para evitar que él volviera a besarla.

—Addie —susurró él. Ella sacudió la cabeza y gimió. Él deslizó el brazo por la estilizada nuca de ella—. Cuéntamelo —pidió Ben con la boca pegada a la oreja de Addie—. Cuéntamelo.

—Esto no está bien.

—Sí que está bien. Lo que hay entre nosotros tenía que ocurrir.

—Yo no debería... No contigo.

—¿Por qué no?

—Algo me dice que debería tener miedo —declaró Addie con un susurro acongojado.

—¿De mí? —preguntó él con tanta amabilidad que ella apenas lo reconoció—. ¿Por qué, querida?

—Porque el hecho de que nos queramos de esta forma no es suficiente. Cuando el deseo esté satisfecho nada nos mantendrá unidos y yo no lo resistiré. ¿No lo comprendes?

—No, no lo comprendo. ¿Crees que algún día te dejaría de lado? ¿Es esto lo que te preocupa? Yo nunca te haría daño, Addie. No podría aunque lo intentara. Tienes que creerme.

Ella lo miró y asintió con la cabeza mientras sus ojos centelleaban a la luz de la luna. A Ben se le cortó la respiración.

—¡Dios, qué guapa eres!

—No, no lo soy.

Addie, avergonzada, intentó apartar la mirada, pero él la cogió por la barbilla y la miró a los ojos.

—Sí que lo eres. A veces, no puedo apartar la vista de ti. Y siempre sueño contigo.

—Yo también sueño contigo.

—¿Y también sueñas con esto?

Ben le cogió un pecho con la mano y acarició con la boca el cuello de Addie. Ella suspiró y apoyó la cara en su camisa mientras apretaba la mejilla contra la dura musculatura del pecho de Ben. Un estremecimiento de placer recorrió todos sus nervios cuando él mordisqueó con suavidad una zona sensible de su cuello. Ben acarició con el pulgar el pezón de Addie, excitándola y haciendo que todo su cuerpo sintiera placer con cada roce de su dedo.

—¿Esto te gusta? —Ben la apretó contra él con firmeza y siguió acariciándola con dulzura—. ¿Te gusta?

—Sí —balbuceó ella sabiendo que su admisión constituía una invitación a que él continuara.

Ben volvió a besarla con el corazón palpitante. Su sabor y su tacto lo embriagaban, y su olor parecía flotar desde su nariz a sus entrañas. Ahora que la había probado, ninguna otra mujer lo satisfaría. Existía una combustión natural entre ellos, el tipo de afinidad que algunas personas nunca lograban encontrar, aunque la buscaran durante toda la vida.

Addie amoldó su cuerpo al de él, muslo con muslo, pecho con pecho, pero no le bastaba. Quería meterse en su interior, de modo que rodeó la cintura de Ben con sus brazos y apretó con fuerza. De repente, Ben separó sus labios de los de ella, realizó un sonido en voz baja y apretó la boca contra la sien de Addie.

—Espera. ¡Chsss...! No hagas ruido.

—¿Qué...?

—Silencio, cariño.

Addie se dio cuenta de que Ben estaba prestando atención a algo, que había oído algún ruido, de modo que permaneció inmóvil. Se oyó el sonido de unos pies que se arrastraban en la oscuridad, el roce de unos pasos tambaleantes sobre la tierra compacta y el murmullo de alguien que hablaba solo. Ben miró con atención hacia el origen del sonido mientras intentaba calmar su mente y su cuerpo.

Addie notó que se separaba de ella y no pudo evitar realizar un sonido de consternación.

—¡Chsss! —susurró Ben mientras le acariciaba la espalda de un modo tranquilizador y fijaba la vista en la oscuridad que había más allá del corral.

Addie se apoyó en el pecho de Ben con la oreja pegada a los latidos de su corazón y oyó que él exhalaba un suspiro de desesperación.

—¿Qué ocurre? —preguntó Addie con voz pastosa.

—Es Watts, uno de los muchachos, que está un poco alegre.

—¿Quieres decir que ha bebido demasiado?

Ben sonrió a pesar de la frustración que sentía.

—Litro más, litro menos.

Ben separó, a desgana, las manos de Addie, quien las tenía entrecruzadas sobre su nuca.

—¿Qué haces?

—Tengo que ocuparme de él.

—Él no puede vernos —protestó ella mientras Ben soltaba sus manos con ternura y determinación—. Si lo ignoramos, se irá.

Ben se echó a reír, inclinó la cabeza y la besó con rapidez.

—No puedo dejarlo merodeando por el rancho de esta manera, cariño. Necesita ayuda.

Addie se dio cuenta de que su comentario la hacía parecer egoísta y desvergonzada y se ruborizó.

—Lo siento...

—No empieces con eso o me quedaré media hora más. Será mejor que vuelvas a la casa.

Ben la soltó y empezó a alejarse de ella, pero entonces maldijo en voz baja y regresó para besarla de nuevo.

Addie permaneció quieta mientras observaba cómo Ben se dirigía hacia el tambaleante vaquero. La noche había refrescado y la negrura del cielo era sobrecogedora. En lugar de entrar en la casa, Addie se ocultó en las sombras y abrió mucho los ojos mientras observaba a Ben. Él llegó hasta donde estaba Watts y apoyó una mano en su hombro para detenerlo. Watts dio un traspié.

—¡Eh, muchacho! —oyó Addie que Ben decía—. Veo que has pasado una buena noche en el pueblo. —Addie no pudo oír la balbuceante respuesta del vaquero, pero parecía no poder sostenerse en pie sin el apoyo de un brazo firme—. ¿Por qué no te vas ya al barracón? —Ben giró a Watts en dirección al barracón—. Mañana tendrás una resaca de mil demonios. Será mejor que duermas un poco.

El vaquero balbuceó otra respuesta, esta vez con voz un poco más alta que la primera.

—He celebrado algo.

Ben rió en voz baja.

—Sí, ya lo veo. Vamos, compañero, ya está bien de celebraciones por esta noche.

Watts se separó de Ben con brusquedad, se volvió y,

tambaleándose, avanzó en otra dirección soltando maldiciones.

Addie frunció el ceño enojada, pues tenía en baja consideración a los hombres a quienes les gustaba beber hasta perder la cabeza. Como ya no sentía ningún interés por aquella escena, Addie se dirigió a la casa; sin embargo, el tono de preocupación de Ben la retuvo.

—¿Qué demonios te ha pasado esta noche? Nunca te había visto tan borracho.

De una forma repentina, los balbuceos del vaquero se transformaron en gemidos de dolor. Addie se estremeció y se agarró a la barandilla de las escaleras.

—¡Oh, Ben...!, ¿por qué ha tenido que hacerlo? ¿Por qué?

Ben lo agarró por los hombros y lo sacudió ligeramente.

—¿Quién? ¿Tu novia? ¿Qué ha sucedido?

Watts hundió el rostro en sus manos. Addie, sorprendida y algo avergonzada, se dio cuenta de que estaba llorando y deseó haber entrado antes en la casa y no haber presenciado su dolor. Addie subió las escaleras poco a poco y se preguntó qué podía haberlo hundido de aquella manera. No podía comprender lo que decía entre sollozos, pero Ben sí y Addie percibió compasión en la voz de Ben cuando murmuró:

—No es culpa tuya. Maldita sea, tendrías que habérselo contado a alguien en lugar de llenarte las tripas de whisky. Tú no podrías haber hecho nada para impedírselo...

Addie giró el pomo de la puerta, volvió la vista atrás y vio que Ben deslizaba un brazo por los hombros de Watts. Entonces se dio cuenta de que a Ben no le asustaban las debilidades de los demás y que siempre estaba dispuesto a compartir su fortaleza con quien la necesitara. La mayoría de los hombres se habrían acobardado ante aquella escena, pero a Ben no le asustaban las emociones ni que lo necesitaran.

Mientras lo miraba, a Addie se le llenaron los ojos de lágrimas. Por primera vez, vio a Ben como el hombre que era, no como ella temía que fuera. Ben dirigió la vista hacia ella, se dio cuenta de su presencia y frunció el ceño. No esperaba que ella estuviera allí. Addie sabía que Ben quería que se fuera antes de que Watts la viera, de modo que entró a hurtadillas en la casa y subió a su dormitorio.

7

Addie caminó de un lado a otro de la habitación. Se sentía nerviosa e intranquila. Cuando se cansó de caminar, apartó el ligero cubrecamas y se tumbó en la cama. Con el cuerpo tenso, contempló el techo de la habitación. Todavía sentía las manos de Ben sobre su cuerpo. «Me perteneces... —Addie podía oír su voz áspera junto a su oreja—. Nunca te haré daño...»

Addie se tumbó boca abajo y hundió la cara en la almohada. Las horas se sucedieron una tras otra, pero el sueño no se puede forzar. En la planta de abajo, las voces de los hombres se fueron apagando y, de una forma gradual, se produjo el silencio. Se habían retirado para la noche. Addie suspiró hondo, se sentó en la cama y se apartó el pelo de la cara. Su fino camisón blanco estaba enredado alrededor de su cuerpo después de horas y horas de vueltas intranquilas. Addie se puso de pie y alisó el camisón. A continuación, oyó ruido en las escaleras y su corazón se detuvo presa del miedo. Su primer pensamiento fue para Russell.

—¡Papá! —susurró Addie y, tras buscar a tientas su bata, se la puso a toda prisa y abrió la puerta.

Como su dormitorio estaba cerca de las escaleras, enseguida vio a quien se aproximaba. Sus hombros se relajaron con alivio cuando vio que se trataba de Russell, quien subía las escaleras apoyándose con pesadez en Ben. La expresión de Addie reflejó una diversión benevolente. Russell estaba completamente borracho. Al paso que iban, tardarían mucho en llegar arriba.

—Te digo que vamos a ganar dinero este año —decía Russell mientras sacudía el dedo para enfatizar su afirmación—. Cualquier cosa a que conseguiremos entre ocho y nueve por cabeza.

—Si tú lo dices —contestó Ben, y casi perdió el equilibrio cuando Russell tropezó con el siguiente escalón.

—Este año las reses se van a poner por las nubes.

—Sólo si decides cruzar tus nervudas reses de cuerno largo con otras de mejor raza.

—Eso mismo estaba pensando. Chico listo.

—Gracias.

—Pero, no has sido tan listo como para conseguir a mi chica. A mi Adeline. ¿No sabes que es la muchacha más guapa de Tejas?

Ben lo ayudó a subir otro escalón.

—Sí, señor.

Addie miró hacia el techo. Russell estaba decidido a hacer de casamentero a su propio y patoso estilo.

—¿Por qué no has…? —preguntó Russ mientras gestionaba con la mano y casi los enviaba a ambos escaleras abajo—. Adeline tiene buen carácter.

—Cuando quiere.

—Tiene todo lo que un hombre podría desear.

Addie no pudo contenerse más y los interrumpió.

—¿Necesitáis ayuda? —preguntó resuelta, y ambos hombres levantaron la vista hacia ella. Russell con una mirada nublada y sorprendida y Ben con su habitual mirada de ojos entrecerrados—. Vais a despertar a toda la casa.

Ben se encogió de hombros.

—Russ le ha dado de más a la botella y he creído que era mejor ayudarle a subir.

—Esta noche no has parado de hacerlo, ¿no? —comentó Addie mientras descendía las escaleras y cogía a su padre por el otro brazo.

Russell la miró bizqueando.

—Estás levantada muy tarde, cariño —declaró con amabilidad.

—Tú también.

Con grandes sudores y esfuerzos, consiguieron llevarlo hasta su dormitorio, lo cual, dado el estado de Russell, constituyó un verdadero milagro.

—Gracias —declaró Ben cuando dejaron a Russell en la cama, donde se desplomó de inmediato.

—¿Qué te hizo pensar que podrías traerlo hasta aquí tú solo? —preguntó Addie mientras acomodaba la almohada debajo de la cabeza del adormilado Russell.

Ben sonrió con amplitud, se dirigió a los pies de la cama y le sacó las botas a Russell.

—El optimismo.

—La ingenuidad —lo corrigió ella mientras lo observaba con recelo, como si se cuestionara su buen juicio—. ¿Y cuánto has bebido tú?

—¿Por qué lo preguntas? ¿Acaso te estás ofreciendo a arroparme en la cama a mí también?

Addie, desconcertada, se volvió y salió de la habitación mientras oía los pasos de Ben detrás de ella y lo oía cerrar la puerta del dormitorio de Russell. Addie recorrió el pasillo con lentitud evitando mirar a Ben. Su corazón empezó a latir más deprisa cuando pasaron junto a las escaleras y Ben pasó de largo y la siguió.

—Yo estoy completamente sobrio —declaró Ben.

—No estoy interesada en tu estado.

—¿Por qué estás despierta a las dos y media de la madrugada?

—Esto no es de tu incumbencia.

—De modo que no podías dormir. Me pregunto por qué.

Llegaron a la puerta del dormitorio de Addie y ella se detuvo. Tenía miedo de que él le preguntara si podía entrar y de cuál sería su respuesta. Addie reforzó su determinación antes de volverse a mirarlo. Ben estaba increíblemente guapo, con su cabello moreno y despeinado y su arrugada camisa blanca con las mangas arremangadas. Addie intentó pensar en algo a toda velocidad, algo que evitara la pregunta que sabía que él le formularía.

—Ben, me preguntaba...

—¿Qué? —Ben apoyó una mano en el marco de la puerta y trasladó el peso de su cuerpo a aquel lado.

Addie se retiró un poco.

—¿Qué le pasaba al vaquero con el que hablabas antes?

—¿A Watts? —Ben titubeó, como si tratara de decidir si decírselo o no—. Fue al otro condado a averiguar si los rumores que circulaban acerca de su hermana eran ciertos.

—¡Oh!

—Watts ha estado manteniendo a su madre y a su hermana con su paga y además hace algún que otro trabajito por ahí para obtener un dinero extra. Por lo visto, según ha averiguado esta noche, lo que ganaba para su familia no era suficiente.

—¿Y qué es lo que ha averiguado?

—Su hermana trabaja en un salón de baile.

—¿Como bailarina?

—Como querida.

Ésta era una forma suave de decirlo. Había cientos de otras palabras que se utilizaban con más frecuencia para describir a una prostituta, pero todas habrían ofendido la sensibilidad de una mujer y Ben no sabía cómo reaccionaría Addie.

—¡Oh, Ben! —exclamó Addie con voz grave y compungida—. ¿Cuántos años tiene?

Ben se encogió de hombros.

—Dieciséis o diecisiete.

—¿Y si tuviera más dinero? ¿Cuánto haría falta para que ella no tuviera que trabajar allí? Yo podría conseguir algo de dinero de papá. Ya sabes lo bondadoso que es en el fondo.

—Yo ya le he ofrecido ayuda, pero Watts se ha negado a aceptar ni un centavo. En estos momentos, no piensa con claridad. Lo volveré a intentar mañana, cuando esté más despejado. —Como Addie seguía frunciendo el ceño, Ben acarició un mechón de su pelo, que caía sobre su hombro, y tiró de él con suavidad—. No te preocupes tanto. Todo se resolverá.

—Eso espero. —Addie bajó la mirada hacia el suelo—. A veces me cuesta creer la cantidad de infelicidad que hay en el mundo.

—¿A ti qué te hace infeliz? —Ben le levantó la barbilla con la punta del dedo índice y le sonrió mirándola a los ojos—. Cuéntamelo y yo lo arreglaré.

—No podrías —respondió ella de una forma escueta mientras retiraba la barbilla—. Sólo vete, por favor. Me voy a la cama.

—¿Que me vaya? Pero si ésta es mi parte favorita de la noche.

—Buenas noches —declaró Addie con firmeza.

—Espero que lo sea.

Ben sonrió al ver la expresión sobresaltada de Addie, cogió el pomo de la puerta y lo giró con destreza. La puerta se abrió de golpe, como si le diera la bienvenida. Addie se quedó sin palabras mientras él la empujaba con suavidad al interior del dormitorio y cerraba la puerta a sus espaldas, con un golpe del codo. Ni siquiera le había preguntado si podía entrar. Típico de él.

—B-Ben... —tartamudeó ella.

—¿Mmm?

Ben arqueó una ceja con despreocupación y desenrolló sus mangas.

—Ben, sal de aquí. Yo... ¿Qué estás haciendo?

—Lo que he estado deseando hacer desde que Watts nos interrumpió.

Ben se estaba desabrochando los botones de la camisa uno a uno. Addie, atónita, lo observó con la mandíbula caída mientras la carne firme y bronceada del torso de Ben aparecía por la abertura de su camisa. Addie apartó la vista hacia la puerta. No podía creer que Ben hubiera entrado en su dormitorio y se estuviera quitando la ropa. ¿Era éste otro de sus sueños irracionales? Tenía que serlo.

Addie oyó el susurro de la camisa de Ben al caer al suelo y, sobresaltada, se volvió para mirarlo. Ben estaba desnudo de cintura para arriba. Sin la camisa, parecía mucho más grande, con sus anchos hombros y sus brazos y sus pectorales fuertes y musculosos. Su abdomen, que quedaba a la vista gracias a sus tejanos de cintura baja, era musculoso y tenía el relieve de una tabla de lavar y estaba bronceado por el sol, salvo por los escasos centímetros de piel más blanca que destacaban justo por encima de la cinturilla del pantalón.

Addie señaló la camisa del suelo con un dedo ligeramente tembloroso.

—Te he dicho que te vayas. Yo... ¡Vuelve a ponértela!

Ben sonrió con lentitud, se acercó a la cama, se sentó y sostuvo la mirada de Addie mientras se sacaba una bota. Su mirada calmada y anticipatoria colmó el vaso de lo que a Addie le parecía soportable. Addie empezó a balbucear, pues estaba convencida de que en cualquier momento, alguien de la casa descubriría lo que ocurría en su dormitorio.

—Ben... Ben, para y escúchame. Siento las cosas que hice antes y que puedan haberte llevado a creer que estoy interesada en hacer esto contigo, porque no lo estoy. No estoy preparada para hacer esto con nadie y menos contigo. Y si mi padre supiera que estás aquí en estos momentos, te mataría o mañana mismo estarías frente al cañón de un rifle hasta que prometieras ca...

La voz de Addie se atascó en esta última palabra.

—¿Casarme contigo? —terminó Ben con amabilidad. Apartó las botas con el pie desnudo, se levantó y continuó con una suavidad enigmática en la voz—: Interesante idea, ¿no crees?

—No mucho —respondió ella con voz temblorosa. Addie sabía que no tenía el control de la situación y buscó una forma de escapar—. Aunque, por otro lado, estoy segura de que la idea de casarte con alguien con tanto dinero como yo te gusta. Sabes perfectamente que mi padre te daría todo lo que tiene si nos casáramos, incluido el rancho. Y sin condiciones. ¡Apostaría algo a que la idea de ser mi esposo te atrae muchísimo!

Cuando Ben comprendió su consternación, su actitud divertida y determinada desapareció.

—¡Al infierno con el rancho y el dinero de tu padre! Yo no necesito que me den nada, pues tengo mis propios recursos, entre ellos, suficiente dinero para hacer lo que me plazca.

—¿Cómo puede ser?

—Apoderarse de reses sin marcar constituye una aventura muy rentable si se hace bien. Y yo tengo un talento especial en este sentido, de modo que no necesito tu dinero. Pero tienes razón. La idea de ser tu esposo me atrae, y en las próximas horas quiero demostrarte por qué.

Ben desabrochó el botón superior de sus tejanos y Addie se sintió invadida, primero, por un escalofrío, y después por una oleada de calor.

—Acércate —pidió Ben mirándola directamente a los ojos de una forma persuasiva.

Antes de que ella pudiera evitarlo, los ojos de Addie se deslizaron hasta la oscura abertura de los pantalones de Ben, donde su magro abdomen descendía hasta ocultarse detrás de una mata de pelo oscuro. Durante su trabajo en el hospital, Addie había visto hombres desnudos, pero ninguno tan desinhibido como él. Las personas siempre se sentían incómodas sin la protección de la ropa, pero Ben parecía sentirse totalmente cómodo sin ella.

El instinto de marcharse era sobrecogedor. Marcharse. Lo único que tenía que hacer era salir de la habitación. Sin duda, él no la perseguiría por la casa medio desnudo. Ella iría a la cocina y se quedaría allí hasta que él se calmara. Se quedaría allí sentada toda la noche, si era preciso.

Addie retrocedió un paso con cautela mientras calculaba la distancia que la separaba de la puerta. Sus nervios exigían acción. Addie se volvió hacia la puerta y, al instante siguiente, sintió que él la apretaba contra su cuerpo. Addie se quedó inmóvil, respirando agitadamente, consciente del musculoso abdomen de Ben pegado a su espalda.

—Antes ya te había dicho que no tuvieras miedo —corroboró Ben junto a su oreja.

Ella se puso en tensión mientras él deslizaba la mano por el interior de su bata y buscaba su pecho entre los pliegues de su camisón.

—Deja que me vaya —murmuró ella.

Él apoyó el pulgar en el surco que había entre los pechos de Addie y la acarició con suavidad antes de bajar la mano hasta su estómago y la maleable calidez de su entrepierna. La tela del camisón no ocultó la reacción de Addie.

Ben acarició con sus labios el hueco inferior del cuello de Addie e inhaló la seductora fragancia de su piel.

—No te haré daño —murmuró Ben—. Ya lo sabes. Lo que hicimos antes te proporcionó placer, ¿no? Pues ahora no será distinto.

Ella tragó saliva con dificultad y sacudió la cabeza intentando reprimir la anticipación que crecía en su interior. En la habitación no se oía nada, salvo su respiración jadante. Poco a poco, Ben deslizó los dedos entre los muslos de Addie y ella gruñó su nombre como protesta mientras apoyaba la cabeza sobre su hombro.

—No es justo que te aproveches de mí de esta manera.

—Con tal de conseguirte, me aprovecharé de todo lo que esté a mi alcance. ¿Qué hay de malo en esto?

—Todo. Sabes que yo no quiero sentir lo que siento por ti.

—Esto no importa. Yo no me iré y tampoco lo harán tus sentimientos. Y no dejaré de forzarte a enfrentarte a ellos hasta que aceptes la verdad acerca de ti y de mí.

«La verdad —pensó Addie con desesperación—. ¿Qué es la verdad?» ¿Estaba en los brazos de un asesino? Si él era capaz de asesinar, entonces todo lo que le había dicho era mentira. Ella no podía aceptar que todo fuera una mentira. En el fondo de su corazón, sabía que tenía que creer en él o nunca más volvería a creer en nada, especialmente en sus instintos. El conflicto y la duda la despedazaban con garras de hielo.

—Por favor —pidió Addie casi sin aliento mientras tiraba de las manos de Ben, y casi perdió el equilibrio cuando él la soltó.

Addie se dio la vuelta y lo miró asustada. El rostro de Ben quedó grabado en su memoria para siempre. Una serie de imágenes cruzaron por su mente: Ben arrodillado a su lado cuando *Jessie* la tiró al suelo; Ben arriesgando su vida por un hombre herido; Ben riéndose por sus muestras de mal genio; Ben peleándose con Jeff por ella; Ben consolando a Watts cuando lloraba; Ben acompañando a Russell a la cama; Ben abrazándola apasionadamente...

Ben: reconfortante, protector, amante.

Ben no era un asesino. «Él no lo hizo. Él no es capaz de cometer un asesinato a sangre fría.» Ésta fue la única verdad que descubrió en su interior. No podía ponerlo en duda, fuera cual fuera el precio que tuviera que pagar por confiar en él. No podía elegir nada más. Después de tomar aquella decisión, Addie experimentó un alivio sobrecogedor.

—¿Qué quieres? —preguntó Addie con indecisión.

Ben la miró de una forma apasionada.

—Quiero formar parte de ti, parte de tu vida. Pero no soporto que no confíes en mí. Yo merezco tu confianza.

—Lo sé.

—Y merezco la oportunidad de demostrarte que puedes confiar en mí. Confía en mí. Dame esta noche. Te juro que no te arrepentirás. —Ben esperó una respuesta, pero Addie permaneció en silencio y él la cogió por el cabello y tiró de su cabeza hacia atrás obligándola a mirarlo—. Maldita sea, Addie, estoy enamorado de ti. Y ya estoy harto de juegos, ¿comprendes? Te amo.

Una oleada de dulzura invadió a Addie. No podía hablar. Sus ojos se llenaron de lágrimas y sus brazos rodearon el cuello de Ben. Cuando Ben notó que ella se estremecía, su impaciencia se desmoronó.

—Dame esta noche —repitió Ben sabiendo que había ganado.

Ella tiró de su cabeza hacia la de ella y él la apretó contra su cuerpo. El calor de la piel de Ben traspasó el camisón de Addie y el placer que ella sintió le erizó el vello y puso en tensión sus pezones.

La boca de Ben se movió de una forma salvaje y sus brazos casi causaron dolor a Addie. Estaban tan cerca el uno del otro que los latidos de sus corazones se confundieron. El pulso de Addie latía enloquecido, pero el de Ben era como un trueno embravecido. Sus besos se volvieron cada vez más largos y profundos.

El cuerpo de Ben parecía de bronce y plata a la tenue luz que procedía de la ventana. Addie apoyó las manos en su espalda y la exploró hasta la cinturilla suelta de sus tejanos. Una vez allí, sus manos se detuvieron con timidez. Ben murmuró algo inteligible, le abrió la bata y se la bajó por los brazos hasta que cayó al suelo con un leve crujido.

Ella se quedó quieta, con los dedos apoyados en la cintura de Ben mientras él desabrochaba el botón superior de su camisón de cuello alto y, a continuación, el siguiente, siguiendo el curso de los botones hasta debajo de sus pechos. Los labios de Ben rozaron la mejilla de Addie succionando el último destello de una lágrima olvidada.

Ben le bajó el camisón por los hombros con lentitud y lo dejó caer en un círculo alrededor de sus pies. Los dedos de las manos de ambos se entrelazaron mientras él elevaba las de ella hasta sus hombros. Addie dejó las manos allí y permitió que él la mirara, temblando ligeramente mientras los ojos de Ben recorrían su esbelto cuerpo. A Addie le resultaba imposible mirarlo a la cara, pues tenía miedo de lo que pudiera descubrir en ella. Quería serlo todo para él. Quería ser perfecta para él. Él recorrió el cuerpo de Addie de arriba abajo con la mirada y volvió a recorrerlo en sentido contrario y con lentitud hasta su cara, y sus ojos se oscurecieron de pasión.

—Sabía que eras hermosa —susurró Ben—. Sabía que te desearía, pero nunca imaginé nada parecido a esto.

Ben la cogió en brazos y la llevó hasta la cama sin hacer ruido. Ella se abrazó a él con abandono, mientras sus piernas colgaban en el aire desde el brazo que él había deslizado por debajo de sus rodillas. El mundo entero pareció inclinarse cuando él la dejó encima de la cama. Ben se quitó los pantalones y se inclinó sobre ella. Addie se mordió el labio inferior para contener un gemido y cerró los ojos mientras él deslizaba la boca hasta sus pechos.

Addie se retorció debajo de él con nerviosismo, anhelando sentir el peso de su cuerpo sobre el de ella y Ben deslizó una mano hasta el estómago de Addie y la presionó contra el colchón.

—Despacio —murmuró Ben mientras rozaba con las yemas de los dedos la curva de la cadera de Addie—. Despacio y con paciencia. Addie... Amor...

—Quiero ser tuya.

—Ya lo eres.

—Quiero tenerte dentro de mí.

—Todavía no. —Ben deslizó la lengua por el esternón de Addie y ella se estremeció—. Todavía no. Tenemos tiempo.

Ella le acarició el pelo. Le encantaba su tacto y poder tocarlo con libertad. En aquel momento, él le pertenecía. Él era de ella. Poco a poco, los pensamientos de Addie se vieron silenciados por las tiernas manos de Ben y sus palabras, palabras susurradas al azar con las que la alababa, la animaba a responder y aumentaba su placer.

—Tus caderas encajan a la perfección en mis manos... Eres tan suave aquí..., y aquí. Acércate... Déjame tocarte. No seas tímida conmigo. Me encanta el olor de tu piel... Huele a flores. ¿Qué quieres? Coge mi mano y enséñamelo... Sí, así...

Ben estaba decidido a conocerla mejor de lo que ella

misma se conocía. Todos sus secretos le fueron arrancados en la oscuridad. Todo lo que era íntimo y privado fue revelado. Ella no le negó nada y contestó a preguntas silenciosas que nunca imaginó que él formularía. La necesidad de conocerlo de la misma forma, de comprender su cuerpo, era como un fuego devorador.

Addie deslizó las manos hasta las caderas de Ben y él contuvo el aliento. Las yemas de los dedos de Addie rozaron la línea donde empezaba el vello áspero que crecía en la zona baja de su abdomen. Addie titubeó mientras sus dedos merodeaban cerca del miembro excitado y pulsante de Ben y él supo que se sentía insegura. Ben ansiaba sentir sus manos en él, aquellas manos pequeñas y femeninas que necesitaban aprender cómo tocar a un hombre.

—Addie... —Ben colocó la mano encima de la de Addie y ella la apartó como si se hubiera quemado—. No, no, deja que te enseñe —declaró Ben. Le resultaba difícil hablar con voz suave cuando su cuerpo temblaba de ansiedad—. Prepárame para ti —pidió a Addie mientras cogía con decisión su mano, la colocaba alrededor de su miembro y le enseñaba cómo proporcionarle placer.

Addie se ruborizó en la oscuridad y puso en práctica, con torpeza, aquella íntima lección, alentada por el temblor de los dedos de Ben y los latidos acelerados de su corazón. Addie deslizó la mano hacia arriba y hacia abajo, sin apretar, y deteniéndose de vez en cuando para sentir la sedosa textura de su piel. La respiración de Ben soplaba en ráfagas aceleradas en el pelo de Addie conforme ella se volvía más atrevida y, al final, él le soltó la mano permitiendo que ella lo tocara con libertad. Addie le formuló las mismas preguntas que él le había formulado acerca de lo que le gustaba y lo que le hacía sentir bien y él le contestó con una suave risa.

—Eres un ángel —murmuró Ben mientras la besaba con posesividad, llevaba las manos de Addie a su rostro y las apretaba contra sus mejillas—. Un ángel...

Ben siguió besándola mientras sus dedos buscaban entre la maraña de vello húmedo que había en la entrepierna de Addie. Poco a poco, Addie sintió la intrusión de sus dedos en su cuerpo, se sobresaltó y sus muslos se tensaron.

—No te tenses —declaró Ben con voz ronca—. Relájate. Déjame entrar, cariño.

Ella intentó relajar la tensión interior mientras sentía que el dedo de Ben se deslizaba más y más adentro. El dedo de Ben se movía de una forma ágil y sensible, deslizándose y acariciándola hasta que ella se arqueó hacia él, exhaló un leve gemido y se quedó inmóvil presa de una oleada de placer. La base de la mano de Ben frotó con ternura la suave zona que había entre los muslos de Addie alargando su éxtasis el máximo posible.

Addie, exhausta y temblorosa, se relajó bajo el cuerpo de Ben y, cuando abrió los párpados, no sabía si habían pasado horas o minutos. Él se apoyó en los codos y contempló el rostro de Addie con ojos ardientes. Addie le rodeó el cuello con los brazos y, de una forma lánguida y ansiosa al mismo tiempo, lo acercó más a ella mientras él le separaba las piernas con las rodillas y la penetraba.

La prolongada e invasiva penetración hizo que Addie se estremeciera de dolor, pero ella se rindió al dolor en lugar de resistirse a él y aceptó la plenitud de Ben en su interior. Ben apartó con delicadeza el pelo de la frente de Addie y besó la humedad salada de su piel. Sus pulmones se expandieron en oleadas mientras la profundidad de las entrañas de Addie lo sujetaban con una presión de terciopelo. Ben se movió con un ritmo cuidadoso y regular y, antes de que pudiera enseñarle nada más, ella levantó las caderas en respuesta a sus penetraciones. Los ojos vidriosos de Addie buscaron los de Ben.

—¿Qué sientes? —le preguntó Addie.

Ben inclinó la cabeza hacia ella y su pelo moreno cayó sobre su frente. Durante unos instantes, permaneció en silencio mientras buscaba las palabras adecuadas para describir cómo se sentía. Entonces tragó saliva con fuerza y sacudió la cabeza.

—No puedo describirlo —declaró con voz ronca—. ¿Y tú?

—Siento que formas parte de mí —murmuró ella—. Somos una sola persona. Y no quiero separarme de ti nunca más.

Ben tiró de las caderas de Addie hacia él y la penetró con un ímpetu repentino. Llevados por el nuevo ritmo que él había establecido, buscaron juntos una unión más profunda y, hechizados, se amaron hasta que el mundo se desvaneció a su alrededor. Ben buscó la boca de Addie con la suya y exhaló un gemido final en la boca de ella mientras experimentaba la misma explosión de éxtasis que contraía la carne de ella alrededor de la de él. Entonces ambos se desplomaron sobre el colchón, exhaustos y embargados por una sensación de plenitud.

Addie fue la primera en moverse. Con somnolencia, deslizó el brazo por los hombros de Ben y se colocó encima de él. Sus ojos brillantes y su pelo alborotado la hacían parecer un gatito curioso y Ben torció la boca divertido, mientras deslizaba la mano por la curvatura de la espalda de ella.

—¿Ben?

—¿Qué?

—¿Todavía visitas a la mujer de Blue Ridge?

Él sonrió compungido y le cogió la cara con ambas manos.

—Tus preguntas siempre me sorprenden.

—¿Y bien?

—Hace mucho tiempo que no voy a verla. No he estado con ninguna mujer desde que me di cuenta de que te quería. —De una forma distraída, Ben jugueteó con el pelo de Addie, entrelazándolo con sus dedos, deslizando las puntas por su cara y disfrutando de su suavidad—. Tú has absorbido todo mi interés y mi deseo desde hace semanas y no quedaba nada para nadie más.

Addie odiaba la idea de que estuviera con otra mujer. A pesar de sus palabras tranquilizadoras, no podía evitar sentirse celosa. No quería que él tuviera recuerdos de otras mujeres y de los placeres que ellas le habían proporcionado. ¿Pensaba en ella de una forma distinta a como pensaba en las demás? ¿Hacer el amor con ella había sido diferente a hacerlo con las otras mujeres? Sus pensamientos volvieron a la mujer de Blue Ridge.

—¿La querías?

—No la conocía lo suficiente para quererla.

—Pero tú y ella...

—Disfrutábamos de nuestra compañía mutua en la cama, pero conocer a una persona implica mucho más que estar familiarizado con su cuerpo.

Addie nunca había pensado a fondo en lo que sería hacer el amor con alguien a quien uno no quería.

—¿Al menos te gustaba?

—Supongo que podríamos decir que éramos amigos, pero ninguno de nosotros quería nada más que esto. Yo no quería saber qué había en su corazón y a ella le ocurría lo mismo conmigo.

Ben guardó silencio permitiendo que Addie reflexionara acerca de lo que le había contado y contuvo el impulso que sentía de abrazarla con fuerza.

—¡Qué relación tan fría!

La expresión de Addie era una mezcla de desagrado y confusión.

—En cierto sentido sí que lo era.

—¿En qué sentido? —preguntó ella cada vez más irritada.

—Después de hacer el amor, siempre nos quedábamos en silencio. No teníamos nada de qué hablar, nada que compartir. La satisfacción que obteníamos en nuestros encuentros era superficial, no perduraba.

—Superficial o no, es evidente que ella tenía algo que te hacía volver en busca de más. Porque acudiste a ella más de una vez, ¿no?

Ben guardó silencio y se preguntó qué había detrás de las preguntas de Addie. Quizá se trataba de una inseguridad que surgía en forma de sarcasmo. ¿Acaso tenía miedo de que él la comparara con la mujer con la que se acostaba antes?

—¿Por qué no dices nada? —preguntó Addie malhumorada—. ¿Estás demasiado ocupado contando las veces que estuviste con ella?

Durante un breve instante, Ben se debatió entre la empatía y una especie de resentimiento. Él no era un caballero con una armadura brillante y nunca lo sería. Ben percibió la desilusión en la voz de Addie conforme ella se daba cuenta de este hecho, pero Addie tenía que aceptarlo como era, incluidas sus imperfecciones.

—Yo nunca he fingido que mi vida fuera perfecta, Addie. Soy un hombre con las mismas necesidades que todos los demás. Yo he vivido y esto incluye haber estado con otras mujeres.

—¿Cuántas? ¿Yo soy la tercera, la cuarta? ¿La número veinte, la cincuenta?

—Yo no he realizado una marca en mi cinturón por cada una de las mujeres con las que he estado. Y nunca he poseído a una mujer con el objetivo de superar mi récord. He estado con una mujer cuando lo he necesitado. A veces, la conocía y otras, no, pero esto no era importante. Sin embargo, tú eres la única de la que he estado enamorado.

Addie permaneció en silencio durante largo rato y Ben no pudo adivinar sus pensamientos. Al final, Addie habló con voz queda y sin el menor rastro de irritación.

—¿Alguna vez piensas en alguna de ellas?

—No. La verdad es que no me acuerdo mucho del tiempo que pasé con ellas.

Addie frunció el ceño y deslizó un dedo por el contorno de la clavícula de Ben.

—Si después de esta noche no volvieras a verme, ¿hasta qué punto te acordarías de lo que ha sucedido?

—Me acordaría de todos los detalles —respondió él con gravedad—, de cada segundo, de todo lo que has dicho, de todas tus caricias y de todos los sonidos que has proferido hasta el día de mi muerte.

Addie se ruborizó y apoyó la mejilla en el pecho de Ben.

—Ben, ¿te importa que no tenga experiencia? Yo no sabía qué querías...

Ben la hizo rodar hasta que quedó apoyada en la espalda y silenció sus palabras con un largo beso. Cuando levantó la cabeza, su voz sonó quebrada.

—Lo que ha sucedido entre nosotros minutos atrás hace que todo lo que he vivido hasta ahora haya empalidecido. —Ben se interrumpió embelesado por la tímida sonrisa que curvaba los labios de Addie—. Aunque seas una novata, debo decir que, prácticamente, me has dejado extenuado. No sé cómo sobreviviré cuando tengas un poco más de experiencia.

—Sólo tendrás que sonreír y aguantar —respondió ella, y Ben rió entre dientes mientras unía de nuevo su boca a la de ella.

Las horas pasaron volando y, al final, Addie empezó a temer el momento en que Ben tuviera que dejarla. Lo único que les quedaba era unos minutos preciosos, meros pedazos, virutas de tiempo, mientras que ambos ansiaban mucho más. Durante la noche, estuvieron charlando, medio adormecidos, durmiéndose y despertándose, y cada vez que Addie se despertaba, redescubría la bendición de estar acurrucada junto a Ben con sus brazos rodeándola con firmeza. En algunos momentos, sentía como si él pudiera ver a través de su alma. Y tanto si estaban enlazados en un deseo frenético o en un agotamiento placentero, el sentido de unidad seguía siendo el mismo.

—Tendré que irme pronto —declaró Ben cuando la mañana empezó a clarear.

Ella se agitó en señal de protesta y lo abrazó.

—No te vayas. No te lo permitiré.

—Podría quedarme hasta que nos descubra tu familia —bromeó Ben besándola en la cabeza—. Pero, sinceramente, creo que sería mejor que buscáramos otra manera de comunicarles la noticia.

Si lo que pretendía era despertarla de golpe, la verdad es que había escogido las palabras adecuadas. La mención de su familia era la única cosa que podía conseguirlo. Ella lo miró con los ojos muy abiertos.

—¡Oh, Ben! ¿Cómo vamos a...? ¿Qué vamos a...?

—Bueno, una cosa es segura, a Russ no le importará.

—¡Seguro que no, pero mi madre se morirá!

—No creo que el efecto que produzca en tu madre sea tan drástico.

—¡Sí que lo será! Constituirá una impresión terrible para ella. No la conoces tan bien como yo. El otro día me habló acerca de lo que quería para mí y para Caro y acerca de su matrimonio con papá y se sentía tan amargada respecto a todo que no te lo creerías. Ben, si queremos que esté de nuestro lado, tendremos que planteárselo con cuidado, si no le dará un ataque y nunca aprobará nuestra relación. Y no sabes cuánto significa para mí que ella sea feliz.

—¡Chsss! Lo comprendo.

—Estupendo. Me alegro de...

—Espera. He dicho que lo comprendo, no que esté de acuerdo.

—¿Con qué no estás de acuerdo?

—Quiero saber qué quieres decir con planteárselo con cuidado.

—Creo que deberíamos ir acostumbrándola a la idea en lugar de hacérselo tragar a la fuerza.

—Si fuera tan frágil como pareces creer, no habría sobrevivido a treinta años de matrimonio con Russ. Y, como te dije antes, estoy harto de juegos.

—Ben, por favor. De esta forma será mucho más fácil para mí. Ya me estoy temiendo las lágrimas y las discusiones. Y ella no se enfadará contigo, sino conmigo. —Addie titubeó antes de añadir—: Y yo necesito tiempo tanto como ella. Tengo que acostumbrarme a la idea de casarme contigo. Unas cuantas semanas de cortejo no nos harían daño a ninguno de los dos.

Ben frunció el ceño con impaciencia.

—¡Por favor! —pidió ella con voz dulce.

—Si es eso lo que quieres, te daré tiempo, pero pondré dos condiciones a tu pequeño plan. En primer lugar, te doy dos semanas. Éste es el tiempo que mi paciencia puede aguantar. Haz lo que puedas para preparar a tu madre y ordena las ideas en tu cabeza, pero dentro de quince días, daremos la noticia a fin de poder empezar a planear la boda.

—¿Y la otra condición?

Ben deslizó un dedo desde la base del cuello de Addie hasta la curva de su pecho.

—Los días serán tuyos. Si quieres dedicarlos a la farsa del cortejo, así será, pero las noches serán mías.

Los ojos de Addie chispearon con malicia.

—Ben, todavía no estamos prometidos. Si crees que te permitiré...

—¡Desde luego que estamos prometidos! Y espero gozar de todos los derechos de los que disfrutan los hombres prometidos.

—¿No has oído hablar de esperar hasta la noche de bodas?

La mano de Ben se movió posesivamente por el cuerpo de Addie.

—Dime que no me negarás tu cama hasta entonces, Addie. Si no lo haces, te obligaré a contarlo todo.

El placer de sus caricias casi consiguió que Addie se olvidara de lo que quería decirle. Sin embargo, si su relación iba a ser de igual a igual, no podía permitirle que le diera órdenes con tanta ligereza.

—Claro que no te la negaré —respondió ella colocando su mano encima de la de Ben y deteniendo su movimiento—, pero yo también tengo una condición para ti.

Ben arqueó las cejas en un gesto sarcástico.

—¿Ah, sí?

—No quiero que le cuentes a papá lo de nuestro compromiso.

—¿Por qué no? —preguntó él en tono molesto.

—Porque él no sabe guardar un secreto. ¡Ya sé lo que vas a decir, que cuando se trata de negocios sí que es capaz! Pero esto no es un negocio y cuando el secreto está relacionado con la vida personal de alguien, entra por su oreja y al poco sale por su boca. Además, él no es la persona con más tacto del mundo, como tú bien sabes.

—Está bien, está bien. No se lo diré. Pero si descubro que se lo has contado a alguien a mis espaldas..., a Caroline, por ejemplo... —Ben se interrumpió al ver que Addie se reía por lo bajo a causa de sus quejas—. ¿Le importaría explicarme qué es lo que le divierte tanto, señorita?

—Hace unas semanas, nunca habría imaginado que estaríamos discutiendo acerca de algo como esto. Pero tengo que creer que es real, porque está sucediendo. ¿Qué me has hecho, Ben?

—Me he enamorado de ti —contestó él.

No había nada incierto en su amor, nada retenido u oculto.

Addie, temblorosa, sonrió y lo besó en los labios.

—Me preocupa ser tan feliz.

Él se inclinó sobre ella con una expresión muy seria en el rostro.

—No hay nada de que preocuparse.

Ella miró más allá de Ben, hacia la puerta, que estaba cerrada.

—Las personas, los sucesos, el futuro... ¿Qué ocurriría si todo esto se interpusiera entre nosotros? ¿Qué ocurriría si algo que no podemos controlar nos separara?

Unas amenazas sin nombre les esperaban más allá de aquellas cuatro paredes. Unas amenazas que pondrían a prueba su recién estrenada unión. Addie deslizó la mano por el pecho de Ben hasta que sintió el latido vital de su corazón. Ben cubrió su mano con la de él y la apretó con más firmeza contra su pecho.

—Cree en mí —declaró Ben con voz grave—. Cree en mi fortaleza. No permitiré que nada nos separe. En estos momentos, ni siquiera tú podrías alejarme de ti. Nadie en el mundo podría llenar el espacio que tú ocupas. Si no te hubiera conocido, me pasaría la vida esperando a que aparecieras. ¿Crees en lo que te digo?

Addie se acordó de un anciano, solo y harapiento, que estaba de pie bajo la lluvia.

—Sí —susurró ella, y se abrazó a él, pues necesitaba eliminar la distancia que había entre ellos.

Addie se esforzó en derrumbar el último bastión de su interior. Las palabras «te amo» quedaron atrapadas en su garganta, suplicando ser liberadas. Ella quería decírselo a Ben, quería demostrarle que ella también lo amaba tal y como él le había mostrado. Sin embargo, no podía entregar ese último pedazo de su corazón. Ben no pareció notar su reserva, pero Addie era muy consciente de ella e intentó compensarla con una reacción generosa de su cuerpo.

La boca de Ben se aplastó contra la de ella en un beso que envió un estampido de excitación por su cuerpo y todos los pensamientos racionales de Addie se disolvieron en un aluvión de éxtasis. Ben la tomó con una pasión devoradora, sin tregua, sin descanso, penetrándola como si su hambre nunca pudiera ser saciada. Su boca jugó sin cesar sobre ella, transformando sus jadeos en sonidos apenas perceptibles. Addie se entregó a su posesión comprendiendo por fin lo incompleta que era sin él. De una forma pausada, él la llevó a un nuevo plano de sensaciones donde la conciencia de la propia identidad le fue arrebatada y Addie quedó al descubierto ante él. Addie exhaló un murmuro incoherente, lo rodeó con los brazos y adaptó su fuego al de él.

Cuando Ben se levantó para marcharse, Addie apenas se movió. Estaba demasiado agotada para sentir el último beso, la última caricia. Parecía que sólo habían pasado unos minutos cuando oyó voces en la planta de abajo. El amanecer había llegado y la luz entró por las ventanas de su habitación. Addie se tapó la cabeza con la almohada intentando conseguir unos minutos más de sueño y entonces su cuerpo se relajó.

Addie se despertó sintiendo una extraña sensación de terror. La luz de la habitación había cambiado y ahora era más tenue, teñida de un azul grisáceo. De una forma perezosa, se dio la vuelta y parpadeó para librarse de la somnolencia mientras sofocaba un bostezo. Las voces femeninas del piso de abajo habían desaparecido, así como los ruidos del trabajo de los hombres y los ladridos de los perros en el exterior. Había silencio. Entonces se oyó el traqueteo amortiguado de un coche y el roce de las ruedas sobre la calle asfaltada.

Addie salió de debajo de las sábanas y se sentó en el borde de la cama con los ojos muy abiertos. El dormitorio era azul y blanco. En una esquina había una lámpara eléctrica. Addie contempló con fijeza el póster que había en la pared, el cual representaba a Rudolph Valentino, con su pelo liso y moreno y sus ojos seductores, y experimentó una sensación de asfixia.

—¡No, no permitas que me suceda esto! —Se levantó con vacilación, se dirigió a la puerta e intentó abrirla. Estaba cerrada—. ¡Déjame salir! —exclamó, aunque no había nadie que pudiera oírla. Addie giró con más fuerza el pomo de la puerta—. ¡Déjame salir! —Su voz sonó aguda a causa del pánico—. ¿Ben, dónde estás? ¡Ben! Ben...

Addie se despertó sobresaltada y profirió un sonido sordo. El corazón le latía con fuerza en la garganta. Temblando, miró a su alrededor, al dormitorio rosa y blanco. Saltó de la cama, se colocó en medio de la habitación y se volvió mientras miraba a su alrededor. Todo estaba allí. Sus hombros y su columna se relajaron. Se dirigió al espejo y contempló su rostro, que estaba pálido como una sábana y todavía reflejaba el miedo puro que había experimentado. Sólo había sido un sueño.

—Yo pertenezco aquí —declaró Addie en voz alta y con un ligero temblor en la voz—. Pertenezco aquí y no regresaré al Sunrise del futuro. No regresaré.

Los ojos marrones que le devolvían la mirada reflejaban desesperación y duda.

—¡Ah, aquí viene la dormilona! —exclamó Caroline con afecto cuando Addie bajó las escaleras.

Addie sonrió con languidez y ocupó su lugar en la mesa. May le sirvió café y la acarició, y una sensación de confort y tranquilidad invadió a Addie.

—Te has levantado tarde esta mañana —declaró May con una sonrisa—. ¿Has pasado una buena noche?

—Yo... Yo... ¿Qué quieres decir? —preguntó Addie con nerviosismo.

—Bueno, hemos dormido unos cuantos días en el rancho de los Fanin y resulta agradable volver a dormir en la propia cama, ¿no crees?

—Yo estoy encantada de volver a dormir en mi cama —declaró Caroline mientras apoyaba una mano en la espalda de Addie—. Las camas de los Fanin son muy duras y últimamente me cuesta encontrar una posición cómoda para dormir.

Addie la contempló con compasión.

—Pobre Caro, aunque la verdad es que casi te envidio por el hecho de estar esperando a un bebé al que podrás querer y cuidar.

—Son dignos de envidia cuando son de los demás —respondió Caroline con ironía—. Sólo cuando tienes uno propio comprendes lo molesto que es. Y éste me causa más molestias que las que me causó Leah. Aunque quizás es que soy más vieja.

—Treinta años no es ser vieja.

—Díselo a Peter. —Caroline sonrió levemente—. Creo que está a punto de enviarme al retiro.

—¿A qué te refieres?

Caroline dejó de sonreír.

—¡Oh, a nada! Sólo hablaba por hablar.

—No lo entiendo.

—Cuando te cases entenderás muchas cosas —la interrumpió May con dulzura—. Incluidas algunas inquietudes y preocupaciones que las mujeres tienen que soportar.

—Pero sería maravilloso si fuera con la persona adecuada —contestó Addie con ensoñación mientras resistía la tentación de ver cuál era la reacción de May a sus palabras—. Tengo muchas ganas de casarme.

—¿Y con quién tienes planeado casarte?

—Oh, ahora mismo con nadie.

Addie infundió la cantidad justa de turbación a su voz. Después, cambiaron de tema, pero May no dejó de mirarla con extrañeza durante el resto de la mañana.

8

A Russell le gustaba refunfuñar en voz alta por las noches, cuando trabajaba en su despacho. Sus cálculos y sus exclamaciones de frustración traspasaban las paredes, flotaban por el pasillo y llegaban, perfectamente audibles, a la salita donde May, Caroline y Addie cosían y bordaban. May y Caroline arreglaban ropa y Addie bordaba un cojín.

Llevaban mucho rato cosiendo, tanto que a Addie le dolía el cuerpo de estar sentada. Se agitó en la silla y contempló la escena que la rodeaba. Cade había terminado sus deberes y había subido a acostarse y el resto de los habitantes de la casa ya estaban dormidos. La salita estaba silenciosa. Demasiado silenciosa para su tranquilidad.

Addie intentó centrar su atención en la flor a medio bordar que tenía en el regazo, pero sus pensamientos vagaban sin descanso. Las cabezas rubias de May y Caro estaban inclinadas sobre sus labores. A Addie le sorprendía lo mucho que se parecían en cuanto a su serenidad exterior.

Se preguntó cómo podían parecer tan calmadas, cuando, en realidad, estaban tan intranquilas como ella. Addie había percibido y escuchado la amargura que sentía May cuando le habló de la vida que podía haber elegido tiempo atrás, una vida muy distinta a la que tenía en aquellos momentos. Y Caroline era más compleja de lo que nadie podía deducir de su aspecto. Addie sacudió ligeramente la cabeza mientras contemplaba a May y a Caro. ¿Por qué podían ocultar sus verdaderos sentimientos tan bien y ella no?

«Al menos yo me atrevo a decir lo que pienso la mayoría de las veces, pero ellas casi nunca lo hacen. Ninguna de las mujeres de por aquí dice lo que de verdad piensa.» ¿Quién había inventado la norma de que las mujeres nunca debían enfadarse y siempre tenían que ser tolerantes, calmadas y pacientes? Los hombres lo habían decidido. A los hombres les gustaba que sus mujeres fueran poco menos que unas santas, mientras que ellos nunca se preocupaban de dominar su temperamento ni elegir sus palabras con cuidado. Ellos podían avasallar a los demás y ser tan rudos y groseros como quisieran y, después, las mujeres tenían que suavizar las cosas y hacer que todo volviera a estar bien. May y Caroline eran unos ejemplos perfectos de las mujeres del siglo XIX. Cuidadoras y conciliadoras.

«Yo nunca seré como ellas —pensó Addie con aire taciturno—. No podría aunque quisiera. Esto significaría tener que estar siempre representando un papel y yo no soy tan buena actriz.»

Caroline, sin embargo, representaba aquel papel a la perfección. Addie desplazó su atención a su hermana. ¡Qué distinta era Caro en el interior en comparación con el exterior! Parecía que nunca hubiera hecho o dicho nada inadecuado en su vida. Rubia, serena, desapasionada... Parecía que no hubiera heredado nada de la naturaleza extrovertida de su padre. Parecía haberse amoldado por completo al hecho de que su esposo no compartiera la cama con ella. Hacía ya unas semanas que Peter y Caro dormían en habitaciones separadas y habían alegado el embarazo de Caro como excusa. En aquel momento, Peter estaba durmiendo y no vería a su esposa hasta el día siguiente, durante el desayuno.

Addie se quedó atónita ante la falta de sorpresa que la familia mostró ante aquella situación. Todos habían dado por sentado que Caroline no necesitaba tener relaciones íntimas con un hombre a no ser que fuera con la intención de concebir hijos. Sin embargo, Addie conocía la relación que Caro había mantenido con Raif Colton. Caroline era una mujer de carne y hueso, no de mármol, y tenía la necesidad de dar y recibir amor.

Addie sintió lástima por ella. ¿Era esto lo que Caroline estaba dispuesta a tener durante el resto de su vida, un matrimonio insulso y unos cuantos recuerdos apasionados? Addie tenía la sensación de que en el interior de Caro todavía ardía el amor por aquel vaquero apasionado que había sido su amante, por el padre de su primera hija, un hombre que había muerto tan violentamente como había vivido. Mientras estaba allí, cosiendo con placidez, ¿Caro pensaba alguna vez en él y en lo que habían compartido? Quizá no podía permitírselo.

«Yo nunca podría cometer el error que ella cometió —reflexionó Addie—. Yo no podría renunciar a Ben y vivir con otro hombre, por muy razonable que pareciera la idea. Supongo que no tengo la fortaleza suficiente para hacer algo así.»

Addie nunca había sido tan consciente de las diferencias que había entre ella y las otras dos mujeres. Hacía tiempo que habían aceptado el papel que se suponía que las mujeres tenían que asumir: sacrificio, sumisión, poner las necesidades de los demás por delante de las propias, tolerar las cosas que les causaban dolor, y doblegarse como un junco al viento. Todo esto requería de una fortaleza que Addie no tenía. A ella la habían educado para respetar sus propias necesidades, igual que los hombres respetaban las de ellos. Ella no duraría mucho como mártir. Ella no tenía la paciencia serena e inquebrantable necesaria para sufrir sin quejarse día tras día.

Los días de su infancia ya habían pasado, pero todavía formaban parte de ella. Durante su vida con Leah, en los años posteriores a la guerra, Addie aprendió a trabajar y a ahorrar hasta el último penique. En aquella época descubrió que podía cargar con más de un peso sobre sus hombros, siempre que contara con la libertad de poder tomar sus propias decisiones. No debía permitir que nadie le arrebatara la libertad de elegir por sí misma.

«Nunca viviré mi vida sin sentir y sin pertenecer a nadie. Nunca más. No viviré los días esperando que pasen con rapidez y sintiéndome insensible respecto a todo.»

Addie se sobresaltó un poco al notar un pinchazo de su aguja.

—¡Ay!

—¿Te has pinchado? —preguntó May.

—Sí, mamá. No consigo concentrarme en el bordado.

—¿Por qué no lees un libro?

Addie no tenía ganas de leer, de modo que asintió sin mucho entusiasmo con la cabeza y dejó la labor a un lado. Al ver que había una gota de sangre en el cojín, la cual tendría que ocultar con más bordado, realizó una mueca. Entonces oyó el leve y cautivador punteo de una guitarra y su pulso se aceleró. Ben estaba tocando la guitarra en los escalones de la entrada del cobertizo de dos habitaciones en el que vivía, como era su costumbre cuando la cena terminaba temprano. La melodía era suave y seductora.

—¡Qué canción tan bonita! —comentó Caroline.

Addie se levantó a toda prisa. Le resultaba imposible resistirse al reclamo de la música.

—Voy a dar un paseo —murmuró, y salió de la habitación.

Todas sabían adónde se dirigía.

May la llamó con voz grave y tensa.

—¡Adeline, no tardes! ¿Me oyes?

Entonces se oyó la voz suave y convincente de Caroline dirigiéndose a May.

—Mamá, ya sabes que, digas lo que digas en contra de Ben, lo único que conseguirás es que ella se emperre más en él. Sería más inteligente no decir nada.

—¡Buena y dulce Caro! —susurró Addie mientras sonreía para sí misma.

¿Por qué tantas de sus antiguas amigas se quejaban de sus hermanas mayores?

Addie salió de la casa y bajó los escalones de la entrada dando saltitos. De repente se sentía de buen humor. Su corazón pareció expandirse de alegría cuando vio a Ben. La luz de la luna despedía destellos azules y plateados de su pelo negro y resaltaba la longitud de sus piernas a la entrada del cobertizo. Uno de sus pies reposaba en un escalón y el otro en el suelo, y apoyaba la guitarra en la pierna que tenía doblada.

Al verla, Ben sonrió y, sin dejar de contemplar su esbelta figura, siguió tocando la melodía. Addie cogió su falda con ambas manos y la ondeó al compás de la música simulando despreocupación.

Cuando se acercó a Ben, sus miradas se encontraron intercambiando mudas promesas.

—¿Ya saben que estás aquí? —preguntó Ben señalando con la cabeza hacia la casa.

—Les he dicho a mamá y a Caro que salía a dar un paseo.

—¿Eso es todo? ¿No me has mencionado para nada?

—Ellas ya saben que he venido a verte.

Ben sonrió con burla.

—Entonces decir que salías a dar un paseo era como representar una comedia, ¿no?

Ella simuló sentirse ofendida, se volvió hacia la casa y miró a Ben por encima del hombro.

—Si no quieres mi compañía, dímelo.

—Yo nunca te diría algo así, cariño. —Ben se desplazó un poco en el escalón y señaló el hueco que quedaba con el mástil de la guitarra—. Siéntate.

—Es demasiado estrecho, no creo que quepa ahí.

Ben sonrió con malicia.

—Inténtalo.

Addie consiguió apretujarse entre él y la barandilla.

—¡Uf, casi no puedo respirar!

—Yo no me quejo.

Ben se inclinó hacia ella y la besó en los labios. La lengua de Addie se unió a la de él, calidez con calidez, ofreciendo y saboreando, hasta que la sangre de Ben hirvió con creciente vigor. Ben realizó un sonido profundo y apreciativo antes de separar su boca de la de ella, pues era consciente de que era necesario guardar las apariencias. Ben volvió a colocar con indecisión los dedos en las cuerdas de la guitarra y contempló el instrumento como si no lo hubiera visto nunca antes.

—¿Yo sabía tocar esta cosa?

Ella rió por lo bajo y acurrucó su cara en el cuello de él mientras disfrutaba del aroma de su piel.

—Sí. Toca algo bonito para mí, Ben.

Él se inclinó sobre la guitarra y la obedeció. La evocadora melodía que Addie había oído tantas noches mientras estaba sola en la cama pareció envolverlos a los dos. Addie presionó la mejilla contra el hombro de Ben y entrecerró los ojos ensimismada.

—¡Suena tan triste!

—¿Ah, sí? —Sin dejar de tocar, Ben la miró de una forma pensativa—. Me recuerda un poco a ti.

—Yo no soy triste.

—Pero tampoco muy feliz.

A Addie su percepción le resultó desconcertante, aunque no podía negar que fuera cierto. Sería feliz si no tuviera miedo de lo que pudiera ocurrirle a Russell y si no hubiera tanta animosidad entre el rancho Sunrise y el Double Bar, y si su relación con Ben no molestara tanto a May, y si pudiera resolver sus inquietudes respecto a su pasado... En fin, había toda una lista de cosas que la preocupaban.

—No, no soy completamente feliz —admitió ella—. ¿Y tú?

—A veces.

Addie puso cara de contrariedad.

—A los hombres os resulta más fácil ser felices que a las mujeres.

Ben soltó una carcajada.

—¡Nunca había oído nada parecido antes! ¿Qué te hace creer que es más fácil para nosotros?

—Podéis hacer todo lo que queréis. Y vuestras necesidades son muy simples. Buena comida, salir de vez en cuando con los amigos a beber, una mujer con la que compartir la cama y estáis en el cielo.

—Un momento —intervino él con los ojos chispeantes de diversión y malicia. Ben dejó la guitarra apoyada en la barandilla y se volvió hacia Addie mientras colocaba las manos en las caderas de ella. La música nocturna los rodeaba: el canto de los grillos y el susurro de la brisa en el heno—. Has pasado por alto unos cuantos puntos.

—¿Ah, sí? ¿Qué más necesitáis, aparte de las cosas que he mencionado?

—Para empezar, una familia.

—¿Grande o pequeña?

—Grande, claro.

—Claro —repitió ella con ironía—. No dirías esto si fueras la mujer que tuviera que tener a esos hijos.

—Es probable que no —accedió él, y sonrió—. Pero como hombre, me gusta la idea de tener, como mínimo, media docena de hijos.

Resultaba difícil imaginárselo como padre. Ben encajaba demasiado bien en el papel de amante soltero.

—En cierto sentido, no te veo aguantando una casa llena de niños, con un bebé vomitando en tu camisa y otro niño tirando de la pernera de tus pantalones.

—Da la casualidad de que me gustan los niños.

—¿Incluso los traviesos?

—No sabía que pudieran ser de otra manera.

—¿Cómo sabes que te gustan? —preguntó Addie.

—Tengo un sobrino y una sobrina y ellos...

—Esto sólo son dos —lo interrumpió ella con aire triunfal—. Dos es muy distinto que seis.

—¿Adónde pretendes llegar?

—Sólo quiero hacerte comprender que no tienes ni idea

del tiempo, la atención y las preocupaciones que requieren media docena de niños.

—Entonces, ¿no tienes intención de tener seis hijos?

—¡En absoluto! Dos o tres será suficiente.

—De acuerdo. Siempre que uno de ellos sea un niño.

—¡Machista! —gruñó ella—. Te doy tres oportunidades y, si todas son niñas, te parece mal. Sin embargo, tener muchos hijos hace que las mujeres envejezcan antes de tiempo. Además, si tuviéramos seis hijos estaría tan ocupada que no dispondría de tiempo para ti y siempre estaría demasiado cansada para hacer el amor, y...

—Tienes razón —contestó él de inmediato—. De acuerdo, lo dejaremos en tres.

—Ben, ahora que estamos hablando acerca de nuestro futuro, hay algo que me he estado preguntando...

—Después.

La respiración de Ben agitaba ligeramente el pelo de la nuca de Addie y ella dio un brinco al notar el suave mordisqueo de sus dientes.

—Pero es importante. Es acerca de nuestro matrimonio y...

—Addie, no voy a quedarme aquí sentado repasando tu lista. —Sus manos se deslizaron hacia arriba, por la ceñida cintura de Addie y se detuvieron debajo de sus pechos—. Ahora no. Ésta es la primera vez que estamos solos desde ayer por la noche.

Los pechos de Addie se pusieron en tensión, reclamando el tranquilizador contacto con las manos de Ben.

—Hoy te he echado de menos —murmuró Ben.

Ella se retorció y lo empujó.

—Es importante que hablemos de esto. Hay cosas que debemos entender el uno del otro. En esto consiste el cortejo.

Ben exhaló un suspiro y la soltó. Se rodeó las rodillas con los brazos y le lanzó una mirada de reojo sarcástica.

—¿Qué es lo que no entiendes y que no puede esperar a más tarde?

—Se trata de lo que tú no entiendes de mí.

De repente, los ojos verdes de Ben se pusieron en total alerta.

—Dime.

—Hay cosas que necesito... El nuestro no puede ser un matrimonio como el de los demás. Yo soy diferente de las otras mujeres de por aquí.

—Esto no te lo discutiré.

—Me preocupa cómo funcionará el matrimonio entre dos personas como nosotros. Los dos somos muy tozudos y tenemos nuestras propias ideas acerca de las cosas.

—Estoy de acuerdo. Tendremos que llegar a muchos compromisos.

—Pero hay algunas cosas a las que no pienso... a las que no puedo comprometerme. —Addie levantó la vista hacia Ben y se ruborizó—. Siento haber sacado este tema. En realidad, no sé lo que quería decirte.

—Yo creo que sí lo sabes.

—Quizá no debería... En realidad creo que es demasiado pronto.

—¿Qué tenías pensado pedirme, un viaje alrededor del mundo? ¿El rancho más grande de todo Tejas? ¿Acciones de la Northern Pacific?

Addie no pudo evitar echarse a reír.

—¡Vamos, para!

Ben le cogió las muñecas y las colocó alrededor de su cuello y Addie entrecruzó los dedos de ambas manos.

—Cuéntamelo —pidió Ben, mientras la besaba en la frente—. Se me están acabando las suposiciones.

—Quiero que, dentro de veinte años, me escuches como lo haces ahora. Como si mis opiniones te importaran.

—Claro que me importan y, por supuesto, siempre me importarán. ¿Algo más?

Los labios de Ben se deslizaron hasta la sien de Addie y se entretuvieron en el pulso que encontraron allí.

—Sí, no quiero convertirme en algo de tu propiedad,

en un anexo como un brazo o una pierna extra, en alguien que deba estar de acuerdo con todo lo que tú dices. Y no permaneceré en silencio durante las comidas. —Ahora que había empezado a abrirse a él, le resultaba mucho más fácil continuar—. Necesito que me respetes, pero no que me protejas de la realidad. Quiero que seas siempre honesto conmigo y respecto a todo, y que me concedas la oportunidad de demostrarte que puedo hacer algo más por ti además de cocinar, lavar y coser. Todo esto puede hacerlo cualquier mujer. Yo quiero ocupar un lugar en tu vida que nadie más pueda ocupar, y no me refiero a un pedestal.

—Yo nunca intentaría colocarte en un pedestal.

—¿Ah, no? ¿No querrás que cambie después de que nos hayamos casado y que haga todo lo que tú digas y que nunca discuta contigo?

—¡Demonios, no! ¿Por qué habría de querer cambiar las cosas que más me atraen de ti? —Ben acarició el lateral de su cintura y sonrió con calma—. Dejemos que las mujeres de los otros hombres jueguen a ser marionetas irracionales si eso les complace. Yo prefiero tener una esposa que tenga sentido común. ¿Por qué habría de querer que estuvieras siempre de acuerdo conmigo? Estar con alguien que repita todo lo que yo digo me aburriría de muerte. Tranquilízate, cariño, no quiero casarme contigo para cambiarte.

Ella lo miró sorprendida. ¡Qué diferente era Ben de los otros hombres que había conocido! Bernie y sus amigos eran alocados e irresponsables, el tipo de hombre sobre el que te preguntabas si respetaba a alguien o a algo, o tan siquiera a él mismo. La mayoría de los veteranos de guerra a los que había cuidado estaban amargados y se sentían perdidos y eran incapaces de comprenderse a ellos mismos o al mundo que los rodeaba. Y los hombres de aquella época constituían una curiosa mezcla de inocencia y machismo. Todos eran como niños mayores.

Sin embargo, Ben no era un niño, sino un hombre que

se sentía cómodo consigo mismo, seguro de su lugar en el mundo, fuerte y, al mismo tiempo, sensible a las necesidades de los demás. De ningún modo era inocente, pero tampoco era un cínico y poseía un pícaro sentido del humor y un grado saludable de perspicacia. Addie apoyó la mano en el brazo de Ben y deseó poder contarle cuánto valoraba su falta de prejuicios.

—La mayoría de los hombres de cuando..., quiero decir, de ahora, no querrían que su matrimonio constituyera el tipo de asociación que yo te propongo.

—Yo no te daré órdenes para que las cumplas, pero, por otro lado, no te des aires de superioridad por esto. Te aseguro que nadie más que yo llevará los pantalones en mi casa, ¿comprendes?

Addie sonrió y le mordisqueó el hombro a través de la camisa de una forma juguetona. Lo comprendía. Ben sería manejable.

—Siempre te gusta salirte con la tuya, ¿no es eso? —lo acusó Addie.

Ben inclinó la cabeza hacia ella y murmuró cerca del oído de Addie:

—Empiezas a conocer mis fallos, señorita Adeline.

—Lo intento —respondió ella volviendo el rostro hacia él y ofreciéndole un beso suave y ligero.

Él lo aceptó sin titubear y lo remató con un beso sonoro.

—¿De dónde sacas tu actitud hacia las mujeres? —preguntó Addie cuando sus labios se separaron—. Me sorprende lo liberal que eres. Se debe a alguien de tu pasado, ¿no? ¿Tu madre te enseñó a tener una actitud abierta o fue alguna otra mujer?

Él titubeó y buscó algo en el rostro de ella con una mirada casi predadora. Fuera lo que fuera lo que buscaba, no pareció encontrarlo.

—Quizá te lo cuente algún día.

La combinación del tono despreocupado de su voz con sus ojos escrutadores inquietó a Addie.

—Si quisieras, podrías contármelo ahora. Puedes confiarme cualquier cosa. Todo.

—¿Igual que tú confías en mí?

La sonrisa de Addie se desvaneció cuando percibió la leve mordacidad que contenía la pregunta de Ben.

—¿Qué quieres decir? Yo confío en ti.

Durante un segundo, Ben no respondió. A continuación, para alivio de Addie, cambió de actitud a una velocidad desconcertante, cogió su guitarra y rasgó las cuerdas con un estilo vaquero exagerado que hizo reír a Addie. La nostálgica melodía hizo pensar a Addie en las películas del Oeste que había visto en el cine, películas que protagonizaban guapos vaqueros con sombrero.

—¿Qué estás tocando? Me resulta familiar.

—Una canción que cantamos cuando transportamos al ganado.

La canción era *My Bonnie Lies Over the Ocean*. Cuando Addie la reconoció, miró a Ben de una forma acusatoria.

—La conozco, y no es, para nada, una canción vaquera.

—Sí que lo es.

—Es una canción de marineros. Incluso me sé la letra —replicó Addie, y recitó, sin cantar, un par de versos haciendo sonreír a Ben— «... *bring back, bring back my Bonnie to me, to me...*».

—Ésta es la parte en la que cantamos.

—¿No podríais haberos inventado una canción en lugar de robarla?

—No la robamos, sólo la mejoramos. Al estilo de Tejas.

Ben sonaba tan poco avergonzado que Addie se echó a reír.

—Eres un sinvergüenza. Y necesitas que te reformen. —Addie deslizó la palma de la mano por el hombro de Ben y miró en dirección a la casa—. Aunque supongo que tu reforma tendrá que esperar. Tengo que irme, listillo.

Ben se puso serio y dejó a un lado la guitarra. Después, apoyó la mano en la cadera de Addie y le impidió levantarse. Ella casi dio un brinco al notar la dureza de su mano.

—¿Por qué me has llamado así?

—¿Listillo? No pasa nada, sólo es una expresión. —Addie la había utilizado en tono cariñoso con Bernie y con algunos de los veteranos del hospital—. Ya te he llamado así antes y tú no...

—¿De dónde demonios la has sacado?

Había cosas en Addie, entre ellas algunas expresiones raras, que lo sorprendían. A Ben no le gustaba la sensación que tenía de que Addie se guardaba cosas para sí misma, incluso cuando estaba entre sus brazos. A veces, percibía en ella miedo, aunque no sabía de qué o de quién. ¿Acaso tenía miedo de él?

—La o-oí en Virginia —tartamudeó Addie maldiciéndose por ser una mentirosa—. No te llamaré más así si no te gusta.

—No, no me gusta.

Addie lo miró confusa por el ligero desdén que reflejaban los labios de Ben.

—Lo siento —murmuró Addie, e hizo el ademán de levantarse.

Ben la obligó a sentarse de nuevo de un tirón y le rodeó la cintura con el brazo. Sus miradas, cargadas de electricidad, se encontraron. Addie percibía la tensión de Ben, aunque no comprendía la razón de que estuviera así.

—¿Qué te ocurre?

Él parecía tan exasperado que podría haberla zarandeado. Colocó una mano en la nuca de Addie y la besó con fuerza. Addie se retorció como protesta por su brusquedad, presionó los brazos contra él y lo empujó. El pecho de Ben era tan duro como una pared de ladrillos y frustró sus intentos de separarlo de ella. La fuerte mano de Ben en su nuca le impedía moverse y Ben aumentó la presión hasta que ella se rindió con un leve gruñido de enfado. El beso no fue más que una competición de fuerza física, pero resultaba inútil luchar contra Ben.

La lengua de Ben exigió el acceso al interior de la boca de Addie y ella apretó los puños mientras su cuerpo se ponía rígido. ¡Criaturas arrogantes y violentas! Los hombres creían que todo se resolvía por la fuerza. ¿Cómo se atrevía a actuar de aquella manera después de lo que acababan de hablar? Mucho después de que el doloroso beso hubiera tenido que terminar, Ben separó su cabeza de la de Addie y le lanzó una mirada iracunda. Estaba enfadado, excitado e insatisfecho.

—¿Qué pretendes? —preguntó Addie con frialdad mientras deslizaba con cuidado la lengua por sus labios hinchados—. ¡Tú... tú...! —Intentó pensar en una expresión que Russell habría utilizado—. ¡Hijo de puta! Me has hecho daño.

Él no mostró el menor signo de arrepentimiento por el dolor que le había causado.

—Entonces estamos igualados.

—¡Y un cuerno! ¿Qué he hecho o he dicho yo que te haya dolido?

—Es lo que no has dicho, Addie. Es lo que no has hecho. —Antes de que ella tuviera tiempo de reflexionar en lo que él le decía, Ben volvió a besarla. Addie cogió el pelo de Ben y tiró con fuerza hasta que él separó su boca de la de ella—. ¡Maldición! —murmuró Ben con ojos centelllantes—. Yo no quería amarte. Sabía que me volverías loco, que intentarías mantenerme a distancia. Pero no se te ocurra pensar que lo permitiré. Lucharé hasta que pueda acceder a tu interior y me aferraré a ti aunque intentes desembarazarte de mí.

Ben hizo caso omiso de la mano que tiraba de su cabello y le estampó otro beso en la boca. En esta ocasión, Addie no pudo resistirse a la pasión que invadió su cuerpo, soltó el pelo de Ben y deslizó las manos hasta sus hombros. Resultaba imposible ignorar la calidez de su cuerpo duro y musculoso y el irregular latido de su corazón. Addie le rodeó el cuello con los brazos y sus pechos se aplastaron contra los pectorales de Ben. Addie encajó su suavidad con la dureza de él, le ofreció sin reparos lo que él quería y contrarrestó la violencia de Ben con su rendición.

Silenciosamente, su cuerpo comunicó lo que ella no había podido expresar con palabras.

«Sí, te necesito. Amor... Sí, soy tuya...»

Al sentir la respuesta de Addie, Ben gimió, le soltó la nuca y la abrazó con fuerza.

Sus cuerpos ardían bajo la ropa, ansiando liberarse de todo lo que los separaba. La violencia de Ben desapareció y, en su lugar, creció la dulce ansiedad del deseo. Embriagado con una mezcla de lujuria y amor, Ben intentó llenarse con el sabor y el contacto de Addie. Su lengua penetró en la boca de ella con frenesí y Addie gimió y se estremeció pegada a él.

Querían estar más cerca el uno del otro, pero mientras buscaba el cuerpo de Addie, Ben se encontró con las duras varillas del corsé. Las faldas de Addie constituían una masa de enaguas y otras capas de tela. La única parte accesible para él era la boca de Addie y Ben la devoró con furia, besándola una y otra vez. Jadeando como si hubiera corrido varios kilómetros, Ben deslizó una mano temblorosa por el cabello de Addie mientras recordaba cómo la había deslizado por su cuerpo la noche anterior. Ansiaba sentir el contacto de su cuerpo desnudo y libre de barreras debajo del de él.

El impulso de soltarle el pelo que llevaba sujeto a la cabeza era demasiado intenso para resistirse a él. Aunque sabía que Addie se enfadaría, Ben cogió el extremo de uno de los alfileres y tiró de él. Al notar que parte de su cabello caía sobre su hombro, Addie soltó un respingo de inmediato y se apartó de Ben.

—¡Devuélveme ese alfiler! —exclamó Addie mientras alargaba la mano con nerviosismo—. ¡Qué pensarán si entro en casa con el pelo suelto! ¡Devuélvemelo!

Ben estuvo tentado de negarse, dejar que entrara en la casa de aquella manera y que todos la vieran acalorada y despeinada. De este modo, sabrían con certeza cómo estaban las cosas entre ellos. Pero Addie sacudió su pequeña mano con ímpetu delante de la cara de Ben exigiéndole que le devolviera lo que le había robado y, a pesar de las presiones del diablo que estaba sentado en su hombro, Ben dejó el alfiler en la palma de su mano. Ella lo cogió sin dar las gracias y volvió a recoger su cabello. Después, soltó un resoplido vigoroso que mostraba la agitación que Ben le había causado.

—Yo no he hecho nada para provocar este..., este acto. ¡Si es así como te vas a comportar, entonces mantente alejado de mí hasta que consigas dominarte! —soltó Addie. Y bajó los dos escalones de la entrada. En esta ocasión, Ben no se lo impidió, sólo la observó de una forma inquietante—. Eres perfectamente capaz de ser un caballero cuando te conviene y, a partir de ahora, te exijo que...

—¿Quieres que sea un caballero? Esto está muy lejos de lo que querías ayer por la noche. ¿O es que tu exigencia sólo es válida hasta la hora de acostarse?

—¡Oooh!

Addie estaba demasiado indignada para contestarle. Giró sobre sus talones y regresó a la casa mientras murmuraba maldiciones contra Ben y los hombres en general.

Addie gimió mientras dormía y se revolvió entre las sábanas flotando en un mundo infernal de sueños, ¿o era de recuerdos?, en los que se veía a sí misma en escenas que le resultaban familiares. Addie vio su propia cara, la misma de siempre, pero, al mismo tiempo, aterradoramente diferente. La voz, el cuerpo, incluso el pelo eran los de ella, pero el matiz, la resonancia, la textura de la imagen era distinta, distorsionada. ¿Por qué su mirada era tan fría, y su expresión tan vacía?

Jeff y ella estaban sentados en el balancín del porche y hablaban en susurros conspiratorios, tocándose con discreción y absortos el uno en el otro. El cielo nocturno los cubría de sombras y ellos permanecían muy cerca el uno del otro, sintiéndose cómodos en la oscuridad. Llevaban allí mucho tiempo, unidos cada vez más en una comunión secreta, hasta que traspasaron la barrera de lo prohibido. Y planearon lo que nunca deberían haber planeado.

—Tenemos que hacerlo pronto —susurró Adeline. Se acurrucó más cerca de él y clavó en él su mirada oscura y felina—. Está esperando a un abogado que vendrá del Este.

—Tú no tendrás que hacer nada. Yo me encargaré de todo. Sólo dame un nombre.

—Tengo que pensarlo —respondió Adeline mientras reflexionaba en silencio.

Tenía que escoger al hombre adecuado, a alguien astuto y sin conciencia.

—Adeline, si te preocupa el resto de tu familia...

—Todos estaremos mejor así.

Una dura sonrisa curvó sus labios.

—¿Has pensado en cómo te sentirás después?

—No me importa. ¿Por qué debería importarme? Si él se preocupara por mí, no cambiaría su testamento. Si lo cambia, todo quedará en manos de su sucesor durante años y yo no obtendré nada hasta que sea una anciana. —Adeline percibió sorpresa e incluso cierto miedo en la expresión de Jeff a causa de su crueldad e intentó tranquilizarlo—. Él sólo se preocupa por Ben Hunter. No quiere que yo sea feliz. Yo nunca he sido feliz, pero contigo será diferente, ¿verdad, Jeff? —Adeline deslizó el dedo por la parte frontal de la camisa de Jeff y lo introdujo en la cinturilla de su pantalón. Con lentitud, acarició el abdomen tenso de Jeff con los nudillos de su mano—. Seremos felices juntos —declaró Adeline, y Jeff suspiró con ansia.

—¡Oh, sí! ¡Sí! Sólo dame un nombre de alguien de aquí. Será lo mejor. Yo me encargaré del resto.

Adeline lo miró con los ojos entrecerrados y en actitud reflexiva. A continuación, se inclinó hacia él y susurró algo en su oído.

¡Oh, Dios! ¿Cuál era el nombre?

¿Qué le había dicho a Jeff?

Addie abrió los ojos de una forma repentina y se pasó la mano por la húmeda frente. Estaba empapada en un sudor frío. Permaneció rígida e inmóvil en la cama, intentando no pensar, con los ojos cerrados y los párpados temblorosos. Durante un largo rato no se movió, cubierta de sudor.

Ahora lo sabía con certeza. «Yo los traicioné a todos. Yo ayudé a planearlo.» Ella quiso que Russell muriera. Ella conspiró su asesinato con los Johnson. Una vez muerto Russell, ella heredaría su dinero y los Johnson se quedarían con el rancho, derribarían la valla, la familia se disgregaría y el legado de Russell Warner se rompería en pedazos. Tenía que encontrar la manera de rectificar sus actos. Pero ¿cómo? Los pensamientos le atenazaban el cerebro, hasta que al final le dolió la cabeza. Quería beber algo, tomar un buen trago de algo que la liberara de su tormento. Pero ¿lo deseaba tanto como para bajar a hurtadillas a la planta de abajo a buscarlo? Addie no podía decidirse, de modo que permaneció en la cama esperando que algún impulso la llevara a actuar.

Después de un tiempo, oyó que la puerta del dormitorio se abría y se cerraba con suavidad, aunque el ruido era vagamente irreal. Addie siguió con los ojos cerrados, temiendo descubrir si se trataba o no de otro sueño. Unos pasos silenciosos. Un movimiento en la oscuridad. El crujido de una tela de algodón. El roce de unos tejanos. Después reinó el silencio, salvo por su respiración entrecortada. El colchón cedió bajo el peso del cuerpo de un hombre. Unas piernas musculosas se deslizaron junto a las de ella y un cuerpo se inclinó sobre ella envolviéndola en su calor. Addie contuvo un sollozo, levantó los brazos y tiró de él hacia ella. Acogiendo la acometida de su boca, Addie respondió con frenesí a su beso. Lo necesitaba, ansiaba tenerlo.

La cálida fragancia de Ben la envolvió y Addie la inhaló con voracidad, entretejiendo sus dedos con su cabello y alentándolo a que la besara con más ímpetu. Él deslizó las manos sobre los pechos de Addie, acariciando sus pezones y pellizcándolos hasta que ella gimió de placer. Addie se mordió el labio y amoldó su cuerpo al de él mientras sus pechos se aplastaban contra el cuerpo de Ben.

Ben se estremeció y giró sobre sí mismo llevando a Addie con él. El pelo de ella caía como una cascada de hilos de seda, acariciando el cuello, la cara y los hombros de Ben. Sus labios se unieron en unos besos interminables, tiernos y agresivos a la vez. Ben buscó con delicadeza el sabor más profundo de Addie y ella creyó morir de placer.

Addie deslizó las manos por el cuerpo de Ben y se maravilló al sentir la amplitud de sus hombros, el enjuto contorno de su cintura, la poderosa musculatura de sus muslos. Las yemas de sus dedos se desplazaron por la tersa piel de sus caderas y la respiración de Ben cambió, se volvió más profunda, y se detuvo cuando ella acopló la palma de su mano a su miembro duro y palpitante. Addie lo acarició como lo había hecho la noche anterior, con un movimiento suave pero firme, y Ben jadeó, deslizó las manos entre sus cabellos y apretó la cabeza de Addie contra la de él mientras la besaba con fervor.

Ben la cogió por las nalgas y tiró de ella hacia arriba deslizándola a lo largo de su cuerpo. Los labios de Ben encontraron el pezón de uno de los pechos de Addie y lo succionaron hasta el fondo de su boca. Hasta el menor de sus nervios fue inspeccionado por la superficie granulosa de la lengua de Ben. Addie le rodeó el cuello con los brazos, inclinó la cabeza y frotó su mejilla contra el pelo de Ben.

El aliento de Ben ardió junto a la oreja de Addie. Él la cogió por las caderas y tiró de ella hasta que quedó en cuclillas encima de él.

—Condúceme dentro de ti.

Addie no estaba acostumbrada a llevar las riendas y titubeó antes de guiar al miembro de Ben hasta su hogar. Addie cerró los ojos mientras Ben la penetraba. La unión de sus cuerpos se realizó en un acercamiento lento en el que se mezclaron, de una forma sensible y precisa, la ternura y la fuerza. Addie apoyó las manos en el pecho de Ben e inclinó la cabeza. Su pelo caía como una cortina de seda. Ben la cogió por las caderas y la hizo subir y bajar mientras levantaba la pelvis de una forma rítmica hacia ella. Fue como una fantasía increíble y salvaje y el placer era tan dulce que se confundía con el dolor. Addie había oído hablar acerca de las cosas que los hombres y las mujeres hacían juntos, pero nunca imaginó que ella amaría a un hombre con tanta desfachatez.

Un fuego ardiente imposible de contener se apoderó de ella, una tormenta que la sacudía por dentro y por fuera, hasta que la intensidad la hizo desfallecer y se agarró a Ben con desesperación. Tenía las piernas cansadas y le temblaban. Ben, pendiente, en todo momento del ritmo y el estado de Addie, comprendió lo que le ocurría de inmediato. Sin pronunciar una palabra, rodó sobre ella y calmó sus gemidos con sus labios mientras la penetraba una y otra vez. El cuerpo de Addie se estremeció en un éxtasis atroz que recorrió todos sus nervios. Cuando el clímax terminó, Addie siguió agarrada a Ben mientras sentía su erupción de placer.

El descenso de aquellas cimas vertiginosas fue lento. Juntos se relajaron de una forma gradual, cada uno de ellos bañado en el aroma y el sabor del otro. Addie permaneció inmóvil mientras Ben le masajeaba la espalda y sus dedos presionaban su musculatura de abajo arriba. Mientras la acariciaba, Ben susurraba palabras íntimas de halago que la hicieron ruborizarse y aquellos momentos fueron tan dichosos que Addie se desperezó como un gato feliz. La oscuridad ya no era fría, sino cálida y viva, vibrante de sensaciones que irradiaban al exterior desde su carne saciada. En aquella oscuridad ya no acechaban las pesadillas. No había nada salvo paz.

Aunque Addie hacía lo posible por acostumbrarse, el contraste entre los días y las noches le resultaba asombroso, lo cual le ocurría cada vez que sus ojos se encontraban con los de Ben. A la hora del desayuno, le suponía un gran esfuerzo saludarlo con formalidad mientras era consciente de lo que habían estado haciendo unas horas antes. Cuando el resto de la familia se levantaba de la mesa y se dispersaba para dedicarse a las tareas diurnas, Addie acompañaba a Ben al exterior de la casa y así podía hablar un poco con él en privado.

—Ben es-espera —balbuceó Addie mientras apoyaba la mano en el brazo de él. Ben se detuvo al pie de las escaleras del porche y levantó la vista hacia ella, quien se había detenido en el penúltimo escalón—. Tengo que hablar contigo de un asunto.

—¿Ahora?

Durante todo el desayuno, Ben había llevado puesta una máscara de cortesía tan perfecta que casi constituía una burla, pero en aquellos momentos, miraba a Addie como la había mirado la noche anterior, con una sonrisa de arrogancia masculina.

—No, ahora no —respondió ella mientras daba una ojeada a su alrededor para comprobar que nadie los estuviera mirando—. Y no me mires de esta forma.

—¿Que no te mire cómo?

—Como si..., como si tú...

—¿Como si hubiera pasado la noche en tu cama?

—Sí, y no tienes por qué mostrarte tan petulante al respecto.

—Tú pareces causar este efecto en mí —respondió él con calma—. Esta mañana, casi no he podido controlar mi... petulancia.

—Cállate —exigió Addie deseando taparle la boca con la mano—. Alguien podría oírte.

Aquella mañana, a Addie se la veía ansiosa, tenía las mejillas sonrosadas y una ligera sombra bajo los ojos debida a la falta de sueño. Uno de los botones de la parte superior de su vestido estaba desabrochado, como si se hubiera vestido con prisas. Ben nunca había visto nada tan bonito como Addie Warner allí, de pie en las escaleras, intentando regañarlo con discreción. Si no hubiera habido tantas personas a su alrededor, la habría besado.

—¿De qué quieres hablar? —preguntó Ben.

Ella suspiró levemente, se levantó un poco las faldas y volvió a subir las escaleras. No era el momento adecuado para hablar de Russell.

—Puede esperar.

Al percibir el tono tenso de su voz, Ben subió, también, las escaleras y le tocó el brazo.

—Addie, ¿estás bien?

Ella encogió los hombros de una forma titubeante. Ben acarició con delicadeza el hueco interior de su codo con el pulgar.

—¿Necesitas algo, cariño?

Nadie salvo Ben podía formular una simple pregunta de modo que la hiciera estremecer.

—Tengo que hablar contigo en privado.

—¿Puede esperar hasta esta noche, después de la cena?... Estupendo, entonces sonríe para que no esté todo el día preocupado. Y abróchate el botón del vestido, cariño.

Aquella noche hablaría con él acerca de Russell y el peligro que corría. Ella sabía el afecto que Ben sentía hacia Russell y no le resultaría difícil despertar su naturaleza protectora. Sin duda, podría convencerlo de que era necesario vigilarlo de cerca, sobre todo en aquellos momentos en que los conflictos entre el rancho Sunrise y el Double Bar crecían en frecuencia e intensidad.

A Addie le costaba creer que alguien pudiera entrar a hurtadillas en la casa y matar a Russell Warner en su propia cama; sin embargo, ya había ocurrido una vez, y si ocurrió fue porque nadie se lo esperaba. Pero no podía volver a ocurrir. Addie sabía que ya había cambiado parte de la historia de los Warner, pues no había desaparecido. Ya llevaba allí varias semanas, una mujer distinta a la anterior, y había hecho elecciones que la anterior Adeline Warner nunca habría realizado. Había rechazado a Jeff y se había enamorado de Ben. Por primera vez en su vida, formaba parte de una familia. Había encontrado un lugar al que pertenecía. Lucharía para conservar todo aquello y emplearía hasta sus últimas fuerzas para salvar a Russell.

Russell se hinchó de satisfacción cuando, al terminar la cena, Ben se levantó con la intención de acompañar a Addie a dar un paseo. En aquellos momentos, ya resultaba evidente para todos que entre ellos estaba surgiendo un romance en toda regla. Russell se sentía incluso más contento que Caroline. Como era de esperar, May todavía experimentaba reservas acerca de una posible relación entre su hija y el capataz, pero, curiosamente, no presentó objeciones a que salieran a pasear juntos. Quizás empezaba a comprender que oponerse a la relación no le serviría de nada.

—¡Santo cielo! —exclamó Addie cuando estuvieron solos afuera—. Al final todo resultará más fácil de lo que esperaba. Mi madre no ha dicho nada. Bueno, se la veía bastante tensa, pero no ha dicho ni una palabra.

—Quizá la idea de tenerme como yerno no le resulta tan dura como imaginábamos —bromeó Ben mientras deslizaba un brazo por la espalda de Addie y ajustaba sus pasos a los de ella, que eran mucho más cortos.

—O quizá cree que eres, para mí, una simple aventura. En realidad, eres el tipo de hombre que elegiría para esto.

Ben simuló fruncir el ceño al oír la naturalidad con que realizaba aquel comentario.

—¿Yo, una aventura? Esto es el colmo.

Ben la cogió en brazos y se dirigió hacia el prado que había en la parte posterior de la casa. Addie se echó a reír.

—Era un cumplido —protestó ella mientras reía y se retorcía en los brazos de Ben.

—Ah, ¿sí? —Ben arqueó las cejas y la miró—. A mí no me lo ha parecido.

—Sí, sí que lo era. ¿Adónde me llevas?

—A un lugar en el que podré vengarme en privado.

—Lo digo en serio, a cualquier mujer le gustaría tener una aventura contigo. —Addie deslizó la punta del dedo por la bronceada piel que el cuello abierto de la camisa de Ben dejaba al descubierto—. Eres muy guapo, y pareces el tipo de hombre que es bueno en... Bueno...

—¿Bueno en qué?

—No te burles de mí, ya sabes a qué me refiero. Siempre me había preguntado cómo sería hacerlo contigo. Incluso cuando no me gustabas.

Ben sonrió y la sujetó más fuerte entre sus brazos sin dejar de caminar.

—¿Tu curiosidad ha quedado satisfecha, señorita?

—No del todo —contestó ella mientras jugueteaba con los botones de la camisa de Ben—. Pero estoy segura de una cosa.

—¿De qué?

Addie le rodeó el cuello con los brazos y le susurró al oído:

—Eres tan bueno como pareces.

Ben la besó en el cuello con ojos destellantes. Cuando llegaron a un montón de heno seco recién apilado, Ben se detuvo. Su idea original era dejarla caer sobre el heno y besarla hasta que ella suplicara piedad, pero había cambiado de opinión y, en aquellos momentos, lo único que quería era darle placer. Mientras Ben dejaba a Addie encima del heno, ella se agarró a él con más fuerza.

—¡Oh, no...! ¡No podemos...! —Addie volvió a reír mientras le empujaba el pecho—. ¡Ahora no! ¡Aquí, no!

—Dame una buena razón.

—Sabrán exactamente lo que hemos estado haciendo. —Ben se sentó a horcajadas encima de ella y le levantó las faldas. El pulso de Addie latió con violencia—. Tendré heno en el pelo y en la ropa y...

—Nos ocuparemos de eso más tarde. Hasta de la menor brizna.

—No me lo puedo creer. —Un resoplido de incredulidad escapó de la garganta de Addie—. ¿No estarás planeando...? —Su voz se apagó cuando Ben accedió a la piel desnuda de su estómago por debajo de su ropa interior y la rozó con sus nudillos—. ¡Ben! —exclamó Addie.

Ben sonrió al notar lo deprisa que ella respiraba y, poco a poco, le bajó los bombachos a lo largo de los muslos.

—Es una lucha, ¿no es cierto? —preguntó Ben, mientras se inclinaba sobre ella y deslizaba los dedos por el abdomen de Addie—. Tu sentido del decoro contra tu deseo de esto...

Ben deslizó la mano un poco más abajo y Addie se humedeció los secos labios con la lengua y curvó los dedos de los pies con anticipación.

—Es que no quiero que nadie ve-vea...

—¡Pero si esto constituye la mitad de la diversión! —Ben apoyó la barbilla en una mano, contempló a Addie y, al final, encontró lo que estaba buscando. Su voz sonó ronca, con aquella vibración que siempre la excitaba—. Preguntarte si alguien nos descubrirá en el peor momento posible, si alguien te verá así, tendida y con los bombachos bajados hasta las rodillas te excita, ¿no? ¿Qué dirías si nos descubrieran? ¿Qué harías?

—Yo m-me moriría de vergüenza —balbuceó Addie mientras intentaba separarse de él.

Ben se abalanzó sobre ella, la inmovilizó y la acarició con más audacia que antes.

—Sí, vas a morir un poco, pero no de vergüenza.

—No tenemos tiempo...

—No necesitamos mucho.

—Será más seguro después, cuando todos estén durmiendo.

—El riesgo a ser descubiertos lo hace más excitante.

Los dedos de Ben se abrieron paso entre la mata de pelo rizado que había en la entrepierna de Addie. Ella contuvo el aliento y un estremecimiento sensitivo recorrió su cuerpo.

—¡No!

—Ah, ¿no? Entonces dime que pare —susurró Ben mientras acariciaba el interior de los muslos de Addie—. Dime que no te toque, sobre todo aquí... o aquí... Y dime que te permita levantarte y que te acompañe a la casa.

Addie cerró los ojos e intentó formar las palabras con los labios, pero su cuerpo esperaba el éxtasis que sólo Ben podía proporcionarle. No podía pedirle que se detuviera.

—El riesgo lo hace más placentero, ¿no crees? —preguntó Ben con voz suave y sedosa—. Esta sensación que notas en el estómago... ¡Corre, hazlo antes de que nos pillen! Y cada segundo te preguntas si voy a parar.

Addie protestó e intentó levantarse, pero los dedos de Ben encontraron su zona sensible y la acariciaron sin descanso y ella volvió a dejarse caer sobre el heno. Addie exhaló un largo gemido y volvió el rostro hacia el hombro de Ben, mientras le suplicaba en silencio que no se detuviera. Él parecía saber con exactitud lo que el cuerpo de Addie deseaba y trazaba círculos y jugueteaba con la yema del pulgar en la sensible carne de Addie mientras introducía los dedos en su interior, a veces deprisa y a veces despacio. De una forma ininterrumpida y con voz terrosa, Ben murmuraba en su oído palabras que la excitaban más y más.

—Alguien podría vernos ahora mismo, Addie... Alguien podría pasar por aquí..., uno de los peones camino del barracón. ¿Qué harías si supieras que alguien nos estaba observando? ¿Me pedirías que parara?

Ben interrumpió sus caricias, como si esperara su respuesta para decidir si continuar o no.

—No —gruñó Addie mientras levantaba las caderas y apretaba su carne húmeda contra la mano de Ben.

Él reinició su terrible tormento.

—De todos modos, sabrán lo que estamos haciendo —murmuró Ben de una forma implacable—, porque te haré gritar y te oirán.

—No gritaré —balbuceó ella.

La sonrisa de Ben era despiadada.

—Incluso tú temes que lo harás.

—¡No!

Al final, el placer era tan intenso que Addie gritó, pero Ben ahogó su grito con su boca y su lengua atrapó las vibraciones guturales de sus gemidos. Ben la besó durante largo rato, saboreando su lánguida respuesta. Cuando Addie se recuperó, se liberó de las manos y la boca de Ben. Mortificada por lo que había ocurrido, Addie se sentó e intentó arreglarse la ropa. Ben la ayudó y contuvo una sonrisa al ver lo preocupada que estaba.

—¿Cuánto rato llevamos aquí? —preguntó Addie sin mirarlo.

—Unos diez minutos.

—¡Oh!

La tensión de Addie disminuyó. Le había parecido que llevaban mucho más tiempo. Sin embargo, siguió frunciendo el ceño mientras frotaba inútilmente su ropa con las manos para eliminar las briznas de heno que se habían pegado a su vestido.

Ben le levantó la barbilla con la mano y le sonrió.

—Nadie ha oído nada —declaró él de una forma contundente—. Y tampoco nos han visto. Yo tenía un ojo abierto todo el tiempo, por si acaso.

Addie se sonrojó.

—Entonces lo que decías...

—Para tu propio beneficio.

Addie se sentía demasiado aliviada para regañarlo por su arrogancia.

—¿No he gritado excesivamente fuerte? —preguntó Addie.

Ben la apretó contra él, cautivado por su curiosa mezcla de modestia y abandono.

—Te he mantenido silenciosa —murmuró él con complicidad.

Addie relajó los hombros.

—Debería estar enfadada contigo.

—¿Por qué? ¿No te ha gustado?

—Yo... Sí, me ha parecido... Pero esto no cuenta.

—Perdona mi falta de comprensión, pero entonces ¿qué es lo que cuenta?

Aunque su voz sonaba grave, Addie sabía que se estaba riendo de ella en silencio.

—Ha sido distinto de las otras veces. No ha sido romántico, ni serio, ni...

—No siempre tiene que ser serio entre nosotros. —Ben deslizó los labios por la mejilla de Addie—. A veces, puede ser sólo divertido.

—Pues yo no lo veo así —replicó Addie mientras arrugaba la frente.

¿Divertido? Cuando dos personas que se amaban hacían el amor, no lo hacían para divertirse. Tenía que ser un acto tierno, amoroso, emotivo. Si se amaban, tenía que significar algo más que una mera diversión, ¿no?

—¿Cómo puedes pensar en ello de una sola manera? —replicó Ben—. Cada vez será distinto. Unas veces, será romántico y relajado y, otras, un poco... —Ben se interrumpió y buscó una forma diplomática de decirlo— terrenal. A veces, será tierno y otras constituirá un juego. ¿Qué hay de malo en esto?

Addie todavía titubeaba, de modo que Ben le cogió la cara entre las manos y le sonrió.

—Ya te entiendo. Te gusta la luz de las velas y el romanticismo y, sin duda, no hay nada de malo en esto, pero si siempre fuera así, te cansarías. —Ben sonrió ampliamente y sacó unas cuantas briznas de heno del pelo de Addie—. Tienes que admitir que las noches a la luz de la luna y los montones de heno tienen su encanto particular.

—Supongo que sí.

—¿Lo supones? —Los ojos de Ben chispearon—. ¿Qué necesitas para estar segura del todo?

Addie lo miró con fijeza mientras disfrutaba de la calidez de sus manos en sus mejillas y del brillo de la luz de la luna en su cabello. Ben se veía guapo y pagano en la oscuridad, misterioso e indomable. Su amante. Algún día, su esposo. Ella quería pasar toda la vida con él. Quería estar unida a él con todos los lazos, las palabras y la intimidad que dos personas podían intercambiar. Sus sentimientos hacia él eran más fuertes, más terribles de lo que nunca habría imaginado. Las manos de Addie cubrieron las de Ben con fuerza.

—Te amo, Ben.

Addie percibió un temblor en las manos de Ben. Él tardó unos instantes en comprender el significado de sus palabras. Entonces recorrió el rostro de Addie con la mirada, como si quisiera asegurarse de que ella había dicho la verdad.

—¡Dios, cómo deseaba oírtelo decir!

Ben inclinó la cabeza y la besó con frenesí, incapaz de reprimir su pasión.

9

Durante la noche, una pandilla de hombres que nadie logró identificar echó abajo la valla que rodeaba los pastos del sureste y atacó a los vigilantes de la zona. Todos los alambres fueron cortados por distintos lugares y todos los postes fueron arrancados del suelo. El sonido de los disparos era débil pero nítido y el ruido despertó a Addie y al resto de los Warner. Addie buscó a tientas su camisón y su bata. Estaba medio dormida, pero se sentía aliviada porque Ben se había ido un rato antes. Si se hubiera quedado con ella sólo media hora más, lo habrían pillado en su dormitorio, y esto era algo que Addie todavía no quería explicar a los demás.

Se oyeron varias exclamaciones y unos pasos rápidos que recorrían el pasillo. Addie abrió la puerta con cautela mientras se frotaba los ojos. Russell ya se había vestido y se dirigía a las escaleras. Cade salió de su dormitorio con la camisa mal abrochada.

—¿Qué ocurre? —preguntó Addie.

Russell la ignoró y empezó a bajar las escaleras gritando el nombre de Ben con una voz tan potente que debió de haber atravesado la mitad del rancho. Cade se pasó la mano por el pelo y éste se le quedó de punta, como si hubiera recibido una descarga eléctrica. A continuación, miró a Addie y se encogió de hombros.

—Eran disparos, ¿no? —preguntó Addie mientras se mordía el labio inferior.

Cade parecía ansioso y preocupado al mismo tiempo.

—Te apuesto cualquier cosa a que es por la valla.

Cade siguió a Russell dando zancadas mientras bajaba ruidosamente las escaleras. Peter, a quien siempre le costaba levantarse de la cama, apareció en la puerta de su dormitorio y los siguió mientras Caroline lo contemplaba con el ceño fruncido.

—Ten cuidado —advirtió Caroline a su esposo, pero él pareció no oírla.

Cuando Peter salió por la puerta principal, Caro y Addie intercambiaron una mirada de desconcierto. Unos pensamientos inexpresados flotaron en el ambiente mientras ambas se preguntaban lo grave que sería el problema y qué sucedería a continuación.

—¿Qué hora es? —preguntó Caro.

—Supongo que las dos o las tres.

—Mamá ya está en la cocina preparando café. Ayúdame a bajar, Adeline.

Bajaron juntas las escaleras mientras Caro se apoyaba con pesadez en el brazo de Addie, más por una necesidad de apoyo emocional que por una cuestión física. A ninguna de ellas se le ocurría nada que decir. No era necesario constatar lo obvio. Lo más probable era que los Johnson estuvieran implicados en lo ocurrido. Los disparos no se habían producido muy lejos y toda la familia había estado esperando un ataque de este tipo.

En aquella época, los hombres se unían en bandas y cortaban las vallas por todo el centro de Tejas, ya fuera por propia iniciativa o porque los rancheros beligerantes los contrataban. La guerra no se había declarado de una forma oficial, pero no había otra forma de describir cómo estaban las cosas, en concreto, entre los Warner y los Johnson.

—Espero que ya haya acabado —declaró Addie de una forma taciturna, mientras Caro bajaba los últimos escalones.

—¿Qué esperas que haya acabado?

—El tiroteo. Ahora mismo, todos se dirigen hacia allí, papá y los demás. ¡Los hombres son tan insensatos cuando tienen un arma en las manos! Espero que nadie haya resultado herido. No soporto la idea de que...

Addie se mordió el labio y apretó la mano de Caro con fuerza.

—Estás pensando en Ben, ¿no?

Addie estaba demasiado trastornada para ocultar sus sentimientos.

—¡Siempre dependen de él para todo! —explotó Addie—. Incluso papá. Siempre que surge un problema o hay peligro ocurre lo mismo: «Que vaya Ben. Que se ocupe Ben...» Ben tiene que cuidar de todos, pero ¿quién cuida de él? Sólo es un ser humano, no es indestructible. Y yo... —Addie suspiró con frustración—. ¡Oh, yo no sé...!

—Ben puede cuidar perfectamente de sí mismo. No te preocupes por él.

—Él será el primero en llegar al lugar y se meterá de lleno en el avispero, sea lo que sea. A papá le gusta pensar que él está al mando de todo, pero todos sabemos que será Ben quien tendrá que ocuparse del desastre y dar el paso siguiente.

—Ben es así. Cade y Peter son del tipo de hombres que necesitan que los guíen y los motiven, pero a Ben los demás lo siguen de una forma natural, y tú no querrías que fuera distinto, ¿no?

«No, pero tampoco quiero perderlo», pensó Addie. En su corazón anidaba un temor que no podía explicar a nadie. El temor de que tenía que pagar un precio muy elevado por sus errores pasados. El tiempo le había concedido la oportunidad de rectificar su forma de ser de antes. Pero ¿y si le exigía algo más? ¿Y si se le negaba la vida con Ben que tanto anhelaba?

Caro y Addie entraron en la cocina y se sentaron a la mesa con May, quien se veía tranquila pero cansada. Desde el exterior, les llegaba el sonido de unas conversaciones entrecortadas mantenidas con voces somnolientas.

Los vaqueros se habían despertado. Los minutos transcurrieron. Y después pasó una hora. Addie recorría la silenciosa cocina de un lado a otro mientras la tensión atenazaba sus nervios.

—¿Cuánto creéis que tardarán? —preguntó con voz vacilante aun a sabiendas de que ni su madre ni su hermana conocían la respuesta.

Sin embargo, tenía que hablar de alguna cosa, si no, se volvería loca.

—No hay manera de saberlo —contestó May, mientras removía el contenido de su taza de té de una forma automática—. ¿Por qué no te sientas y bebes algo, cariño?

—Son los del Double Bar —añadió Addie mientras daba otra vuelta alrededor de la mesa—. Papá ya se temía que darían algún paso. ¿Por qué insiste en vallar todas las fuentes de agua? Son ganas de enfrentarse...

—Tu padre tiene derecho a hacer lo que quiera con sus tierras.

—Pero no les deja ninguna alternativa y yo creo que...

—No nos corresponde a nosotras pensar nada respecto a esta cuestión, sólo apoyar a tu padre en sus decisiones.

Addie gruñó por lo bajo y lanzó una mirada a Caroline mientras se preguntaba si ella estaba de acuerdo con May. Caro estaba concentrada en el café y resultaba evidente que no deseaba tomar parte en la discusión. No había forma de saber cuál era su opinión. Addie suspiró y decidió guardar silencio y no meterse en camisa de once varas. Sólo esperaba que, fuera lo que fuera lo que hubiera sucedido, Russell dominara su temperamento y escuchara a Ben. A Ben, como a ella, no le gustaba la idea de la valla y sin duda intentaría suavizar la reacción de Russell respecto al daño que se había producido aquella noche.

Transcurrió otra media hora y, después, Addie oyó el golpeteo sordo de los cascos de un caballo. Sin pronunciar una palabra, corrió hacia la puerta trasera de la cocina y la abrió de golpe. Habían mandado a Cade de vuelta para que les contara lo que había ocurrido.

—Disparos —declaró Cade entrando con precipitación en la cocina y con los ojos brillantes de la excitación—. Sí, se trataba de la valla. —Se interrumpió e inhaló hondo unas cuantas veces—. La han destrozado. Y han disparado a los vigilantes.

—¿Quién? —preguntó Addie.

—No los han reconocido.

—Tienen que haber sido los del Double Bar.

—Sí, creemos que los del Double Bar están detrás del ataque, pero no han utilizado a sus propios hombres. Lo más probable es que los hayan contratado. Nosotros también le hemos dado a uno, pero ha sido en la espalda, lo cual no nos hace quedar muy bien.

—¿Qué quieres decir? ¿Alguien ha recibido un disparo?

—Fue antes de que Ben, papá y los demás llegáramos. Nuestros vigilantes habían perseguido a los atacantes y le dispararon a uno por la espalda. Ben y Peter han ido a llevar el cuerpo al sheriff.

Addie empalideció.

—Pero..., esto es peligroso. Los asaltantes podrían estar escondidos por el camino y podrían dispararle a Ben como venganza o... —Addie miró a Caroline—. O a Peter.

—Ben estará alerta —declaró Cade.

—¡Pero está oscuro! Él...

Addie, consciente de la mirada reprobatoria de May, se mordió el labio y contuvo unas palabras de pánico. May se sentía muy molesta por la inapropiada preocupación que su hija demostraba hacia el capataz.

—Papá ha designado a más peones para que vigilen nuestra propiedad —continuó Cade con desenvoltura—. Mañana volverán a levantar la valla. Claro que esto les impedirá realizar las otras tareas que son necesarias, sobre todo los preparativos del recuento del ganado. —Cade casi bailó de júbilo en medio de la cocina—. Papá dice que tengo que dejar de ir a la escuela durante unas semanas para ayudar en el rancho. Dice que hay demasiadas cosas que hacer por aquí para que esté tonteando con los libros.

—Está bien —declaró May de una forma pausada—. Ayudarás a tu padre durante el día y estudiarás a última hora de la tarde. Adeline y yo te ayudaremos con los estudios para que no te quedes atrás.

La sonrisa de Cade desapareció de su rostro de una forma repentina.

—¡Oh, ma...!

—Mañana será un día muy largo. Sube a dormir un poco.

—¿Dormir? —repitió Cade como si no conociera aquella palabra—. ¿Después de lo que ha sucedido esta noche?

May asintió con la cabeza de un modo implacable y el muchacho salió a regañadientes de la cocina mientras su entusiasmo se iba apagando a toda velocidad.

—Tú también puedes ir a acostarte, Adeline —añadió May volviendo los ojos a la menor de sus hijas—. No ayudarás a nadie permaneciendo despierta.

—Yo... no puedo irme a la cama. —Addie se sentó con lentitud y se agarró a los bordes de la silla como si creyera que alguien intentaría arrancarla de allí a la fuerza—. Esperaré a que regresen.

Conforme el tiempo transcurría, su ansiedad se convirtió en entumecimiento. El café humeante que tenía enfrente se fue enfriando de una forma gradual hasta quedarse helado y Addie ni siquiera se dio cuenta de que Caroline lo reemplazaba por otro caliente. Éste también se enfrió, pero los hombres todavía no habían regresado.

Cada vez que percibía un ruido en el exterior, cada vez que oía la voz de un hombre y se daba cuenta de que no era la de Ben, Addie experimentaba náuseas. Su cabeza se desplomó sobre sus brazos, que estaban cruzados sobre la mesa, y Addie cerró los ojos... Esperando, esperando oír los pasos que eran distintos a los de cualquier otra persona, esperando percibir la única voz que podía calmar su tensión y apaciguar sus miedos. Addie sintió la mano de Caroline en su hombro.

—Voy a servir más café. Creo que ya están aquí.

Addie levantó la cabeza de golpe y clavó una mirada inexpresiva en la puerta. Peter entró con pesadumbre en la cocina y dejó caer su cuerpo corpulento en una silla mientras aceptaba la taza que Caro le tendía. Russell entró detrás de Peter con precipitación, igual que lo había hecho Cade, sacando fuego por la boca mientras le contaba a May su versión de lo que había sucedido. A continuación, entró Ben, silencioso y tranquilo, y cerró la puerta. Sus ojos verdes se veían claros y nítidos, a pesar de lo tarde que era.

Ben respondió a la ansiosa mirada de Addie con un leve asentimiento de cabeza, pues comprendía todo lo que ella quería decirle y no podía. Quedarse sentada a la mesa fue lo más difícil que Addie había hecho nunca, pues lo único que deseaba era lanzarse sobre Ben y acurrucarse en sus brazos. El nudo que tenía en la garganta desapareció. Parecía que hubiera estado conteniendo la respiración durante horas. Addie recorrió el cuerpo de Ben con los ojos intentando asegurarse de que estaba bien y su mirada se quedó clavada en las manchas de sangre de su camisa. Un pánico repentino la sacudió.

—Ben, tienes sangre...

—Uno de los asaltantes murió —la interrumpió Ben mientras bebía la mitad de una taza de café de un solo trago—. Peter y yo hemos llevado el cadáver al pueblo. En principio, el sheriff se ha puesto de nuestro lado en este asunto, pero el resto de los habitantes del condado se pondrán como locos...

—¿Por qué demonios habrían de hacerlo? —explotó Russell—. ¿Acaso pretendes decir que un hombre no puede defenderse a sí mismo y a sus propiedades cuando lo atacan?

Ben se encogió de hombros y contempló a Russell.

—Ya conoces la opinión general acerca de la valla,

Russ. Además, la primera regla de nuestro código consiste en no dispararle nunca a nadie por la espalda, ya sea alguien respetuoso con la ley o un maldito ladrón de caballos. Simplemente, apesta.

—Pues el resto de los habitantes del condado harían bien tomando buena nota de lo ocurrido —replicó Russell con furia—. Así comprenderán lo que les ocurre a quienes ponen un dedo sobre mi valla.

—Papá —interrumpió Addie—, ya sé que para ti es una cuestión de orgullo, pero, a veces...

—¡Sólo me faltaba tener que escuchar consejos de mi propia hija! —rugió Russell.

Al percibir el sentimiento de sorpresa que se había extendido por la habitación, no por la reacción de Russell, sino por su intento de expresar su opinión, Addie cerró la boca. La reprobación se reflejaba en todas las caras salvo en la de Ben, quien miraba a Russell con fijeza.

—Russ, ya sabes que te respaldaré decidas lo que decidas —continuó Ben con expresión inescrutable—, pero parte de mi trabajo consiste en ayudarte a ver todas las alternativas. —Ben lanzó una mirada en dirección al despacho de Russell y volvió a mirarlo a él con la ceja arqueada—. ¿Vamos a tomar una copa?

El tono persuasivo de Ben y su grata sugerencia lograron que el enfado de Russell se desvaneciera como por arte de magia. Sin titubear, Russell asintió y se dirigió al despacho seguido por Ben, quien, antes de salir, lanzó una mirada reconfortante a Addie. Ella se sintió mejor de inmediato, pues estaba segura de que Ben evitaría que Russell hiciera algo drástico.

—Peter, ¿no vas con ellos? —lo animó Caroline—. Tú eres un miembro de la familia y...

—Ellos no me necesitan —contestó Peter mientras bostezaba y se levantaba de la silla—. Me voy a la cama.

Caro guardó silencio y lo siguió, y May y Addie se quedaron solas en la cocina.

Addie jugueteó un poco con las mangas de su bata y,

al final, hizo el ademán de levantarse. May se lo impidió con un simple comentario.

—Ben parece más un miembro de la familia que Peter, ¿no crees?

Addie no estaba segura de lo que May le preguntaba en realidad.

—No sé a qué te refieres. Peter es tu yerno, mientras que Ben sólo...

—A tu padre no le importa nada lo que Peter opine. Él sólo confía en Ben.

—Hasta cierto punto, todo el mundo confía en él.

—Sobre todo tu padre. Y tú.

La franqueza de May la dejó atónita.

—¿Qué...?

—¿Ben será mi otro yerno? —preguntó May con una resignación sorprendente—. He visto cómo te ha mirado. Sois iguales. Hasta ahora no había podido admitirlo.

—Mamá, quizá deberíamos hablar de esto cuando no estuvieras tan cansada.

—Quiero oírlo de tu boca. Es peor sospecharlo sin saber la verdad, Adeline. Y hay cosas de las que tenemos que hablar.

—Me resulta difícil contarte lo que siento por él sabiendo lo que tú sientes.

—No es que no me guste personalmente. Ben podría hechizar hasta a las piedras, pero sé que no es bueno para ti.

—Sí que lo es. —Addie se inclinó hacia May y habló con rapidez y entusiasmo—. En realidad, tú no lo conoces, mamá. No sabes cómo es de verdad.

—Será difícil de manejar.

—Para mí no.

—Si te casas con él nunca podrás irte de aquí.

—Yo no quiero irme de aquí.

—Sois como el fuego y la pólvora. Las explosiones pueden resultarte excitantes ahora, pero nunca tendrás un momento de paz. Más adelante te arrepentirás.

—Si me casara con un hombre que no me dejara discutir con él, me moriría. Los dos somos muy tozudos, pero estamos aprendiendo a acomodarnos el uno al otro. Y él me escucha, mamá, me escucha de verdad. Y respeta mis opiniones.

—Lo sé. Ya os he oído hablar entre vosotros. Ben te habla como si fueras un hombre. Puede que al principio te atraiga esta novedad, pero no es correcto que te trate como si...

—¿Por qué no? ¿Por qué no habría de tratarme como si yo tuviera la cabeza sobre los hombros?

—Ben debería tratarte con más delicadeza, en lugar de hablarte de los asuntos de los hombres y preocuparte con cosas que no son de tu incumbencia. Eres una mujer, Adeline, y tienes tu propio lugar y tus propias preocupaciones.

—Yo también se las cuento a Ben.

—¡Santo cielo!

May se llevó la mano a la frente.

—Sé que parece un poco radical, pero ¿por qué tiene que haber barreras insalvables entre un esposo y una esposa? ¿Por qué tiene que haber una separación y una distancia entre ellos? Hay cosas que tú, Caro y vuestras amigas os contáis entre vosotras pero que nunca soñaríais con contarlas a vuestros maridos. Sin embargo, los hombres tienen derecho a conocer los sentimientos personales de sus esposas y...

—¡A un hombre decente no le interesan estas cosas! —soltó May. Addie se calló, pues comprendió que, si continuaba hablando, su madre se alteraría mucho. Se produjo un silencio entre ambas y, al final, May habló en tono cansino—. Supongo que planeas casarte con él.

—Sí.

—Supongo que te has detenido a pensar que, por encima de todo, Ben desea el rancho.

—De todas formas, acabará teniendo Sunrise, pues papá planea nombrarlo su sucesor en su nuevo testamento.

—Lo sé. Entonces estaría al mando del rancho, pero

si se casa contigo, será el propietario de la mayor parte del rancho.

—Ben se casaría conmigo aunque fuera una indigente.

—¿Estás segura?

—Nunca he estado tan segura de nada.

May contempló la mirada grave y la mandíbula férrea de su hija y arrugó el ceño con infelicidad. Aceptar la derrota en esta cuestión le resultaba más difícil que cualquier otra cosa.

—Nunca te has parecido tanto a tu padre —declaró May antes de salir de la habitación.

Addie permaneció sentada y masajeándose las sienes. Un silencio inusual reinaba en la casa y en el rancho. La calma después de la tormenta. Addie esperó hasta que oyó que la puerta del despacho de Russell se abría y el sonido de unas voces apagadas llegó hasta ella. Entonces salió con cautela de la cocina y permaneció en las sombras mientras Russell subía las escaleras para dormir al menos una hora antes del inicio de un día difícil. Ben se quedó al pie de las escaleras frotándose la nuca y, a continuación, se dio la vuelta para irse. Al ver a Addie, se detuvo y ella se acercó a él.

—¿Te ha escuchado? —preguntó ella con suavidad.

—Un poco. —Ben suspiró con una mezcla de cansancio y preocupación—. Pero no sé cuánto.

Addie apartó un mechón del pelo de Ben, el cual había caído sobre su frente.

—Él siempre respeta tu opinión.

Addie se acercó más a él. Ben percibió la ternura en su rostro y se quedó helado. Nunca había recurrido a nadie en busca de ánimo. Lo habían educado para soportar sus propias cargas y había salido adelante con éxito sin la ayuda de nadie. Lo último que necesitaba era el consuelo de una mujer. Sin embargo, sentía una imperiosa necesidad de abrazar a Addie y descargar en ella sus frustraciones. Y allí estaba ella, exigiéndoselo, obligándolo a incluirla en sus emociones privadas.

Addie percibió la indecisión en su rostro y lo comprendió más de lo que él podía imaginar. Hasta que lo conoció, ella también se había esforzado en mantener una distancia entre ella y todo lo que amenazaba con acercársele demasiado. Pero, tanto si lo admitía como si no, Ben la necesitaba. Addie se puso de puntillas y le rodeó el cuello con los brazos mientras rozaba su áspera mandíbula con los labios.

—No intentes mantenerme a distancia. No te lo permitiré —declaró Addie con voz ronca.

Ben permaneció inmóvil unos instantes. Entonces inclinó la cabeza y la besó mientras ponía la mano en la nuca de Addie y tiraba de su cabeza hacia atrás. Ella suspiró y lo cogió con fuerza por los hombros. El cansancio y las dudas se esparcieron por el aire como las hojas por el soplo de una brisa. Ben hundió su boca en la curva que unía el cuello con el hombro de Addie y ella le rodeó la espalda con los brazos sintiendo la tensión de sus músculos.

—Primero yo y, después, los derribadores de vallas —susurró Addie—. Esta noche no has podido descansar nada.

—Tú me has agotado mucho más que los derribadores de vallas —murmuró Ben, mientras deslizaba las manos por el esbelto cuerpo de Addie.

—¿Podrás dormir un poco?

—Sólo falta una hora para el amanecer. Muy pronto tendré que despertar a los hombres y asegurarme de que saben lo que tienen que hacer durante el día. Será mejor que permanezca despierto.

Ben dio por sentado que ella se quedaría con él, la cogió en brazos y la llevó al salón, que estaba iluminado por una luz tenue. Ben se sentó en el sofá de suave pelo de caballo, acomodó a Addie en su regazo y, a continuación, se besaron con pasión.

—Estaba preocupada por ti —confesó Addie abriéndole la camisa y apoyando la mejilla en la piel desnuda de su pecho.

—¿Por mí? —Ben deslizó los dedos por el cabello de Addie y enrolló uno de sus mechones alrededor de su mano—. No tenías por qué preocuparte, cariño. El tiroteo había terminado mucho antes de que yo llegara allí.

—Cuando oí que llevabas el cadáver de uno de los atacantes al pueblo, temí que alguien te disparara.

Ben medio sonrió por primera vez aquella noche e inclinó la cabeza hasta que sus narices se tocaron.

—Me parece que me gusta que alguien se preocupe por mí.

—Tú no eres el único por el que estoy preocupada.

Ben se puso serio de inmediato.

—¿Russ?

—No me gusta la situación en la que se ha colocado.

—Admito que tendrá que tener cuidado de ahora en adelante, pero no creo que sea necesario preocuparse tanto como tú pareces creer.

—Creo que la situación es más grave que todo esto —replicó ella con voz seria—. Resulta evidente que luchará con todas sus fuerzas para mantener la valla en pie. Si tú fueras los Johnson o cualquiera de los otros rancheros que están perdiendo dinero y propiedades por esta razón, ¿no pensarías que la única cosa que podías hacer es quitarlo de en medio para siempre?

Ben la contempló con fijeza y en silencio mientras una negativa flotaba en sus labios.

—Russell está en peligro —continuó Addie—. Lo sé.

—Hablaré con él.

—Necesita protección. —Aunque intentó hablar con naturalidad, su voz sonó tensa—. Quizá te parezca una exageración, pero no estoy segura de que esté a salvo en la casa.

—Addie, no saques problemas de donde...

—¿Considerarías la posibilidad de ordenarle a alguien que vigile la casa durante la noche? Por favor.

—¿Lo dices en serio? —Ben sacudió la cabeza sorprendido—. Cariño, nadie podría atravesar la línea de vigilantes que están apostados a lo largo de la valla. Y aunque alguien lo consiguiera, ¿de verdad crees que tendría los huevos de entrar a hurtadillas en la casa? E incluso si llegara tan lejos como esto, ¿cómo se supone que sabría en qué habitación duerme Russ? Y si...

—¿Y si se tratara de alguien que conoce perfectamente el rancho?

—Si te vas a pasar el tiempo preocupándote, hay muchas otras cosas que merecen tu preocupación por encima de esto.

—Por favor. —De una forma inconsciente, Addie lo agarró por la camisa—. Haz que alguien vigile la casa por las noches. —Addie buscó las palabras más adecuadas a fin de conseguir que Ben accediera a su petición—. Por favor. Estoy asustada.

Sus últimas palabras afectaron a Ben de una forma visible.

—Addie, ¿has oído o visto algo? —preguntó él mientras le cogía la cara entre las manos y la observaba con atención.

—No exactamente.

—No puedo ayudarte a menos que me lo cuentes.

«¿Contarte qué, que viví en el futuro durante veinte años y que descubrí que mi padre actual había sido asesinado? Ah, y no sólo esto, sino que yo ayudé a planificar su muerte, aunque no me acuerdo de cuál era el plan. Y, por cierto, si no me hubiera enamorado de ti, te consideraría un sospechoso y es posible que, aun estando e namorada de ti, si no supiera lo mucho que te preocupas por Russell seguiría sospechando que tú eres el asesino. ¿Cómo quieres que te cuente todo esto?»

—Sólo haz lo que te pido —suplicó Addie—. Y no permitas que papá se entere o lo impedirá. Él cree que puede protegerse a sí mismo.

—No sé cómo se te ocurre pensar esto, al fin y al cabo, sólo lleva viviendo treinta años en las praderas sin haber recibido apenas un rasguño.

—¿Apostarás a un hombre en los alrededores de la casa? —Addie frunció el ceño hasta que Ben asintió a desgana—. ¿Esto es una promesa o sólo dices que sí para que me calle?

Ben la miró y respondió con una voz inquietantemente suave:

—Yo nunca te mentiría, Adeline.

—No pensaba esto, sólo estoy...

—Asustada —murmuró él, mientras deslizaba un dedo por el lateral de su cara.

A pesar de la dulzura de su roce, Addie tembló con inquietud.

—Estás enfadado.

—Te retorcería el pescuezo si creyera que así descubriría qué ha ocurrido para que te sientas de este modo.

—No es importante.

—Para mí, sí.

—Sólo estoy preocupada por papá. Esto es todo. Pero ahora que sé que alguien vigilará la casa, me siento mucho mejor.

Su respuesta no apaciguó a Ben quien, a pesar de que Addie le decoraba la cara con besos invisibles, siguió frunciendo el ceño.

—Esto no ayuda, Adeline.

Cuando se dio cuenta de que su actitud juguetona no tenía éxito, Addie dejó de besarlo y lo miró a los ojos. Todavía estaba asustada y ambos lo sabían. El día del asesinato se acercaba y traía consigo una inevitable sensación de fatalidad. Addie tenía miedo por Russell y también por Ben. A él lo habían culpado del asesinato de Russell, había huido de Sunrise y había vagado por ahí durante cincuenta años. Ella lo había visto: un anciano patético y sin hogar. Lo opuesto de lo que era ahora. La imagen era tenue, pero todavía permanecía en el fondo de su mente, persiguiéndola.

—Abrázame —pidió ella sintiéndose terriblemente culpable.

Ben la rodeó con los brazos y habló con voz áspera y cariñosa al mismo tiempo:

—Tontuela, ¿crees que voy a permitir que te ocurra algo malo? Por ahora puedes guardar tus secretos para ti, pero ésta es la última vez que me mantienes al margen de otro de tus pequeños misterios. Llegará un día en que te formularé algunas preguntas y esperaré obtener respuestas, Addie. Y será mejor que no intentes esquivar el tema con zalamerías, ¿comprendes? —Ben esperó hasta que ella asintió con la cabeza junto a su pecho y presionó los labios contra su cabeza—. No tengas miedo, todo saldrá bien. Sabes que cuidaré de ti.

Ella se apretujó contra él y el miedo y la culpabilidad desaparecieron. Una oleada de calidez invadió su cuerpo. Addie disfrutó de la protección que le ofrecía el cuerpo de Ben y se derritió de placer cuando él deslizó las manos por su espalda. Mientras estuviera en sus brazos, Ben la mantendría a salvo de cualquier cosa. ¡Si pudiera abrazarla para siempre! Addie ansiaba contarle lo que le daba miedo de verdad, pero no podía hacerlo, a menos que lo hiciera de una forma indirecta.

—Ben, ¿si quisieras a una persona y descubrieras que había hecho algunas cosas malas en el pasado, tus sentimientos hacia ella cambiarían?

—Depende —contestó Ben de una forma pensativa. Sus manos se detuvieron en mitad de una caricia y, a continuación, reiniciaron el movimiento—. Supongo que dependería de lo que hubiera hecho. Si fuera muy malo, sí que cambiarían mis sentimientos hacia ella.

—Pero ¿y si hubiera cambiado y se arrepintiera de corazón de lo que había hecho?

—Yo no soy quién para juzgar a nadie. Estás hablando con un antiguo ladrón de terneros sin marcar, ¿recuerdas?

—¿Esto es lo peor que has hecho en toda tu vida?

Ben sonrió ligeramente.

—Bueno, si no tuviera más remedio, reconocería que

he hecho cosas peores que ésta. Cualquiera que me conozca de antes de venir a Tejas te dirá que tuve una juventud disipada.

—¿Ahora te arrepientes de las cosas que hiciste entonces?

—No suelo pensar en el pasado. Y no, no pierdo el tiempo arrepintiéndome de nada. He pagado de sobra por mis peores equivocaciones.

Ben contempló el hueco que había en la base del cuello de Addie y que asomaba por su bata entreabierta y mordisqueó aquella zona sensible.

—¿A qué se debe este repentino interés por el pecado y la expiación? —preguntó Ben con voz apagada—. ¿Te has acordado de una travesura escolar por la que nunca te pillaron? Supongo que le esconderías la tiza a la profesora o hablaste en susurros con tus amigas en plena clase de geografía...

—No —respondió Addie sintiéndose aliviada por el cambio de rumbo de la conversación. Apoyó la cabeza en el hombro de Ben y disfrutó del movimiento de su boca—. Yo siempre me porté bien.

Ben desabotonó con destreza uno a uno los botoncitos del cuello del camisón de Addie y fue descendiendo hacia sus pechos.

—No es esto lo que yo he oído, Adeline.

—No creas ni una palabra de lo que te han contado. Además, lo más probable es que tú tampoco fueras ningún ángel.

Ben esbozó una sonrisa amplia.

—Cada dos por tres me expulsaban.

—¡Alborotador!

—Mmm. En cierta ocasión, escondí una serpiente en el pupitre de Mary Ashburn. —Ben soltó una risita—. Ella la cogió cuando buscaba un lápiz.

—¡Qué malo eras!

—Sólo se trataba de una serpiente pequeña de jardín. No se merecía tanto escándalo.

—¿Por qué lo hiciste?

—Porque Mary me gustaba.

—Tu manera de cortejar ha mejorado.

—Cuestión de práctica —contestó Ben, mientras deslizaba la mano por debajo de los pliegues del camisón de Addie.

Ella le cogió la mano para detener sus exploraciones.

—¿Has practicado con muchas mujeres?

—No tantas como tú pareces pensar. ¿No hemos hablado ya sobre esto?

—Dijiste que algún día me contarías por qué eres tan liberal con las mujeres y que me hablarías acerca de la mujer que causó este efecto en ti.

—¿Por qué estás tan segura de que la causa es una mujer?

—Intuición. ¿Es por una de la que estabas enamorado?

—En cierto sentido.

—¿Tenías pensado casarte con ella?

La expresión de Ben cambió. Se le veía incómodo, receloso, un poco amargado, quizá.

—Addie, no estoy preparado para hablar de esto.

—Te hizo daño, ¿no?

A pesar de la irritación que sentía, la insistencia de Addie, y su buen tino, hicieron reír a Ben.

—¿Por qué es tan importante?

—Apenas conozco nada de tu pasado. ¡Hay tantas cosas de ti que no comprendo! Me preocupa que tú sepas tanto de mí y que yo sepa tan poco sobre ti. Eres un misterio para mí. Me pregunto por qué eres como eres y por qué...

—¡Está bien! Antes de que te explique nada, quiero señalar que yo no lo sé todo acerca de ti, ni mucho menos.

—¿Ella era importante para ti? —preguntó Addie ignorando el intento de Ben de desviar el tema.

—En aquella época, yo creía que ella lo era todo para mí. —Ben reclinó la cabeza en el respaldo del sofá y miró hacia el techo—. ¿Alguna vez has querido algo tanto que habrías bajado al infierno para conseguirlo? Y aun así, una vez lo tuviste, cuanto más intentabas retenerlo, menos lo conseguías. Ella era así. Nunca he conocido a nadie tan elusivo. Y cuanto más distante se mostraba ella, más la quería yo.

A Addie le sorprendió sentir un latigazo de celos. De repente, no estaba segura de querer oírle hablar acerca del deseo que había sentido hacia otra mujer. Sin embargo, al mismo tiempo, ardía en deseos de conocer el misterioso pasado acerca del que apenas hablaba.

—¿Quién era ella?

—Era la hija de uno de mis profesores de Harvard. Su padre era uno de los hombres más brillantes que he conocido nunca. Muy de Nueva Inglaterra, distante, inteligente, dinámico... A veces, cuando hablaba, te quedabas boquiabierto. ¡Dios, sus ideas eran realmente radicales, sorprendentes! Su hija tenía muchas cosas de él, su inteligencia, su genialidad... Nunca he oído a ninguna mujer hablar como lo hacía ella. Su padre le permitió estudiar lo mismo que el resto de sus alumnos y le dejaba decir y hacer lo que ella quería. Ella era más lista que la mayoría de los hombres que yo conocía. Una mujer con formación. Había crecido en una pequeña ciudad cercana a Chicago donde nunca se había visto nada parecido en una mujer. Yo estaba fascinado.

—¿Era guapa?

—Mucho.

Los celos que sentía Addie se duplicaron. Guapa, inteligente, fascinante...

—Parece la mujer perfecta —comentó Addie de una forma inexpresiva.

—Eso pensé yo durante un tiempo. Resultaba enloquecedor no saber nunca en qué situación me encontraba con ella. Un minuto era toda dulzura y, al siguiente, explotaba con rabia sin razón aparente. A veces, simplemente actuaba como una loca, corría riesgos y me arrastraba a aventuras salvajes. Con ella, yo me sentía o extremadamente feliz o completamente miserable.

—¿Cómo es que era tan salvaje?

La mirada de Ben se perdió en la distancia, como si intentara concentrarse en unas imágenes que lo eludían.

—No había un lugar para ella. Le habían concedido la posibilidad de ser exótica, diferente y, después, todos intentaron situarla en un lugar al que no pertenecía. Incluido yo. Ella era como un pájaro en una jaula que chocaba, una y otra vez, contra los barrotes. Yo me preguntaba por qué no podía actuar un poco más como las otras mujeres, por qué quería hablar de cosas que sólo los hombres... —Ben se interrumpió y miró a Addie con una expresión inescrutable—. Tú deberías comprenderlo. —Addie asintió de una forma casi imperceptible—. Pero ella no tenía tu fortaleza —continuó Ben—. No albergaba esperanzas de encajar en ningún lugar. Yo la veía ahogarse, pero no entendía la razón. Creí que la única forma en que podía ayudarla era intentando cambiarla, pero cuanto más la presionaba, peor era la situación. Yo la amaba y ella sentía lo mismo por mí, pero todo lo que yo quería de ella, matrimonio, hijos, una vida juntos, habría constituido una prisión para ella. Ella no quería nada de todo esto.

Ben inhaló hondo y soltó el aire poco a poco. Le sorprendió la ligereza repentina que experimentó en el pecho. Era la primera vez que hablaba de aquella etapa de su pasado. No tenía planeado contárselo a Addie, pero en aquel momento le pareció lógico descargar en ella el peso que experimentaba. ¿Quién más podía comprenderlo? ¿Quién más podía entender por lo que había pasado?

—¿Cómo acabó todo?

—Ella... —Ben carraspeó y se interrumpió. No podía pronunciar las palabras. Addie no dijo nada y esperó con paciencia, aunque, en su interior, habría deseado gritar debido a la necesidad de conocer la respuesta—. Ella averiguó que estaba embarazada —susurró Ben con una mirada destellante debido al recuerdo de la culpabilidad y el dolor que había experimentado—. De mi hijo. Yo insistí en que nos casáramos. Sólo me faltaban unas semanas para licenciarme y había planeado regresar a Illinois y conseguir un empleo en el banco de mi padre. Ella se sentía muy mal respecto a su embarazo, pero yo estaba emocionado. Yo quería aquel bebé y la quería a ella. Al día siguiente de contármelo, ella casi murió mientras abortaba. Cuando descubrí lo que había hecho, deseé que hubiera muerto junto con el bebé. No volví a verla nunca más.

Addie experimentó una profunda compasión.

—¿Cómo conseguiste terminar el semestre?

—Introduciendo dinero en los bolsillos adecuados. Mi padre estaba decidido a que su hijo se graduara en Harvard y ningún precio era demasiado alto con tal de conseguirlo. A mí no me importaba nada, estaba totalmente insensible.

—Siento profundamente lo que ella hizo —murmuró Addie—. Me refiero al bebé.

—En parte fue culpa mía. Yo habría utilizado al bebé como unas esposas para mantenerla junto a mí.

—No, ella debería habértelo consultado. Tú la habrías ayudado a encontrar una forma de resolver la situación. Ella debería haber confiado en ti. Tú la habrías escuchado.

—No, entonces yo era diferente.

—No tanto. Nada me hará creer que tú habrías ignorado una petición de comprensión. Tú no habrías convertido su vida en una prisión.

—¿Cómo puedes estar tan segura? —preguntó Ben con voz áspera.

—Porque te conozco. Porque me lo dice el corazón.

Ben volvió el rostro. Addie se sentó en su regazo intentando interpretar su silencio. De repente, Ben se tapó los ojos con la manga de la camisa y secó unas lágrimas que no eran habituales en él. Addie deslizó los brazos alrededor de su cuello y lo abrazó con fuerza. Tenía que convencerlo de que ella no era como la otra mujer que había amado, y que no se sentía aplastada por la desaprobación del mundo.

—Yo no soy como ella, Ben.

—En cierto sentido, sí.

—Bueno, es verdad que odio no poder decir lo que pienso ni hacer lo que quiero sólo porque soy una mujer, pero no me siento como un pájaro en una jaula. Y quiero pertenecerte.

—Yo no quiero tenerte atrapada.

—Me da más miedo estar sola. ¿No comprendes que disfruto de más libertad contigo que sin ti?

Ben la contempló con atención y la cogió por los hombros. La combinación de inocencia y experiencia que reflejaba su rostro nunca había sido tan pronunciada. Ben percibió en ella el entusiasmo de una niña, el amor apasionado de una mujer y una comprensión profunda que correspondía a alguien que le doblara la edad.

—¡Dios, nunca te dejaré ir, Addie!

—Lo sé.

—Y no intentaré cambiarte.

—Yo no te lo permitiría.

—Ya sé que no me lo permitirías —contestó él, y se relajó un poco—. Eres toda una mujer, Adeline Warner.

—¿Demasiado mujer para ti? —preguntó ella con voz suave y provocadora.

De repente, Addie se encontró tumbada sobre la espalda. Sonrió y levantó la vista hacia Ben, cuyos ojos se volvieron cálidos por el deseo.

—De ningún modo —contestó Ben.

Y procedió a demostrárselo de una forma que no dejó la menor duda en la mente de Addie.

Ben y Russell no contaron a la familia los acuerdos a los que llegaron acerca de cómo manejar la crisis, aunque algunos aspectos estaban muy claros. El más importante era que volverían a levantar la valla. Por otro lado, Russell, contrariamente a lo que todos esperaban, decidió mostrarse más razonable respecto al rancho, la familia y los vaqueros. Se quedó en su despacho y se mantuvo alejado de la valla mientras Ben supervisaba la construcción de más barracones de vigilancia a lo largo de la valla, doblaba el número de vigilantes nocturnos y designaba a unos cuantos vaqueros para que volvieran a levantar los postes arrancados.

Volcaron barriles de preciada agua para ablandar el terreno y cavar los agujeros para los postes, lo cual constituyó una afrenta para aquellos cuyo ganado estaba muerto de sed. May, Caroline, Addie e incluso Leah estuvieron ocupadas curando las heridas y los arañazos que el alambre de espino causaba en los brazos de los hombres que construían la nueva valla. Después de unos días, Addie le enseñó a Ben sus dedos, que estaban permanentemente manchados de yodo.

Las reacciones de los habitantes del pueblo y de los rancheros vecinos al ataque que había sufrido el rancho de Russell eran variadas. Los ganaderos que habían estado considerando la posibilidad de cercar sus tierras con vallas de alambre de espino, que era barato y duradero, estaban furiosos, como si también ellos hubieran sido víctimas del ataque infringido a Russell, aunque algunas personas consideraban que Russell se lo merecía. Muchos vaqueros odiaban la idea de que se cercaran las praderas por las que estaban acostumbrados a cabalgar con libertad. Los pequeños ganaderos que se apoderaban de las reses sin marcar que cruzaban los límites de sus tierras también estaban en contra de las vallas.

Conforme pasaban los días, Addie empezó a echar más y más de menos a Ben. Apenas lo veía. Ben estaba ocupado resolviendo todos los problemas que los demás le planteaban, problemas grandes y pequeños. Su trabajo era interminable, pues supervisaba la construcción de la valla y coordinaba el resto de las tareas que se realizaban en el rancho. Con tanta gente dentro y alrededor de la casa, no encontraba la manera de ir a ver a Addie a su habitación. Habían designado a un hombre para que vigilara la casa durante la noche, lo cual significaba que, de momento, sus encuentros con Ben habían terminado.

Una frustración física y emocional consumía a Addie, quien no se libraría de ella hasta que pudiera volver a tener a Ben para sí misma. Por las noches, Addie permanecía tumbada en la cama con las extremidades extendidas mientras pensaba con melancolía en las ocasiones en que Ben había acudido a su dormitorio. ¿Cómo era posible querer tanto a alguien? Los momentos en que se veían no eran suficientes. Siempre había miembros de la familia o vaqueros a su alrededor y no podían disfrutar de ningún tipo de intimidad.

¿Cuánto duraría sin él? La necesidad de estar con él crecía minuto a minuto, hasta que apenas le resultó soportable, sobre todo cuando él estaba cerca. ¡Qué extraño le resultaba desear y necesitar a alguien con tanta intensidad y sentirse molesta hacia todo lo que lo mantenía alejado de ella! Ben había despertado en ella ciertas necesidades, unas necesidades intensas que debían ser apaciguadas. Había pasado con él muy pocas noches, pero durante el resto de su vida todas las noches que pasara sin él serían frías y vacías. Addie miró al resto de los comensales y se preguntó si alguno de ellos entendería cómo se sentía. No, ninguno, ni siquiera la sensible y solitaria Caroline.

«Haría cualquier cosa para no perderlo. Ninguno de ellos ha luchado para conseguir al otro, aunque en determinado momento debieron de sentir algo. Seguro.»

Caroline y Peter actuaban como meros y distantes conocidos, mientras que May y Russell, como mucho, se trataban con un afecto cansino.

«No hay pasión, no hay ternura. Ni siquiera enojo. ¿De qué hablan cuando están a solas o sólo están en silencio?»

Sobre todo, Addie echaba de menos las largas y agradables conversaciones que mantenía con Ben. En las horas más oscuras de la noche, le había contado algunas de sus cuestiones más íntimas, aquellas que se suponía que ni siquiera las esposas contaban a sus esposos. Las conversaciones con Ben constituían una fuente continua de fascinación para ella, pues, prácticamente, no había ningún tema que Ben no quisiera tratar y, además, no le permitía mostrarse pudorosa. Ben parecía disfrutar haciéndola enrojecer y siempre sabía cuándo lo había conseguido, incluso en la oscuridad.

Después de una semana de no estar juntos, Addie empezó a notar que Ben cambiaba de una forma sutil. Su buen carácter desapareció y su sentido del humor era más mordaz que de costumbre. Se mostraba tenso e irascible con ella e intentaba evitarla. ¿Por qué se mostraba tan brusco y cortante? ¿Por qué parecía que estuviera enfadado con ella?

Cada vez que lo oía entrar en la casa a la hora de la cena, lo veía entrar en el comedor y lo observaba mientras se sentaba a la mesa, Addie experimentaba un dolor en la boca del estómago. El tiempo extra que Ben pasaba al sol oscurecía su piel cada vez más y sus ojos brillaban como esmeraldas. Nunca le había parecido tan guapo ni le había resultado tan inalcanzable. ¿Por qué, cuando lo miraba a través de la mesa, la distancia que los separaba parecía estar convirtiéndose en kilómetros?

Addie asomó la cabeza por la puerta del dormitorio de Caroline y frunció el ceño al ver que tenía los porticones de las ventanas medio cerrados y que estaba acurrucada debajo de las sábanas.

—¿Caro? —preguntó Addie en voz baja. Caroline se agitó en la cama—. ¿Todavía no tienes ganas de levantarte?

Caroline negó con la cabeza. Parecía irritada. Tenía la cara hinchada porque había ganado mucho peso en poco tiempo y se le habían formado unas bolsas muy marcadas debajo de los ojos.

—No, no me encuentro bien y estoy cansada.

—¿El doctor Haskin te ha dicho algo?

—Dice que todo va bien.

—¡Vaya, esto es estupendo!

—No te alegres tanto.

—¿Quieres que te traiga un té? Podría leerte una historia que salió en el periódico de ayer acerca de...

—No, gracias, no quiero beber nada ni que me leas nada.

Addie se sentó en el borde de la cama y cogió la fláccida mano de Caroline.

—¿Qué te ocurre? —preguntó Addie con dulzura.

La compasión de Addie pareció abrir el corazón de Caroline y sus ojos se llenaron de lágrimas.

—Me siento gorda, fea y de malhumor. Y se me está cayendo el pelo. ¿Ves lo fino y frágil que está? Yo tenía un pelo muy bonito.

—Todavía es bonito, y si has perdido algo de pelo, no has perdido tanto como para que los demás lo noten. Además, volverá a crecer en cuanto nazca el bebé.

—Y Peter ya no me habla ni me abraza.

—Él no sabe lo que esperas de él. Pídele lo que necesitas.

—Yo querría que él lo supiera sin tener que pedírselo.

—Los hombres no siempre saben qué hacer, a veces tenemos que explicárselo.

Caroline exhaló un suspiro lloroso y se secó los ojos con la esquina de la sábana.

—Esta mañana, Leah ha venido y se ha puesto a brincar en la cama. Yo me he mostrado muy dura con ella y ella no entiende el porqué de mi reacción.

—Yo me encargaré de Leah. Cade y yo la llevaremos al pueblo. Ayer buscaba telas para coserle a su muñeca unos vestidos y en la casa no hay suficientes retales. Le compraré un pedazo de tela y unas golosinas.

—¿De verdad? ¡Oh, esto le encantará!

—¿Y tú qué quieres, golosinas de menta o de regaliz? —preguntó Addie medio en broma.

—No quiero nada —respondió Caroline ya más contenta.

A pesar de su embarazo, parecía una niña pequeña, con su cara surcada de lágrimas y sus rollizas mejillas. Addie sintió una oleada de cariño hacia ella y deseó saber cómo conseguir que todo le fuera bien.

—Esta noche, cuando vuelva, te lavaré la cabeza. Esto te hará sentirte mejor. Y le pediré a Ben que toque algo de música en la sala después de la cena, en concreto, aquella canción que tanto te gusta oír.

—Pero Ben está tan ocupado...

—Encontrará tiempo para esto —le aseguró Addie. Y sonrió con picardía—. Si yo se lo pido.

La expresión de Caroline se volvió radiante y contempló a Addie con expectación.

—¿Cómo van las cosas entre vosotros dos?

Addie se inclinó hacia ella y sus ojos marrones brillaron de excitación.

—Me ama —susurró Addie.

—¡Oh, Adeline!

—Nunca soñé que pudiera ser tan feliz. Estoy tan enamorada de él que me causa dolor.

—¡Estoy tan contenta por ti! —Caroline le cogió la mano—. No lo dejes escapar. No permitas que nada se interponga entre vosotros.

—No lo permitiré.

Addie sonrió ampliamente y le apretó la mano antes de salir de la habitación.

—¡Leah! Leah, ¿dónde estás? Nos vamos al pueblo. Ayúdame a encontrar a Cade.

Leah llamó a Cade con voz aguda y sus trenzas flotaron en el aire, mientras corría escaleras abajo delante de Addie. Addie la siguió hasta el porche, donde encontraron a Cade sentado perezosamente junto a Diaz en las escaleras de la entrada. Diaz le estaba contando una de sus inverosímiles historias de aventuras. Cuando Addie y Leah aparecieron, Diaz interrumpió su relato, levantó la vista y su arrugado rostro se arrugó todavía más con una sonrisa.

Addie le devolvió la sonrisa con indecisión. De repente, se dio cuenta de todas las veces que había pasado junto a él, en las escaleras del porche, sin dedicarle ni un pensamiento. Estaba tan acostumbrada a verlo allí, que le prestaba la misma atención que a la barandilla del porche o los tablones de madera que tenía debajo de los pies. De vez en cuando, intercambiaban un saludo, pero después de la extraña y disparatada conversación que habían mantenido en el pasado, ella no había vuelto a buscar su compañía. Addie no solía pensar en aquello y todo lo que una vez había querido preguntarle o hablar con él había quedado relegado a la parte más lejana de su memoria. Diaz, simplemente, estaba allí, omnipresente, contemplativo.

—Cade, tienes que llevarnos a Adeline y a mí al pueblo —soltó Leah mientras tiraba de la mano de Cade.

Él sonrió al verla tan excitada y se resistió a sus esfuerzos por conseguir que se levantara.

—¿Quién dice que tengo que llevaros?

—No bromees —intervino Addie, mientras lo cogía por el cuello de la camisa y tiraba de él ligeramente.

Cade soltó un soplido y se levantó.

—Supongo que tendrás que acabar la historia más tarde —le dijo a Diaz mientras introducía las manos en los bolsillos de su pantalón y se encogía de hombros de una forma afable—. Si no, Adeline me estrangulará. No te irás antes del anochecer, ¿no?

—Me iré mañana por la mañana —contestó Diaz.

Addie abrió los ojos sorprendida.

—¿Irse? ¿Qué quiere decir? ¿Adónde se va? ¿Por qué...?

—Nunca me quedo mucho tiempo en ningún lugar, ni formo parte de una cuadrilla durante mucho tiempo seguido.

Diaz sonrió a Addie con amabilidad y encogió sus fornidos hombros como indicando que aquello estaba fuera de su control.

—Pero ¿adónde irá ahora?

—Pronto se conducirán muchas manadas hacia el norte y siempre hay sitio para un buen tejedor de historias en las caravanas.

Addie se quedó sin palabras. No deseaba que Diaz se marchara, pero no podía explicar lo que sentía, ni a Diaz ni a ella misma. No tenía ninguna razón lógica para desear que se quedara en Sunrise. Apenas lo conocía y había intercambiado con él muy pocas palabras. Él era, simplemente, y como él mismo se definía, un tejedor de historias. Diaz no había hecho nada por ella, salvo comunicarle un par de ideas medio concebidas que habían avivado su imaginación. Algunas de las cosas que Diaz le había dicho acerca de volver atrás en el tiempo y rectificar los propios errores la habían asustado debido a su exactitud respecto a su propia situación. Quizá se trató, sólo, de una elección afortunada de palabras. O quizá no.

—Hay algo que debo saber, señor Diaz... —declaró Addie titubeante.

—Adeline —la interrumpió Cade, y se echó a reír cuando Leah casi lo hizo caer por las escaleras debido a sus ansias por irse—. Diaz ha dicho que estará aquí esta noche. Si quieres ir al pueblo, deja de hablar y vámonos.

Addie lo miró con cara de pocos amigos y levantó la vista hacia el techo.

—¿Hablamos más tarde, señor Diaz?

—Más tarde —accedió él con amabilidad.

Addie le sonrió y siguió a Cade y a Leah.

Cuando llegaron al pueblo, Cade ayudó a Addie y a Leah a bajar de la tartana y ellas se dirigieron a la tienda. Cade se fue calle abajo para comprobar si Ben había ido a ver al sheriff, como era su intención. Ben había adoptado la costumbre de informar al sheriff de todos los incidentes y fricciones en los que el rancho se veía implicado y hacía lo posible para que el sheriff estuviera de su lado. En realidad, era poco lo que las escasas fuerzas que defendían la ley y el orden en el pueblo podían hacer por ellos. En aquella zona de Tejas, uno tenía que cuidar de sí mismo y de sus asuntos y se vería en apuros si tuviera que confiar en la protección de los demás. Sin embargo, Ben intentaba conseguir cierta apariencia de respetabilidad para el rancho y era mejor contar con el apoyo del sheriff, por leve que fuera, que tenerlo en contra.

Después de comprar un metro de tela de algodón a cuadros y una bolsa repleta de golosinas, Addie y Leah cruzaron la calle en dirección a la tartana. Leah enlazó la mano de Addie con la suya, que estaba pegajosa debido a las golosinas, y Addie sonrió mientras, juntas, balanceaban los brazos de una forma amigable.

—¿Quieres un caramelo de limón? —preguntó Leah de una forma muy educada.

—No, gracias.

—¿Un bastoncillo de melaza?

—Cariño, si quisiera, ya me lo habría comprado yo misma, pero eres muy amable al querer compartir tus golosinas.

—Tía Adeline.

—¿Qué?

—¿Por qué Ben te llama Addie? Nadie más lo hace.

Addie casi dio un brinco al oír su nombre de labios de Leah. Aquello le recordó a la Leah mayor y a todas las veces que había oído su nombre pronunciado con aquella misma inflexión de voz.

—Sólo se trata de un diminutivo —contestó Addie intentando calmar los latidos de su corazón—. Tú también puedes llamarme así, si quieres.

—Tía Addie —declaró Leah como prueba, y se echó a reír.

Addie no pudo evitar echarse a reír ella también.

—De modo que lo encuentras divertido, ¿eh?

—Ajá. —Leah sacó de la bolsa una barrita de regaliz y empezó a mordisquear uno de los extremos—. Tía Addie, ¿mamá tendrá al bebé pronto?

—Más o menos. Todavía faltan unos dos meses para que nazca.

—¡Oh!

Leah arrugó la frente con descontento, arrancó con los dientes un trozo de la barrita de regaliz y la masticó haciendo mucho ruido.

Addie la contempló de una forma pensativa. ¿Acaso era ésta la razón de que Leah estuviera tan de malhumor últimamente? ¿Porque tenía celos del bebé? Claro, Leah siempre había sido la pequeña de la familia y no quería ceder su lugar a otra persona.

—¿Sabes una cosa? Tú serás diez años mayor que el bebé. Tienes la misma edad que tenía tu madre cuando yo nací. —Leah la observó en silencio y con una de las mejillas abultada por el regaliz—. Cuando yo era pequeña —continuó Addie—, tu madre tuvo que enseñarme muchas cosas y yo intentaba imitarla en todo. La seguía a todas partes. Ella me contaba historias, me peinaba e incluso me ayudaba a vestirme por las mañanas. Yo pensaba que ella era la mejor hermana mayor del mundo.

Estrictamente hablando, Addie no recordaba mucho acerca de su relación con Caroline, pero Leah no lo sabía.

Leah parecía fascinada.

—¿Yo también haré cosas como éstas por el bebé?

—Bueno, seguro que él o ella dependerá de ti como yo dependía de tu madre...

Addie se sintió satisfecha al ver la expresión concentrada del rostro de la niña, de modo que no le comentó nada más en relación con aquella cuestión y le sonrió mientras cruzaban la calle. De repente, la mano de Leah se quedó fláccida y Addie dirigió la mirada hacia ella. Leah había empalidecido y tenía unos ojos como platos.

—¿Qué ocurre? ¿Qué...?

—Adeline —la interrumpió alguien hablando en voz baja.

Addie levantó la vista y se encontró con los ojos azul intenso de Jeff Johnson.

10

Addie percibió la intranquilidad que experimentaba Leah y se inclinó hacia ella.

—¿Por qué no vas a sentarte en la tartana?

—Los Johnson son malos, tía Adeline.

—¡Chsss! Todo está bien, Leah —contestó Addie enseguida.

—Voy a buscar a Cade.

—No, espérame en la tartana. No tardaré.

La voz de Addie se había vuelto dura y su rostro frío. Leah no era la causa de este cambio, pero era demasiado joven para comprenderlo, de modo que miró a Addie y a Jeff con temor y se dirigió con lentitud a la tartana. Addie se enderezó, miró a Jeff a los ojos y levantó la barbilla.

—¿Los Johnson son malos? —repitió Jeff divertido.

—¿Qué opinarías tú de alguien que contrata a gente con la finalidad de que destruya la propiedad de otras personas y ataque a sus empleados?

—Aquello sólo fue una advertencia. Supongo que ahora Russell sabe lo que sucederá si no comparte el agua. Sobre todo teniendo en cuenta que le ofrecimos pagarle por este privilegio.

—Él ha compartido con vosotros el agua durante muchos años. Y sin cobraros nada. Al final, dejó de hacerlo porque le robabais el ganado y rebasabais los límites de su propiedad.

—No quiero hablar de él.

—Entonces dime lo que tienes que decirme y vete lo más deprisa posible. No he venido al pueblo sola y, si nos ven juntos, surgirán problemas.

Jeff la miró sin parpadear, extrañado por su dureza.

—¿Cómo estás, Adeline?

Ella no estaba de humor para charlas insustanciales.

—¿Qué es lo que quieres?

—A ti. —Antes, podría haber sido una respuesta en cierto modo insinuante, pero Jeff lo dijo con una voz áspera y una expresión seria en los ojos—. No tardaré, Adeline.

Ella enseguida comprendió lo que él quería decir. Jeff pensaba poner en práctica los planes que juntos habían trazado y destruiría todo lo que ella amaba, todo lo que ella quería. Todo aquello que, antes, le resultaba indiferente. Addie lo miró sin moverse. Se sentía aterrorizada. ¿Cómo podía haber pensado que lo quería? ¿Cómo podía haberlo ayudado a planificar su perdición?

La firmeza de su propia voz la sorprendió.

—Jeff, las cosas han cambiado desde que nos vimos por última vez.

—¿Qué cosas?

—Lo que sentía por ti. Todo lo que te dije era una mentira. Yo nunca te amé.

—Adeline, ¿qué demonios...?

Jeff levantó una mano para cogerla del codo, pero ella se apartó de una forma súbita.

—No vuelvas a tocarme. No te quiero. No quiero nada de ti.

Al principio, Jeff estaba demasiado sorprendido para enfadarse.

—No lo dices en serio. ¿Qué ha ocurrido? ¿Es por lo que pasó en el rancho de los Fanin? Sólo estaba un poco bebido, cariño. Todos los hombres bebemos en exceso de vez en cuando.

—No, no tiene nada que ver con aquello. Escucha bien lo que te digo. Tú y yo no estaremos juntos nunca. Olvídate de los planes que forjaste respecto a mí y a mi padre. —Addie se interrumpió e intentó tragar el nudo que tenía en la garganta—. No quiero que le hagas daño. Te juro que, si le haces algo, te será devuelto con creces. Yo me aseguraré de que así sea.

—¡Cielo santo! ¿Qué estás diciendo? ¿Le has contado algo a tu padre? —Jeff dio un paso adelante, como si fuera a sacudirla, pero después miró a su alrededor y se dio cuenta de que estaban atrayendo unas cuantas miradas. Jeff enrojeció y miró a Addie con fijeza—. No, no se lo has contado a nadie —murmuró—. No te arriesgarás a que él descubra lo que has planeado. Y no dirás nada porque te preocupas demasiado por tu propio cuello y te resulta más fácil quedarte sentada y dejar que ocurra. Sabes que, de todos modos, tu padre está cavando su propia tumba. Sólo necesita un empujoncito. ¿A qué viene este cambio de último minuto? ¿Nervios? Es igual. No siempre te entiendo, Adeline, pero sé cómo eres en realidad. Sé más acerca de ti que ninguna otra persona. Y te quiero. Y tú sientes lo mismo por mí.

A Addie le temblaban los labios mientras contenía las amenazas que cruzaban por su mente. Todas le parecían ridículas, banales. ¡Si pudiera recordar el nombre del vaquero que los Johnson habían contratado! ¿Qué nombre les había dado ella? «¡Recuerda!», se gritó a sí misma, pero lo único que encontró fue un muro espeso que era imposible de atravesar. «¡Recuerda!»

—Yo... lo contaré todo —declaró Addie intentando ocultar su desesperación—. Puedo arruinarte a ti y a tu familia y lo haré si me obligas a hacerlo.

—No lo harás —declaró Jeff con una convicción creciente.

Addie sintió un impulso casi irresistible de abofetearlo.

—Te odio —murmuró Addie.

—Sí, y también sientes otras cosas por mí.

Jeff la cogió del brazo con firmeza y la miró a los ojos con una media sonrisa.

—Te he dicho que no me toques.

—No hablemos de esto en medio de la calle. Conozco un rincón tranquilo cerca de aquí.

Addie se soltó de un tirón y se volvió hacia la tartana justo a tiempo de ver el desastre que se aproximaba. Antes de que pudiera pronunciar ningún sonido, notó la ráfaga de aire que produjo Ben al pasar por su lado como una exhalación y lanzarse sobre Jeff con tanto ímpetu que los dos cayeron al suelo. Eran como dos animales jóvenes, luchando, gruñendo y rodando por la calle polvorienta. Addie, estupefacta, vio que la gente se acercaba corriendo desde todas las direcciones mientras proferían gritos y exclamaciones y rodeaban a los dos hombres. El ruido se volvió ensordecedor. Addie retrocedió un paso. Alguien le dio un empujón y la hizo volverse. Cade estaba justo detrás de ella y la ayudó a mantener el equilibrio.

—Adeline, no he podido detenerlo. Os vio y se volvió loco.

—¡Leah! —exclamó Addie mientras miraba con nerviosismo hacia la tartana.

La tartana estaba vacía.

—Yo la encontraré. Tú quédate aquí.

Cade atravesó con celeridad la apretada muchedumbre que se iba apelotonando en la acera de tablones de madera. Addie llegó a empujones al interior del círculo que rodeaba a Ben y a Jeff para ver lo que ocurría.

—¡Ben! —gritó, pero su voz quedó ahogada entre los gritos y los vítores de la multitud—. ¡Ben!

La muchedumbre no tardó en ponerse violenta. Como todos interpretaron la pelea como una lucha entre el rancho Double Bar y el Sunrise, enseguida se formaron dos bandos. O se estaba a favor o se estaba en contra de Russell Warner, y muy pocos permanecieron indecisos. Addie regresó a la acera y se quedó muda de asombro mientras la muchedumbre rompía en un estallido de puñetazos y gritos penetrantes.

—¡Puñado de idiotas! —murmuró Cade cerca de Addie. Ella se volvió sobresaltada y vio que Cade estaba junto a ella con Leah pegada a su lado—. Se morían de ganas de pelearse a causa de la valla.

—No se pelean por la valla, sino por...

—¿Por ti? —Cade sonrió ligeramente—. La pelea entre Ben y Jeff es por ti, pero el resto se pelean por la maldita valla.

—¿Tú piensas lo mismo que yo respecto a la valla?

—La necesitamos —declaró Cade con gravedad—. Somos demasiado grandes para sobrevivir sin ella, pero esto no impide que la odie tanto como tú.

Addie contempló a Leah, quien se había vuelto y contemplaba la pelea con unos ojos como platos.

—¿Leah había ido a buscarte? —preguntó Addie a Cade.

Él negó con un movimiento de la cabeza.

—Ben y yo acabábamos de salir de la oficina del sheriff cuando te vimos con Jeff. —Cade esbozó una sonrisa amplia—. Ben soltó un par de palabrotas nuevas que todavía estoy intentando comprender y se lanzó sobre Jeff como una exhalación.

—¿Dónde está el sheriff? —preguntó Addie con furia.

Le aterrorizaba que Ben pudiera resultar herido o que ya estuviera herido. Entonces el sonido de unos disparos pareció perforar sus oídos. Leah se estremeció y se pegó a Addie. El sonido se repitió y algunos hombres se apartaron como gatos escaldados. Sam Dary, el sheriff, era un hombre fornido y de actitud firme y arrogante. Bajó su arma y se abrió paso entre la multitud profiriendo gritos. Se formó un pequeño claro en mitad de la calle, donde unos hombres habían separado a Ben y Jeff. Se precisaron varios hombres para mantenerlos separados el uno del otro y ambos jadeaban y se miraban con ojos asesinos.

—Tranquilos, tranquilos... ¡Calmaos! Vosotros dos deberíais saber que no es el momento de pelearos, pues los ánimos ya están bastante caldeados —declaró Dary con gravedad, sudoroso y con el rostro enrojecido—. Y no me importa quién ha empezado la pelea, porque sé perfectamente que hace tiempo que los dos estáis deseando algo así. Ahora ya está, ya lo habéis conseguido. Volved a vuestros asuntos y pensad en algo mejor que hacer que provocar una revuelta. Hace demasiado calor para pelearse. Daos la mano y olvidaos de lo que ha pasado, muchachos.

—¿Que le dé la mano? —gritó Jeff atónito.

Ben lo miró con desdén.

—Si crees que voy a...

—¡Ya está bien! —intervino el sheriff.

Poco a poco, las manos que los sujetaban se fueron relajando, pues todo el mundo se dio cuenta de que la pelea había finalizado. Dary apoyó las manos en sus caderas. Parecía sentir la necesidad de imponer su autoridad.

—Todavía estoy esperando a que os deis la mano.

—Ya hemos dejado de pelearnos —declaró Ben rompiendo el silencio glacial que flotaba en la atmósfera—. ¿No le parece suficiente?

Addie sintió flojedad en las piernas y un gran alivio al ver que el sheriff asentía, aunque a regañadientes, y que Ben y Jeff se alejaban el uno del otro. Addie dejó a Leah al cuidado de Cade y bajó a la calle. Tenía que comprobar por sí misma que Ben se encontraba bien. Se abrió paso con ansiedad entre la muchedumbre que se interponía en su camino mientras mantenía la mirada fija en la alta figura que estaba a unos metros de distancia de ella. Ben avanzó entre la multitud ignorando las manos que le daban palmaditas en la espalda y no vio a Addie hasta que ella llegó a su lado.

Addie sonrió con esfuerzo.

—No había necesidad de empujar a todo el pueblo a una pelea, ¿no crees?

Ben se limpió el sudor y el polvo de los ojos con la manga de la camisa.

—Ya le dije en una ocasión lo que le sucedería si te ponía un dedo encima.

—¿Estás herido?

—No. Jeff es tan blando como el resto de los Johnson.

—Una expresión de indignación cruzó su rostro—. No me extraña que tengan que contratar a otras personas para que derriben la valla en su nombre. No tienen el valor ni la fortaleza para hacerlo ellos mismos.

—Blando o no, Jeff ha conseguido hacerte daño —comentó Addie mientras contemplaba su cara amoratada. Entonces inclinó la cabeza para ocultar una oleada repentina de emoción—. Vamos, te llevaremos a casa en la tartana.

—¡Mírame! —exclamó Ben.

El tono de su voz era tan exigente que Addie le obedeció sin pensárselo dos veces. Sus ojos se encontraron. Los de Addie muy abiertos, por el desconcierto que experimentaba, y los de Ben brillando con una luz cálida e intensa. Ben le cogió la barbilla con una mano, inclinó la cabeza con lentitud y la besó con pasión. De la multitud surgieron unas exclamaciones de asombro y unos cuantos silbidos, pero Addie estaba demasiado sorprendida para apartarse de Ben.

El olor a sudor y suciedad inundó sus fosas nasales y percibió sabor a sangre mientras la presión del beso empujaba su cabeza hasta el hombro de Ben.

Addie se apoyó en él medio mareada y con el corazón acelerado. Se sintió flaquear, como si cayera en un pozo de fuego. De lo único de lo que era consciente era de la boca de Ben pegada a la suya, de sus labios ardientes, ansiosos y dulces. Cuando Ben levantó la cabeza, Addie lo contempló con ojos perplejos y sintiéndose incapaz de proferir ningún sonido. ¡Todo el pueblo! ¡La había besado así delante de todo el pueblo!

—Considéralo el anuncio de nuestro compromiso —declaró Ben, y le indicó a Cade, quien sonreía ampliamente, que los siguiera hasta la tartana.

May se quedó lívida cuando se enteró de lo que había sucedido, y se enfadó tanto que incluso Russell procuraba actuar con cautela cuando ella estaba cerca.

—¿Entiendes la posición en que la has colocado? —preguntó May mientras caminaba de un extremo al otro del salón.

Ben apoyó un codo en la repisa de la chimenea y la contempló de una forma inexpresiva mientras Russell y Addie permanecían sentados en el sofá sin atreverse a decir ni pío. Russell fumaba como una chimenea y, de vez en cuando, lanzaba una mirada a Addie por encima de su puro y le guiñaba el ojo con disimulo.

—¡Pelearse por ella en mitad de la calle! —continuó May con voz aguda—. ¡Como si se tratara de un trofeo! Y después..., y después...

Todos sabían que el «y después» se refería al beso que le dio en público, un incidente que se extendía deprisa gracias a los comentarios de los habitantes del pueblo. Ben inclinó la cabeza en actitud de culpabilidad y a Addie le entraron ganas de echarse a reír. Ella sabía muy bien que él lo hacía por May. Ben no sentía el menor arrepentimiento por lo que había hecho.

May se presionó las sienes con las palmas de las manos como si quisiera calmar un intenso dolor de cabeza.

—La reputación de mi hija está arruinada. ¡Arruinada!

—Mamá, nadie se lo tomó en serio —intervino Addie—. Sólo se trató de un impulso. Todo el mundo estaba excitado y revuelto. Sólo se debió a la exaltación del momento. —Addie hizo caso omiso de la mirada de reojo que le lanzó Ben, aunque sabía que sus ojos despedían un destello diabólico. La miraba así desde lo sucedido aquella tarde—. Estoy segura de que no era su intención besarme, simplemente sucedió.

—Debería haber controlado sus impulsos —contestó May mirando a Ben con dureza.

Él asintió de una forma respetuosa.

—Sí, señora.

—Y sospecho, Ben Hunter, que sabías, exactamente, lo que estabas haciendo. —Ben abrió la boca para contestar, pero May lo interrumpió—. No intentes eludir tu responsabilidad por medio de tus encantos. Todos los presentes sabemos que utilizaste la situación para salirte con la tuya y que no dudaste en aprovecharte de las circunstancias. Pues bien, yo no tengo por qué simular que apruebo tus métodos para conseguir lo que quieres. Jugar con la reputación de Adeline como has hecho esta tarde ha sido algo cruel y desconsiderado y espero por su bien que no lo conviertas en un hábito.

—No es ésta mi intención —contestó Ben con calma.

Addie se dio cuenta de que había dejado a un lado su actitud frívola, que se estaba tomando en serio las palabras de May y que la escuchaba sin el menor atisbo de burla. Ben siempre se había mostrado respetuoso con May, aunque Addie nunca había imaginado que permitiría que su madre lo sermoneara de aquella manera.

—Yo soy su madre —continuó May—, y tengo derecho a expresar mi opinión. Y escucharme es tu obligación. No puedo hacer nada para interponerme en tu camino y ya no quiero luchar más contra vosotros tres. Lo importante es que Adeline cree que la harás feliz y supongo que tú también lo crees, pero no lo conseguirás si continúas tratándola con tan poca consideración. No debes hacer de ella un espectáculo público nunca más. Adeline merece ser tratada con respeto y amabilidad. Su bienestar debe constituir una prioridad para ti, por encima de tus propias necesidades.

Addie bajó la mirada hacia sus manos con las mejillas encendidas. Le resultaba muy desconcertante oír hablar de sí misma como si no estuviera allí. Quería intervenir, pero no se le ocurría nada que decir, ni en su nombre ni en el de Ben. Sólo Ben podía calmar la ansiedad que May experimentaba.

—Su felicidad, por no mencionar su bienestar, es mi máxima preocupación —declaró Ben. En vista de la seriedad de su expresión, ni siquiera May pudo dudar de sus palabras—. Ésta es la razón de que quiera casarme con ella.

—Ya conoces mis objeciones a que se celebre un matrimonio entre vosotros —soltó May—. Tú sabías que yo no aprobaba esta idea y nos has puesto a todos en una situación intolerable. Pero ahora no puedo objetar vuestro matrimonio. De hecho, debo insistir en que os caséis.

Los ojos de Ben brillaron de satisfacción.

—La haré feliz.

—Ni siquiera te has molestado en disculparte por tu comportamiento.

—Me disculpo por mi comportamiento, pero, con el debido respeto, no me arrepiento del resultado.

May advirtió que aquella leve disculpa sería lo único que conseguiría de Ben, de modo que desvió su mirada iracunda de él a Russell.

—No has pronunciado ni una palabra en todo este rato.

Russell adoptó una postura autoritaria, se puso en pie y señaló a Ben.

—Voy a tener una conversación de hombre a hombre con él. El simple hecho de que vaya a casarse con mi hija no significa que pueda librarse de una buena regañina cuando se la merece. ¡Vamos, Ben, a mi despacho!

—Sí, para fumar un puro, tomar un trago y darle una palmadita en la espalda —declaró May con acritud.

Addie no pudo evitar reírse por lo bajo.

Cuando Ben salió del despacho de Russell, su aliento despedía, indudablemente, cierto olor a whisky. Ben sonrió a Addie cuando se la encontró cerca de la puerta del despacho y la siguió en silencio mientras ella lo guiaba al porche para disfrutar de unos minutos de intimidad. Ben tenía el rostro encendido a causa de la bebida y del bienestar que experimentaba.

—¡Pobre, se nota que te ha infringido una buena reprimenda!

Ben sonrió y dejó su raído sombrero encima de la barandilla del porche.

—Me ha dicho que éste es el día más feliz de su vida.

—Me alegro de que alguien se sienta así —contestó

Addie con picardía—. En cuanto a mí, si llego a saber cómo sería el día de hoy, me habría quedado en la cama.

Ben enderezó la espalda y realizó una mueca de dolor.

—Pues yo me siento como si me hubiera arrollado una manada.

—¿Cómo te atreves a quejarte? Tú eres el culpable de todo lo que ha sucedido. Primero la pelea, después el beso...

—Por favor, cariño, ya he escuchado la opinión de tu madre sobre este asunto durante más de una hora.

—Entonces, ¿qué quieres que te diga? ¿Que has aguantado el castigo como un hombre? ¡Bravo!

—Estás muy peleona esta noche —comentó Ben mientras se dirigía a un extremo del porche y apoyaba una mano en la barandilla—. ¡Eh, Watts! —exclamó en la oscuridad.

El vaquero que estaba vigilando la zona le contestó con voz apagada.

—¿Sí, Ben?

—¿Por qué no te vas a vigilar la parte trasera durante un rato?

Se oyó una risita ahogada.

—Esto mismo estaba planeando hacer.

—¡Vamos, ve para allá!

Addie escudriñó las sombras y, aunque sólo vislumbró vagamente su fornido contorno, siguió con la vista la figura de Watts hasta que desapareció por la esquina de la casa. Cuando el sonido de sus pasos se desvaneció en la lejanía, Addie contempló a Ben con el ceño algo fruncido. Entonces se acordó de la noche en la que, después de descubrir que su hermana era una prostituta, Watts lloró, completamente borracho, en el hombro de Ben.

—¿Su hermana todavía trabaja en aquel salón de baile? —preguntó Addie.

Ben se encogió de hombros.

—Por lo que yo sé, sí.

—¿No ibas a ofrecerle dinero para que la sacara de allí?

—No conseguí que lo aceptara.

—Quizás es demasiado orgulloso —reflexionó ella en voz alta—. ¿Y si le ofrecieras más trabajo y le pagaras...?

—Ya lo he intentado, pero no, no quiere trabajar más. Creo que todo el mundo ha aceptado la idea de que su hermana es una prostituta, cariño. Ahora deja de intentar solucionar los problemas de los demás y, para variar, preocúpate por mí.

—¡Preocuparme por ti es lo único que he hecho últimamente! —Addie apoyó las manos en las caderas. Ben se acercaba a ella con paso lento pero decidido. Addie había tenido un día horrible por causa de él y había llegado el momento de poner cada cosa en su sitio—. No avances más. —Ben se detuvo a unos metros de Addie y arqueó una ceja de una forma inquisitiva—. No pienso permitir que te acerques a mí, Ben Hunter. Te has portado muy mal conmigo durante toda la semana. Te has mostrado brusco, malhumorado..., me has ignorado e insultado.

—He tenido una semana de mil demonios. Te deseaba tanto que no veía con claridad y he tenido el suficiente trabajo y preocupaciones como para hacer renegar a un santo.

—¿Y crees que ha sido más fácil para mí? ¿Cómo crees que me sentí cuando os vi pelearos a Jeff y a ti en mitad de la calle como un oso y un toro? Lo único que conseguisteis fue empeorar la situación entre nosotros y los Johnson.

Ben frunció el ceño y su buen humor desapareció.

—No pude evitarlo. Cuando lo vi mirarte de aquella forma. ¡Parecía que, para él, fueras la única mujer de Tejas! Y cuando te tocó...

—¡Por todos los santos, no creo que fuera a violarme en medio de la calle! Prácticamente todo el pueblo estaba allí.

—Él actuaba como si te poseyera —declaró Ben malhumorado mientras cruzaba los brazos sobre su pecho, apoyaba el peso en una pierna y doblaba la otra en una postura típicamente masculina—. Actúa como si tuviera algún derecho sobre ti, Addie. ¿Por qué será?

Había un destello de celos en su mirada.

—¿Qué me estás preguntando?

—Te pregunto hasta dónde llegaste con él.

A Addie le sorprendió su brusquedad.

—¿Cuando cortejábamos?

—Sí.

—¡Santo cielo, no esperarás que conteste semejante pregunta!

Ben no respondió, pero sostuvo su mirada con obstinación.

—Sí que lo esperas —declaró Addie con lentitud—. Después de todo lo que tú y yo... ¡Nunca habría esperado de ti algo como esto! ¿Hasta dónde crees tú que llegamos? Ya sabes que eres el primero y el único hombre con el que he hecho el amor. ¿Esto no es suficiente para satisfacer tu querido ego? Pues, si no es así, lo siento, porque no pienso contarte los detalles íntimos de mis relaciones con otros hombres. No a menos que tú estés dispuesto a contarme lo que has hecho con otras mujeres.

—No es lo mismo.

—No... —empezó a repetir Addie, pero se interrumpió asombrada. A veces se olvidaba de que, aunque Ben era menos machista que el resto de los hombres de aquella época, también tenía sus momentos machista. De repente, sintió deseos de echarse a reír—. ¿Por qué no es lo mismo? —preguntó—. Si tú tienes derecho a conocer mis experiencias pasadas, yo tengo derecho a conocer las tuyas.

—En estas cosas no somos iguales. Se supone que un hombre debe tener experiencia y una mujer...

—¿Una mujer se supone que debe ser ignorante? Perdona, había olvidado que hay unas reglas para ti y otras para mí.

—No estoy hablando de reglas.

—Ah, ¿no? Se supone que tú debes tener experiencia y yo no. Pues bien, yo me alegro mucho de que tú hayas sido mi primera experiencia. ¿No crees que a mí también me habría gustado ser tu primera experiencia?

Ben se quedó atónito, como si aquella idea no se le hubiera ocurrido nunca antes.

—Tienes el don de tergiversar las cosas.

—A veces no tengo más remedio, porque tú no siempre eres justo conmigo.

Ben torció la boca y maldijo en voz baja.

—Mira, siento haber iniciado esto. No sé por qué te he preguntado nada acerca de ese idiota. Es sólo que no soporto la idea de que estés cerca de él.

—No puedo cambiar el hecho de que me gustara, pero nunca sentí por él lo que siento por ti. Tú lo sabes.

Ben se encogió de hombros y bajó la mirada al suelo. Addie suspiró.

—Deja que te cuente algo. Yo odio pensar que has estado con otras mujeres. Desearía poder borrarlas de tu memoria. Desearía que no hubieras estado con nadie salvo conmigo, pero no puedo hacer nada para cambiarlo, ¿no? ¿No ves que resulta inútil preocuparse por algo que uno no puede controlar?

Ben levantó la mirada hacia ella. Sus ojos verdes brillaban de una forma intensa en la oscuridad. Ben se acercó a ella poco a poco y ella se vio obligada a retroceder hasta la pared de la casa. Cuando no quedaba espacio entre la espalda de Addie y la pared, Ben apoyó en ésta las manos a ambos lados de la cabeza de Addie. Ella volvió el rostro a un lado mientras sentía la presión del cuerpo de Ben contra el de ella y el roce de su aliento en su mejilla. ¡Santo cielo, nunca podía permanecer mucho tiempo enfadada con él!

—Nunca dije que fuera de trato fácil —dijo Ben.

—No era preciso que lo dijeras, yo ya lo sabía.

Ben cerró los ojos y besó el mechón de pelo ondulado que había caído sobre la sien de Addie. A continuación, rozó con sus labios la suave piel de su párpado inferior y los deslizó a lo largo de su ceja. Addie notó el roce de su lengua sobre el pelo lacio y suave de su ceja y levantó la barbilla buscando su boca. Ben la besó con lentitud e intensidad y ella exhaló un suspiro leve. Sin pronunciar una palabra, se apretaron el uno contra el otro, abrazándose con fiereza y ansiedad, y prolongaron su beso hasta que Ben profirió un sonido de contrariedad y levantó la cabeza.

—No podré parar —declaró mientras respiraba con pesadez.

—Ben, ¿cuándo podremos...?

—Ojalá lo supiera. —Ben parecía afligido—. Esta noche no podré ir a verte. Después del jaleo de esta tarde, nadie dormirá profundamente.

—¿Qué sucederá entre nosotros y los Johnson? —murmuró Addie mientras se acurrucaba más en los brazos de Ben—. Odio que las cosas hayan llegado tan lejos.

—Tendremos que tomarnos las cosas como vengan. No permitiré que mi temperamento se me escape de las manos otra vez. Todo me resultará más fácil ahora que nuestro compromiso es público.

—¡Tienes tantas responsabilidades! Desearía hacer algo para que todo te resultara más fácil.

—Estaré bien. —Ben dejó escapar un gemido y apoyó la barbilla en la cabeza de Addie—. ¡Si al menos no te quisiera tanto! Ni siquiera puedo mirarte a través de la mesa sin que me ocurra esto.

Ben presionó sus caderas contra las de Addie y ella apretó su acalorado rostro contra el cuello de él, mientras su corazón se aceleraba.

—A mí me resulta igual de difícil.

—Para los hombres es distinto, cariño. Créeme.

—Lo siento —murmuró ella con una sonrisa.

—¡Addie! —se oyó la voz de May en el interior de la casa, lo cual constituía una señal de que habían pasado demasiado tiempo a solas en el porche.

—¡Enseguida voy, mamá! —Addie se separó de Ben, pues sabía que tenía que irse, pero enseguida echó de menos el calor de su cuerpo. Con un movimiento repentino, lo abrazó con fuerza—. ¡No puedo separarme de ti!

—Addie —murmuró él apretándola contra su pecho. Addie se pegó a él hasta sentir dolor, pues necesitaba saber que la pasión del amor de Ben era tan intensa como la de ella—, te quiero todos los minutos del día. Echo de menos estar contigo y querría abrazarte durante horas. —Ben le mordisqueó con cuidado el lóbulo de la oreja y hundió el rostro en el pelo de Addie—. Un beso más y, después, entra en la casa.

Addie le ofreció, temblando, sus labios, y aunque al principio el beso fue tierno, al final fue ardiente y apasionado.

—Ahora vete —declaró Ben, aunque su corazón ansiaba pasar unos minutos más con ella.

—No te muestres distante conmigo mañana —susurró Addie—. Cuando hay otras personas a nuestro alrededor, no me miras como si me amaras.

—Antes no me lo permitías, ¿recuerdas? No fue idea mía mantener nuestra relación en secreto.

—No estaba segura acerca de lo que sentía por ti —admitió Addie—. ¿Y tú?

—Yo nunca albergué ninguna duda. Hace tiempo que sé lo que siento por ti.

Addie se sintió abrumada al saber lo mucho que él la quería. No le resultaba difícil recordar los días en que no tenía a nadie salvo a Leah. Y también recordaba la noche lluviosa cuando incluso Leah le fue arrebatada. Ahora tenía más de lo que había soñado nunca.

Sin embargo, los recuerdos de Adeline se iban deslizando por su mente como una sombra, oscuros, indistintos e ineludibles. Durante el resto de su vida tendría que lidiar con esos recuerdos, aunque en el fondo de su mente siempre recordaría quién había sido antes. ¿Qué había ocurrido para que fuera como era antes? ¿Cómo podía una hija conspirar contra su propio padre?

De repente oyó el eco de algo que Caroline le dijo en una ocasión: «Durante un tiempo creí que papá te había malcriado tanto que te habías vuelto mala.»

«Esto es lo que ocurrió —pensó Addie con vergüenza y desesperación—. Me había vuelto mala.»

¿Había alguna manera de compensar lo que había hecho? La culpabilidad se convirtió en un dolor tangible en su pecho.

—No te merezco —murmuró Addie.

Ben realizó una mueca.

—¿Por qué demonios dices esto?

—En el pasado he hecho cosas terribles, cosas que ni siquiera puedo contarte. No soy ni la mitad de buena o amable de lo que debería ser y...

—Yo nunca he esperado que fueras una santa, Addie. Y en cuanto a lo de no merecerme, de todas las personas que... —Ben se interrumpió y sonrió de una forma burlona—. Digamos, simplemente, que es más probable que yo no te merezca a ti. Es posible que yo sea el castigo a tus pecados y casarte conmigo será tu penitencia. ¿Alguna vez has pensado en esta posibilidad? Ahora dame otro beso y vete, si no no podré dejarte ir.

Medio enojada por la actitud desinteresada de Ben hacia su sentimiento de culpabilidad, Addie le ofreció la mejilla en lugar de los labios. ¡Ella intentaba sincerarse con él y él se tomaba a la ligera sus preocupaciones!

Ben rió con suavidad mientras la besaba en la mejilla.

—¿A qué viene este cambio repentino de temperatura? Hace sólo un minuto tu actitud hacia mí era muy cálida.

—Intentaba contarte mis defectos y tú...

—Tus defectos no me importan en absoluto. Los que conozco no me molestan y el resto los descubriré pronto.

—Intento advertirte de...

—¿De que no eres lo que pareces en la superficie? —Ben sonrió, apoyó las manos en la cintura de Addie y la atrajo hacia él—. Esto ya lo sé, y también sé unas cuantas cosas más. En ocasiones, te gusta portarte mal. Esto puede constituir uno de tus defectos, Addie, pero da la casualidad de que me complace mucho. Y ahí va otro: en la cama eres una de las mujeres más lujuriosas que he conocido nunca.

—¡Ben! —exclamó Addie sonrojándose.

—Pero da la casualidad de que esto también me gusta. ¿Quieres que siga o has comprendido mi punto de vista?

Addie empujó con fuerza su pecho para liberarse de su abrazo.

—Eres ordinario y...

—¡Addie! —se oyó otra vez la voz de May. Esta vez con más insistencia que antes—. ¡Ya es hora de que entres! ¡Ahora!

—Ya la has oído —declaró Addie con impaciencia—. Suéltame o los dos tendremos problemas.

Ben sonrió y le besó la punta de la nariz.

—Esto no se parece en nada al «No puedo separarme de ti» de antes —declaró, y la observó con ojos resplandecientes mientras ella entraba en la casa.

A la mañana siguiente, Addie descubrió que Diaz se había ido a pesar de que le había prometido que hablaría con ella antes de irse. Nadie entendía por qué su desaparición la alteraba tanto. Por la tarde, cuando Ben salió del despacho de Russell, Addie se quejó de la marcha de Diaz y Ben se encogió de hombros sin darle importancia.

—La mayoría de los vaqueros cogen sus cosas y se largan cuando empiezan a sentirse demasiado enraizados. Les gusta contemplar el mundo desde la silla de montar. Los hombres de por aquí no soportan ningún tipo de vida que sea demasiado civilizado. Les gusta la vida dura y ser independientes.

—¿Y tú? —preguntó Addie—. ¿Tú también cogerás tus cosas y te largarás cuando empieces a sentirte encadenado por el alambre de espino y el anillo de bodas?

—No, señora —la tranquilizó Ben con celeridad y con ojos chispeantes—. Yo no soy un vaquero típico.

Addie examinó de una forma patente sus botas sucias, sus tejanos desgastados y su camisa de algodón azul.

—Pues a mí me pareces bastante típico. ¿Cómo puedo estar segura de que no te sentirás demasiado enraizado y me dejarás?

—Porque estoy listo para pertenecer a algún lugar. Y prefiero, y preferiré siempre, dormir contigo a dormir transportando reses.

—¿Estás seguro de que tener una esposa y una familia no será demasiado civilizado para ti?

—La verdad es que siempre he sentido una devoción secreta por la respetabilidad. Y no me importa que me consideren un hombre de familia. A Russell, por ejemplo, tampoco le importa ser un hombre de familia.

—Sí, pero él...

Addie se mordió el labio antes de decir que Russell no era tan hombre de familia como parecía.

Russell no dormía con May y era muy probable que tuviera relaciones con otra mujer. Addie lanzó una mirada nerviosa a la puerta cerrada del despacho.

Ben pareció comprenderla. Con toda tranquilidad, le rodeó el cuello con el brazo y acercó su boca al oído de Addie.

—Esto no nos sucederá a nosotros —murmuró Ben, y la besó en el cuello antes de soltarla.

Addie sonrió con inseguridad.

—Bueno, teniendo en cuenta cómo te educaron y tu súperelegante formación en el Este, supongo que no resultaría extraño que tuvieras una vena civilizada.

—Aquí todos acabaremos siendo civilizados. Y no tardaremos mucho. Sobre todo a la velocidad que se extiende el ferrocarril.

—Entonces, ¿esperas que las cosas cambien por aquí?

—Así es. Todo cambiará, incluso el ganado que criamos. Últimamente hay mucha demanda de reses de mejor calidad de la que llevamos a Kansas. Las reses de cuerno largo son fáciles de criar, pero son de carne dura y correosa.

—¿Tú y papá no hablabais el otro día acerca de cruzarlas con otra raza mejor? ¿Las reses de cuerno corto tienen más carne?

—Muchos rancheros le están dando vueltas a esta cuestión. El problema consiste en que las reses de cuerno corto requieren más cuidados y atención y la mayoría de los vaqueros no quieren saber nada de ellas. Además, criar reses de cuerno corto significaría levantar más vallas y esto implicaría que pronto habría tantas vallas de alambre en el condado que tendríamos que cortarlas para poder ir al pueblo. De modo que... —Ben lanzó una ojeada a uno y otro lado del pasillo antes de inclinarse y robarle un beso rápido a Addie— los campos abiertos serán cada vez más pequeños. Y la civilización del Este se extenderá más y más hacia aquí. Con todos estos cambios, los vaqueros tendrán que hacer las cosas de otra manera.

—¿De modo que te convertirás en un nuevo tipo de ranchero?

—Sí, señora. Y seré uno de los mejores.

—¡Cuando pienso en todo lo que podrías hacer si tuvieras más confianza en ti mismo!

Ben sonrió ampliamente y salió de la casa mientras Addie lo contemplaba desde el umbral de la puerta, sacudía la cabeza y sonreía con ironía.

El recuento otoñal de las reses había empezado. Para los habitantes del rancho el recuento de aquel año era como cualquier otro. Las crías que habían nacido en primavera eran destetadas y marcadas con el hierro del rancho Sunrise. A los toros los encerraban en el corral para alimentarlos y cuidarlos durante el invierno y a las vacas viejas e improductivas las separaban para llevarlas al matadero. También tenían planeado llevar una manada enorme de reses al mercado.

En esto pensaban todos cuando se hablaba del recuento, pero para Addie esta palabra significaba que Russell corría peligro. Si alguien pretendía asesinarlo sería en esta época. Addie permanecía despierta por las noches pendiente del sonido más leve. De vez en cuando, se levantaba y miraba por la ventana hasta que veía al vaquero encargado de vigilar la casa aquella noche. Cuando Russell descubrió que alguien patrullaba por el exterior de la casa todas las noches, exigió saber a qué se debía. Ben le quitó importancia al asunto y sólo le contó que sentía que era necesario.

Aquel día, después de la cena, y sin dejar de quejarse —«¿Al fin y al cabo, quién es el dueño de este maldito rancho?»—, Russell entró en su despacho y calmó su malhumor con dos dedos de whisky. Addie lo siguió con sigilo para ver lo que hacía. Russell estaba de espaldas a la puerta, pero era evidente que se estaba sirviendo una copa. Él lanzó una mirada de culpabilidad por encima de su hombro y Addie sonrió.

—Soy yo —declaró Addie, y Russell se relajó y resopló.

—Cariño, no se lo cuentes a tu madre. Le prometí que dejaría de beber.

—¿Y lo harás?

—Sí. Algún día. —Russell le hizo un gesto para que se acercara a él y suspiró de placer al sentir el ardor del whisky por su garganta—. ¿Qué quieres?

—¡Oh, nada! Sólo quería preguntarte de qué estabais discutiendo Ben y tú.

—¡Ben y sus malditas y locas ideas! —exclamó Russell con fastidio—. ¡Hacer que alguien vigile la casa por la noche! ¡Para proteger a la familia, dice! ¡Como si yo no pudiera proteger a mi propia familia! ¡Y además, también están Cade y Peter! ¿Qué cree que podría pasarnos?

—Puede que sea una buena idea. Todos sabemos que los Warner no somos muy populares en el condado. —Addie titubeó antes de añadir—: No me extrañaría que los Johnson fueran capaces de asesinar a un hombre en su propia cama. No te rías, papá, lo digo en serio.

—Los Johnson no pueden tocarme. —Russell sonrió con malicia—. Estamos levantando de nuevo la valla y ellos no pueden hacer nada para evitarlo. Y aunque consiguieran quitarme de en medio, no podrían hincar sus zarpas en mi rancho, porque Ben pronto formará parte de la familia Warner y antes destruiría él mismo el rancho que permitir que Big George se apoderara de él.

«¿Y si lo hicieran parecer culpable de tu asesinato?», quería gritar Addie, pues es lo que habían hecho en el pasado.

—En cualquier caso, hay razones para tener más cuidado —declaró Addie con severidad—. Y, por cierto, siempre que hablas de que Ben va a formar parte de la familia, parece que se vaya a convertir en Ben Warner, pero yo diría que a él le gusta su apellido y que piensa conservarlo.

Russell soltó una carcajada.

—El nombre no me importa, siempre que se case con mi Adeline.

—Y se haga cargo de tu rancho...

Russell soltó un soplido y le indicó la puerta a Addie antes de servirse otro trago.

Varias noches transcurrieron sin que pasara nada. Al final, Addie se tranquilizó y empezó a pensar que, de verdad, no ocurriría nada. Tenía muchas formas de justificar su relajación. Quizá Jeff había hecho caso a sus advertencias y amenazas... Quizá los Johnson habían decidido que era demasiado arriesgado enviar a alguien a matar a Russell... Quizás el hombre al que habían contratado ya lo había intentado pero se había asustado al ver al vaquero que vigilaba la casa...

Entre el recuento del ganado y los preparativos para la boda que realizaban May y Caroline, el rancho hervía de actividad. Addie echaba mucho de menos a Ben, sobre todo por la noche, aunque se encontraban a hurtadillas siempre que podían y estos encuentros eran suficientes para calmar su ansiedad. Lo más duro era cuando estaba en la cama sabiendo que Ben estaba a pocos metros de distancia, solo, en su pequeña cabaña y cerca de la casa principal.

Al final, la espera le resultó demasiado insoportable

y el deseo venció a la prudencia. Addie tenía pensado ser paciente y contentarse con los encuentros ocasionales que tenía con Ben hasta que se celebrara la boda. Pero lo necesitaba en aquel mismo momento, y se preguntó cómo podía verse con él y esquivar el ojo vigilante de May, que no se apartaba de ellos. Pensaría en algo, aunque existiera el riesgo de que alguien se enterara y se corriera la voz. En aquellos momentos, el sentido del decoro tenía poco significado para ella.

Mientras pensaba en cómo conseguir estar a solas con Ben, Addie se dio cuenta de que la respuesta era tan sencilla que resultaba ridícula. ¿Por qué no, simplemente, ir a su cobertizo? Nada de recorrer los pasillos de puntillas a medianoche, nada de cuchicheos para planificar cómo y cuándo podían verse, sólo tenía que salir de la casa a hurtadillas después de la cena.

Mientras el resto de la familia comía con ganas, Addie apenas picoteó el contenido de su plato, pues la perspectiva de la noche que se avecinaba le impedía masticar y tragar ningún tipo de comida. Percibía que Ben la miraba con frecuencia y sabía que él había notado la tensión de su rostro. La sensación de la sangre cálida en sus mejillas le hizo preguntarse si estaba muy sonrojada. Antes del final de la cena, Addie se levantó de la mesa.

—Estoy un poco cansada —se excusó al percibir la mirada inquisitiva de May—, creo que me acostaré temprano.

La mirada de Ben buscó la de ella y Addie vislumbró preocupación en sus ojos. Su comportamiento era inusual y él sospechaba que algo no iba bien.

—Addie... —empezó Ben, pero ella lo interrumpió con delicadeza.

—Os veré a todos mañana por la mañana. Buenas noches.

Mientras salía de la habitación, notó los ojos de Ben clavados en su espalda. Addie se detuvo al pie de las escaleras, esperó hasta que los comensales retomaron la conversación y salió a hurtadillas por la puerta principal. Todavía era demasiado pronto y Robbie Keir, el muchacho encargado de la vigilancia aquella noche no había empezado su ronda.

Addie miró a derecha e izquierda antes de atravesar, con sigilo y manteniéndose en las sombras en lo posible, la distancia que la separaba del cobertizo de Ben. Satisfecha por el éxito de su aventura, Addie abrió la puerta del cobertizo y se deslizó al interior. El corazón le golpeaba el pecho debido a la excitación. No tenía ni idea de cómo regresaría a su dormitorio antes del amanecer sin que la descubrieran. Ben tendría que encontrar la forma de hacerlo.

Addie recorrió el cobertizo con calma. Estaba impecable y el mobiliario era escaso. La cama era estrecha y el colchón duro y delgado, pero estaba cubierto por una manta india de intrincado diseño y las sábanas y la funda de la almohada eran de un blanco inmaculado. Como Ben realizaba la mayor parte de su trabajo de papeleo en el despacho de Russell, en el pequeño escritorio del cobertizo no había nada, salvo unos pocos libros. Addie los examinó. Había una obra corta de Shakespeare, una biografía de Thomas Jefferson, un manual sobre la cría de ganado y un artículo de un periódico de ganadería acerca del transporte de las reses. «¡Qué aburrido!», pensó Addie, y sonrió al pensar que lo más probable era que, de todos modos, Ben no dispusiera de mucho tiempo para la lectura. Su guitarra estaba apoyada en una esquina sombreada y en otra había un descalzador. Addie se sentó en la cama y hundió el rostro en la almohada. Olía a Ben. Addie cerró los ojos y frotó la mejilla contra la almohada con placer.

A pesar de los nervios que sentía, cayó en un ligero sueño, hasta que el sonido de unos pasos la despertó. La puerta se abrió y Addie se incorporó y parpadeó mientras Ben entraba en la habitación.

Ver a Addie acurrucada en su cama, con los ojos somnolientos y el pelo alborotado era lo último que Ben esperaba. Se detuvo de golpe y la miró. Sus ojos verdes se abrieron como platos y se deslizaron desde el pelo color de miel de Addie hasta su vestido desarreglado. Se quedó de una pieza, sin poder hacer otra cosa más que mirarla.

—No puedo creer que estés aquí —declaró Ben desconcertado.

—Quería estar contigo —respondió Addie, mientras apartaba un mechón de cabello de sus ojos—. Al menos di que te alegras de que haya venido.

—¿Alegrarme? —contestó Ben con voz densa.

En una fracción de segundo, Ben llegó a la cama, cogió a Addie en brazos y la sentó en su regazo. Entonces la besó con tanta avidez que la dejó sin aliento y, a continuación, deslizó los labios por su cuello. Ben intentó desabrocharle el vestido con torpeza. Addie lo ayudó y se desabrochó el corpiño. Los ávidos besos de Ben descendieron centímetro a centímetro conforme la suave piel de Addie quedaba al descubierto.

—¿He tenido una buena idea al venir aquí a hurtadillas? —preguntó Addie sin aliento mientras deslizaba los dedos por el pelo de Ben.

Ben la envolvió en un apretado abrazo.

—Has estado muy inspirada —respondió mientras hundía el rostro en el cuello de Addie.

Sumergidos en una oleada de pasión, ambos hablaron al mismo tiempo sin siquiera terminar las frases.

—¡Te he echado tanto de menos!

—Ni la mitad que yo...

—Y cada vez que me doy la vuelta estás más guapa.

—Sólo puedo pensar en ti.

—¿Cómo se quita esto? —preguntó Ben mientras forcejeaba con los corchetes de la camiseta de Addie, pero antes de que ella pudiera enseñárselo, Ben rasgó la fina tela de arriba abajo.

—¡Ben! —protestó ella debatiéndose entre la risa y la

queja, y jadeó cuando los labios de Ben se deslizaron por sus pechos.

Ben cogió con su boca uno de los pezones de Addie y tiró con suavidad. Ella gimió, echó la cabeza hacia atrás y arqueó su cuerpo ardiente hacia él. Los brazos de Ben temblaron alrededor de su cuerpo.

—¡Hacía tanto tiempo! —susurró Addie.

—Una eternidad.

Addie desabotonó con agitación febril la camisa de Ben mientras él deslizaba las manos por debajo de las faldas del vestido de ella y le arrancaba las medias. Ben subió la mano hasta la rodilla de Addie, pero sus bombachos le impidieron continuar su exploración.

—Me estaba volviendo loco... —murmuró Ben junto al pecho de Addie—, viéndote y deseándote día tras día sin poder tenerte.

—Hazme el amor —lo interrumpió Addie—. Deprisa.

Él medio rió, medio gruñó, y la tumbó en la cama. Con un par de tirones violentos, Ben se quitó las botas y la camisa y se volvió para ayudar a Addie a quitarse el vestido.

Ben echó la ropa al suelo con impaciencia y se inclinó sobre el cuerpo de Addie. Ella tiró de la cabeza de Ben hacia sus pechos y gimió mientras él la besaba y la acariciaba suavemente con la lengua. Ben permanecía atento a todas sus reacciones. Sus cálidas manos se deslizaron por los muslos de Addie, desde la zona exterior hasta la curva interior y después subió una de las manos hasta la entrepierna de Addie. Cuando la húmeda vagina de ella se contrajo alrededor de los dedos de él, la respiración de Ben se volvió más profunda.

—¡Qué dulce eres! ¡Te necesito! —exclamó él junto a los labios de ella mientras empujaba hacia su interior.

Addie hincó las uñas en la espalda de Ben y pronunció su nombre con voz entrecortada. Después, introdujo la lengua en su boca y tanteó el borde regular de sus dientes. Addie se estremeció contra el cuerpo de Ben, los dedos de sus pies se curvaron con tensión y sintió el inicio del clímax.

Sorprendida por la rapidez con que se estaba produciendo, Addie buscó los botones de los tejanos de Ben, pues quería sentirlo en su interior antes de que estallara la incipiente oleada de placer.

Ben se desabrochó los tercos botones. La cabeza le daba vueltas a causa de los gemidos que soltaba Addie mientras él penetraba en las pulsantes profundidades de su cuerpo. Addie deslizó las manos hacia abajo y agarró las flexibles nalgas de Ben. Su cuerpo se tensó pegado al de Ben y el calor blanco de la plenitud la consumió. Ben sólo tuvo tiempo de penetrarla con ímpetu unas cuantas veces antes de que el éxtasis también recorriera su cuerpo. Permanecieron juntos, fundidos el uno con el otro, saboreando las contracciones de sus cuerpos unidos, tensos hasta que la debilidad se apoderó de ellos. La boca de Ben se deslizó con suavidad por la de Addie, saboreando y explorando. Antes de aquel instante todo estaba teñido de desesperación, pero, después, todo fue deliciosamente lento.

—Te quiero —susurró Ben apretando el cuerpo de Addie contra el de él y apoyando su barbilla en la curva que unía su hombro con su cuello.

Ella suspiró de satisfacción y lo rodeó con sus piernas en una actitud posesiva. Permanecieron en silencio durante largo tiempo, hasta que el esplendor del momento se apagó.

Addie fue la primera en moverse. Tiró de la cintura de los tejanos de Ben y él le sonrió con una expresión perezosa y relajada, la primera en muchas semanas.

—Tenía pensado quitármelos —murmuró Ben.

—¿Te los quitarás? —preguntó ella somnolienta.

Ben se sentía demasiado exhausto para moverse.

—Dentro de un minuto.

Addie lo abrazó mientras disfrutaba de su cuerpo sobre el de ella.

—No te muevas. Todavía no.

—No te preocupes.

La boca de Ben encontró la de Addie y se besaron con languidez. Después de un rato, Ben volvió su cuerpo a un lado y se quitó los tejanos. En cuanto los echó al suelo, Addie volvió a acurrucarse junto a él disfrutando del tacto de sus peludas piernas contra las de ella. Sus pequeñas manos se deslizaron por encima de las costillas de Ben y hasta su espalda y Addie se maravilló de lo bien formado que estaba.

—Eres muy fuerte —declaró ella subiendo sus dedos por la espina dorsal de Ben.

—No siempre he sido así. Tejas me ha hecho mucho más fuerte.

—¿Cómo eras cuando estudiabas en Harvard? ¿Pálido y delgaducho? —preguntó Addie resiguiendo con sus dedos el contorno de su abdomen.

Ben rió entre dientes.

—No, pero no estaba preparado para sobrevivir a un transporte de ganado.

—Tejas debía de ser muy distinta a lo que tú estabas acostumbrado.

—Aprendí rápido. —Ben sonrió con nostalgia—. Al principio, ni siquiera sabía cómo enlazar a un novillo. Tuve que aprender muchas cosas por la vía dura.

—Debió de ser espantoso.

—Más que nada, solitario. Lo peor era no ver nunca a una mujer. Participé en un par de transportes largos de ganado y la verdad es que, tras varios meses de celibato, los pueblos de ganaderos constituían un auténtico paraíso, con un whisky que te quemaba las entrañas, lo llaman desinfectante de Kansas, y mujeres por todas partes. ¡Dios santo, aquellas mujeres...! Mujeres grandes y llamativas con nombres como Kate o Annie. Cuando los muchachos y yo íbamos al pueblo, casi se nos salían los ojos de las órbitas al ver todas aquellas plumas y aquellos vestidos rojos. La primera noche que pasé en Dodge City, fui de *saloon* en *saloon* y...

—Supongo que te gastaste todo tu dinero y regresaste a Tejas con una buena resaca.

Ben se echó a reír.

—Así es.

—Plumas y vestidos rojos... —reflexionó Addie mientras se preguntaba qué diría Ben si la viera con una falda que apenas le tapaba las rodillas.

—Quizás algún día te compre un vestido rojo —declaró Ben con ojos chispeantes—. Algo completamente distinto a toda esa ropa rosa que a ti te gusta llevar. Y podrías ponértelo para mí en privado, descalza y con el pelo suelto cayendo por tu espalda.

—Cómprame plumas también.

Ben sonrió y se puso boca arriba tirando de Addie para colocarla encima de él.

—¡Cielos, Addie, nunca me cansaré de ti!

—¡Te garantizo que no lo harás! —contestó Addie mientras apoyaba los antebrazos en el pecho de Ben—. Me aseguraré de que así sea.

Ben tiró de sus muñecas y Addie se derrumbó encima de él mientras sus pechos quedaban aplastados contra los pectorales de Ben. Antes de que Addie pudiera realizar ningún sonido, Ben colocó las manos en la parte posterior de la cabeza de ella y presionó para acercar su boca a la de él. Addie lo besó con ardor mientras inclinaba la cabeza a un lado. Al notar una suave luz en su rostro, Addie entreabrió los ojos. La luz de la luna entraba en la habitación a través de la ventana cubriéndolo todo con un matiz plateado. El rostro de Ben se relajó, cubierto por una sinfonía de luz y oscuridad, y estaba tan sumamente guapo, que a Addie el corazón le dio un brinco.

—Te adoro, Ben Hunter —declaró Addie rozando los pómulos de Ben con las yemas de los dedos.

Ben condujo la mano de Addie hasta su boca y la besó en la palma. Ella sonrió de pura felicidad, apoyó la mejilla en el pecho de Ben y contempló la ventana con los ojos entreabiertos. Un hilo de luz cruzaba la habitación y se reflejaba en la superficie raspada de la guitarra. El instrumento atraía la mirada de Addie por alguna razón que ella no comprendía. Transcurridos unos instantes, la sonrisa de Addie se desvaneció.

Había un hueco en la serie de cuerdas de la guitarra, como una dentadura a la que le faltara un diente. Addie parpadeó mientras se preguntaba si la vista le estaba jugando una mala pasada. El hueco seguía allí. Faltaba una de las cuerdas. Addie se quedó sin aliento y el pánico atravesó su corazón con un puñal de hielo.

—¡No! —jadeó ella, y se puso en movimiento de una forma repentina intentando liberarse de los brazos de Ben.

Ben, sorprendido por la explosión de movimiento, sujetó los agitados brazos de Addie e intentó inmovilizarla.

—Addie, ¿qué demonios te ocurre? —soltó Ben.

—Suéltame —gritó ella empalideciendo—. Por favor, Ben... ve a la casa. Russell... ¡Oh, Dios mío, papá...!

—No le pasa nada. Está sano y salvo. Addie, por el amor de Dios, tranquilízate.

—¡Por favor! —pidió ella mientras rompía a llorar y sentía como si el corazón fuera a salírsele del pecho—. ¡Tenemos que ayudarlo!

Al percibir el terror en su mirada, Ben renegó y la soltó, cogió los tejanos y se los puso de un tirón. Ella buscó, gateando y con manos temblorosas, su vestido. Antes de que pudiera ponérselo, Ben ya había llegado a la puerta.

Una nube cubrió la luna y atenuó su luz, aunque Ben tuvo tiempo de ver el contorno de una figura encogida cerca de las escaleras del porche. De repente, lo invadió el mismo miedo que se había apoderado de Addie, echó a correr hacia la casa y se dejó caer sobre las rodillas cuando llegó junto al cuerpo. Se trataba de Robbie Keir, el muchacho que tenía que estar vigilando la casa. Estaba inconsciente. Alguien lo había golpeado en la cabeza con un objeto contundente.

Ben se puso de pie y empalideció.

—¡Cielo santo! —exclamó y subió las escaleras en dos zancadas.

Atravesó el porche a toda prisa y abrió la puerta principal. Nada más entrar en la casa, el dolor explotó en el interior de su cabeza, como si se hubiera producido un estallido de luz brillante. Ben se desplomó sin pronunciar ningún sonido.

Addie se abotonó el vestido de cualquier modo, salió del cobertizo y corrió descalza hacia la casa con el pelo suelto flotando detrás de ella. Tenía la sensación de que los metros que separaban las dos edificaciones se habían convertido en kilómetros. «¡No permitas que le haya sucedido nada!», pidió con fervor. Debería haberse quedado en su dormitorio. No debería haber ido al cobertizo de Ben, no cuando Russell todavía corría peligro. Aquello no podía estar ocurriendo de verdad, seguro que tenía una pesadilla, como en tantas otras ocasiones. Addie se sintió pequeña y aterrorizada, como una niña que se enfrenta a un miedo demasiado grande para comprenderlo. Lo único que podía tranquilizarla era ver a Russell sano y salvo y riéndose de su miedo.

Cuando vio al muchacho en el suelo, con un brazo estirado y el otro doblado alrededor de la cabeza, Addie aminoró el paso. El terror le pesaba como si llevara una gran carga. Sin siquiera pararse a examinar el cuerpo inmóvil del vaquero, Addie se dirigió a la puerta de la casa, que estaba entreabierta. Encontró a Ben justo al otro lado de ésta. Su bronceado torso se confundía con el color oscuro de la alfombra. Addie se acuclilló a su lado, contuvo las lágrimas y lo examinó hasta que sintió una humedad cálida en la base de su cráneo. Cuando Addie le tocó la hinchada herida, Ben se agitó, gimió y parpadeó.

Addie oyó un ruido metálico que procedía de la cocina. Alguien salía de la casa por allí. Addie miró en la dirección del ruido y se levantó sin ser apenas consciente de lo que estaba haciendo. Respirando con dificultad, corrió escaleras arriba, hacia los dormitorios. Hizo caso omiso de los sonidos que producía su familia al despertarse. La puerta del dormitorio de Cade se abrió. Y también la de Caroline. Unas voces somnolientas le preguntaban qué ocurría, pero ella no habló ni se detuvo a mirarlos, sino que entró, directamente, en el dormitorio de Russell dejando la puerta medio abierta. Aunque la habitación estaba a oscuras, Addie percibió el brillo de los ojos de Russell, quien estaba tumbado de lado en la cama.

—¿Papá?

Russell no contestó. La amenaza de las lágrimas desapareció cuando todo se heló en el interior de Addie. Se dirigió a la cómoda e intentó encender la lámpara, pero temblaba demasiado. Addie se mordió el labio inferior hasta que le hizo daño y volvió a intentarlo. El tenue brillo de la llama iluminó la habitación. Addie se dio la vuelta hacia la cama y vio el cuerpo inmovilizado en plena convulsión de Russell. A pesar de la luz dorada de la lámpara, su rostro tenía un tono blanco azulado. No necesitaba acercarse para saber que era demasiado tarde para reavivarlo. Algo más profundo que la pena se extendió por su interior. Algo más doloroso que cualquier dolor que hubiera experimentado nunca. ¡Había dejado que ocurriera! Addie se apoyó en la pared y se tapó los ojos con los brazos mientras apretaba los puños.

—¿Adeline? —la llamó Cade mientras se acercaba a la puerta.

Al oírlo, Addie reaccionó con rapidez y se colocó frente a él impidiéndole ver el interior del dormitorio.

—¿Dónde está mamá? —preguntó Addie con unos ojos tan oscuros como el carbón.

—Está abajo, curando a Ben —contestó él desconcertado—. Acababa de entrar cuando alguien le golpeó y le hizo perder el sentido. ¿Qué ocurre, Adeline? ¿Por qué tienes un aspecto tan raro? ¿Por qué papá no...?

—¡Calla! —Los pensamientos entraban y salían de la mente de Addie tan deprisa que ella no conseguía retenerlos. Tenía que concentrarse—. Ve al barracón y que alguien te acompañe a ir a buscar al sheriff.

—Puedo ir solo.

—No quiero que vayas solo. Ahora márchate. Ve deprisa. Y dile a Peter que mantenga a mamá y a Caro alejadas de esta habitación. Y Robbie Keir está afuera. También le han herido. Dile a mamá que lo cure cuando haya terminado de curar a Ben.

Cade asintió con seriedad, pero el temblor de su labio inferior estropeó el efecto que habría podido causar.

—¿Por qué papá no está levantado? ¿Qué ocurre? Le ha pasado algo, ¿no?

—Sí. —Addie no pudo decírselo con dulzura ni consolarlo, pues si lo hiciera, ambos se derrumbarían—. Está muerto.

Los ojos marrones de Cade se volvieron inexpresivos y, a continuación, se llenaron de lágrimas.

—No. No puede estar muerto. ¡Oh, Ad...!

—¡No llores! —exclamó ella con brusquedad, pues sabía que si él se hundía ella también lo haría—. Ahora, no. Actúa como un hombre, Cade. Necesito que me ayudes. —Cade se estremeció, apretó los puños contra las órbitas de sus ojos y se controló—. ¡Corre!

Addie volvió a entrar en el dormitorio y cerró la puerta. Se acercó a la cama, contempló la mirada fija de Russell y le cerró los párpados. Addie realizó una mueca al ver la delgada cuerda de acero que estaba hundida en su cuello. Era la cuerda de la guitarra de Ben. Tenía que sacársela antes de que May o cualquier otra persona la viera. Cuando alargó la mano hacia la ensangrentada cuerda, Addie sintió que un escalofrío recorría sus entrañas y se rodeó el cuerpo con los brazos mientras contemplaba el cuerpo inerte de Russell.

«¡No puedo! ¡No puedo tocarlo!»

Todo aquello le resultaba espeluznante, pero tenía que hacerlo. Addie cogió la cuerda y empezó a tirar de ella mientras respiraba por la boca para evitar el olor a muerte. Que Russell hubiera muerto de aquella manera le dolía más de lo que nunca habría imaginado. Él no se lo merecía. ¡Una muerte tan humillante para un hombre tan orgulloso! Las circunstancias que rodeaban su muerte y la responsabilidad que pesaba sobre ella hacían que la muerte de Russell le resultara más dolorosa que la de Leah. «Todavía no puedo pensar en todo esto», reflexionó Addie mientras su autocontrol se tambaleaba. Tenía que contárselo a Ben, y a Caro, y a Peter. Pero no quería ser ella quien se lo contara a May. No podía mirar a su madre a la cara y decirle que su esposo había muerto. Alguna otra persona tendría que hacerlo.

El pomo de la puerta giró y May se quedó paralizada en el umbral. Una trenza dorada e inmaculada caía sobre su hombro y casi llegaba a su estrecha cintura. Parecía increíblemente frágil, con su rostro tallado en marfil y surcado de unas arrugas que Addie no le había visto nunca antes. Cade debía de habérselo contado. Addie soltó la cuerda de la guitarra y se volvió hacia May para evitar que se acercara. Antes de que nadie viera a Russell tenía que eliminar todas las pruebas colocadas para incriminar a Ben.

—Mamá...

—Déjame a solas con él.

Addie humedeció sus secos labios.

—Mamá, necesito unos minutos para...

Sin mirar a Addie, May se dirigió a la cama como una sonámbula. Addie retrocedió unos pasos.

—Lo... Lo... Lo han asesinado —balbuceó con impotencia.

May la ignoró y se arrodilló junto al cuerpo de Russell con la espalda perfectamente erguida.

Addie retrocedió poco a poco y salió al pasillo. La cabeza le daba vueltas. No había tenido tiempo de arreglar nada. Tendría que dejar la cuerda de la guitarra donde estaba y proporcionar una coartada para Ben. Esto sería suficiente para salvarlo.

La casa estaba en silencio, salvo por los sonidos apagados que procedían del dormitorio de Caro. Ben no estaba a la vista. Addie supuso que estaba afuera, con Robbie Keir. Addie se dirigió a las escaleras con piernas temblorosas. Iría al despacho de Russell, donde, con toda seguridad, encontraría una botella de whisky. Quizás un trago la ayudaría a calmar sus nervios y dejar de temblar. Addie se dio la vuelta de una forma repentina cuando la puerta del dormitorio de Caro se abrió de golpe y Peter apareció con los ojos desorbitados.

—¡Es Caroline! —declaró Peter presa del pánico—. ¡Tiene dolores! El bebé...

—¿Ha roto aguas? —preguntó Addie.

Peter enrojeció y su boca se abrió y se cerró como la de un pez. O no lo sabía o le daba demasiada vergüenza responder a la pregunta. Addie se sintió enojada y tuvo que esforzarse para no zarandearlo.

—¡Será mejor que vayas a buscar al doctor Haskin! —exclamó Addie pasando junto a él y entrando en el dormitorio de Caro.

Caroline estaba acurrucada de lado. Se sujetaba la barriga y se mordía el labio intentando contener el dolor que experimentaba.

—¿Caro? —Al oír la voz de Addie, Caroline empezó a llorar de una forma incontrolable—. Caro, ¿has sangrado?

Addie la cogió por los hombros y repitió la pregunta. Sus dedos se clavaron en la carne de Caroline. El dolor que le causó pareció atravesar la barrera del miedo que sentía Caroline, quien miró a Addie y lloró con menos intensidad.

—Sí, un poco. Y tengo dolores de parto. ¡Pero es tan pronto! Es demasiado pronto... —Caroline soltó un leve gemido con la cara empapada en sudor—. Acabo de romper aguas —murmuró—. Es demasiado pronto.

Estaba abortando. Addie leyó el terror en su mirada y experimentó un momento de pánico antes de que una calma fuera de lo común se apoderara de ella.

—Voy a buscar unas almohadas para recostarte en la cama —declaró—. Y otras cosas. Enseguida vuelvo.

—Quiero que venga mamá. Ve a buscarla, por favor.

—Vendrá en unos minutos. Y Peter ha ido a buscar al doctor.

Caroline cerró los ojos y sus pestañas temblaron sobre los pómulos de sus mejillas. Sufrió una contracción y se retorció de dolor.

—Adeline —declaró con voz entrecortada—, ¿de verdad ha muerto?

Algo en el interior de Addie se encogió debido a la angustia.

—Sí, Caro —contestó Addie con voz apagada.

—Adeline, no quiero morirme. ¡Tengo tanto miedo! Creo... Creo que yo también me voy a morir.

A Addie le costó reprimir una oleada de rabia e impotencia. Lo único que quería era encontrar un rincón solitario y llorar. ¿Acaso no habían ocurrido ya suficientes calamidades aquella noche? No quería tener que sobrellevar más desgracias. No quería tener que ser fuerte por su hermana, pues necesitaba toda su fortaleza para ella misma.

Sus propios pensamientos la horrorizaron. ¡Y pudo advertir cuán egoísta era!

—No te vas a morir —declaró—. No malgastes tus energías preocupándote por ideas absurdas.

Sus palabras estaban cargadas de remordimiento, pero era poco probable que Caroline lo hubiera percibido. Addie salió de la habitación, corrió al dormitorio de Russell y abrió la puerta de golpe. May, sobresaltada, levantó la vista. Tenía las manos unidas en una plegaria.

—Caro está teniendo al bebé —declaró Addie con voz ronca—. Te necesita.

May parpadeó y habló como si estuviera soñando.

—Está alterada por Russ...

—Está más que alterada. Ha roto aguas y está sangrando. Y tiene dolores de parto. Quédate con ella mientras busco algo para limpiar la cama.

Addie se marchó sin esperar la respuesta de May y casi tropezó con Leah, quien estaba en medio del pasillo.

—¿Qué le ocurre a mamá? —preguntó la niña con los ojos muy abiertos y los labios pálidos.

—Leah, cariño, ve a la cama. —No tenía sentido mentirle—. Tu mamá está teniendo al bebé. Tienes que quedarte en tu habitación y quitarte de en medio.

Incluso a su corta edad, Leah había oído suficientes conversaciones sobre partos para saber que iban unidos al dolor y la muerte. Para una niña observadora que había oído las historias terroríficas que las mujeres contaban acerca de los partos que habían tenido, el misterioso estado del embarazo constituía algo peligroso y digno de temer.

—¿Mamá se va a...?

—Tu madre estará bien —respondió Addie con rapidez mientras la empujaba hacia su dormitorio—. Ahora vete y no vuelvas a levantarte de la cama.

11

Le dieron a Caroline suficiente láudano para que no sintiera dolor, aunque seguía siendo consciente de lo que ocurría. Los meses pasados, meses llenos de incomodidades, alegría y espera, estaban llegando a un abrupto final. Addie sabía que el dolor físico de Caro no se podía comparar con la angustia emocional de saber que estaba perdiendo al bebé. Peter tardó casi cuatro horas en encontrar al doctor Haskin, quien estaba atendiendo a otro paciente, y llevarlo al rancho. Addie sufrió todos y cada uno de los minutos de aquellas cuatro horas y maldijo en silencio al doctor por no estar allí.

May estuvo todo el tiempo sentada junto a la cama de Caroline, con actitud tranquila, aunque con expresión perdida, y contestaba con lentitud a las preguntas que le formulaban o permanecía en silencio. De una forma instintiva, Caroline se volvía a Addie en busca de ayuda, le apretaba la mano cuando tenía dolores y le pedía que hablara cuando necesitaba distracción. Addie trabajó sin descanso para mantenerla lo más cómoda posible. Le secaba el sudor de la cara, reorganizaba el montón de almohadas cuando le dolía la espalda y le cambiaba las toallas que había colocado debajo de su pelvis.

Addie sólo era vagamente consciente de lo que ocurría fuera de la pequeña habitación de Caroline. Sabía que hacía mucho rato que el sheriff había llegado y que Ben lo había acompañado al dormitorio de Russell. Sabía que personas desconocidas subían y bajaban las escaleras y oía voces masculinas en el exterior conforme los habitantes del rancho se transmitían la noticia del asesinato de Russell Warner.

Por fin, Cade llamó a la puerta para avisar de la llegada del doctor. Addie, cansada e ignorando las manchas de sangre de su vestido y su pelo despeinado y recogido con precipitación en una coleta, bajó las escaleras para recibirlo. Cuando vio al doctor Haskin dio un brinco de sobresalto. Ella esperaba a un anciano con el pelo plateado y el rostro y la comisura exterior de los ojos arrugados. Esperaba a un anciano de hombros delgados y algo encorvado, a un hombre que arrastraba ligeramente los pies al caminar. Así era el doctor Haskin que ella conocía de toda la vida.

Sin embargo, el hombre que estaba frente a ella era joven, fornido, de pelo negro y sólo uno o dos años mayor que Caroline. Sus facciones reflejaban fortaleza y su mirada era clara y directa, aunque tenía las mismas cejas pobladas que el doctor Haskin que ella conocía y la misma sonrisa reconfortante. Addie esperaba que le preguntara acerca de la salud de su tía Leah, hasta que recordó que Leah ya no era su tía.

—Doctor Haskin —balbuceó Addie.

Él esbozó una leve sonrisa y empezaron a subir las escaleras.

—Hacía mucho tiempo que no la veía, señorita Adeline. Al menos uno o dos años. —«¿Qué tal cincuenta?», quiso decir Addie, pero se contuvo—. Peter no me ha contado gran cosa sobre lo que le ocurre a su hermana —continuó el doctor, y su voz sonó tan calmada que para Addie constituyó una bendición y deseó llorar de alivio al saber que contaba con alguien que sabía lo que se tenía que hacer—. ¿Está de parto?

—Ya ha tenido al bebé —soltó Addie—. Ha nacido muerto, pero la placenta no ha salido.

—¿No ha salido nada o ha salido algún pedazo?

—Creo que no ha salido nada —contestó Addie, y al sentir un leve mareo, se agarró con fuerza a la barandilla de la escalera.

El doctor Haskin apoyó una mano en su hombro para estabilizarla.

—¿Por qué no se va a descansar un rato? —sugirió él con amabilidad—. Yo me ocuparé de su hermana.

Si no volvía al dormitorio de Caro, ¿sería como si la abandonara? Addie titubeó y arrugó la frente a causa de la tortura que experimentaba. No podía volver allí y enfrentarse de nuevo a la mirada perdida de May y el sufrimiento de Caroline. Si no descansaba en un lugar tranquilo durante unos minutos, se volvería loca.

—Sí, me iré a descansar un rato —susurró—. Por favor, ocúpese de mi madre también. Estoy preocupada por ella.

—Lo haré. Y siento lo de su padre, señorita Adeline.

Addie volvió a bajar las escaleras con lentitud sin soltarse de la barandilla. Una sensación de incapacidad e insignificancia se apoderó de ella y, además, se sentía demasiado cansada para resistirse. Una necesidad creció en su interior, la necesidad imperiosa de ver a Ben. Él la sostendría en sus brazos y permitiría que ella se apoyara en él tanto tiempo como fuera preciso. Sólo él podía convencerla de que el mundo no se había vuelto loco.

Addie oyó un murmullo de voces que procedía del despacho de Russell. Se acercó con sigilo a la puerta entreabierta y aguzó el oído cuando oyó que hablaban de Russell. Las voces pertenecían a Ben, a Sam Dary, el sheriff, y a uno o dos hombres más que no identificó.

—Estoy de acuerdo —decía Ben con voz cansina—. No utilizó ningún caballo. Fuera quien fuera, iba a pie, y es probable que todavía...

—Tenemos a un par de hombres inspeccionando la zona. No puede haber ido lejos —declaró el sheriff con el típico acento tejano—. A no ser que esté en el barracón. Lo más probable es que estemos buscando a uno de vuestros hombres, Ben.

—Los muchachos aseguran que no han notado que nadie entrara o saliera del barracón en toda la noche. Y muchos de ellos tienen el sueño ligero.

—Robbie Keir jura que no vio a quien lo golpeó. ¿Tienes alguna idea?

—No. A mí me golpearon desde detrás nada más entrar en la casa.

—Esto es un rompecabezas —murmuró Dary—. Se trata de alguien que conoce el rancho e incluso la casa.

—Es posible que se trate de alguien que...

—Ben —lo interrumpió Dary con voz calmada—, ya es hora de hablar en serio. Mis muchachos han encontrado pruebas en tu cabaña y en el dormitorio del señor Warner. Y todas apuntan en la misma dirección.

—¿Y qué dirección es ésa? —preguntó Ben con voz suave.

—Me parece que estás ocultando algo, Ben.

—¡Y una mierda! Le he dado permiso para buscar en todo el maldito rancho, incluidos los barracones y mi cabaña. Puede usted utilizar sin problemas todas las pruebas que haya encontrado.

—Entonces, ¿qué tienes que decir acerca del hecho de que a Russell lo hayan estrangulado con una de las cuerdas de tu guitarra?

—¿Qué? —exclamó Ben atónito.

—Así es, lo han estrangulado con una cuerda de guitarra que se corresponde con la que falta de la guitarra que hay en tu cabaña.

Addie ya no lo soportó más y entró en la habitación. Ben estaba situado frente a un semicírculo formado por el sheriff y otros dos hombres. Addie se colocó al lado de Ben en dos zancadas.

—Esto no prueba nada —declaró ella con vehemencia—. Cualquiera podría haberla cogido de su cabaña. En este rancho hay mucha gente yendo y viniendo continuamente.

Ben le lanzó una silenciosa mirada de advertencia. Su

expresión era inescrutable, pero su cara se veía pálida a pesar de su tez bronceada, lo cual constituía el único indicio de hasta qué punto le había afectado aquella información. Los demás ni se movieron ni hablaron, horrorizados por la interrupción de Addie y por su osadía al interferir en los asuntos de los hombres. Sam Dary recobró la compostura y, tras realizar un esfuerzo, le sonrió.

—Señorita Adeline, sentimos mucho lo que le ha ocurrido a su padre. Estamos intentando llegar al fondo del asunto lo antes posible. ¿Por qué no nos deja y no preocupa su cabecita con...?

—Mi cabeza no es pequeña, y tampoco mi mente. Y tengo un interés justificado en todo esto, dado que es a mi padre a quien han asesinado y mi prometido a quien intentan...

—Adeline —intervino Ben, y la cogió del brazo con fuerza, lo cual contradecía el tono amable de su voz—, el sheriff sólo intenta averiguar la verdad. No tenemos ningún problema con esto, ¿no es cierto?

—Pero... —empezó ella, y al ver que los ojos de Ben despedían peligrosos destellos cerró la boca.

—Ben —intervino Dary en un tono casi de disculpa—, ella no tiene por qué estar aquí. ¿Quieres decirle que...?

—Ella no constituirá ningún problema. —Ben miró a Addie de un modo significativo—. De hecho, no pronunciarás el menor sonido, ¿verdad, cariño?

—No —contestó ella con una repentina docilidad, pues habría prometido cualquier cosa con tal de que le permitieran estar allí.

—Continúe —pidió Ben con tranquilidad, volviéndose hacia el sheriff—. Actúe como si ella no estuviera aquí.

—Bien. Esto... Bien... ¡Ah, sí...!

Dary hurgó en su bolsillo, sacó una bolsa pequeña, la abrió y vertió su contenido en la palma de su mano. Addie se acercó y observó el objeto diminuto que había caído de la bolsa. Se trataba de un botón de camisa peculiar, metálico, de un color gris opaco, y tenía grabado el dibujo de unos pergaminos.

—Se trata del botón de una de mis camisas —declaró Ben en voz baja.

—¿Estás seguro? —preguntó Dary.

—Sí, estoy seguro. Es de una tiendecita de Chicago en la que encargué que me confeccionaran unas camisas un par de años atrás.

—Lo encontramos en el suelo, junto al... —Dary se interrumpió y miró a Addie antes de continuar— a la cama. Cuando examinamos tu cabaña, descubrimos que a una de tus camisas le faltaba un botón y los demás eran iguales a éste.

—Le están tendiendo una trampa —soltó Addie—. Alguien podría haber arrancado el botón y haberlo dejado junto a la cama de Russell para que pareciera que Ben...

—Addie —la interrumpió Ben, y a pesar de la gravedad de la situación, su boca esbozó una leve sonrisa.

Aunque Addie había prometido permanecer en silencio, él nunca albergó la menor duda de que rompería su promesa.

—Ellos saben que eres demasiado inteligente para dejar pruebas que te incriminen —insistió Addie—. ¡Y mucho menos una cuerda de tu guitarra! ¿Y cómo explican el chichón que tienes en la cabeza? Alguien te golpeó con mucha fuerza. ¿No creerán que te golpeaste tú mismo? Además, yo oí que alguien salía de la casa justo cuando te encontré en el suelo. Examinen la parte trasera de la casa, estoy segura de que encontrarán pisadas y...

—Es posible que tuviera un socio que se volviera contra él —comentó Dary lacónicamente.

—¡Esto es absurdo! —explotó Addie, y se disponía a añadir algo más cuando Ben la interrumpió.

—Una palabra más en mi defensa, cariño, y es probable que me cuelguen del árbol más cercano. ¿Por qué no vas a preparar algo de café?

—No pienso dejarte solo —declaró ella con tozudez.

—No es necesario que se vaya —intervino Dary con una profunda arruga en la frente—. Sólo una pregunta más, Ben. Si el hombre que asesinó a Russ Warner era tan silencioso que nadie de la casa se despertó, ¿cómo es posible que tú supieras que algo iba mal?

Ben lo miró con rostro inexpresivo.

—Tuve un presentimiento.

Addie se echó a temblar. Quería gritar y defenderlo: «¡Fui yo! ¡Yo le advertí!»

—¿Puedes probar que estabas en tu cabaña cuando asesinaron a Russell?

—Sí —intervino Addie con rapidez, pues sabía que Ben no la implicaría aunque de ello dependiera que lo colgaran o no. Ella era la única que podía proporcionarle una coartada—. Pregúntemelo a mí. Yo estaba en su cabaña con él. Estuvimos juntos toda la noche.

Dary se puso colorado y retiró la vista. Addie continuó mirándolo con determinación, mientras ignoraba la dureza con que Ben la miraba a ella. A Dary parecía faltarle el aire a causa de la vergüenza que sentía. Al final se dirigió a Ben:

—¿Es eso cierto, Ben?

—Dile la verdad, Ben —añadió Addie.

Ben cerró sus verdes ojos con rabia.

—Mantenedlo en secreto, si es posible —dijo mientras realizaba una mueca—. No quiero que su reputación se vea arrastrada por el barro.

Pero todos sabían que ya era demasiado tarde para evitarlo. Todos los habitantes del pueblo se sentirían encantados y escandalizados por la historia. Russell Warner estrangulado en su propia cama mientras su hija dormía con el capataz. Resultaba imposible que alguien mantuviera esta información en secreto durante mucho tiempo.

Después de esto, no había ninguna razón para que el sheriff y sus hombres continuaran allí. Ben los acompañó a la puerta y regresó al despacho, donde Addie había encontrado una botella de whisky y un vaso.

—Echa más —declaró Ben, y ella sonrió sin fuerzas.

—Sólo hay un vaso.

Addie bebió un trago, le tendió el vaso a Ben y soltó una exclamación cuando el líquido le ardió en la garganta. Ben se llevó el vaso a los labios y siguió su ejemplo. Después de unos instantes, Ben suspiró y cerró los ojos.

—Me habría ido bien unas cuantas horas atrás.

—¿Tú crees que nos servirá de algo? —preguntó Addie sin ánimos, pero antes de que Ben pudiera responderle, volvió a coger el vaso.

—¿Cómo está Caroline?

Esta vez, Addie bebió un trago más largo.

—No estoy segura.

—¿Y el bebé?

—Muerto. —Addie contempló con fijeza el contenido del vaso y lo apretó tanto que sus dedos empalidecieron—. Se supone que el bebé no tenía que morir —declaró más para sí misma que para él—. Se supone que tenía que vivir, crecer y, algún día, tener una hija propia.

—Addie, ¿de qué estás hablando?

—Tendría que haberlo salvado —continuó ella mientras el vaso le temblaba en la mano—. Por eso volví. Por eso estoy aquí. Pero ¿qué podía hacer para evitarlo? Intenté advertirle. Intenté cambiar las cosas, pero ha ocurrido de todos modos. Igual que antes...

—Addie —la interrumpió Ben con voz suave. Cogió el vaso de whisky y lo dejó en el escritorio. A continuación, acercó el cuerpo de Addie a su cálido y fuerte pecho y la voz de Addie quedó apagada contra su camisa de algodón—. ¡Chsss! Lo que dices no tiene sentido.

Ella se relajó contra él sintiéndose totalmente exhausta.

—¡Estoy tan cansada! —Unas lágrimas de tristeza surcaron sus mejillas—. ¡Estoy tan cansada, Ben!

—Lo sé —susurró él mientras arreglaba su despeinado pelo y acariciaba sus doloridos hombros y su espalda—. Sé por lo que has pasado esta noche. Necesitas dormir.

—¿Y tu cabeza...? No te la han vendado ni...

—Estoy bien —la tranquilizó él con rapidez—. No necesitaba ninguna venda.

—No puede haber sucedido otra vez —dijo ella con voz entrecortada mientras se agarraba a la camisa de Ben—. Debería haberlo evitado...

—¿Otra vez? ¿De qué estás hablando? —preguntó Ben perplejo—. ¿De Russ?

—Los Johnson están detrás de todo esto. Tú lo sabes.

La expresión de Ben cambió, se volvió fría, y sus labios se afinaron, aunque Addie no estaba segura de si el cambio se debía a la rabia o al dolor.

—Todavía no hay pruebas, pero lo averiguaré.

—Querían eliminaros a los dos, a ti y a papá. Esta vez te he salvado. Ellos no contaban con que...

—¿Qué quieres decir con «esta vez»?

Ella ignoró su pregunta. Tenía la mirada perdida y clavada en la ventana.

—Todavía irán por ti. Jeff te odia, y Big George, además del agua, quiere el rancho. Y tú eres lo único que se interpone en su camino.

Ben la miró de una forma cortante.

—¿Qué te dijo Jeff aquel día en el pueblo? Desde entonces has sospechado que algo así sucedería. ¿Cómo sabías que había pasado algo antes de que nadie más lo supiera?

Addie cerró los ojos tratando de ocultar un sentimiento repentino de culpabilidad.

—No estaba segura. Llevo mucho tiempo preocupada por papá, y en la cabaña..., simplemente sentí que algo no iba bien. No puedo explicarte por qué. Pero no importa..., llegué demasiado tarde.

Addie se apoyó en Ben sin mover un solo músculo. En algún lugar de su mente esperaba que él se pusiera tenso por la sospecha, esperaba que se distanciara de ella aunque sólo fuera una fracción de centímetro. Pero Ben no se retiró ni delató sus pensamientos de ninguna forma. Sus dedos se deslizaron por el pelo de Addie acariciando ligeramente su cuero cabelludo. Aquel suave roce tranquilizó a Addie, sus párpados se cerraron con pesadez y sus pestañas casi rozaron sus mejillas.

Al sentir que el cuerpo de Addie se aflojaba, Ben suspiró y secó una lágrima de la mejilla de ella con los nudillos de su mano.

—Te acompañaré arriba. Necesitas descansar.

—No podré dormir.

—El doctor Haskin puede darte un tranquilizante. Te lo has ganado.

—No quiero subir a la planta de arriba —declaró Addie con voz entrecortada—. No quiero acercarme a la habitación en la que... No me obligues a hacerlo.

—No lo haré. No lo haré... —murmuró Ben, y al ver que Addie volvía a llorar, buscó un pañuelo.

Ben encontró un pañuelo de algodón arrugado en el bolsillo trasero de sus tejanos.

—Dormiré en el sofá del salón con la luz encendida.

—Lo que tú quieras, querida.

—Lo siento. —Addie tragó saliva y se sonó la nariz con el pañuelo—. Mañana seré fuerte y te ayudaré. ¡Dios mío, hay tanto que hacer!

—Lo solucionaremos todo.

La mente de Addie saltaba de un pensamiento a otro de una forma alocada.

—Ben, fue uno de nuestros hombres...

—Sí, es lo más probable. Pero si vuelves a mencionarlo me enfadaré. Tal como están las cosas, los rumores y las acusaciones ya se extenderán solos con la suficiente rapidez. Mañana, después de interrogar a los muchachos, sabremos algo más.

—¿Los interrogará el sheriff?

—Y yo.

—¿Y qué hay del testamento? —susurró Addie—. Mi padre no llegó a redactar el nuevo. El abogado del Este no llegó a tiempo. ¿Qué ocurrirá con el rancho y la familia?

—Russ redactó un testamento nuevo cuando derribaron la valla por primera vez. Por si ocurría algo antes de que el abogado llegara. Russ no quería que nadie lo supiera. Peter y yo fuimos los testigos.

—¿Lo dejó todo... en tus manos?

Ben asintió en silencio y clavó la mirada en la de Addie.

—¿Será válido? —preguntó Addie.

—No está tan bien redactado como lo habría hecho el abogado, pero sí, creo que será válido.

Addie experimentó una terrible sensación de ironía. En cualquier caso, la antigua Adeline no se habría salido con la suya. De todos modos, Ben sería el sucesor de Russell. Y los Johnson tampoco se saldrían con la suya, porque ella defendería la coartada que había proporcionado a Ben. Si bien era cierto que el sheriff albergaba sospechas en contra de Ben, las sospechas no probaban que él había asesinado a Russell. Las únicas pruebas que tenían eran circunstanciales. La cuestión era si los Johnson seguirían intentando deshacerse de Ben.

—Tengo miedo por ti —declaró Addie en voz baja.

Ben esbozó una sonrisa forzada.

—No te preocupes. No hay ninguna razón para que te preocupes.

Pero su confianza no calmó los temores de Addie, pues era como si él no quisiera ver los designios del destino.

El funeral de Russell fue corto y conciso, tal y como él lo habría querido. Lo enterraron en el rancho, en una parcela dedicada a este fin. En su tumba colocaron una sencilla tabla de madera pintada de blanco que más tarde sustituirían por una lápida grabada de mármol. Aunque al entierro sólo estaban invitados la familia y los empleados del rancho, durante los días posteriores a la ceremonia se produjo una riada interminable de visitas. La gente llegaba de condados distantes para presentar sus respetos. Todo el mundo tenía una historia que contar acerca de la ayuda que Russell les había prestado. Por lo visto le debían miles de favores.

Como Caro no podía levantarse de la cama y May se sentía terriblemente afligida, Addie era la única que podía acompañar a las visitas hasta la tumba. Y lo hizo una y otra vez, aunque en el fondo habría querido decirles que todo habría resultado más fácil para ella si se hubieran quedado en sus casas y hubieran enviado una carta de condolencia. La visita de Ruthie y Harlan Johnson en representación del clan de los Johnson constituyó una sorpresa para todos. Cuando Addie abrió la puerta y los invitó a entrar en la casa, sus rostros estaban tensos y ansiosos. Se diría que esperaban que los echaran. En realidad, a Big George y a Jeff no les habrían permitido la entrada en el rancho.

Addie los recibió con tanta amabilidad como pudo conseguir. Sólo se produjo un momento de tensión cuando Ben, a quien habían informado de su llegada, entró a zancadas, aunque aparentemente relajado, en la casa. Harlan le preguntó con indecisión si quería negociar un nuevo pacto en relación con los derechos sobre el agua, pero la mirada de Ben era fría.

—Comunícale a Big George —contestó Ben con voz suave— que la muerte de Russell no supondrá ningún cambio en la dirección del rancho.

Al final, el número de visitantes fue disminuyendo y Addie dispuso de más tiempo para ocuparse de las tareas de la casa. May se pasaba la mayor parte del tiempo durmiendo en su dormitorio o cuidando a Caroline y había dejado en manos de Addie la organización de la casa. Addie nunca sospechó que resultara tan difícil supervisar las tareas de limpieza y cocina, el lavado y el planchado de la ropa, y los cientos de detalles que debían ser atendidos. Aun así, encontró tiempo para ayudar a Ben a responder la avalancha de correspondencia que recibieron en relación con la administración del rancho. Addie quería saber tanto como le fuera posible acerca de la situación en la que se encontraban. A Ben lo habían designado albacea testamentario y tenía que resolver todas las cuestiones financieras de los Warner y las de la compañía ganadera Sunrise. Cuando se casara con Addie, sería copropietario de Sunrise con el resto de los hijos de Russell.

Todos opinaban que el matrimonio debía de celebrarse lo antes posible. Addie estaba enojada por la mojigata y primitiva reacción de los habitantes del pueblo a lo que había ocurrido y le resultaba difícil creer que la noche que había pasado con Ben causara semejante conmoción.

—Se diría que somos la primera pareja del mundo que ha hecho el amor antes de la noche de bodas —se quejó a Ben y añadió que su compromiso debería haber sido suficiente para satisfacer el sentido del decoro de los demás—. ¡Por todos los santos, después de todo lo que ha tenido que pasar, a mamá no paran de preguntarle cuándo nos casaremos y si cree que seguimos viéndonos a escondidas!

A Ben le divertía la actitud de superioridad moral de Addie. Sin embargo, él también insistió en que la boda se celebrara lo antes posible. A poder ser, en un plazo máximo de quince días. Este período de tiempo no podía considerarse, ni mucho menos, un plazo razonable de luto por la muerte de Russell, pero si esperaban más tiempo, a Addie la tratarían de prostituta. De todos modos, tal como estaban las cosas en aquellos momentos, la mayoría de las personas preferían considerarla una muchacha inocente de la que Ben se había aprovechado, y a él no le importaba que pensaran así. Prefería ser considerado un pervertidor de jovencitas en todo Tejas a que se dijera una sola cosa en contra de Addie.

En cuanto a verse a escondidas, no había ninguna posibilidad al respecto, pues ambos tenían demonios propios a los que enfrentarse. En aquellos momentos, ninguno de los dos se sentía merecedor del placer de hacer el amor y, aunque hubieran querido hacerlo, en todo momento eran el centro de atención.

La rutina del rancho era la misma de siempre. Se seguían realizando trabajos en la valla y, cada vez que alguien la derribaba, los vaqueros del rancho la reparaban. Cade y Leah acudían a la escuela todos los días y Addie encontraba consuelo en la cantidad de trabajo que tenía que realizar. Le gustaba la sensación de sentirse útil y necesitada y se alegraba de que May mostrara poco interés en asumir sus antiguas responsabilidades. Para el resto de la familia, la vida era extrañamente similar a como había sido hasta entonces, y aunque sentían profundamente la ausencia de Russell, su mundo no se había derrumbado con su muerte. Ben había tomado las riendas del rancho y lo dirigía con soltura. Su autoridad estaba bien establecida y el apoyo de los peones del rancho era inquebrantable, como siempre había sido en los momentos difíciles.

La familia acudía a Ben en busca de ayuda como antes lo habían hecho con Russell, ya fuera por cuestiones de dinero, familiares o personales. Aunque él se negó a ocupar el lugar de Russell en la mesa, todos lo consideraban el cabeza de familia. May le comentó que quería que se llevaran la cama de Russell y, al día siguiente, los supersticiosos vaqueros del rancho se la llevaron, la hicieron pedazos y la quemaron en una hoguera. Addie le entregaba a Ben la lista de las provisiones que se necesitaban en la cocina y él enviaba de inmediato a un muchacho a la tienda del pueblo. La cabeza de porcelana de la muñeca de Leah se rompió cuando se le cayó al suelo y Ben le dio un dólar para que se comprara otra nueva. Todos confiaban en él de una forma espontánea y, con toda tranquilidad, añadían sus problemas a los que él ya cargaba. A casi nadie se le ocurrió pensar que él también lloraba la muerte de Russell a su manera.

Sólo Addie comprendía el dolor y el sentimiento de pérdida que Ben experimentaba. Una tarde, mientras ella escribía una carta en el despacho de Russell, Ben entró con una expresión distraída en el rostro. De repente, Ben se quedó helado y se sobresaltó al verla allí. Él fue el primero en hablar.

—Estaba actuando sin pensar —declaró Ben con lentitud—. Entré en la casa para preguntarle algo a Russ. Me olvidé de que ya no estaba aquí.

Ben se quedó mirando a Addie en silencio y sorprendido por lo que le había ocurrido.

—A veces, yo también me olvido —declaró Addie.

Ben tragó saliva con esfuerzo y asintió levemente con la cabeza. Addie reconoció la expresión de su rostro. Era la misma que ella había puesto cuando se miró por primera vez en el espejo la mañana que se despertó en aquel mundo nuevo, cuando se dio cuenta de que una parte de su vida había desaparecido para siempre. «Esto es algo de lo que nunca más tendré que preocuparme —pensó con tristeza—. Ahora sé lo que es perderlo todo y sé que, de algún modo, conseguí superarlo. Por lo tanto, también superaré esto.» Sin decir una palabra, Addie se levantó y alargó los brazos hacia Ben con la intención de calmar su dolor. Él no era el tipo de persona que pedía consuelo, pero ella siempre se lo ofrecería, aunque él decidiera rechazarlo.

La expresión de Ben era tensa. Su mente estaba confusa. Tiempo atrás había jurado que nunca dependería de la mujer a la que amara, al menos en este sentido. Disfrutaría de su compañía, le proporcionaría placer, tomaría lo que ella quisiera darle, pero nunca le concedería aquel poder sobre él. Sin embargo, ya había dado aquel paso sobradamente. Los ojos de Addie reflejaban que lo conocía, contenían los secretos que él le había contado y el conocimiento que ella tenía de él como hombre. Él le había ofrecido todo aquello como si fuera su derecho. Ahora él ya no era un hombre independiente. En momentos como aquél, Ben se daba cuenta del poder que Addie tenía sobre él y, durante una fracción de segundo, sintió deseos de alejarse de ella.

—Sé que estás sufriendo —declaró Addie con voz suave—. Yo también sufro. No me des la espalda, Ben.

Sin poder evitarlo, Ben se lanzó sobre ella, hundió el

rostro en su pelo y sus manos agarraron, de una forma convulsiva, la tela abombada de las mangas de su vestido. El alivio intenso y bienvenido que experimentó hizo que los ojos y las fosas nasales le escocieran. Su voz se volvió grave mientras descargaba el peso de su corazón.

—Hacía poco que lo conocía, pero para mí era más un padre que...

Ben se tragó el final de la frase.

Addie acarició su pelo negro con ternura.

—Él te quería y te consideraba un hijo.

—Si hubiera sabido lo que iba a ocurrir podría haberlo salvado. Debería...

—Todos nos sentimos así. Su familia estaba sólo a unos metros de distancia. ¿No crees que Cade también se culpa a sí mismo por no haber oído nada? Y yo... ¡No puedes imaginar las cosas que desearía haber hecho!

Addie se sentía más responsable por la muerte de Russell de lo que Ben podría sentirse nunca. Ella lo sabía de antemano, pero no había podido evitarlo. Y esto constituía un secreto que tendría que sobrellevar ella sola durante el resto de su vida.

Ben exhaló un suspiro tembloroso, encajó las mandíbulas y se secó los ojos con la manga.

—No te culpes —lo tranquilizó Addie mientras apoyaba la mejilla junto a su acelerado corazón y le rodeaba la cintura con los brazos—. Él se enfadaría contigo si lo hicieras.

Ben se permitió abrazarla durante unos minutos más. En el fondo de su mente, sabía que debería sentirse avergonzado por haber derramado lágrimas delante de una mujer, algo que era sumamente impropio de un hombre. Sin embargo, Addie era diferente al resto de las mujeres. Ella lo amaba sin condiciones. Él podía confiarle sus pensamientos más íntimos, sus sentimientos más profundos. Por fin comprendía la verdadera razón por la que la quería como esposa. No por una cuestión de decoro ni por la pasión que sentía, no por los hijos ni por el rancho, ni siquiera por tener un lugar al que pertenecer.

De niño, había idealizado el amor y, de hombre, lo había buscado. Sin embargo, ahora que lo había encontrado era distinto de lo que había esperado. Era más exigente, más vital y cambiaba continuamente. Los vínculos que lo unían a ella eran más fuertes que el acero, pero aun así disfrutaba de total libertad. Y esto era así para ambos.

Caroline y Peter tenían planeado mudarse a Carolina del Norte con Leah después de la boda, y tan pronto como Caroline se encontrara bien y pudiera viajar. May decidió ir con ellos, pues la mayor parte de su familia y sus antiguas amistades vivían allí. No mencionó si pensaba regresar o no a Tejas algún día, pero Addie sospechaba que no regresaría nunca. Cade decidió quedarse en el rancho durante algún tiempo, hasta que estuviera más seguro de lo que quería hacer.

El sheriff y sus ayudantes terminaron de interrogar a los vaqueros del rancho acerca de lo que habían visto u oído la noche del asesinato de Russell y no obtuvieron ninguna información nueva. Ninguna respuesta vertió luz en lo que había sucedido. Cuando se fueron, Ben permitió que su frustración saliera a la superficie. Recorrió el despacho de Russell de un lado a otro una y otra vez, fumando cigarrillos y aplastándolos después de darles sólo unas caladas. Cuando Addie entró en el despacho para hablar con él, su primer impulso fue el de sentarse cómodamente en un sillón, pero el miriñaque y el fastidioso montón de faldas y enaguas que llevaba puestos la obligaron a sentarse erguida, como una dama.

La atmósfera estaba cargada de humo. Addie se inclinó hacia atrás e intentó abrir una ventana sin levantarse. Ben soltó una maldición en voz baja y la abrió por ella. Addie agitó inútilmente la mano en el aire y realizó una mueca.

—¿Esto se va a convertir en un hábito? —preguntó Addie—. Prefería mucho más el olor de los puros de papá.

Ben apagó el cigarrillo y deslizó una mano por su negro cabello.

—Es posible que no tenga tiempo suficiente para desarrollar un hábito —declaró con voz cortante.

—¿Qué quieres decir?

—Quiero decir que si un comité de vigilancia no me tira pronto por un barranco, una partida de hombres con el sheriff a la cabeza me colgará de un árbol. De una forma supuestamente legal. Yo soy el principal sospechoso. Todo el mundo lo cree así.

—¡Pero si yo te he proporcionado una coartada! Declaré que estuviste conmigo toda la noche.

Ben sacudió la cabeza y frunció el ceño con aire taciturno.

—Creen que mientes para protegerme.

Addie suspiró y se presionó las sienes con las manos mientras intentaba recordar con todas sus fuerzas el nombre que le había dado a Jeff. En algún lugar de su mente estaba la verdad. Addie cerró los ojos y presionó con más intensidad, como si quisiera estrujar su memoria, pero los recuerdos de su vida como Adeline eran poco frecuentes y casi siempre incompletos.

—Es uno de nuestros hombres —declaró Addie mientras enredaba sus dedos en su cabello, como si quisiera tirar de él, y despeinaba sus bien arregladas trenzas—. Seguro que alguno de ellos sabe o sospecha algo. ¿Por qué nadie dice nada? Ellos no protegerían a uno de los suyos si fuera un asesino, ¿no?

—No lo sé —contestó Ben mientras volvía a recorrer la habitación de un extremo al otro—. No lo creo.

Más tarde, aquella noche, mientras los miembros de la familia estaban cenando, Ben entró en el comedor a grandes pasos y con expresión trastornada. Todos lo miraron mientras él se dirigía a Addie en voz baja:

—Tengo que ocuparme de un asunto. Quizá no vuelva hasta mañana por la mañana.

Addie sintió un cosquilleo de nerviosismo en la piel. Algo había sucedido.

—¿Ha ocurrido algo grave? —preguntó Addie con calma forzada.

Ben se encogió de hombros.

—No lo sabré hasta más tarde.

Addie cogió la servilleta de su regazo con lentitud y la dejó sobre la mesa.

—Te acompañaré a la puerta —declaró, y lanzó una mirada cautelosa a May, quien no presentó ninguna objeción.

Nada más salir de la habitación, Addie se cogió del brazo de Ben. Sus músculos estaban tensos.

—¿Qué ocurre? —preguntó ella con ansiedad.

—Uno de los muchachos ha admitido que una de las camas del barracón estaba vacía la noche del asesinato.

—¿La de quién?

—La de Watts.

—Pero... Pero si él nos ha llevado a Caro y a mí al pueblo muchas veces, y tú le encargaste que vigilara la casa de noche mientras todos dormíamos...

—No puedo probar que haya sido él, se trata sólo de una sospecha.

Addie inhaló hondo y se agarró al brazo de Ben con más fuerza.

—¿Adónde vas ahora? —susurró.

—A ver a su hermana.

—Pero, si es una prostituta.

—¡Demonios, Addie, no me voy a acostar con ella! Sólo voy a formularle unas cuantas preguntas.

—Aunque lo sepa, ella no te dirá nada que pueda implicar a su hermano. ¡Oh, Ben, esto no me gusta nada!

—Sólo es una muchacha. Una muchacha a la que le gusta el dinero. —Ben frunció el ceño, miró a Addie y liberó su brazo de la mano de Addie—. No pierdo nada visitándola. Mientras tanto, no te preocupes por Watts. Esta noche estará lejos de la casa, en una caseta de vigilancia en el otro extremo del rancho.

—Ben —declaró Addie con una arruga en el entrecejo—, ella podría intentar que te acostaras con ella. Sé que tú y yo no hemos estado juntos últimamente, pero...

—¡Santo cielo! —Ben se echó a reír—. Si crees que existe alguna posibilidad de que ella y yo... —Ben siguió riendo y sacudió la cabeza mientras salía por la puerta—. Para tu tranquilidad, te diré que haré lo posible por controlarme.

Ella realizó una mueca mientras lo veía alejarse y se preguntó qué era lo que le parecía tan divertido.

En la jerga de los vaqueros, a los bares o salas de baile especialmente sucios se los llamaba covachas. El lugar en el que trabajaba Jennie Watts, el Do-Drop-In, se merecía una palabra propia. Se trataba de un lugar sucio y ruidoso, el suelo estaba pegajoso, los clientes eran bulliciosos y la música escandalosa. Ben entró con toda tranquilidad y pidió una bebida. Pronto llegó a la conclusión de que el whisky barato merecía su apodo de matarratas. Ben bebió a pequeños sorbos mientras contemplaba a las muchachas rollizas y de ropa escasa que trabajaban en el local. Al final, vio a una muchacha morena y pechugona cuyo rostro le recordaba al de Watts. Ben la cogió con suavidad por el brazo y ella levantó, de una forma automática, una mano para sacárselo de encima, pero entonces le vio la cara y dirigió la mano hasta su pelo, se lo arregló y sonrió.

—Hola, guapo.

—¿Eres Jennie Watts?

Preguntarle a alguien su nombre no era habitual. Por el contrario, el código de conducta no escrito establecía que uno debía esperar hasta que el desconocido, o desconocida, se identificara. Pero ella era una prostituta y no podía permitirse sentirse ofendida con tanta facilidad.

—Jennie está ocupada, pero yo no.

—¿Dónde está?

La muchacha frunció un poco el ceño.

—Arriba, pero no sé cuándo bajará.

Él esbozó una sonrisa zalamera y deslizó unos cuantos dólares en la mano de la mujer.

—¿Esto te ayudará a avisarme cuando baje?

Ella sonrió con descaro y cogió los dólares.

—Es posible.

La mujer contoneó su trasero de una forma seductora mientras se alejaba y Ben ocultó una sonrisa en su bebida. Sólo habían transcurrido unos minutos cuando la mujer, quien ahora transportaba una bandeja con vasos vacíos, le dio un codazo a Ben. Él dirigió la mirada a las estrechas escaleras que conducían a las habitaciones de la planta superior y vio a una muchacha que descendía el último escalón. Se trataba de una muchacha joven, delgada y de facciones duras. Sus ojos eran de un azul exótico y contrastaban con su pálida piel. Ben se colocó a su lado en un par de zancadas.

—Discúlpame, ¿eres Jennie Watts?

Ella lo miró con unos ojos adultos en una cara de niña y aquella combinación incomodó un poco a Ben.

—¿Por qué quieres saberlo? —preguntó ella con una voz sorprendentemente grave.

—Si lo eres, me gustaría disponer de unos minutos de tu tiempo.

—¿Primero quieres que bailemos?

—No, yo...

—Entonces sígueme.

La muchacha se volvió y subió las escaleras contando con que él la seguiría. Una vez arriba, entraron en una habitación pequeña y escasamente amueblada. El aire apestaba a sexo y alcohol. Ben contempló con una mirada inexpresiva la cama sin hacer y las sábanas manchadas. La muchacha se sentó en el borde de la cama y empezó a desabotonar la parte delantera de su vestido.

—Espera —pidió Ben.

Ella se detuvo y su fría mirada se posó en él.

—¿Quieres que lo hagamos con el vestido puesto?

—Sólo quiero hablar.

Jennie soltó una palabrota en voz baja y se levantó mientras señalaba la puerta.

—Sal de aquí.

Él sacó unos cuantos billetes y los sostuvo entre los dedos índice y medio.

—Pienso pagarte por tu tiempo.

Ella se dirigió con paso cansino hasta la mesilla de noche, encendió un cigarrillo y contempló a Ben a través del humo. No le preguntó quién era. No le importaba siempre que su dinero fuera válido.

—¿De qué quieres hablar? —preguntó ella.

—De tu hermano.

Ella titubeó y, tras unos instantes, asintió con la cabeza.

—¿Y bien?

—¿Lo has visto hace poco? ¿Has hablado con él?

—Puede ser.

—¿Ha conseguido alguna cantidad importante de dinero últimamente? ¿O te ha pedido que le guardes una suma de dinero?

Ella lo contempló en silencio, llevó el cigarrillo a sus labios y fumó una calada larga. Tenía algo que contarle, algo que merecía la pena.

—Siento un gran respeto por la lealtad familiar —continuó Ben mientras la observaba con fijeza—, pero según tengo entendido, ésta tiene un precio.

Ben hizo el gesto de volver a coger su monedero, pero se detuvo en espera de la respuesta de Jennie.

—¿Acaso no lo tiene todo? —preguntó ella con un brillo apreciativo en sus ojos azules.

Ben dejó caer un puñado de billetes encima de la cama.

Addie se acurrucó en uno de los extremos del sofá de tapicería suave y brillante del salón con las piernas dobladas. La casa estaba en silencio y el resto de la familia dormía en la planta de arriba. El único sonido que se oía era el tictac metódico del reloj. Tenía un libro abierto sobre el regazo, pero no lo leía. De vez en cuando, pasaba una página, pues sus manos sentían el impulso de hacer algo. Tras oír unos pasos silenciosos que bajaban las escaleras, Addie levantó la vista y vio a Cade, quien entró en la habitación vestido con su camisa de dormir de algodón y unos pantalones de montar desgastados. Parecía cansado y malhumorado. Se dirigió al sofá arrastrando los pies y se dejó caer en el otro extremo.

—¿Por qué esperas levantada? —preguntó Cade mientras contenía un bostezo—. Ben dijo que no volvería hasta mañana.

—No tengo sueño. ¿Y tú por qué no estás en la cama?

—No paro de despertarme pensando que he oído un ruido.

Cade cerró los ojos y reclinó la cabeza despacio en el respaldo del sofá.

—¿Cade?

—¿Mmmm? —murmuró él sin abrir los ojos.

—Me alegro de que no te vayas a Carolina del Norte con los demás. Me gusta tenerte aquí.

Cade frunció los labios en una expresión huraña, como hacía siempre que le hablaban de sentimientos.

—No me quedaré aquí para siempre.

Addie sonrió levemente.

—Lo sé, Cade.

Addie también cerró los ojos. El silencio y la presencia del muchacho la adormecieron y, de una forma gradual, el libro resbaló de su regazo hasta el asiento del sofá. Ella dejó caer la cabeza, pues le pesaba demasiado para seguir aguantándola erguida. «Watts», murmuró Addie para sí misma. Mientras daba vueltas a aquel nombre e intentaba recordar alguna cosa, la cabeza le dolió. Poco a poco, fue cayendo..., cayendo..., y su corazón palpitó con más lentitud.

Estaba acurrucada junto a Jeff, pegada a su costado, y

sus esbeltos dedos se deslizaban por el pelo de color caoba de su nuca. Ella se inclinó y rozó con su boca la comisura de los labios de él.

«Ayúdame con el nombre», le había pedido él.

Ella pegó los labios al oído de Jeff y susurró en voz baja:

«Inténtalo con George Watts. Hará cualquier cosa por dinero. Cualquier cosa. Estoy segura.»

«¿Y también estás segura acerca de todo lo demás?»

«Claro que lo estoy. No tenemos elección, ¿no?»

Ella lo besó con dulzura, con una promesa silenciosa.

Addie gimió en sueños y agitó la cabeza con intranquilidad.

Después de salir del *saloon*, Ben regresó a Sunrise. Todos los pensamientos racionales habían abandonado su mente. La sed de sangre hacía que le ardiera el estómago, se le clavaba en los costados como si se tratara de unas garras y lo empujaba a exigir el máximo de su caballo. La tierra pasaba a toda velocidad por debajo de ellos, pero el viaje le parecía lento, insoportablemente lento.

La caseta de madera de vigilancia era el único contorno que rompía la línea del horizonte. La caseta y la valla rota. Entre los tablones de la caseta se filtraba la luz tenue de una lámpara. Ben saltó del caballo incluso antes de que éste se detuviera. En pocos pasos, llegó a la puerta y la abrió de golpe con la punta de la bota. Watts se puso de pie sobresaltado, su silla cayó al suelo y un Colt.45 apareció en su mano. Cuando vio que se trataba de Ben, empezó a bajar el cañón del arma, pero, de una forma instintiva, interrumpió el movimiento.

Ben fue consciente de que el arma estaba encañonada hacia él, pero sentía tanta rabia que no le importó.

—¿Por qué? —preguntó respirando con pesadez y con el pulso acelerado—. ¿Fue sólo por el dinero? ¿Regateaste con ellos o aceptaste la primera cantidad que te ofrecieron? ¡Bastardo! ¡Cuéntame por qué lo hiciste!

Watts lo miró a los ojos con calma.

—Porque me ofrecieron el dinero suficiente.

—¿Y por qué otra razón?

—Por ninguna.

Aunque esto era lo que Ben esperaba oír, la confesión de Watts constituyó un shock para él, una flecha blanca y ardiente que le atravesó el pecho. Ben contempló de una forma inexpresiva el rostro decidido y desvergonzado de Watts y el dolor le atenazó la garganta. Todavía era peor que hubiera asesinado a Russ sin una razón personal, sólo por dinero. Ningún hombre se merecía algo así, pero todavía menos Russell Warner, cuya muerte no debería haberse vendido barata.

Nada de lo que Ben pudiera hacer o decir podría conseguir que Watts se arrepintiera. Ben, temblando de rabia y desesperación, sintió la inquebrantabilidad de Watts, la falta de emoción en aquel cuerpo sólido y fornido. Watts esperaba que Ben realizara el menor movimiento para dispararle con la rapidez de un ejecutor. Estaba decidido a matar a Ben, si no, no le habría confesado el asesinato.

Ben dedicó un angustiado pensamiento a Addie y se lanzó hacia Watts con el hombro derecho hacia delante para presentar un blanco menor. Watts apretó el gatillo. Se oyó un ruido ensordecedor y Ben recibió un impacto en el cuerpo. El impacto de la bala lo empujó hacia atrás. Ben tropezó con la mesa y la lámpara cayó al suelo. El cristal se hizo pedazos y el petróleo se derramó por el suelo. Ben se tocó el hombro y sintió una humedad cálida que salía a chorros.

Una neblina ligera pareció rodearlo y Ben se desplomó en el suelo. Sentía un zumbido en los oídos y sus fosas nasales se llenaron de un olor dulce. Transcurrieron unos segundos, aunque quizá fueron horas, durante los cuales Ben luchó por recuperar la fuerza de sus piernas. Tenía que ponerse de pie, tenía que moverse. El sonido de alguien arrugando papel llenó sus oídos. No, se trataba del crujido de unas llamas. El olor a queroseno lo rodeó y Ben entreabrió los ojos.

Watts había cogido unas cuantas cosas y se dirigía a la puerta de la caseta dejando que muriera quemado. Una de las paredes ya ardía y lanzaba llamas hasta el techo. Un pánico salvaje se apoderó de Ben, quien avanzó a tientas mientras Watts pasaba junto a él camino de la puerta. Ben consiguió coger el talón de la bota de Watts y se agarró a él con todas sus fuerzas.

Watts se tambaleó y cayó al suelo con un ruido sordo. Ben giró sobre sí mismo para esquivar la patada que dio Watts con la pierna libre. La desvencijada caseta empezó a crujir. El fuego los asaría vivos a los dos. Ben y Watts avanzaron a rastras por el suelo, forcejeando y gruñendo de dolor. Watts intentó levantarse y Ben se agarró a él hasta que los dos quedaron medio de pie. Durante una fracción de segundo, Ben se vio a sí mismo como si avanzara por debajo del agua. Intentó soltarse de Watts y mantenerse en pie por sí mismo, pero sus reacciones eran demasiado lentas.

Watts le dio un puñetazo en la mandíbula y lo envió, dando tumbos, hasta la puerta. El techo y las paredes se plegaron sobre sí mismos como si un pie gigante hubiera pisado la caseta. Ben se tapó los ojos con uno de los brazos, salió al exterior dando trompicones y cayó al suelo, donde dio una, dos vueltas sobre sí mismo antes de detenerse.

No pasó mucho tiempo antes de que los vigilantes de la valla y otros vaqueros del rancho, alertados por el distante resplandor del fuego, se concentraran en el lugar de los hechos con mantas, sacos y escobas para golpear los distintos incendios que se habían iniciado en la hierba. Si no se sofocaba, un fuego podía recorrer kilómetros y kilómetros de praderas y arrasar condados enteros destruyendo propiedades y matando a hombres y ganado. Los hombres llegaron de ambos lados de la línea divisoria para ayudar, tanto del rancho Sunrise como del Double Bar. Ben recuperó poco a poco la conciencia y contempló, con los ojos enrojecidos por el humo, cómo los vaqueros trabajaban codo con codo, advirtiéndose unos a otros del peligro. Consiguieron contener el fuego dentro de los límites de la caseta y ésta quedó reducida a un montón de escombros y cenizas.

Ben se pasó el resto de la noche aturdido. Aunque había curado unas cuantas heridas de bala, nunca había experimentado una en su propia carne. Tras diagnosticar que la bala había atravesado limpiamente la carne, uno de los peones del rancho le vendó la herida con torpeza y Ben tuvo que esforzarse para no decirle, con brusquedad, que tuviera más cuidado, pues la maldita herida dolía más de lo que parecía.

Pero quejarse le habría hecho parecer menos hombre a sus ojos y habría perdido parte de su confianza, de modo que Ben mantuvo la boca cerrada, salvo para tragar el whisky que le hacían beber. Cuando decidieron que ya había bebido suficiente, Ben subió como pudo a lomos de su caballo y se dejó caer sobre el cuello del animal mientras lo conducían de regreso al rancho. Que alguien llevara las riendas de su caballo constituía una indignidad, pero era mejor que ser transportado tumbado sobre la silla como un saco de harina.

Nada más llegar, los vaqueros lo entraron en la casa. La familia Warner al completo estaba levantada. Cuando Addie se enteró de que se había producido un incendio y de que era probable que Ben estuviera implicado en el incidente, el mundo se detuvo para ella, y cuando lo vio se sintió aliviada y frenética. La ropa de Ben estaba ensangrentada, y su rostro demacrado y cubierto de hollín. Todas las arrugas de su cuerpo hablaban de shock y agotamiento. Addie ordenó, con precipitación, a los hombres que lo transportaban sujetándolo por los brazos que lo llevaran al salón. Ben se dejó caer sentado en el sofá y apoyó la cabeza en las manos mientras Addie corría a la cocina en busca de unas tijeras y el botiquín. Cuando regresó, May se estaba quejando de los desgarros y arañazos que las espuelas de los vaqueros habían ocasionado en la alfombra y las patas de los muebles.

Ben protestó cuando Addie insistió en quitarle lo que quedaba de su camisa y limpiar y vendar la herida de nuevo. Sin hacer caso de sus protestas, Addie le curó el hombro y lavó su magullada cara. Al final, Ben se quedó quieto y adormecido por el suave roce de las manos de Addie. Si May no estuviera allí, habría apoyado la cabeza en el blando regazo de Addie y se habría dormido. La idea era tan tentadora que consideró utilizar la bebida como una excusa para hacerlo, pero su sentido común se lo impidió.

—Addie —declaró con voz pastosa mientras levantaba la mano para tocar la de ella—, Watts...

—Lo sé.

La mirada clara y serena de Addie se encontró con la de él. Ben se dio cuenta de que, de algún modo, la muerte de Watts había aligerado el peso de los hombros de Addie. Ben quería decirle que todo aquello todavía no había terminado, pero se sentía demasiado cansado para hablar.

—El resto... mañana.

Addie asintió con comprensión.

—Lo haremos juntos —declaró ella, y Ben sacudió la cabeza agotado.

—No, no, Addie.

Éstas fueron las últimas palabras que Ben pronunció antes de exhalar un suspiro y caer dormido con la cara pegada al cojín del sofá.

Addie permaneció junto a él durante horas, ignorando las indicaciones de su madre para que se fuera a dormir. Addie se arrodilló junto a Ben y acarició su pelo negro. De vez en cuando, deslizaba la vista por su cuerpo para asegurarse de que realmente estaba allí. May dormitaba en un sillón. Cuando se despertó, vio que Addie estaba acurrucada al lado de Ben, con una mano apoyada en su hombro y la mirada fija en su rostro dormido.

—¡Por todos los santos! —exclamó May algo enojada—. Has estado a su lado desde que lo trajeron. Deja que el pobre hombre duerma tranquilo. ¿Por qué tienes que cuidarlo como si fuera un niño?

Addie la miró con ojos serios.

—Le han herido —declaró sin levantar la mano del hombro de Ben—. Y es mío.

¿Acaso quería decir que Ben necesitaba realmente unos mimos tan desorbitados como aquéllos o que su forma de tratarlo era cosa suya? May no estaba segura, pero desde luego no volvió a recriminar su forma de actuar. Quizá decidió que Addie constituía para ella un enigma tan grande como lo había sido Russell y que era inútil intentar comprenderla. Durante el silencio que se produjo a continuación, las dos mujeres reflexionaron acerca de las palabras que habían intercambiado y ambas llegaron a una conclusión.

Addie ya no era la hija más dependiente de May, la hija necesitada de mimos, cuidados y comprensión. Addie ya era tan mujer como May, incluso más fuerte que ella, tanto que resultaba desconcertante, y más autosuficiente. Y May también se dio cuenta de que el cambio que se había producido en su hija se debía, en gran parte, al hombre que dormía en el sofá.

A la mañana siguiente, Ben, con rostro lívido, se entrevistó con el sheriff en el despacho de Russell.

—¡Maldita sea, le digo que Jennie me confesó sin rodeos que Watts lo había hecho! Él mismo se lo contó y le dio el dinero para que se lo guardara. Estoy convencido de que lo confirmará bajo juramento.

—¿A cambio de nada? —lo interrumpió Dary en voz baja leyendo la respuesta en el ceño fruncido de Ben—. No lo creo. Tendrías que pagarle para que declarara en un juicio, y muchos dirán que ella declararía lo que fuera si le pagaban lo suficiente. Y yo también lo creo.

—La cuestión es que ella jurará que a Watts le pagaron los Johnson para que asesinara a Russell Warner.

—¿Alguien más oyó a Watts cuando confesó el asesinato?

—¡Yo lo oí!

—En tal caso... —declaró Dary suspirando y mascando el extremo de su grueso puro—, tenemos tu palabra y la de una prostituta... —Dary se interrumpió y miró a Addie avergonzado—. Discúlpeme, señorita, quería decir...

—Ya sé lo que es la hermana de Watts —contestó Addie con sequedad.

Dary volvió a dirigirse a Ben.

—Tu palabra y la de Jennie Watts contra la de los Johnson. Y sin ninguna prueba...

—Ya le he dicho que uno de los muchachos vio que la cama de Watts estaba vacía la noche del asesinato.

—Podría haber salido a m... —Dary se interrumpió de nuevo, miró a Addie y carraspeó—. A aliviarse. Discúlpeme, señorita.

—La herida del hombro de Ben confirma su declaración —afirmó Addie—. ¿Por qué cree que Watts le disparó? Lo hizo porque Ben descubrió la verdad y se la soltó a la cara.

—O quizá se trató sólo de una discusión que se les fue de las manos. Es del dominio público que los vaqueros se disparan por mucho menos.

—¡Maldita sea! ¡Se está esforzando mucho para defenderlo!

—Ya sé que estás muy enojado, Ben. Sé lo que crees y yo también lo creo, pero no se puede condenar a un hombre con las pruebas de que disponemos. Tú ya lo sabes.

Ben murmuró algo mientras miraba por la ventana con ojos implacables.

—Te diré lo que puedo hacer —continuó Dary—. Citaré al muchacho Johnson a mi oficina para interrogarlo. Y tendré una charla con Big George y le haré saber todas las sospechas que recaen sobre él. Los Johnson lo negarán todo, estoy seguro, pero así tendréis tiempo de recuperaros. Los Johnson no os molestarán durante un tiempo.

—Se lo agradecemos, sheriff —contestó Addie enseguida antes de que Ben pudiera responder.

—Muy bien —declaró Dary mientras cogía su sombrero—. Daré una ojeada a la caseta de vigilancia antes de pasar por el Double Bar. Ben...

—Encargaré a uno de los muchachos que le muestre el camino —declaró Ben conteniendo su frustración lo mejor posible.

—Si pudiera, haría algo más, Ben.

—Lo sé.

Los dos hombres se estrecharon la mano. Addie los precedió camino de la puerta y se quedó en el porche con Ben, mientras contemplaba cómo el sheriff se alejaba en dirección a la caseta quemada. Addie contempló las tensas facciones de Ben y comprendió que le debía de resultar muy doloroso mantenerse de brazos cruzados mientras los Johnson recibían, sólo, un tirón de orejas.

—Sé que te sientes impotente —dijo ella en voz baja.

Sus palabras parecieron ponerlo en acción.

—No por mucho tiempo.

Ben se puso el sombrero y se lo caló hasta las cejas.

—¿Adónde vas?

—A visitar a los Johnson antes de que lo haga Dary.

—¿Te refieres a que vas a ajustarles las cuentas? —preguntó Addie presa del pánico. Y lo siguió mientras él se alejaba—. ¡Espera, voy contigo!

Ben no haría nada osado o peligroso si ella estaba con él. Ben se detuvo y la miró a los ojos.

—No.

—No puedes evitar que vaya contigo. Te seguiré.

—Te quedarás aquí. Aunque para ello tenga que atarte a un árbol.

—¿Por qué no me encierras en mi habitación? Así te causaré menos problemas. ¿Acaso no recuerdas lo que me dijiste la otra noche acerca de respetar mi libertad?

—No, así no te saldrás con la tuya. Esto no tiene nada que ver con lo que hablamos la otra noche.

—Yo te creí cuando me dijiste que no me reprimirías.

—¡Maldita sea, Addie!

—Yo tengo derecho a ir. Él era mi padre. Además, prácticamente era la prometida de Jeff.

—Tengo que mantenerte a salvo.

—¿Qué peligro hay en esta visita? ¿Qué tienes pensado hacer, blandir tus pistolas y empezar a disparar?

Ben la miró sin decir nada, pero con una expresión de enfado en el rostro.

—Llévame contigo —lo apremió Addie—. No diré nada, pero tengo que estar allí. Tú no eres el único que tiene que apaciguar sus fantasmas. ¿Cómo puedo encarar el futuro si tengo que estar siempre mirando a mis espaldas? —Addie se acercó a él y le tocó la mano mientras mantenía la mirada fija en la de él—. No me dejes atrás. Mi lugar está a tu lado.

Durante unos instantes, Addie pensó que él la rechazaría, pero al final Ben la cogió de la mano.

Cuando traspasaron el límite entre los dos ranchos y camino de la casa de los Johnson, los hombres del Double Bar no los detuvieron. Las mangas del vestido de luto de Addie flotaban en la brisa como dos estandartes. Los vaqueros con los que se cruzaron, se llevaron la mano al ala del sombrero por respeto a Addie y ella se preguntó cuántos de ellos sospechaban que los Johnson estaban detrás del asesinato de su padre. Cuando llegaron a la casa, Ben ayudó a Addie a bajar de *Jessie* cogiéndola por la cintura. Ella esbozó una sonrisa rápida y nerviosa. Juntos subieron los escalones de la entrada y Harlan los recibió en la puerta mientras intentaba ocultar su angustia.

—Buenos días, Ben. Señorita Adeline...

—Hemos venido a ver a Big George —lo interrumpió Ben.

—Siento deciros que está en una reunión de negocios, pero si puedo ayudaros en algo...

—Estoy convencido de que no le importará dedicar un par de minutos a un encuentro amigable entre vecinos.

—No, pero...

Harlan se interrumpió cuando Ben lo apartó a un lado con el hombro.

—Eso creía yo. —Ben cogió a Addie por el codo de una forma caballerosa y la colocó a su lado—. ¿George está en su despacho, Harlan?

—Sí, pero...

—Gracias.

Cuando entraron en el ostentoso despacho, Addie tragó saliva con esfuerzo. La oleada de odio que recorrió su cuerpo cuando vio a Big George y a Jeff sentados frente a una mesa de caoba la cogió por sorpresa. Big George y Jeff se levantaron y el primero lo hizo con un gruñido debido al esfuerzo que le supuso levantarse de la silla. Jeff observó a Addie con sus ojos azules y sin parpadear. ¿Cómo podían mirarla a la cara después de lo que habían hecho?

—Parece que tenemos visita —declaró Big George, y señaló su silla con su rolliza mano—. ¿Quiere sentarse, señorita Adeline?

Ella negó con la cabeza y se acercó más a Ben.

—Creo que has tenido una noche movida, Ben —continuó George, y torció la boca con una leve sonrisa—. Muchos estarán contentos de que todavía estés de una pieza.

—Unos más que otros.

Big George rió entre dientes.

—Eres un hombre con suerte.

—Pues Watts no lo era —respondió Ben, y guardó silencio hasta que la sonrisa de Big George se desvaneció—. Por lo que he visto, podrías guardar lo que queda de él en una taza de té.

—¿Qué tiene esto que ver con nosotros? —explotó Jeff.

Ben esbozó una sonrisa forzada.

—Por favor, guarda tu representación para Sam Dary.

—¿Dary? —repitió Big George con los ojos entrecerrados—. Sí, sospechaba que se dejaría caer por aquí esta mañana. —Entonces percibió la cara de preocupación de su hijo—. Tranquilízate, muchacho. Sólo nos dará un pequeño sermón. Esto es todo lo que Dary puede hacer.

—Pero yo puedo hacer mucho más que esto —replicó Ben—. Puedo haceros la vida muy incómoda. Y ésta es mi intención.

—No tienes ninguna prueba...

—Las pruebas lo harían todo más fácil, pero puedo arreglármelas sin ellas.

Big George enrojeció.

—Si estás hablando de ensuciar el nombre de los Johnson, caeré sobre ti con tanta fuerza que...

—Vosotros ya os las arregláis bien solos para ensuciar vuestro nombre. El apellido Johnson empieza a dejar mal sabor de boca por aquí y estoy convencido de que empeorará.

—Preocúpate de tu propio nombre —replicó Jeff con fiereza—. Seguro que Adeline no ayudará mucho a tu reputación.

—¡Muchacho! —soltó George, pero Jeff no le hizo caso.

—¿No te ha contado cómo decidimos que Watts fuera nuestro hombre? Ella me dijo que él era el hombre adecuado. Ella designó al asesino de su propio padre. Y todo a causa del nuevo testamento. ¿No lo sabías? No, por supuesto, no sabes el tipo de mujer con la que piensas casarte, ¿verdad?

Al oír sus palabras, Addie se sintió desvanecer.

—¡No! —jadeó ella mientras se daba la vuelta.

Ben la cogió por los codos. Addie se echó a temblar, sus piernas flaquearon y se agarró a los brazos de Ben para no perder el equilibrio.

Ben lanzó una mirada gélida a Jeff por encima de la cabeza de Addie.

—Vuelve a mencionar su nombre y esparciré tus pedazos por todo el rancho.

—¿No me crees? —lo provocó Jeff—. Ella me dijo

que Watts haría cualquier cosa por dinero. Ella le indicó cuándo y dónde podía reunirse conmigo y ayudó a organizarlo todo. ¿Cómo crees que conseguimos su ayuda con tanta facilidad? ¿Acaso me lo estoy inventando todo, Adeline? Venga, dile que no es verdad lo que digo. Quiero ver lo fácil que te resulta mentir.

Addie no pudo pronunciar ningún sonido. Sabía que debía negar la acusación de Jeff para salvar su piel, pero no podía hacerlo.

—¿Addie? —preguntó Ben.

Ella levantó la cabeza con lentitud, temiendo percibir la sospecha en el rostro de Ben. Sabía que, si él se lo preguntaba, no podría negarlo. El tiempo se detuvo y Addie se vio enfrentada a dos pasados distintos mientras se preguntaba cuál de ellos reclamaría su futuro. Estaba a punto de dictarse una sentencia eterna y, aunque a Addie le aterrorizaba enfrentarse a aquella situación, no tenía elección.

Addie, temblando, levantó la mirada hacia Ben, pero no percibió ninguna sospecha en su rostro, ninguna condena, ninguna duda, sólo preocupación por ella y un destello de ternura.

—Tendría que haberte dejado en casa —declaró Ben en voz baja—. No deberías estar expuesta a esto.

Ella asintió en silencio, abrumada de alivio. Todo iba bien. Ben la amaba lo suficiente para no creer a Jeff y desestimaba sus palabras por considerarlas basura. Ben deslizó un brazo alrededor de la cintura de Addie y contempló a Big George con una mueca sarcástica.

—A la larga, vosotros mismos seréis vuestra perdición. Sólo quiero que sepas que haré lo posible por facilitaros el proceso. —Ben se interrumpió de una forma casual, como si acabara de acordarse de algo—. Y si tienes alguna pregunta acerca del rancho Sunrise y su funcionamiento ahora que Russ no está, te aseguro que seguiremos su misma línea de actuación. Aunque descubrirás que yo no tengo tan buen carácter ni soy tan comprensivo como

Russ. No descansaré hasta que la deuda haya sido pagada. Estáis al borde del desastre. Puede que tarde algún tiempo, pero lo conseguiré. Volveremos a levantar la valla. Y esta vez será para siempre. Os voy a dejar secos, hasta que el Double Bar no sea más que un desierto y vuestro ganado un montón de huesos. Voy a arruinaros y, un día, desearéis que Dios no se llevara a Russ dejándome a mí al mando.

Después de aquella visita, Ben pareció sobrellevar mejor la muerte de Russell. No lo consumía la idea de la venganza, como había temido Addie, aunque cierto brillo destellaba en su mirada cada vez que se nombraba a los Johnson. Caminaba con más ligereza, se mostraba tan seguro de sí mismo como siempre, le costaba más enfadarse y sonreía con facilidad. El rancho parecía estar imbuido de nueva vida, como si el sol hubiera salido de detrás de una nube. Addie seguía siendo la única que se atrevía a discutir o enfrentarse con Ben, y lo hacía siempre que quería. Ben, por su parte, se mostraba muy posesivo con ella, exigía su tiempo y su atención con una arrogancia inigualable y ella lo reñía por esto, aunque, en el fondo, le encantaba.

Ninguna parte de la vida de Ben estaba vedada para Addie, ni siquiera su trabajo. Addie le hizo prometer que la llevaría con él a Kansas City cuando fuera a comprar reses de cuerno corto para el rancho y Addie estudió a fondo los libros de Ben acerca de la cría y el transporte del ganado. Un día, May oyó por casualidad una de sus conversaciones de negocios y regañó a Ben. Él sonrió y declaró que confiaba en que Addie le aportaría nuevas ideas que proporcionarían al rancho un montón de dinero. Toda la familia y muchas personas ajenas a ella desaprobaban la relación de Ben y Addie, la cual era una de las más extraordinarias que se había visto en la zona.

En cuanto a ellos, sabían que todavía les quedaba mucho por descubrir el uno del otro, más de lo que podrían descubrir en toda una vida. Addie nunca dejaba de sorprender a Ben, incluso la noche de bodas, cuando, nada más cruzar el umbral de su renovada habitación, se echó a llorar. Ben se sentó en la nueva cama de matrimonio y la acurrucó en sus brazos animándola a contarle lo que le ocurría.

—Por fin estamos casados —declaró ella mientras se secaba las lágrimas con el pañuelo de Ben—. ¡Me siento tan feliz y aliviada...! ¡Y también abrumada!

Ben la abrazó durante mucho rato mientras le daba besos prolongados en la cara y le susurraba lo mucho que la quería. Addie entrelazó las manos por detrás del cuello de Ben acercando su cuerpo blando y cálido al de él y ambos se estremecieron. Se besaron con ansia, conscientes, de una forma desesperada, del tiempo que hacía que no hacían el amor. Se arrancaron la ropa con precipitación y su encuentro fue muy distinto de la dulce unión que esperaban. La unión de sus cuerpos desnudos les produjo una sensación salvajemente dulce. Poco a poco, Addie sintió que se disolvía en un océano de oscuridad en el que no había nada salvo el cuerpo de Ben, sus manos, y su boca en la de ella. Addie igualó la audacia de Ben, y lo amó con igual fiereza y ternura, hasta que el placer recorrió su cuerpo como un torrente que pareció reestructurar su misma alma.

Al final, Addie permaneció echada y satisfecha en los brazos de Ben mientras él enrollaba un mechón del pelo de Addie en uno de sus dedos y se lo llevaba a los labios.

—Yo solía soñar que me hacías el amor —susurró ella, y percibió la suave risa de Ben junto a su sien.

—¿Antes de que lo hiciéramos por primera vez?

—Incluso antes de conocerte. Ni siquiera conocía tu nombre ni cómo eras.

Ben sonrió con languidez.

—¿Y cómo sabes que era yo?

—No seas tonto, ¿cómo podría confundirte con otra persona?

Addie deslizó una mano por el pecho de Ben como muestra de que le pertenecía y podía tocarlo cuando quisiera. Ben se inclinó sobre ella y su pelo negro cayó sobre su frente cuando acercó sus labios a la garganta de ella.

—¿Por qué no me enseñas algunas de las cosas que hacíamos en esos sueños, señora Hunter? —susurró él mientras sus labios se movían por la piel de Addie.

—Podría tomarnos toda la noche —le advirtió ella.

—Insisto.

Addie se echó a reír, lo rodeó con sus brazos y lo besó con pasión.

El tren entró en la estación emitiendo un traqueteo escandaloso, silbidos de vapor y pitidos ensordecedores. Leah estaba tan excitada que se había quedado sin habla. Como nadie en la familia creía en las despedidas largas, todos intentaron que aquélla fuera una despedida rápida y alegre. May fue la primera en moverse. Besó a Cade y le advirtió que se portara bien. A continuación, se volvió hacia Addie con ojos llorosos y la abrazó.

—Te echaré de menos, mamá —declaró Addie con un nudo en la garganta.

Addie inhaló el olor a vainilla de su madre y hundió el rostro en su cuello. No quería separarse de ella.

—Yo seré más feliz en Carolina del Norte —susurró May—. Pertenezco allí, igual que tú perteneces aquí.

May la soltó y se volvió hacia Ben, quien le tomó la mano y se la llevó a los labios en un gesto formal que era inusual en él. Ella le apretó la mano, lo cual constituía la mayor muestra de afecto que podía mostrarle.

—Cuida de ellos —declaró May.

A continuación, se volvió y el revisor la ayudó a subir al tren.

Addie y Caroline se abrazaron con fuerza y buscaron algo que decirse, aunque Addie sabía que, si intentaba pronunciar algún sonido, rompería a llorar y no podría detenerse. Echaría de menos a Caroline más que a ningún otro miembro de la familia, incluida May. Al final, Caroline carraspeó y habló con voz trémula.

—Sé feliz, Adeline. Yo lo seré.

Addie asintió con la cabeza y tragó saliva dolorosamente mientras se separaban la una de la otra. Addie le devolvió a Peter su abrazo superficial y miró a Leah, cuyos ojos solemnes parecían leer los pensamientos de su tía. Addie cogió una de sus pequeñas y bien peinadas trenzas y arregló un mechón imaginario de pelo despeinado. Contempló su pequeño rostro y sus ojos sabios y grises y, como en un fogonazo, se perdió en sus recuerdos: acurrucada junto a su tía Leah, cerca de la radio, reía a carcajadas gracias a una comedia que emitían. Entraba en el dormitorio de Leah y la hacía reír mientras cantaba: «... *you're the cream in my coffee...*».

Le resultaba extraño saber que nunca volverían a ser, la una para la otra, lo que una vez habían sido. Pero tenía los recuerdos. Quizás era ésta la razón de que le costara tanto separarse de la Leah pequeña, los recuerdos que tenía de la Leah mayor. Addie se acuclilló y rodeó a la niña con sus brazos.

—Te quiero, Leah —declaró, y aunque habló a la niña, estaba recordando a la mujer—. Que tengas buen viaje.

Se dijeron adiós los unos a los otros y los que se iban subieron al tren mientras Addie, Cade y Ben se quedaban en la estación. Addie supo, de repente, que no quería ver cómo se iba el tren y se volvió hacia Ben con lágrimas en los ojos y una pregunta en los labios. Él sonrió antes de que ella pronunciara ninguna palabra, la rodeó con un brazo y le dio una palmadita a Cade en el hombro.

—Se me acaba de ocurrir una idea —declaró Ben rompiendo el estado de ánimo solemne del momento—. Vayamos a comer a algún lado. Y de postre nos tomaremos un helado.

—¡De fresa! —exclamó Addie de inmediato.

—¡De vainilla! —exclamó Cade al unísono, y salieron de la estación sin perder un instante.

Regresaron al rancho a última hora de la tarde, y Addie fue corriendo a la cocina para preparar la cena. Tenía los brazos rebozados de harina hasta los codos cuando Cade entró con excitación.

—¡Adeline! ¡Adeline! Adivina con quién he estado hablando. ¡Adivina quién ha vuelto!

—¿Quién?

—¡Diaz! Ahora mismo está en el porche, sentado allí como siempre, y dispuesto a contarnos unas cuantas historias.

Addie cogió un trapo con nerviosismo y se secó las manos.

—¿Has hecho los deberes para mañana?

—Ya empiezas a hablar como mamá —se quejó Cade disgustado.

—De acuerdo, pero ¿los has hecho?

Él realizó una mueca.

—Está bien, está bien, ya voy.

Cuando Cade desapareció escaleras arriba, Addie salió al porche. Como había dicho Cade, Diaz estaba allí, acuclillado en las escaleras en su posición habitual.

—Señor Diaz —declaró Addie. Él hizo el ademán de levantarse, pero ella le indicó que no lo hiciera—. No, por favor, no se mueva. Tenía pensado sentarme con usted. —Él limpió el polvo de un escalón con su pañuelo y ella se sentó—. Me alegro de verlo por aquí de nuevo, señor Diaz.

—Soy un viejo trotamundos, señora. Es inútil intentar evitarlo.

—¿Cuánto tiempo tiene planeado quedarse?

Él no respondió y Addie sonrió al darse cuenta de que él nunca sabía cuánto tiempo se quedaría en un lugar. Addie apoyó las manos en su regazo y contempló el cielo, que estaba coloreado con franjas rosas y doradas.

—Bonito atardecer —comentó Addie, y él asintió con la cabeza.

Permanecieron en un silencio amigable durante unos minutos mientras contemplaban cómo el sol descendía hacia el horizonte.

Diaz fue el primero en hablar.

—Siento mucho lo del señor Warner.

Addie suspiró y bajó la mirada al suelo.

—Me resulta difícil perdonarme. Me siento responsable.

—¿Cómo es eso?

—¿Recuerda la conversación que mantuvimos acerca de tener una segunda oportunidad? ¿Acerca de los milagros y ser capaz de... volver al pasado y cambiar las cosas?

Diaz asintió con lentitud.

—Yo tuve una segunda oportunidad —declaró Addie mientras observaba con cautela su reacción. Él no pareció sorprenderse—. Usted lo sabe, ¿verdad? No sé cómo ni por qué, pero usted comprende lo que me ocurrió el día que desaparecí y regresé.

—Sí, señora.

¿Acaso era un viejo loco por creer en lo que ella decía? Addie no estaba segura. Nadie en su sano juicio creería que ella había sido transportada al futuro y había regresado. Éste era un secreto que nunca le contaría a Ben, pues él creería que se había vuelto loca, sin embargo, sabía que Diaz la comprendía, ya fuera por su edad, por su naturaleza supersticiosa, por su sabiduría innata o por senilidad.

—Me siento responsable por no haber salvado a mi padre —continuó Addie liberándose, así, de su carga—. Yo sabía lo que ocurriría de antemano. Debería haberlo evitado.

—Quizá no era ése su objetivo —contestó Diaz con expresión seria—. Quizá sólo tenía que salvarse a usted misma. —Diaz miró hacia las extensas praderas y señaló a un jinete que se acercaba a lo lejos. Por su forma de cabalgar, ambos sabían que se trataba de Ben—. O a él. ¿Quién sabe?

Addie frunció el ceño en actitud pensativa.

—Da que pensar.

Era posible que Diaz tuviera razón. Ella había cambiado su destino y el de Ben. Su segunda oportunidad les había proporcionado a ambos un nuevo futuro. Quizá la muerte de Russell era inevitable y él tendría una segunda oportunidad en otro tiempo y en otro lugar. ¿Quién podía decirlo?

Addie se sintió ligera al instante, como si le hubieran quitado una carga de los hombros. Quizá debería olvidarse de la antigua Adeline Warner. No podía cambiar lo que había sido en el pasado, pero podía sacar el mayor provecho posible de lo que tenía en aquel momento. Addie se protegió los ojos con una mano, contempló la figura de Ben, quien se aproximaba a la casa, y el corazón le latió con fuerza. Nada importaba tanto como su amor. Juntos habían emprendido un nuevo comienzo y la vida les prometía un buen futuro. Addie se olvidó de Diaz, se levantó y corrió al encuentro de Ben.

Ben tiró de las riendas, desmontó del caballo, cogió a Addie por la cintura y la levantó unos centímetros del suelo. Sus cálidos ojos verdes recorrieron las facciones de Addie.

—¿A qué viene tanta prisa? —preguntó Ben, y la besó antes de que ella pudiera responderle.

Cuando sus pies volvieron a tocar el suelo, Addie se echó a reír de una forma entrecortada y rodeó el cuello de Ben con los brazos.

—Hoy cenaremos tarde. Espero que no estés muy hambriento.

—¡Claro que lo estoy! —contestó él mientras inclinaba la cabeza para volver a besarla—. Pero sólo de ti, cariño.